백제와 곤지왕

백제와 곤지왕 下

정재수

작가의 말

존재, 곤지왕을 말하다

1500여 년 전, 한국의 한 사내가 처자식을 데리고 일본으로 건너갔다. 사내는 일본에서 10년간 머물다가 한국으로 돌아와 돌연 어떤 사연으로 죽었다. 여기서 한국은 〈백제百濟〉를 일본은 〈야마토大和·倭〉를 말한다.

5세기 중엽, 백제사람 〈곤지昆支〉에 대한 이야기이다. 왕족인 곤지가 한국에서 일본으로 넘어간 이야기는 《일본서기》(720년)에, 일본에서 한국으로 돌아와 죽은 이야기는 《삼국사기》(1145년)에 실려 있다. 특히, 《일본서기》는 곤지를 〈왕〉 또는 〈왕자〉로 기록하였다. 곤지의 직계후손이 살았던 일본 고대국가 야마토의 중심지역인 가와치아스카河內飛鳥에는 〈아스카베신사飛鳥戶神社〉 일명 〈곤지왕신사〉가 지금까지 유지해오고 있다.

곤지왕은 5세기 한일 고대사에 있어 가장 미스터리한 인물이다. 많지 않은 기록이지만 한국과 일본 사서에 공통으로 등장하는 인물이다. 특히 《일본서기》는 461년 곤지가 야마토에 입경했는데 「5명의 아들이 있다.」라고 전하고 있으며 그의 아들들은 백제 〈동성왕東城王〉, 〈무령왕武寧王〉이 되었고 일부이기는 하나 야마토의 천황이 되었다는 설도 있다. 아마도 이런 사유로 곤지를 왕이라 칭하지 않았나 싶다.

우리는 곤지를 〈백제百濟 곤지왕〉 또는 〈아스카飛鳥 곤지왕〉이라 부르고자 한다.

나는 오래 전 《곤지대왕》이라는 소설을 세상에 내놓았다. 소설이 출간되던 날 곤지왕을 현몽하였는데 곤지왕은 그저 나를 바라보며 빙그레 미소를 지었다. 「여보게. 정 작가. 정 작가가 그린 내 삶이 결코 전부는 아닐세.」라고 나의 부족함을 책망하였다. 이후 나는 〈곤지왕국제네트워크〉 회원이 되어 보다 깊이 있게 곤지왕의 삶을 살폈다. 2년 전 일본을 방문하여 곤지왕의 아들 무령왕이 태어난 가라츠唐津시 가카라시마加唐島와 곤지왕을 제신으로 모시고 있는 오사카 하비키노羽曳野시 아스카베신사를 직접 목도하였다. 그리고 회원들에게 「곤지왕 소설을 다시 쓰겠습니다. 곤지왕의 삶의 표준 모델을 만들겠습니다.」라고 약속하였다.

이 소설은 곤지왕 소설 시즌 II인 셈이다. 남당 박창화朴昌和(1889-1962) 선생의 고사서 필사본이 많은 도움이 되었다. 곤지왕의 가계를 복원할 수 있었고 당시 역사 사실 속에서 곤지왕의 삶을 진지하게 추적할 수 있었다. 그러나 아쉬움은 남았다. 처음 기대와 달리 곤지왕은 역사 전면의 화려한 영웅은 아니었다. 오히려 역사 이면에서 묵묵히 자신의 삶과 역사적 소명에 충실했던 조용한 영웅이었다. 그럼에도 곤지왕을 주목해야 하는 이유가 있었다. 한일 양국민에게 남긴 화해와 평화의 메시지이다. 그 메시지는 미래에 대한 해답이었다. 독자 여러분의 진중한 판단에 조금이나마 도움이 되었으면 한다.

　나는 소설을 쓰면서 10kg 이상을 감량하였다. 참으로 고통스러운 나날이었지만 돌이켜보니 내 생에서 가장 행복한 시간이었다. 내 아내는 나를 곤지왕 밖에 모르는 자폐증 환자라 하였다. 내가 지칠 때면 어김없이 나를 격려하였다. 고맙고 감사하다.

　나에게는 바람이 있다. 한일 양국민에게 곤지왕의 존재를 널리 알리고 싶다. 소설 뿐 아니라 다른 대중매체가 관심을 가져준다면 좋을 것 같다. 또 하나의 바람이 있다면 일본 아스카베신사에 걸맞은 한국 곤지왕 사당이 건립되는 것이다. 온 정성을 다해 술 한 잔 딸아 올리고 싶다.

　이 소설이 나오기까지 많은 분들이 도움을 주었다. 오사카상업대학 양형은 교수님이 조언과 많은 자료를 보내주었다. 표지의 한자는 서예가 데라사와 히로미 님이 써주었다. 논형의 소재두 사장님과 이용화 선생님이 직접 편집에 심혈을 기울여 주었다. 〈곤지왕국제네트워크〉와 〈무령왕국제네트워크〉 한일양국 회원 모두에게 바친다.

2016년 1월

정재수 근지

5세기 동아시아 시대상황과 곤지의 역할

〈광개토왕비문〉에 의하면 고구려 광개토왕은 4세기말 5세기초 3차에 걸쳐 대대적인 남벌을 단행, 백제를 초토화 한다. 396년에는 금강유역과 한강유역이, 400년에는 낙동강유역이, 407년에는 영산강유역과 남해안일대(*추정)이다.

이때 한강유역의 백제 아신왕은 노객을 자처하여 항복함으로써 인적 · 물적 피해를 면하나 극심한 피해를 입은 금강유역과 영산강유역의 삼한세력 지배층과 백성은 대규모로 일본 열도로 망명하여 〈응신 · 인덕천황〉 계열의 야마토大倭를 오사카 일대에 건국한다.

한편 백제 아신왕은 태자 전지를 야마토에 볼모로 보내 기존의 삼한세력이 지배했던 곡나, 지침, 현남, 동한 등 한강유역을 제외한 나머지 삼한영토 대부분을 인계받는다. 이때부터 백제는 한강유역에 국한되지 않고 삼한 전체를 아우른다. 그러나 야마토의 열도 안착이 안정화되면서 야마토왕들은 망명 이전 지배했던 삼한영토에 대한 영유권을 주장하고 이 문제로 백제와 갈등을 일으킨다. 영유권 주장은 438년 야마토왕 진珍이 유송에 요구한 왜, 백제, 신라, 임나, 진한, 모한 등 6국제군사 요구에서 확인된다. 그 와중에 백제 왕통이 온조계열의 해解씨에서 구태계열의 부여夫餘씨(비유왕)로 바뀌어 백제와 야마토는 형제국임에도 불구하고 삼한영토를 두고 정치적 헤게

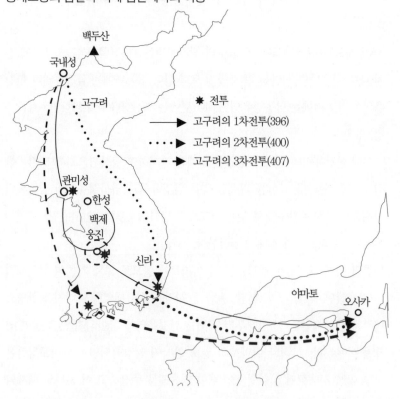

광개토왕의 남벌과 백제 삼한세력의 이동

백두산

국내성

고구려

관미성

한성

백제
웅진

신라

야마토

오사카

✹ 전투
━━▶ 고구려의 1차전투(396)
┄┄▶ 고구려의 2차전투(400)
╌╌▶ 고구려의 3차전투(407)

모니 싸움을 벌인다. 이 문제를 해결하기 위해 461년 곤지가 야마토에 파견
되었다. 곤지는 야마토에 머무르면서 상당한 성과를 거둔 것으로 판단된다.
한편 백제 개로왕은 고구려와 전면전을 준비하다 오히려 475년 장수왕으로
부터 역공을 당하여 아차성에서 지배층과 함께 죽임을 당하고 한성의 백제

는 멸망한다.

이후 신라의 지원을 받은 문주왕이 웅진(공주)에 수도를 정하고 백제를 일시 재건한다. 이 시기에 귀국한 곤지는 내신좌평의 중책을 맡아 왕권의 안정화와 전후 복구사업에 매진하다 정적에 의해 갑자기 암살당한다. 곤지의 죽음은 웅진내 정치적 기반이 빈약한 탓이었다.

그러나 역사는 또 반전을 한다. 문주왕, 삼근왕이 단명으로 끝나자 곤지의 직계인 동성왕과 무령왕이 백제왕통을 잇는다. 이후 백제는 660년 멸망하기까지 200여년 간 곤지계가 왕통을 이어간다.

일본 야마토 〈응신應神·인덕仁德〉왕조의 뿌리에 대한 견해
〈기마민족정복설〉을 주창한 에가미나오미江上波夫는 4세기 야마토 왕조를 세운 세력이 북방유목민족 출신이라 하였고, 레드야드Ledyard는 대륙 부여의 전사들이 4세기 중후반 한반도 서남부를 거쳐 바다건너 일본을 점령한 백제라 하였으며, 김성호는 웅진을 거점으로 한 비류백제 출신이라 하였고, 홍원탁은 백제 진眞씨족의 후예라 하였다. 레드야드의 설을 따랐으며 〈일본을 점령한 백제〉세력은 대륙에서 한반도로 이동한 구태백제 계열의 웅진세력이 광개토왕의 남벌에 따라 일본열도로 망명한 것으로 보았다.

부여왕족의 계보

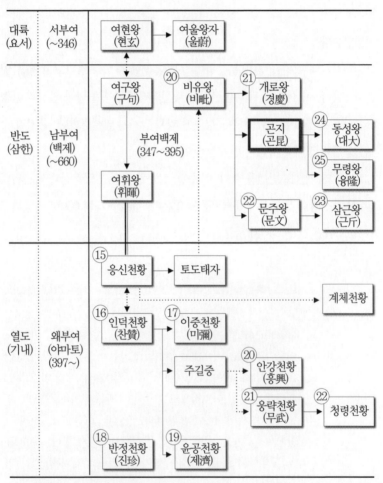

※ 서부여와 부여백제*의 연관성은 레드야드의 설과 요서 라마동고분과 김해
  대성동 고분의 출토유물(말안장, 동복 등 부여유물)의 동일성에 근거함.
※ 점선화살표는 추정된 가정임. (◀··▶)는 혈족관계를 (···▶)는 친족관계를 나타냄.

곤지왕의 가계

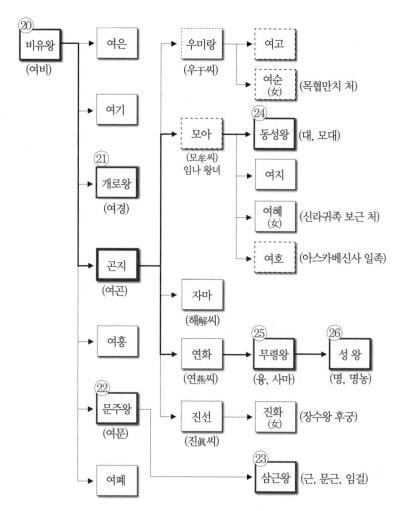

※ 본 가계는 〈남당유고〉 사료에 의거 복원함. 점선네모(▒)의 이름은 가상임.
※ 곤지왕은 최소 5명의 부인과 슬하에 5남 3녀 이상을 두었을 것으로 추정함.

여경餘慶

경사慶司. 백제 제21대 개로왕(455~475). 비유왕의 3자, 해씨 가문의 지원으로 등극. 고구려 첩자 도림의 꾐에 빠져 대규모 토목공사를 일으켜 백제를 피폐에 빠뜨림. 475년 고구려 장수왕의 남침으로 한성을 잃고 아차산에서 참수됨.

해부解夫

개로왕 치세를 이끈 해씨가의 수장으로 상좌평 역임. 유마태후와 함께 곤지를 끊임없이 정치적으로 견제함. 곤지를 야마토로 내쫓음.

여문餘文

문주文周, 백제 제22대 문주왕(475~477). 비유왕의 6자, 개로왕 말기 상좌평이자 태자 역임. 신라에 청병사로 파견되어 신라 원군을 동원함. 개로왕 사망이후 웅진으로 천도하여 백제를 재건함.

해구解仇. 내미奈麻왕후

백제 웅진시대 초창기 권력자로 문주왕의 왕후인 해씨가의 내마왕후와 결탁하여 곤지를 독살함. 곤지 사망 후 권력을 쥐고 결국 문주왕도 암살함.

목협만치木劦滿致, 조미걸취祖彌桀取, 안체安彘

곤지를 보좌한 좌청룡 우백호로 곤지의 평생 동지. 안체는 해적 출신의 곤지의 의형제.

연신燕信, 연화燕花

연길의 자녀. 곤지의 삼한여행을 보좌한 곤지의 처남과 무령왕을 낳은 곤지 넷째부인.

웅략雄略천황

유무幼武, 야마토 21대 왕으로 〈왕정국가〉 야마토를 확립한 강력한 군주. 곤지의 정치적, 군사적 후원자.

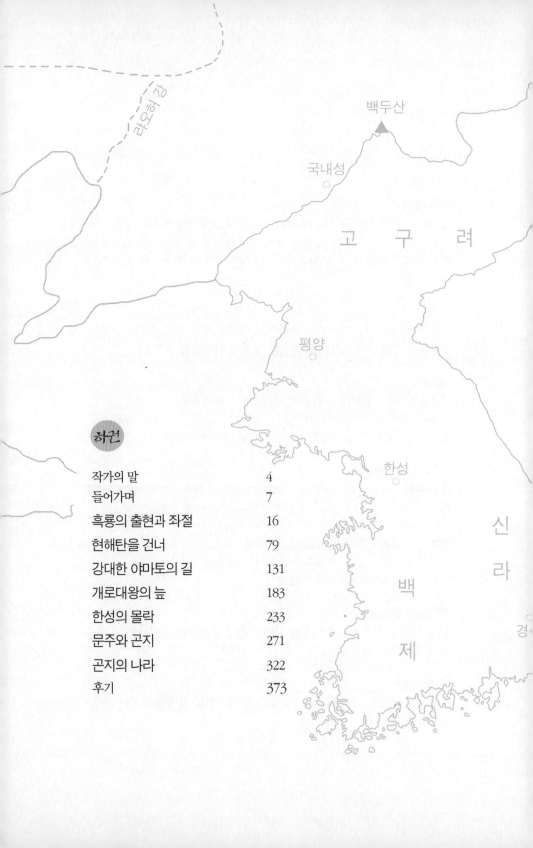

백두산

국내성

고 구 려

평양

한성

신

라

백

경

제

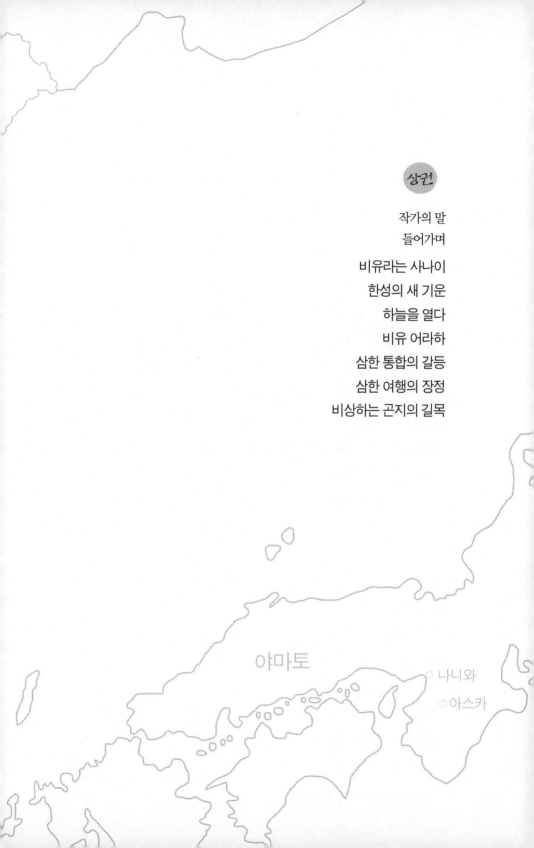

상권

야마토

○ 나니와

○ 아스카

흑룡의 출현과 좌절

을미년(455) 3월. 비유어라하는 왕자들을 대동하고 사냥을 나갔다. 한강 북쪽 북한산이었다. 후궁 주원이 동행하였다. 사냥이 길어질 것을 예고하였다.

정월, 곤지의 처 우미랑이 불사성에서 죽었다. 산기가 있어 친정에 내려갔다가 출산 중 과다출혈로 아기와 함께 명을 달리하였다. 곤지를 위로한 사람은 비유어라하였다. 처음에는 곤지와 단 둘이 사냥을 계획이었으나 갑자기 생각을 바꿨다. 비유어라하는 왕자 모두를 참여시켰다.

여러 날이 지났다. 비유어라하는 처소를 떠나지 않았다. 왕자들만 사냥시키고 줄곧 주원과 함께하였다. 간간히 주위만 맴돌 뿐 말에 오르는 일은 없었다. 어린 문주왕자와 여폐왕자는 멀리 나가지 못하였다. 낙마를 우려한 주원의 염려로 처소 주변에서 매사냥만 하였다.

「오늘은 어디까지 갔었느냐?」

해가 떨어져 어스름할 무렵 왕자들이 돌아왔다. 모두 사슴 한두 마리를 말 잔등에 걸치고 있었다.

「골의내까지 갔었습니다.」

〈골의내骨衣內〉는 경기도 양주 지역이다.

「멀리도 갔었구나.」

비유어라하는 왕자들을 처소로 불렀다.

「아바마마. 넷째의 활솜씨는 천하 명궁입니다.」

여은왕자가 곤지를 치켜세웠다.

「송구합니다. 아바마마. 소자가 어찌 아바마마의 활솜씨에 견줄 수 있겠나이까. 소자를 위로하고 격려하기 위한 말이오니 마음에 두지 마옵소서.」

곤지의 표정은 내내 어두웠다. 우미랑의 상처를 걷어내지 못하였다.

「큰 형님의 말이 지나치지 않습니다. 아바마마. 오늘 만해도 곤지아우의 화살은 백발백중이었습니다.」

경사왕자가 거들었다.

「넷째의 활솜씨는 과인이 익히 아는 바이다.」

「아바마마?」

순간 곤지의 얼굴이 화끈거렸다.

「과인이 왕자들끼리만 사냥을 시킨 이유를 아느냐?」

「… ?」

「… ?」

갑작스런 질문이었다. 왕자들은 답을 못하고 서로 쳐다보았다.

「아바마마. 형제간에 우애를 돈독히 하라는 뜻이 아니온지요.」

여기왕자가 답하였다.

「둘째 말이 옳다. 과인은 왕자들이 장성하여 한결같이 일가를 이루니 기쁘기 그지없다. 무릇 강한 자는 그 강함으로 상하기 쉽고 약한 자는 몸을 스스로 아끼니 또한 홀로 이룰 수 있는 것이 없느니라. 강하든 약하든 덕이 최고의 지혜이니라. 덕으로써 우애하면 제국의 사직은 천 년을 갈 것이다. 일심으로 서로 아끼고 도우며 옹골차게 나아간다면 하늘이 크게 이루어 줄 것이다.」

「아바마마의 말씀… 명심 또 명심하겠나이다.」

「내일은 어디로 갈 계획이냐?」

「아직 정한 곳은 없습니다. 아바마마.」

「그렇다면 술이홀로 가거라. 술이홀에는 관미성이 있느니라.」

〈술이홀述爾忽〉은 경기도 파주 지역이다.

「관미성은 고구려 성이 아니옵니까?」

「고구려성이다. 그러나 그 성은 원래 우리 제국의 성이었느니라.」

「알겠습니다. 아바마마.」

「과인이 누차 일렀듯이 관미성만큼은 어떤 일이 있어도 되찾아야 한다. 이를 직접 목도하고 마음을 굳세게 먹는 것도 큰 힘이 될 것이다. 내일은 어린 아우들도 데리고 가거라. 매일 매사냥만 시켰더니 앙탈을 부리는구나. 말 타는 것조차 서투르니 잘 인도하여 다녀 오거라. 고구려 병사들과 마주쳐서는 안 될 것이다.」

왕자들은 처소를 나왔다. 저녁식사는 사슴 통구이였다. 모두 한껏 허기진 배를 채웠다. 분위기가 자못 화기애애하였다.

「곤지아우. 제수의 일은 참으로 안됐네. 사람이 살고 죽는 것이 어찌 사람의 힘으로 할 수 있는 것이겠는가. 다 하늘의 뜻에 달렸지.」

「큰 형님…」

「너무 상심하지 말게. 아우답지 않네. 훌훌 털어버리게. 아우의 표정이 밝지 않으니 아바마마 용안에도 근심이 가득하네.」

여은왕자가 위로하였다.

「송구합니다.」

그날 밤 곤지는 홀로였다. 밤하늘의 총총한 별들과 함께하였다. 별똥별 하나가 길다란 선을 그으며 떨어졌다. 문득 우미랑의 얼굴이 보였다. 모후와 함께 있었다.

「어마마마. 소자가 부덕하여 내자를 먼저 보냈습니다. 이승에서 못다 한 삶 … 부디 저승에서나마 어마마마와 행복하게 살기를…」

한줄기 눈물이 흘러 내렸다.

비슷한 시각.

두 사람이 유마왕후 처소 안으로 은밀히 들어갔다.

「술사를 모셔왔습니다.」

해부가 한 사람을 소개하였다. 잔뜩 등이 굽은 곱추였다. 술사였다. 행색은 초라하였으나 눈빛은 등롱불빛을 삼킬 듯 강렬하였다.

「위나라 사람입니다. 방술에 재주가 능하다 합니다. 어륙께 좋은 처방을 내려 줄 것이옵니다.」

「…」

유마왕후가 술사를 내리 훑었다.

「여자가 한을 품으면 오뉴월에도 서릿발이 내린다 했거늘… 온통 서릿발로 가득하군요. 저 서릿발이 소인의 폐부마저 할퀴려합니다.」

술사가 처소 안을 쭉 둘러보았다.

「무엄하오. 어느 안전이라고… 」

해부가 눈썹을 치켜세웠다.

「어륙의 용안에 살기가 넘치옵니다.」

「…」

순간 유마왕후의 눈빛이 번뜩였다.

「소인더러… 누굴 죽여 달라고 간절히 애원하시는데…」

「허허… 말을 가려하시오. 술사. 어륙은 우리 제국의 왕후이시오.」

「오라버니.」

유마왕후가 가로막았다.

「소인의 방술은 사람을 죽이는 것이 아니라 사람을 살리는 방술이옵니다. 아무래도 소인이 잘못 찾아온 듯합니다.」

술사는 한마디 내뱉고는 곧장 일어섰다.

「술사는 죽어가는 내 모습이 보이지 않소? 사람을 살린다 하였으니 나를 살리면 되지 않소.」

왕후는 술사의 뒤통수에 일갈하였다. 술사가 발길을 돌리려다 멈춰 섰다.

「나를 살리란 말이요. 술사.」

「… ?」

해부가 술사의 옷소매를 잡아끌었다.

「하오시면… 소인의 말을 무조건 믿으실 수 있겠습니까? 약조하시면 어륙을 살려드리겠사옵니다.」

「약조하리다.」

「소인… 오늘은 그만 물러가겠습니다. 방도를 찾아 다시 오겠습니다.」

술사가 나가자 유마왕후는 해부를 붙들었다.

「오라버니. 술사가 원하는 것은 다 해주세요.」

「믿어도 되겠습니까?」

「행색은 초라해도 눈빛이 예사롭지 않습니다. 사람의 마음을 꿰뚫어 보는 비범한 자입니다. 재물을 달라하면 재물을 주고 여자를 달라하면 여자도 주세요.」

해부가 나가자 유마왕후는 입술을 꽉 깨물었다.

북한산으로 사냥나간 비유어라하와 왕자들이 돌아오지 않았다. 벌써 열흘째였다. 분명 무엇인가 의심스러운데 도통 감이 오지 않았다. 당장 궁금한 것은 비유어라하의 의중이며 의도였다. 술사에게 이를 물어보고 싶었지만 애써 참았다. 유마왕후는 술사가 맘에 들었다.

술이홀의 야트막한 구릉.

왕자들은 관미성이 바라다 보이는 소나무 아래에 모였다.

「저 성이 관미성이란 말이지?」

「아바마마께서 애타게 되찾고자 하는 성입니다. 반드시 우리 형제들이 저 관미성을 되찾아 아바마마를 기쁘게 해드려야 합니다.」

「얼핏 보아도 난공불락이군. 가파른 경사라 접근이 쉽지 않겠어.」

「고구려 담덕왕이 수만 명을 동원하여 일곱 갈래로 공격을 했는데도 20일 동안 우리 백제군이 소수의 병력으로 지켜냈다 합니다.」

관미성을 눈앞에 두고 너도나도 한 마디씩 내뱉었다.

「상좌평어른께 강력히 건의를 해봐야겠어. 관미성을 되찾자고 말이야.」

「전쟁이라도 하자는 말씀입니까?」

「당연히 해야지. 아바마마의 소원이신데… 우리 형제들이 앞장서서 저 성을 꼭 되찾아야지.」

여은왕자는 상좌평을 움직일 뜻을 내비쳤다.

「저도 내법좌평어른께 건의하겠습니다.」

「저는 내신좌평어른께…」

연이어 여기왕자와 경사왕자도 뜻을 같이하였다.

「그래… 우리 형제들이 공론을 만들면 가능할 수도 있겠어. 할 수 있는 데까지 한번 해보자고.」

관미성을 되찾자는 왕자들의 결의였다.

곤지는 씁쓸하였다. 왕자들은 모두 자신의 뒷배가문의 힘을 이용하겠다는 의사였다. 문득 연길이 떠올랐다. 연길에게 건의하면 들어줄지도 모른다는 생각이 들었다. 그러나 곤지는 애써 입을 막았다.

돌아오는 길에 문주가 낙마하여 다리가 부러졌다. 주원이 밤새 슬퍼하자 비유어라하는 사냥을 끝냈다.

비유어라하와 왕자들은 보름 만에 돌아왔다. 왕자들은 곧바로 뒷배가문을 움직였다. 관미성 탈환은 부동의 현안과업이 되었다. 어느 누구도 거부하거나 이의를 달 수 없었다.

「참으로 난감하옵니다. 추수가 코앞인데 전쟁이라니요?」

해부가 혀를 찼다.

「결국… 전쟁을 벌일 심산이었군.」

유마왕후의 아미가 떨렸다.

「왕자들이 모두 나서 뒷배가문을 종용하니 전쟁을 거부할 명분도 방법도 없게 되었습니다.」

「할 수 없지요. 피할 수 없다면 전쟁을 하는 수밖에… 」

「송구하오나 어륙. 간단한 문제가 아닙니다. 관미성 탈환은 절대 쉬운 일이 아닙니다. 최소 5천은 필요한데 무슨 수로 5천의 군사를 만듭니까? 호성군은 기껏해야 2천입니다.」

5천 병력은 턱없이 부족한 숫자였다. 옛 한성의 진사왕은 1만을 동원하고도 탈환하지 못하였다.

「어라하께서 친정을 하신다 합니까?」

「어라하께서는 참관하는 쪽으로 가닥이 잡혔습니다. 아마도 여은왕자가 총사령이 될 듯합니다.」

「첫째가?」

「상좌평의 속이 뻔히 보이는 데도… 조정의 중론을 깨뜨릴 재간이 없습니다.」

「우리 경사왕자는?」

「나머지 왕자들과 함께 부사령에 임명하기로 하였습니다.」

「…」

「병력문제는 병관좌평이 어떻게든 해결할 것이고…」

그때 나인이 들었다. 술사가 알현을 청한다고 고하였다.

「또 뵙습니다. 어륙.」

「나를 살릴 방도를 가져왔습니까?」

「예.」

유마왕후와 해부는 귀를 쫑긋 세웠다.

「말해보시오. 술사」

해구가 다그쳤다.

「어륙을 살릴 방도는 어라하께 있더군요. 환궁하시던 날 멀리서 어라하의 용안을 잠시 훔쳐보았습죠. 송구한 말씀이오나 어륙과 어라하는 상극의 운명을 타고났습니다. 두 분 중 한 분이 죽어야만 얽힌 실타래가 풀릴 것이옵니다.」

「술사. 입을 함부로 놀리지 마세요. 어륙과 어라하가 상극이라니요? 말씀이 지나치십니다.」

해부가 술사를 쏘아보았다.

「오라버니 ?」

유마왕후가 가로막았다.

술사가 저고리 안주머니에서 조그만 비단 주머니를 꺼냈다. 그리고 유마왕후 앞에 내려놓았다.

「무엇입니까?」

「짐독*입니다.」

「짐독… 독약이란 말씀이요? 나더러 어라하를 독살하라는 말인가요?」

유마왕후는 짐짓 놀라며 되물었다.

「이를 사용하든 사용하지 않든 이는 어디까지나 어륙께서 결정할 문제입

---

* 〈짐독鴆毒〉은 독사만 잡아먹고 산다는 전설의 새인 짐鴆새의 독을 말한다. 짐독은 치명적이어서 독살에 사용되었다.
《사기》색은 편에 '여불위가 짐독을 마시고 죽었다.' 하였고, 《한서》고오왕 전에는 한고조 유방의 왕후인 여후가 고조가 사랑하던 척부인의 소생 조왕 여의를 죽일 때 짐독을 사용하였다 한다. '여태후가 조왕을 장안으로 불러 짐독으로 그를 죽였다. 조왕의 자식이 없어 후사가 끊어졌다.' 또《후한서》질제본기에는 '대장군 양기가 몰래 짐독을 써서 시해하니 황제가 옥당 전전에서 붕어하였고 나이가 9살이었다.' 하였으며, 《삼국지》위서에는 '동탁이 황제를 시해하고 황후를 짐독으로 독살하여 황실을 뒤엎어 버렸다.'라고 기록하고 있다.

니다. 소인은 다만 어룩을 살릴 방도를 가져왔을 뿐입니다.」

「흠…」

유마왕후는 숨을 깊게 들어 마시며 신음소리를 냈다.

「소문을 들어 아시겠지만 곧 고구려와 전쟁이 있을 것이오. 전쟁의 승패는 어찌될 것 같소. 이길 것 같소 아니면 질 것 같소?」

「내신좌평어른. 소인은 사람의 마음과 운명은 읽을 줄 아오나 앞날을 내다보는 예지력은 없습니다. 다만…」

「…?」

「승패와 상관없이 어라하께서 손해 보는 일은 없을 것 같습니다.」

술사는 태연히 답하였다.

「하옵고… 상좌평과 내신좌평어른 두 분의 관상을 보니 역시 상극입니다. 지금은 상좌평 기세가 내신좌평어른을 감싸고 있으니 이 또한 유념하소서.」

「알겠소이다. 술사.」

「소인 이제 한성을 떠날까 합니다. 노잣돈이나 조금 쥐어주시면 감읍하겠습니다.」

「어인 섭섭하신 말씀을… 내 집에 기거하며 우리 가문을 위해 많은 조언을 해주시오.」

「아닙니다. 그동안 내신좌평께서 보살펴주신 덕에 과분하게 잘 지냈습니다. 이제 이곳 한성에는 소인이 머무를 자리는 없는 것 같습니다. 또 인연이 있으면 만나겠지요.」

술사는 하직인사를 하고 처소를 나갔다. 해부가 급히 뒤따랐다.

등롱 불꽃이 격하게 몸부림쳤다.

유마왕후는 술사가 건네준 비단 주머니를 물끄러미 바라보았다.

관미성 탈환을 위한 전쟁준비가 차곡차곡 진행되었다. 병관좌평 목금은 주변 성에 군사동원령을 내리고 병력을 한성으로 집결시켰다. 지휘부도 꾸려졌다. 총사령 여은왕자를 중심으로 중군은 여기왕자, 좌군은 경사왕자, 우군은 곤지가 맡았다. 모두 왕자들이었다. 목금은 감군監軍(감독관)으로 총사령을 보좌하며 병참을 담당하였다.

유마왕후 처소.

「내일 출정합니다. 어륙.」

해부가 유마왕후를 찾았다.

「내일요?」

내일은 10월 초하루였다.

「어라하께서 참관하지 않는다고요?」

「그렇습니다. 지난번 북한산 사냥이 고구려의 첩자에게 노출되어… 어라하의 안위를 걱정해서 좌평들이 강력히 건의하였습니다.」

한 달 전, 고구려에서 암약하고 있던 첩자로부터 첩보 하나가 조정에 전달되었다. 때늦은 첩보였지만 섬뜩한 내용이었다. 3월 사냥차 왕자들과 함께 보름동안 한산에 머무른 비유어라하의 동선이 노출되었다. 고구려가 비유어라하를 사로잡을 계획을 세우고 이를 실행에 옮기려 했으나 장수태왕이 윤허하지 않아 미수에 그쳤다는 충격적인 소식이었다. 이후 비유어라하는 출궁 자체를 꺼렸고 관미성 탈환 전쟁에는 참관조차 않기로 결정하였다.*

---

* 《남당유고/고구려사략》 장수대제기의 기록이다. 봄 3월 상이 미천릉에 갔다가 비유가 한산에서 사냥하고 있다는 소식을 들었다. 장군 풍돈風豚이 기습하여 사로잡자고 청하니, 상이 말하길 '대저 일을 도모함에 있어 항상 먼저 계획을 세운 다음 행해야 뜻을 이루지 못해도 손실이 크지 않거늘 철저함 없이 임의로 일을 벌여 설사 성공하더라도 이는 이롭지 않게 될 것이다. 아무리 비유의 사람됨이 말이 많고 경박하며 도리에 어긋나고 놀기를 좋아한다 하여도 비유는 그것을 능히 오랫동안 지켜왔다. 기다리면 나라와 자신을 좀먹을 것이고 그대로 놔두어도 저절로 이지러질 텐데 무엇 하러 쓸데없이 힘을 들인단 말이냐!'라고 하였다.

「잘 됐습니다.」

「잘 되다니… 어인 말씀이시옵니까?」

해부가 눈을 크게 떴다.

「아무래도… 」

유마왕후가 말을 꺼낼 듯하다가 멈췄다.

「어륙. 이 오라비에게 못할 말이 뭐가 있겠습니까? 편하게 말씀하소서.」

해부가 애써 다독였다.

「오라버니. 지난 밤 곰곰이 생각해 보았는데… 이제 어라하와 악연을 끊어야겠습니다.」

「… ?」

「술사의 말대로… 」

「어라하를 죽이시겠다는 말씀이십니까?」

해부는 되물었다.

「제가 살 수 있는 길은… 경사왕자와 우리 가문이 살 수 있는 길은… 오로지 이 길 뿐입니다.」

유마왕후의 입술이 파르르 떨렸다.

「알겠습니다. 어륙. 결심을 하셨군요. 외람된 말씀이오나 이 오라비는 어륙께서 결심하시기만을 기다리고 있었습니다.」

해부는 코가 바닥에 닿을 정도로 바짝 엎드렸다.

「어라하를 죽이는 것만으로 모든 것이 끝나는 것은 아닙니다.」

「…」

「경사왕자에게 어라하의 군령이 떨어지더라도 관미성을 공격하지 말고 진만 치고 있으라 이르세요. 기별이 가면 즉각 첫째와 넷째를 추포하고 한성으로 회군하라 하세요. 한성의 상좌평은 오라버니께서 가병을 풀어 추포하시고요.」

「여은왕자와 곤지왕자를 말입니까? 여기왕자는 어떻게 하고요?」

「여기왕자는 그냥 놔두세요. 어차피 후계엔 관심없으니…」

「모두 죽이실 겁니까?」

해부는 연신 침을 꿀꺽 삼켰다.

「모르겠습니다. 일이 성공한 후에 따로 결정하십시다.」

「살생부라도 만들겠습니다.」

「그럴 필요는 없습니다. 여은왕자와 상좌평 그리고 곤지왕자만 잡으면 나머지는 조무래기들입니다. 오라버니께서 판단하여 상좌평의 측근들은 추포하셔도 됩니다.」

「알겠습니다. 어륙. 명 받들겠습니다.」

해부는 재차 고개를 숙였다.

「매사 은밀히 준비하고 실행해야 합니다. 한 치의 빈틈이나 낌새를 보여선 안 됩니다. 잘못되면 우리 가문은 멸문지화를 당합니다.」

「명심 또 명심하겠습니다.」

해부가 일어섰다.

「오라버니. 넷째는 반드시 추포해야 합니다. 곤지왕자 말입니다. 곤지왕자를 절대 놓쳐선 안됩니다.」

「…」

해부는 거듭 고개를 끄덕였다. 그리고 황급히 처소를 나갔다.

유마왕후는 맥이 풀리고 온몸에 힘이 쭉 빠졌다. 물 한 잔을 단숨에 들이켰다. 그리고 긴 한숨을 몰아쉬었다.

술이홀述爾忽 벌판 백제군 진영.

공격준비를 끝낸 백제군은 군령도착을 기다렸다. 공격명령이 떨어지면 중군이 선봉이 되고 좌군과 우군이 관미성의 좌우측에서 일제히 성을 공격할 예정이었다.

　우군 곤지군영.

　우군 소속 장수들이 모두 모였다. 대부분 무절도 출신 장수들이었다.

　「우리 우군에 대한 어라하의 기대가 실로 큽니다.」

　곤지가 먼저 입을 열었다.

　출정 당일이었다. 아침부터 한성은 가랑비가 내렸다. 군복이 비에 젖었지만 장병들은 자세를 흩트리지 않았다. 비유어라하가 손수 환두대도를 곤지에게 하사하며 건승을 빌었다. 반드시 우군이 가장 먼저 관미성에 깃발을 꽂아야 한다며 무절도 출신 장수들을 일일이 껴안으며 눈빛을 주고받았었다.

　「소장이 제일 먼저 깃발을 꽂아 우군장군 나리의 기대에 부응하겠습니다.」

　여작이었다. 우군의 선봉장이었다.

　여작은 죽은 상좌평 여신의 장손으로 무절도의 2인자인 역사였다. 혈서로 쓴 수사들의 충성연판장을 만들어 곤지에게 바쳤던 인물이었다.

　「고맙소.」

　곤지는 고개를 끄덕였다.

　「우군장군나리. 고구려군이 추가로 병력을 보충하고 있다합니다. 처음 생각보다는 다소 힘든 싸움이 될 듯합니다.」

　조미걸취였다. 줄곧 곤지를 보좌해온 조미걸취는 장수의 신분이었다.

　「당연히 어려운 싸움이 될 것이요. 그러나 나는 반드시 저 관미성을 되찾을 것이요. 관미성이 적의 수중에 있는 한 우리는 서쪽바다로 한 발짝도 나아갈 수 없소. 이는 우리 제국의 앞날이 걸린 문제요. 반드시 관미성을 되찾아야 하오.」

　곤지는 주먹을 불끈 쥐었다.

　그때 병졸이 들어와 객이 찾아왔다고 고하였다.

　「오랜만입니다. 곤지형님.」

「아니… 자네는 ?」

곤지는 짐짓 놀라며 벌떡 일어섰다.

안체였다. 삼한여행 때 풍도에서 만나 의형제를 맺은 해적 추장이었다.

「어인 일인가. 내가 여기 있는 것은 어떻게 알고… 」

곤지는 급히 장수들을 모두 물렸다.

「대방에 볼 일이 있어 들렸다가… 우연히 관미성에서 한판 붙는다는 말을 들었습니다. 혹시나 했는데… 형님께서 직접 전쟁에 참가하신다기에 찾아 왔습니다.」

「참으로 먼 길인데…」

해적의 본거지인 풍도에서 대방은 천여 리가 넘었다.

「삼한바다는 제 손바닥 안에 있습니다. 아무리 멀다 해도 뱃길로는 며칠 안 걸립니다.」

곤지는 깜박했다. 해적에게 바닷길은 식은 죽 먹기였다.

「대방엔 어인 일로… 」

「고구려 호족들에게 사람 좀 팔았습니다.」

「인신매매 말인가? 나하고 안하기로 약속하지 않았나.」

곤지는 고개를 갸우뚱하였다.

「형님과 약속한대로… 백제는 일체 손대지 않았습니다. 신라사람 몇 잡아 고구려에 팔았습니다.」

「허허… 아우도…」

곤지는 해적 약탈이 눈에 띄게 줄었다는 말을 연신에게서 들었었다. 안체 가 약속을 지킨 것이라 생각했다. 해적집단은 안체말고도 더러 있었다.

「형님께 부탁이 있습니다.」

「부탁?」

「이번 전쟁에 저도 참가하고 싶습니다.」

「…?」

곤지는 안체를 똑바로 쳐다보았다.

「아주 날쌘 놈들입니다. 산에 오르는 일도 배에 오르는 일도 날다람쥐 같습니다. 칼 다루는 솜씨도 일당백입니다.」

「그래도 이건 아닌 것 같네만.」

고개를 가로저었다.

「왜요? 해적들이어서 그렇습니까?」

안체가 따지듯 되물었다.

「아니네. 내가 언제 왕자라고 차별을 두었나? 사람차별을 했다면 자네와 내가 의형제를 맺을 수 있었겠나. 어라하의 백성은 모두 같네. 다른 사람은 몰라도 나는 신분에 관계없이 모두 평등하다고 생각하네.」

「형님…?」

「좋네. 아우가 소식도 없이 불현 듯 찾아주니 고맙고 또 나를 돕겠다하니 천군만마를 얻은 셈이네.」

곤지는 조미걸취와 여작을 불러 안체를 소개하였다. 조미걸취와는 안면이 있던 사이라 두 사람은 격이 없었다. 안체와 해적 50명은 여작의 선봉군에 배치하였다.

해가 서쪽하늘을 넘어갔다. 어둑해질 무렵이었다. 비유어라하는 상좌평 여채를 급히 불러 관미성 공격명령을 하달하였다. 군령이었다. 군령 또한 왕명이니 내신좌평을 통해 내리는 것이 정상적인 경로였다. 그러나 비유어라하는 해부를 부르지 않았다. 여채를 불러 군령을 하달하였다. 어전을 나온 여채가 싱글벙글 웃었다. 이 모습을 지켜보던 어전나인이 영문을 몰라 하였다.

늦은 밤. 간간히 소쩍새 울음소리만 어전 전각을 짓누를 뿐 모두 바짝 숨을 죽였다.

「어라하. 이것이 무엇입니까?」

위사좌평 조미미귀가 명을 받고 은밀히 어전을 찾았다. 비유어라하는 서랍에서 무언가를 꺼내 내려놓았다.

「태자 금인金印이네.」

황금도장. 태자의 신분을 나타내는 인장이었다.

「어찌 이를 소신에게 주시옵니까?」

비유어라하는 조미미귀가 들기 전에 주변을 모두 물렸다.

「과인이 결심했네. 넷째를 태자로 삼아야겠어.」

「곤지왕자를 말입니까?」

조미미귀는 눈을 크게 뜨고 되물었다.

「그래. 곤지를 태자로 책봉해야겠네. 준비해 주게.」

그리고 태자책봉식에 대한 구체적인 계획을 쭉 늘어놓았다. 책봉식 날짜가 유동적이었다. 관미성 전투가 끝나고 백제군이 회군하는 날이었다. 승패에 관계없이 회군하는 날. 그날이 책봉식 날이었다.

「어라하. 송구한 말씀이오나 이처럼 중대한 왕명을 어찌 소신에게 하달하시는 것인지요? 상좌평이나 내신좌평을 불러 명을 내리시지 않으시고요?」

「상좌평도 내신좌평도 믿을 수 없네. 과인이 넷째를 태자로 책봉한다고 하면 어떻게든 꼬투리를 잡아 과인의 의지를 꺾으려 할 것이네.」

「어라하.」

「은밀히 준비하여 전격적으로 실행하여야 하네.」

「알겠습니다. 어라하」

조미미귀는 금인을 두 손으로 받아들었다.

「그리고… 내두좌평에게도 과인의 계획을 전하게. 준비하는 데 도움을 줄 것이네」

조미미귀는 들어온 길을 또 조용히 빠져나갔다.

칠흑의 어둠이었다. 세상의 존재는 모두 숨을 죽였다. 둥근 달이 어둠을 뚫고 나왔다. 어둠 속 달빛은 강렬했다. 검은 복면을 한 사내 서넛이 달빛을 가르며 급히 어전 쪽으로 움직였다. 잠시 후 한 사내가 나인의 목에 칼을 들이댔다. 그리고 비단 주머니를 건넸다.

나인이 숭늉 한 사발을 들고 어전으로 들어갔다. 비유어라하는 입 안 가득 숭늉을 마시고 이내 잠자리에 들었다.

다음날 아침.

따사롭고 포근한 햇살이 어전을 밝혔다. 비유어라하는 기침하지 않았다. 나인이 들어 비유어라하의 용태를 살폈다. 육신은 싸늘하게 식어있었다. 의박사가 급히 들었지만 비유어라하는 깨어나지 않았다. 비유어라하가 죽었다.*

〈비유어라하〉. 백제 제20대 왕이다. 본명은 〈여비〉이다. 부여왕족으로 유년시절 야마토에서 지냈으며 야마토 찬어라하가 등극하면서 한성으로 건너왔다. 상좌평 여신의 도움으로 한성의 어라하에 올랐다. 어라하국 재건을 표방하고 한성 주변지역의 백제강역彊域을 삼한 전체로 확장시켰다. 담로제를 실시하여 지방행정조직을 개편 중앙통치를 강화하였다. 신라와 혼인동맹을 맺어 고구려 남진을 억제하였고 그 결과 고구려와 직접 충돌은 단 한 차례도 발생하지 않았다. 초기 민의정책을 펴 백성의 높은 지지를 바탕으로

---

* 《삼국사기/백제본기》 비유왕조 기록이다. 29년(455) '봄 3월 왕이 한산에서 사냥하였다. 가을 9월 흑룡이 한강에 나타났는데 잠깐 동안 짙은 구름과 안개가 몰려 어두워지자 날아갔다. 왕이 죽었다.' 《삼국사기》가 전하는 비유왕의 죽음과 연관된 흑룡 출현 사건이다. 흑룡 출현은 흔히 정변의 은유적 표현이라고 한다. 어찌 흑룡으로 묘사했을까? 흑은 어둠을 가리키며 어둠은 음이라 한다. 음은 바로 여성이다. 비유왕의 죽음에 여성이 관계되었다는 것을 알 수 있다. 여성은 바로 정적으로 추정되는 왕후가 아니었을까? 불행한 비유왕이다.

백제를 안정화시켰으나 말기에는 민의보다 역사와 점술에 집착하였다. 재위기간 내내 한성의 귀족가문과 끝없는 갈등을 일으켰으며 권력누수를 염려하여 태자를 마지막까지 책봉하지 않은 것이 화근이 되어 재위 29년에 암살당했다.

《삼국사기》는 〈용모가 뛰어나고 말을 잘하여 사람들이 따르고 존중하였다.〉라고 비유어라하를 평하였다.

그날 아침. 일단의 무리가 상좌평 여채의 집을 덮쳤다. 등청을 서두르던 여채는 영문도 모른 채 포박되어 압송되었다. 여채를 필두로 사람들이 왕궁 옥사로 끌려왔다. 모두 여채의 측근이었다.

「상좌평어른. 도대체 무슨 영문인지 모르겠습니다. 우리가 무슨 죄를 지었다고…」

「…」

여채는 입을 꼭 다물었다. 모두 여채만 쳐다보았다.

그때 옥사 문이 열리고 한 사내가 들어왔다. 조미미귀였다.

「어라하입니까? 이 여채를 못 믿어 또 불장난을 하고 있는 겁니까?」

여채는 다짜고짜 물었다.

「…」

「어라하를 알현할 수 있게 해주시오. 위사좌평.」

그리고 다그쳤다.

「상좌평어른… 어라하께서… 승하…하셨습니다.」

「… ?!」

「어라하께서 지난 밤 침수에 드신 이후 영영… 」

조미미귀는 채 말을 잇지 못하고 풀썩 주저앉았다. 이내 울음을 터뜨렸다.

「정말이오. 어라하께서 승하하신 것이?!」

여채는 눈을 휘둥그레 떴다. 어안이 벙벙하였다. 비유어라하의 신상엔 아무런 문제가 없었다. 오히려 비유어라하는 건강을 자신하며 조정 일을 적극 챙겼다. 어제 퇴청 무렵 자신을 불러 관미성 공격명령을 하달한 비유어라하였다.

「아침에… 의박사가 직접 어라하의 사망을 확인하였습니다.」

여채는 맥없이 주저앉더니 뒤로 나자빠졌다. 그리고 〈어라하~〉라고 외쳤다. 모두 여채를 따라 〈어라하~〉를 외쳤다. 옥사는 통곡소리와 함께 온통 울음바다로 변했다.

「누가… 누가 우리를 감금하라 한 것이오. 도대체 누구요?」

「잘은 모르오나 어륙께서 명을 내리신 것 같습니다.」

「어륙께서?」

「철군명령도 내렸습니다.」

「…」

여채의 머릿속이 새하얗게 변했다.

유마왕후의 처소.

급히 조정회의가 열렸다. 좌평들과 관부 수장 모두가 참석하였다.

「오늘 새벽 어라하께서 승하하셨습니다.」

해부가 비유어라하의 죽음을 알렸다. 모두 웅성거렸다.

「어라하의 유고에 따라 왕후인 제가 철군을 명하였습니다.」

모두 유마왕후를 주시하였다.

「상좌평께서 보이질 않습니다.」

진동이 주변을 둘러보며 상좌평을 찾았다.

「상좌평은 조사 중입니다. 내법좌평. 어라하의 유고에 의심되는 정황이 발견되었습니다. 어제 마지막으로 어라하를 알현한 사람은 상좌평입니다.」

해부가 뿌로통 입술을 부풀렸다.

「비상사태를 선포합니다. 서둘러 국상을 치를 예정이니 객부는 주변국에 알려 조문단을 받을 수 있도록 하고 내법좌평은 장례를 준비해 주시기 바랍니다. 또한 상좌평이 부재하니 내신좌평이 대행하여 당분간 조정을 이끄시기 바랍니다.」

유마왕후의 일사불란한 지시였다. 모두 숨을 죽였다. 서로 눈치만 보며 말 똥거렸다. 회의는 거기까지였다.

해부는 진동을 따로 불렀다.

「여기왕자는 피해가 없을 겁니다. 이는 어륙의 뜻입니다.」

「어륙께서 큰 은혜를 베풀어주시니 저와 우리가문은 황감할 따름입니다. 고맙습니다. 내신좌평어른!」

진동은 읊조렸다.

「국상을 차질 없이 준비해주세요. 잘 부탁드립니다. 내법좌평.」

「알겠습니다. 내신좌평어른.」

진동은 해부를 〈어른〉이라 호칭하였다. 본능이었다.

비유어라하의 유고소식을 들은 진동은 여기왕자와 가문을 먼저 떠올렸다. 몸이 불편하다는 핑계를 대어 회의에 불참하고 싶었다. 상좌평 여채가 없었다. 대세가 해씨가문으로 기울었다.

진동은 깊게 숨을 들이마셨다가 이내 내뱉었다. 안도의 한숨이었다.

뽀얀 물안개가 피어올랐다. 강가를 넘어 백제군 군영으로 몰려왔다. 물안개는 싱그러운 설렘의 안개가 아니었다. 긴장과 경계의 안개였다. 눈앞에 관미성이 보이지 않았다. 막연히 저기쯤이라 추측하는 것은 공간자각이었다.

물안개 속에는 적군도 아군도 구별할 수 없었다. 누군가 홀연히 나타난다면 코앞에 다가서고야 그 존재를 알 수 있었다. 미세한 발소리가 귓가를 자극하였다. 여러 사람의 발소리였다. 곤지는 눈에 힘을 주고 잔뜩 움츠렸다. 백제 병사들이었다.

「추포하라.」

병사들이 일제히 달려들이 곤지를 묶었다. 꼼짝달싹할 수 없었다. 얼굴에 검은 보자기가 씌어졌다. 캄캄한 어둠이었다.

「적군이냐… 아군이냐.」

아무도 답하지 않았다.

곤지가 전격적으로 체포되었다. 물안개가 걷히기를 기다리며 홀로 군영을 벗어나 관미성 쪽으로 나왔던 곤지였다.

한참을 어둠 속에서 끌려갔다.

그리고 보자기가 걷어졌다. 좌군 경사왕자군영 앞이었다.

「아니… 형님.」

곤지가 여은왕자를 보고 흠칫 놀랐다.

「무슨 일이지 모르겠네. 대관절 내가 무슨 잘못을 했다고…」

여은왕자가 입술을 꽉 오므렸다.

「…」

잠시 후 우군소속 한 장수가 나왔다.

「어륙의 명이옵니다. 두 분 왕자님을 추포하여 한성으로 압송하라는 명을 받았습니다.」

「이 보시게…」

여은왕자가 장수를 불렀다. 사유를 알려달라는 요구였다.

「소장은 아는 것이 없습니다. 명을 따를 뿐입니다.」

그 말이 전부였다.

달가락달가락 소리가 나더니 함거가 다가왔다. 병사들이 곤지와 여은왕자를 함거에 실었다.

「여기왕자와 경사왕자는 어디 있느냐? 무슨 설명을 해줘야 하지 않느냐?」

여은왕자가 소리쳤다. 공허한 울림이었다. 아무도 대꾸하지 않았다.

한편, 우군 곤지군영.

「우군장군께서 체포되셨습니다.」

곤지의 체포소식을 먼저 안 사람은 조미걸취였다. 평소 안면이 있던 좌군 소속 한 장수가 급히 찾아와 이를 알렸다.

「체포되다니… 나리께서 무슨 잘못을 했단 말인가?」

여작이 놀라 되물었다.

「모르겠습니다. 어륙의 명이라 합니다.」

「어륙의 명! 어라하가 아니고 어륙이라 했는가?」

「철군하라는 명도 있었습니다.」

군영 안으로 장수들이 하나둘 모여 들었다.

「무사나리의 행방은? 나리의 행방을 아는 사람 있는가?」

여작이 허둥대며 다짜고짜 장수들에게 물었다.

「…」

모두 꿀 먹은 벙어리였다.

그때 안체가 급히 들어왔다.

「왕자님께서는 함거에 실려 군영을 떠났습니다.」

「함거?」

「한성으로 압송되는 듯합니다.」

「음…」

여작은 어쩔 줄 몰라 하였다. 잠시 침묵이 흘렀다. 모두 여작만 쳐다보았다.

「좋다. 일단 상부의 명이니 철군을 준비하게…」

여작이 부리나케 밖으로 나갔다. 장수들도 따라 나섰다.

조미걸취와 안체 두 사람만 남았다.

「조미 장군! 아무래도…」

안체가 머리를 긁적였다.

「한성에 변고가 생긴 듯합니다. 예감이 좋지 않습니다. 형님께서 누명을 쓰신 것 같습니다. 신변이 위험합니다.」

「음…」

조미걸취는 고개를 끄덕였다.

「이대로 한성으로 가게 할 수 없습니다. 일단 구출해야겠습니다.」

「…」

「조미 장군?」

안체가 다그쳤다.

「좋습니다. 추장께선 나리를 구출하시지요. 저는 일단 한성으로 돌아가 전후 사정을 알아보고… 나리 가족들을 피신시키겠습니다.」

「형님을 어디로 모실까요?」

「불사성… 아니 고마성… 고마성이 좋겠습니다. 고마성으로 모셔주세요.」

조미걸취도 안체도 군영을 나갔다.

군영은 휑하였다. 어제까지 사람들로 북적였던 곤지군영이었다.

안체는 은밀히 함거를 뒤따랐다. 함거가 한강 북쪽 나루에 도착하였다. 얼추 20여 명이 함거를 지켰다.

「지금이 기회다.」

안체가 신호하자 수하들이 일제히 칼을 빼들고 함거로 돌진하였다. 곤지가 함거에서 막 내릴 찰나였다. 안체 일행을 본 병사들이 지레 기겁하였다. 싸워볼 태세도 갖추지 않고 하나둘 꽁무니를 빼더니 모두 도망쳤다. 순식간이었다. 안체는 배도 점령하였다.

「형님…」

안체가 곤지 앞에 무릎을 꿇었다.

「이 보시게 아우. 어찌 황망한 짓을 하나.」

곤지가 대뜸 나무랐다.

「형님. 지금 한성에 가시면 죽습니다.」

「죽어도 나는 한성에서 죽을 것이네.」

「형님?」

「비키시게. 나는 명을 받아 압송되는 사람이네. 내가 죄가 있고 없고는 차후의 문제네. 지금 내가 도망가면 난 영원히 죄인이 되네. 진정 나를 살리려면 어서 길을 여시게.」

「형님?」

「어서 !」

곤지가 호통을 쳤다.

「…」

안체가 신호하자 한 수하가 곤지의 뒤통수를 내리쳤다. 순간 곤지는 정신을 잃고 쓰러졌다.

백제군이 회군하였다. 여은왕자는 가택에 연금되었다. 병사들이 이중삼중으로 포위하였다.

「뭐라… 곤지왕자를 놓쳤다고?」

유마왕후가 벌떡 일어섰다.

「송구합니다. 어륙. 정체모를 칼잡이들이 나타나서 곤지왕자를 데려갔다 하옵니다.」

해부는 고개를 푹 숙였다.

「대관절 누구입니까? 무절도입니까?」

「무절도는 아닌 듯싶습니다.」

「…」

유마왕후는 안절부절하였다. 그리고 창문을 열었다.

「내가… 거사를 일으킨 것은 곤지왕자를 잡기 위해서입니다. 다 된 밥에 코 푼 격이 아닙니까? 곤지왕자를 살려두고 거사를 성공했다 할 수 있습니까?」

「당장 추적꾼을 보낼까요?」

「어디로 도망간 줄 알고 추적하겠습니까? 왕자의 집에 군사를 보내세요. 이중삼중으로 포위하여 개미새끼 한 마리 접근하지 못하게 하세요. 필경 누군가는 나타날 겁니다. 은밀히 주변에 사람을 배치하세요. 잡아 족치면 왕자의 행방을 알 수 있겠지요.」

해부가 급히 처소를 나왔다.

「내신좌평어른. 어라하 시신이 빈소에 없습니다.」

진동이 해부를 가로막았다.

「놀랄 것 없습니다. 내법좌평. 어라하 시신은 이미 한강 모래밭에 매장했습니다.」

「… ?」

「이는 어륙의 뜻입니다. 절대 비밀이니 유념하세요. 빈 관으로 장례를 치르면 될 겁니다.」

「아… 알겠습니다. 내신좌평어른.」

진동은 다리가 후들거렸다.

비유어라하와 유마왕후 사이가 좋지 않다는 것은 누구나 아는 사실이었다. 그렇다고 유마왕후가 어라하의 시신마저 유기할 줄 몰랐다.

진동은 절레절레 고개를 흔들었다.

국장이 서둘러 거행되었다. 시신 없는 관은 부여왕가의 묘역에 안장되었다. 성급한 장례식으로 외부 조문객은 거의 없었다. 쓸쓸한 장례식이었다.

해부가 옥사를 찾았다.

「여은왕자는 어찌 하실 겁니까?」

여채가 물었다.

「목숨은 빼앗지 않겠습니다. 허나 한성에선 살 수 없습니다.」

「…」

여채는 체념하였다.

장례식이 끝나자마자 여채와 측근들에 대한 문초가 두 차례 있었다. 여채의 죄목은 〈비유어라하 시해〉였다. 혹독한 고문이 이어지자 한 측근이 여채가 비유어라하를 시해했다고 자백하였다. 또한 경사왕자와 해씨가문을 도륙할 계획까지 세웠다고 토설하였다. 그 측근은 거짓자백의 울분을 참지 못하고 지난밤 혀를 깨물었다. 처음 다섯 명이 잡혀왔는데 두 명은 고문으로 죽고 한 명은 자결하였다. 두 명만 남았다.

「두 분은 잘못이 없으니 풀어주시오.」

「소인들은 상좌평어른과 끝까지 함께하겠습니다.」

두 사람은 피투성이였다.

「부질없는 짓… 목숨은 귀한 것이오. 부덕한 사람을 잘못 만난 죗값이라 생각하시오.」

여채는 애써 외면하였다.

「좋습니다. 조정좌평께 건의하여 선처토록 하지요.」

해부가 여채의 제안을 받아들였다. 두 사람은 여채의 저고리를 붙잡고 통곡하였다.

「상좌평 가문을 도륙내진 않겠습니다. 이는 어륙의 뜻입니다.」

「…」

여채는 눈을 감았다. 퉁퉁 부은 눈이 아렸다.

지난 밤 처와 아들이 옥사를 찾아왔다. 두 사람은 마냥 울었다. 여채는 아비와 남편을 잘못 만난 죄라며 에둘러 미안한 감정을 표하였다. 그리고 등을 돌렸다. 처와 아들이 떠나고 여채는 밤새 비죽대며 눈물만 쏟았다. 옥사 바닥이 촉촉이 젖었다.

「내일… 경사왕자께서 어라하에 등극합니다.」

「…」

해부는 여채의 죽음을 재촉하였다.

「알겠소.」

그날 밤 여채는 두 측근이 보는 앞에서 목을 매었다. 시신을 깨끗이 씻어 한강에 수장해 달라 유언하였다.

여채의 남긴 마지막 말은 〈인생이 허무하구나!〉였다.

다음 날. 경사왕자가 어라하에 등극하였다. 즉위식을 마친 경사는 왕궁 안 동명사당에 제를 올려 어라하 등극을 알렸다.

이어 첫 번째 왕명을 하달하였다.

「과인은… 우리 제국이 〈대왕의 나라〉임을 선포합니다. 따라서 어라하의 칭호를 〈대왕大王〉으로 바꾸며. 과인을 칭하는 말도 〈짐朕〉이라 하겠습니다. 신료들 또한 짐을 〈폐하陛下〉라 불러주기 바랍니다.」

「대왕폐하 천세…」

해부가 선창하자 모두 약속이나 한 듯 두 손을 높이 치켜들었다. 일제히 〈대왕폐하 천세!〉를 외쳤다.

「왕후를 〈태후太后〉에 봉합니다. 짐은 이 자리를 통해 태후폐하께 청을 할까합니다.」

개로대왕이 유마태후를 힐끗 쳐다보았다.

「짐이 비록 오늘 보위에 올랐으나 모든 것이 부족합니다. 하와 짐은 태후폐하께 섭정해주실 것을 청합니다.」

「…」

「태후폐하께서는 짐의 처지를 어여삐 여기시어 가납해주소서.」

개로대왕이 고개를 숙여 거듭 청하였다.

「…」

모두 유마태후의 입만 쳐다보았다. 무거운 침묵이 좌중을 바짝 긴장시켰다. 유마태후는 입을 굳게 다문 채 눈을 감았다.

「태후폐하 천세…」

침묵을 깬 사람은 진동이었다. 두 손을 높이 쳐들고 외쳤다. 하나 둘 〈태후폐하 천세!〉를 따라 외쳤다.

「대왕폐하의 간곡한 청을 신료들 또한 받아주시니 이 태후가 어쩔 도리가 없군요. 당분간 대왕폐하의 명을 받들도록 하겠습니다.」

모두 〈대왕폐하 천세!〉, 〈태후폐하 천세!〉를 외쳤다. 우렁찬 함성이 왕궁 구석구석에 울려 퍼졌다.

백제 제21대 개로대왕이 등극하였다. 개로대왕의 첫 번째 작업은 백제의 개조였다. 〈어라하국〉이 아닌 〈대왕국〉으로 바꾸었다. 이는 백제가 비유어라하 이전으로 회귀하는 것이었다. 작업을 주도한 사람은 유마태후였다. 비유어라하를 독살하고 정적인 여씨가문을 제거한 유마태후는 한성의 주인이 해씨가문임을 명확히 하였다. 어라하국을 버리는 것 그 자체만으로 해씨가 문의 완전한 승리였다.*

내두좌평 연길, 위사좌평 조미미귀, 병관좌평 목금이 전격 해임되었다. 세 사람은 비유어라하의 측근이었다. 해부가 상좌평으로 승차하였고 공석이 된 좌평과 관부의 수장들은 해씨가문과 이에 동조한 사람들로 채워졌다.

* * *

고마성 하늘에 먹구름이 몰려왔다. 번개가 치더니 고막을 찢는 천둥소리가 이어졌다. 굵은 빗줄기가 강풍을 타고 세차게 몰아쳤다. 모두 숨을 죽였다. 하늘의 분노였다.

곤지는 어라하사당에 몸과 마음을 묻었다. 이틀째였다. 홀로 사당을 지키 며 선대 어라하들과 대화를 나누었다. 선조와의 대화. 대화의 실체는 교감이었 다. 그러나 대화는 결국 자문자답으로 돌아왔다. 두 가지였다. 하나는 슬픔이 요 둘은 분노였다. 비유어라하가 죽었다는 사실은 오열의 눈물이지만 비유어 라하를 죽인 자에 대한 울분은 피눈물이었다. 처음에는 슬픔을 이기지 못하였 지만 시간이 지날수록 분노가 앞을 가로막았다.

닷새 전 곤지는 배 위에서 깨어났다. 압송의 명을 따르겠다는 곤지를 혼절

---

* 《삼국사기/백제본기》 개로왕 조는 '개로왕蓋鹵王(혹은 근개루近蓋婁라고도 한다.)의 이름은 경사慶司이다. 비유왕의 장자이다. 비유왕이 재위 29년에 돌아가시자 왕위를 이었다.'라고 시작하나, 개로왕은 재위 20년 중 초기 14년 동안은 아무런 기록을 남기지 않고 있다. 또한 개로왕은 백제 4대왕인 개루왕蓋婁王(재위 128~166)의 시호를 따고 있다. 개루왕은 해씨였다. 백제의 정복군주로 알려진 13대 근초고왕近肖古王(재위 346~375)은 5대 초고왕肖古王(재위 166~214)의 시호를 땄다. 개로왕이 5대 초고보다 앞선 4대 개루왕의 시호를 사용한 것은 당시 한성 해씨가문의 절절함을 알 수 있는 대목이다.

시킨 안체는 곤지를 배에 태웠다. 배는 한강 하류를 벗어나 혈구도 근처 해안을 따라 남하하였다.

「어라하께서 승하하셨습니다.」

「헉…?」

곤지는 누운 자리를 박차고 일어났다.

「정말… 정말인가?」

청천벽력이었다.

「암살되신 듯합니다. 암살을 주도한 누군가가 형님을 추포한 것입니다.」

「당장 나를 내려주게… 아바마마께서 승하하셨다 하지 않았는가? 당장 한성으로 가야겠네.」

곤지는 막무가내였다. 얼이 빠져 있었다.

「형님. 제발 냉정을 찾으십시오. 승하하신 어라하보다 형님 목숨이 경각에 달렸습니다. 체포조가 한성을 출발했답니다. 지금 잡히시면 죽습니다.」

안체가 곤지의 옷소매를 꽉 붙들었다.

그렇게 해서 곤지는 한성으로 돌아갈 수 없었다. 배는 남하하여 벌수지伐首只(충남 당진)의 어느 해안가에 당도하였다. 그리고 곧장 고마성으로 향하였다.

「어라하이시여. 소손이 어찌해야 합니까?」

곤지의 자문자답은 계속되었다.

또 다시 번개가 치고 천둥소리가 귓전을 때렸다. 하늘의 분노는 곤지의 분노였다.

얼마의 시간이 지났을까 세상은 고요하였다. 문틈 사이로 한줄기 햇살이 들어왔다.

「경사왕자께서 보위에 올랐습니다. 태후께서 섭정을 한답니다.」

조미걸취가 어라하사당을 찾았다.

「…」

「상좌평께서 어라하 시해 누명을 쓰고 자결하셨습니다. 여은왕자님은 가택에 연금되었습니다.」

「…」

「내두좌평과 병관좌평, 위사좌평 세 어른은 파직되었습니다.」

「…」

「송구합니다. 가족은 데려오지 못했습니다. 이중삼중으로 포위하고 있는지라… 다만 모두 무사한 것은 확인하였습니다.」

「…」

조미걸취가 한성 상황을 전하였다. 그러나 곤지는 묵묵부답이었다. 한참이 지났다.

「누가 아바마마를 시해했는가?」

곤지가 버겁게 입을 열었다.

「모릅니다. 지금으로서는 누가 어라하의 유고에 관여했는지 알 수 없습니다. 다만 갑자기 승하하신 것도 이해할 수 없고… 당일 태후와 내신좌평이 사전에 철저히 준비한 것처럼 일시분란하게 모든 일을 처리했답니다.」

「태후가…?」

곤지가 되물었다.

「정황만 있을 뿐 물증은 없습니다. 무사나리.」

「한성으로 가야겠네. 준비해주게.」

「안됩니다. 태후가 나리를 놓쳐 해부에게 심한 역정을 냈다는 후문입니다. 이미 체포조가 쫙 깔렸습니다. 실은 이곳도 위험합니다.」

「나는… 한성으로 가겠네. 내가 죽어야 할 곳도 한성이고 살아야 할 곳도 한성이네. 태후와 해부가 아바마마를 시해했다면… 나는 분명히 그들의 죄를 물을 것이네.」

곤지가 이틀 동안 어라하사당에 머무르며 내린 결론이었다.

「무사나리…」

「준비해 주게.」

곤지는 조미걸취를 재촉하였다.

고마성으로 사람들이 몰려왔다. 한성에서는 연길, 조미미귀, 목금 등 옛 좌평들이 급히 곤지를 찾아 내려왔다. 주변 담로성 성주들도 하나 둘 도착하였다. 곤지의 장인 불사성주 우서도 왔고 멀리 남쪽 월나성주 여예도 소식을 듣고 찾아왔다. 모두 곤지에게 우호적인 사람들이었다. 이들은 개로대왕의 즉위식에 참석하지 않았다. 무절도 낭도와 수사들도 있었다. 그러나 해씨가문 출신은 없었다.

고마성 성주 여훈의 저택.

「왕자님. 결심을 굳히셨습니까?」

연길이었다.

「네. 좌평어른. 한성으로 돌아가겠습니다.」

모두 곤지를 쳐다보았다.

「잘하신 결정입니다. 우리 모두는 왕자님과 함께하기로 중지를 모았습니다. 성주들은 군사를 동원하고 호족들은 가병을 내놓기로 하였습니다. 족히 5천은 될 겁니다.」

「…?」

「태후와 해부를 한성에 둬선 안 됩니다. 권력만 탐하는 불순한 자들이 결국 천인공노할 짓을 저질렀습니다. 반드시 몰아내야 합니다. 어차피 한 번은 치러야 할 전쟁입니다. 저들은 제국의 앞날을 망칠 독버섯일 뿐입니다.」

「방금하신 말씀… 제가 잘못들은 것이죠. 좌평어른?」

곤지는 정색하며 되물었다.

「경사왕자가 보위에 오른 것도 잘못된 일입니다. 당연히 보위는 왕자님께서 이어야 합니다.」

「보위라니요? 어찌 황망한 말씀을 하십니까?」

「…」

「좌평어른 ?」

그리고 눈에 잔뜩 힘을 주었다.

「어라하의 명이 있었습니다」

「…?」

곤지는 흠칫하였다.

연길이 눈짓하자 조미미귀가 품 안에서 물건 하나를 꺼냈다. 태자의 금인金印이었다.

「왕자님께 바치게 되어 너무 기쁩니다.」

조미미귀가 곤지 앞에 금인을 내려놓았다. 그리고 비유어라하가 승하하기 전날 곤지의 태자 책봉식을 은밀히 준비하라는 밀명을 받았다고 알렸다. 모두 웅성거렸다.

곤지는 물끄러미 금인을 바라보았다. 그리고 다시 조미미귀 앞으로 밀었다.

「제가… 한성으로 돌아가고자 하는 것은… 전쟁을 하고자 함이 아닙니다. 어라하를 시해한 자가 있다면 이를 찾아 죄를 묻기 위해서입니다. 정황만 있지 명백한 증좌는 없다 하였습니다. 태후와 해부를 단정하는 것도 도리는 아닐 겁니다.」

모두 놀란 표정이었다.

「또한 저에게… 밀명을 운운하시는데 이 역시 옳지 못합니다. 이미 경사 형님께서 태후의 명으로 보위에 올랐습니다. 그것으로 된 겁니다.」

「왕자님… ?」

연길이 눈을 껌벅였다.

「여러분의 뜻 잘 알겠습니다. 그러나 이것은 반역입니다. 내란입니다. 백성들이 겪어야할 고충을 생각해보셨습니까?」

「반역은 왕자님이 아니고 저들입니다. 저들이 어라하를 시해하고 보위를 찬탈한 겁니다.」

연길이 눈꼬리를 치켜세웠다.

「음…」

곤지는 입술을 지그시 깨물었다.

처음부터 두 사람의 생각은 달랐다. 곤지는 시해범을 찾아 죄를 묻는 것이나 연길의 생각은 한성의 접수였다. 결국 대상은 같았지만 방법은 달랐다.

「차라리… 고마성에서 다시 어라하국을 시작하면 어떻겠습니까?」

고마성주 여훈이었다.

「한성은 원래 해씨들의 땅이니 저들에게 그냥 주고… 고마성에서 다시 어라하국을 시작하는 겁니다. 처음으로 다시 돌아가는 겁니다.」

모두 여훈을 쳐다보았다. 그리고 고개를 끄덕였다.

「곤지왕자께서 어라하국을 다시 재건하는 겁니다.」

일순 무거운 침묵이 방 안 가득 깃들었다. 누군가 손뼉을 치니 하나둘 따라서 손뼉을 쳤다. 소리의 울림이 방 안을 차고 넘쳤다. 그리고 곤지의 눈을 주시하였다. 답을 달라는 압력이었다.

「저는… 받아들일 수 없습니다. 제국을 절대로 양분할 수 없습니다.」

곤지는 목에 힘을 주었다. 단호한 대답이었다. 그러자 모두 웅성거렸다.

「왕자님. 여훈 성주의 말이 맞네. 나 역시 부여왕가의 한 사람으로 이를 적극 지지하네.」

월나성주 여예가 거들었다.

「사위. 사위를 아끼는 여러 어른들의 의견을 따르는 것이 좋을 듯싶네. 나 또한 그렇게 하는 것이 순리라 보네.」

불사성주 우서도 거들었다.

「…」

곤지는 말없이 자리에서 일어섰다. 그리고 밖으로 나갔다.

모두는 일절 이동 없이 방바닥을 지켰다.

며칠째 줄다리기가 계속되었다. 한 사람 또는 여럿이 계속해서 곤지를 설득하였다. 그러나 곤지는 의지를 꺾지 않았다. 역으로 자신의 입장을 적극 설명하였다. 곤지는 자신의 존재가 싫었다. 모든 사달의 중심에 자신이 있었다. 처음 한성으로 가고자 한 까닭은 어라하의 시해범을 잡아 죄를 묻고 적절한 조치를 취하는 것이었다. 정말 소문대로 유마태후와 해부가 관련이 있다면 백성들에게 자신들의 죄를 고백하게 하고 스스로 결단을 촉구할 생각이었다. 그러나지금 상황은 이마저 여의치 않았다. 모두 곤지를 주목하였다. 고마성에서 어라하국을 재건하자는 의견이었다. 실로 무겁고 무서운 얘기였다.

「좌평어른… 저를 한번 도와주셔야겠습니다.」

곤지가 연길을 찾았다.

「꼭… 그리해야겠습니까?」

「제 생각은 변함없습니다.」

「언젠가… 왕자님이 하신 말씀이 생각납니다. 임나 자가왕자의 신라 망명 행위를 두고 어라하께서 의견을 물으니 왕자님께서는 망명이 아닌 왕의 신하요 백성으로 살겠다 하셨죠.」

「음…」

오래전 이야기였다. 수레바퀴 불꽃 출현사건이 있던 해였다. 비유어라하는 자문을 얻기 위해 북한산의 현인을 찾아 갔었다. 때마침 임나에서 모자도 태자와 모자가왕자가 왕위 다툼을 벌였는데 싸움에서 패한 모자가왕자가 덜컥 신라로 망명하였다. 이를 두고 비유어라하는 모자가왕자의 배신행위에 대해 곤지에게 물었었다.

「지금 왕자님의 상황이 자가왕자의 상황이군요. 그땐 제가 왕자님의 말씀을 흘려들었습니다.」

「백성이 우선이고 나라가 우선입니다. 한 개인의 욕심으로 이를 무너뜨려선 안 됩니다.」

「흠…」

연길이 가벼이 신음하였다.

「왕자님. 한 가지만 여쭙겠습니다. 도대체 권력이란 무엇입니까?」

「권력은…」

곤지는 잠시 망설였다.

「쌓고 휘두르는 것이 아니라… 나누고 베푸는 것이라 생각합니다. 권력은 탐하는 것이 아니라… 버리는 것이라 생각합니다. 모두 꾀꼬리의 맑은 소리만 좋아하고 매의 거친 영혼은 싫어합니다. 권력에 집착하면 웃음거리만 될 뿐입니다. 참으로 어리석은 일이 아니겠습니까?」

곤지는 또박또박 자신의 신념을 밝혔다.

「알겠습니다. 왕자님의 뜻 받아들이겠습니다. 다른 분들께는 왕자님의 뜻을 다시 전하고 양해를 구하겠습니다.」

연길은 시선을 접었다.

「고맙습니다.」

「참으로 안타깝습니다. 우리 제국과 백성들이 왕자님을 어라하로 모시지 못하는 것이 너무 슬픕니다. 왕자님께서 보위에 오르신다면 우리 제국은 태평성대의 천년제국이 될 터인데 말입니다.」

연길은 못내 아쉬워하며 눈물을 훔쳤다.

곤지는 한성으로 향하였다. 삶과 죽음은 운명의 영역이었다. 다만 죽는다면 의롭게 죽을 것이요 산다면 떳떳하게 살기로 하였다. 모두 곤지의 결심을 존중하기로 뜻을 모았다. 연길은 당분간 한성이 아닌 고마성에서의 상단사업에 집중할 계획을 밝혔다. 곤지가 말에 오르자 조미걸취와 여작 등 무절도 일행도 뒤를 따랐다.

* * *

한성이 낯설었다. 불과 한 달인데 모든 것이 낯설었다. 부여왕가묘역을 찾아 비유어라하 능에 제를 올린 곤지는 슬픔과 울분을 토해냈다. 그리고 묘역을 떠나 민가가 밀집된 대로에 들어섰다. 대로는 왕성남문까지 이어졌다.

「곤지왕자님이시다.」

누군가 소리쳤다.

「곤지왕자님이 돌아오셨다.」

사람들이 우르르 몰려들었다. 곤지는 사람들에게 둘러싸였다. 한 노인이 양손을 들어올리며 〈곤지왕자 천세!〉를 외쳤다. 모두 양손을 높이 치켜들며 연호하였다.

조미걸취가 갑자기 벌어진 상황에 잔뜩 신경을 곤두세웠다. 경호는 조미걸취의 몫이었다. 일부 사람들을 밀쳐 급히 공간을 만들었다.

「무사나리. 백성들이 나리를 열렬히 환영하고 있습니다. 아무래도 인사라도 해야겠습니다.」

곤지가 사람들을 향해 고개를 숙이고 손을 흔들었다.

모두 일제히 손뼉을 쳤다. 곤지는 가슴이 뭉클하였다. 낯설음은 곤지만의 착각이었다.

그때 병사들이 나타났다. 일제히 사람들을 대로 양쪽으로 밀쳐냈다. 왕성남문까지 큰 길이 열렸다. 곤지가 발걸음을 떼자 모두 곤지를 뒤따랐다.

개로대왕의 어전.

「등극을 감축드립니다. 형님폐하.」

곤지는 정중히 예를 취했다. 해부가 배석하였다.

「무엄하오. 곤지왕자. 형님이라니… 이제 대왕폐하이시오. 예를 갖춰주시오.」

「아… 아닙니다. 상좌평께서는 아우를 나무라지 마세요.」

개로대왕은 멋쩍어 하였다. 그럼에도 얼굴은 밝았다. 승자의 여유였다.

「아바마마의 승하소식을 들었을 것이다. 왕실과 조정이 짐을 선택해 제국의 대왕이 되었다. 이제 돌아왔으니 짐을 도와 사직을 보존하고 제국을 발전시키는 데 힘을 쏟기 바란다.」

「왕자님. 착각하지 마십시오. 백성들이 열렬히 환영하였고요. 왕자님은 영웅이 아닙니다. 이미 죽은 목숨입니다. 대왕폐하의 하해와 같은 성은이 있었기에 지금 숨을 쉬고 있는 것입니다.」

해부는 태연히 겁박하였다.

「상좌평. 과한 말씀입니다. 짐은 아우가 돌아와 준 것만으로도 기쁘기 그지없습니다. 아우에 대한 짐의 기대가 큽니다.」

그때 어전 문이 열리더니 유마태후가 들어왔다. 개로대왕은 반사적으로 일어섰다.

「고마성에서 역적모의를 하셨다고?」

말소리가 날카로웠다.

「…」

「딴 살림을 차리겠다고 했다지. 곤지왕자. 그래 어디 한번 붙어볼까요? 누가 죽는지 결판을 내볼까요?」

독기어린 눈빛과 목소리였다.

「태후폐하. 오해이십니다. 아우는 그런 사람이 아닙니다. 정말 아우가 그런 마음을 먹었다면 한성에 왔겠습니까?」

개로대왕이 어쩔 줄 몰라 하며 황급히 유마태후를 막아섰다.

「곤지왕자. 더는 말하지 않겠습니다. 당장 무절도를 해체하세요. 해체하지 않으면 대왕폐하의 신하로 살아갈 수 없습니다.」

유마태후가 눈을 흘겼다.

「음…」

두 사람의 눈빛이 마주쳤다. 서로 시선을 피하지 않았다. 충돌이고 싸움이었다.

「아우. 짐의 생각도 태후폐하와 같네. 태후폐하의 명을 받들게나.」

개로대왕이 두 사람을 번갈아 보며 눈치를 살폈다.

「조건이 있습니다.」

곤지가 입을 열었다.

「조건이라니… 지금 조건을 내세울 때가 아닌데.」

해부가 끼어들어 입술을 실룩거렸다.

「말해보세요.」

유마태후가 시선을 내렸다.

「어라하의 시해에 대한 명확한 입장을 밝혀주십시오.」

곤지는 목에 힘을 주었다.

「… ?」

순간 유마태후의 아미가 흔들렸다.

「아우. 죽은 상좌평 여채가 어라하를 시해하였다고 자복했네. 여은형님을 보위에 앉히기 위해 일을 벌였다고.」

개로대왕이 유마태후의 눈치를 살피며 끼어들었다.

「정말 … 여채입니까? 상좌평이 어라하를 시해하는 천인공노할 짓을 저질렀습니까? 증좌가 있습니까?」

곤지는 개로대왕이 아닌 해부에게 물었다. 눈길을 거두지 않았다.

「지금 저를 의심하는 겁니까?」

해부가 멈칫하였다.

「왕자. 정히 여채의 역적질을 믿지 못한다면… 증좌를 가져오라.」

유마태후가 해부를 대신하였다.

「아우. 이미 죄를 지어 죽은 사람이네. 어디 다른 증좌가 있을 수 있겠나. 다른 오해는 마시게. 이 문제는 끝난 일이네.」

승산 없는 논쟁이고 싸움이었다. 의심가는 정황만으로 유마태후와 해부를 몰아붙이는 것은 계란으로 바위를 내리치는 격이었다. 증좌. 이 또한 모래밭에서 바늘 찾는 격이었다. 설사 증좌가 있더라도 유마태후와 해부가 이를 놓아두었을 리 만무하였다. 곤지는 답답하였다.

「…」

더 이상의 말조차 의미가 없었다.

「무절도를 해체하라 했거늘 어찌 답을 안 하는 것이냐?」

바로 역공이 들어왔다.

「…」

곤지는 머뭇거렸다.

「태후폐하의 말씀을 거역하겠다는 것이요?」

해부가 다그쳤다.

곤지는 눈을 감았다. 순간 아비 비유어라하와 숙부 호가부의 얼굴이 아른거렸다. 〈어떻게 해야 합니까? 정녕 무절도를 해체해야 합니까?〉 곤지는 어금니를 꽉 깨물었다. 그리고 눈을 떴다.

「좋습니다. 무절도를 해체하겠습니다.」

곤지는 무절도 해체를 받아들였다.

「대신… 수사와 낭도에게도 조정에 출사할 수 있는 길을 열어주십시오. 이들은 제국의 동량입니다. 이들의 문무는 제국을 융성하게 만들 겁니다.」

「좋습니다. 왕자의 제안을 받아들이지요. 그러나 내 조건을 하나 들어줘야겠습니다.」

유마태후는 틈을 주지 않았다.

「…?」

「부인이 출산 중에 죽었다는 말을 들었다. 늦은 감이 있지만 애도를 표한다. 왕실의 어른으로 결코 모른 채 할 수 없다. 하여… 이 태후가 왕자에게 어울리는 혼처와 여식을 찾아볼 터이니 그리 알라.」

「태후폐하. 죽은 우미랑 말고도 모아가 있습니다.」

「이 태후는 생모가 아니어도 엄연히 왕자의 어미이니라.」

「…」

유마태후는 곧장 일어났다. 해부가 뒤따랐다. 찬바람이 쌩하고 일었다.

이제 어전은 개로대왕과 곤지 두 사람만 남았다.

「아우. 둘째형님은 조정좌평을 맡아 부족한 짐을 도와주고 있네. 아우에게도 좌평을 제수하고 싶은데 도와주겠나?」

조금 전 격한 분위기와는 사뭇 달랐다.

「형님폐하. 소제는 폐하의 신하가 아닌 백성으로 살고자 합니다. 부디 분부를 거두어 주시옵소서.」

「왜? 짐에 대한 서운함 감정이 있어서 그러는가?」

「아닙니다. 아직 아바마마를 잃은 슬픔을 떨쳐내지 못하고 있습니다. 목숨이 붙어있는 한 평생 이어질지도 모르겠습니다. 부디 소제의 심정을 헤아려 주소서.」

곤지는 정중히 거절하였다.

「아… 알겠네. 허나 아바마마의 유지를 잊지 말게. 형제들의 우애 말일세.」

개로대왕은 입술을 부풀렸다.

「형님폐하. 청이 하나 있습니다.」

「청?」

「큰 형님을 풀어주십시오.」

여은왕자는 가택연금 상태였다.

「여은형님은 곧 한성을 떠날 것이네. 아니 제국에서 추방되겠지. 아마 야마토로 건너가게 될 것이네. 짐이야 우리 형제들 모두 같이 지내고 싶지만… 태후폐하와 상좌평이 반대하니…」

개로대왕은 하던 말을 멈췄다.

잠시 두 사람 사이에 침묵이 흘렀다.

곤지는 마음 한구석이 무겁고 아려왔다. 형제간의 우애를 강조했던 비유 어라하의 당부는 한낱 모래성이었다.

「송구한 말씀이오나… 어라하국을 버리고 대왕국을 칭한 것은 도저히 받아들일 수 없습니다. 어라하국은 부여왕가의 상징이며 우리 제국의 존재이유이옵니다.」

곤지가 침묵을 걷었다.

「아우의 말 누구보다도 잘 알고 있네. 야마토가 이미 어라하국을 버린 마당에 우리 제국이 어라하국을 이어가야 하는 것이 너무도 당연하지. 짐이 이를 모른다면 어찌 어라하의 자손이라 할 수 있겠나. 그렇지만 이제 한성은 해씨세상이 되어버렸네. 이 제국은 짐의 제국이 아닌 해씨의 제국이 되고 말았단 말이네.」

「…」

개로대왕은 창가로 다가갔다. 들창을 열더니 한껏 바깥공기를 들이 마셨다. 개로대왕의 뒷모습을 지켜보던 곤지는 한없이 억장이 무너졌다.

무절도 수사와 낭도 일부가 조정에 출사하였다. 수사는 3품 은솔과 4품 덕솔의 관등을 받았고 낭도는 7품 장덕과 8품 시덕의 관등을 받았다. 전 상좌평 여신의 장손 여작은 3품 은솔 관등과 함께 사군부에 배치되었다.

곤지가 한성으로 돌아가겠다는 결심을 밝히자 모두 안위를 걱정하였다. 개로대왕과 유마태후가 결코 살려두지 않을 것이라는 생각이 지배적이었다. 그러나 개로대왕과 유마태후가 준비한 패는 곤지의 명줄이 아니라 무절도의 명줄이었다. 무절도 해체는 곤지의 힘을 무력화시키는 것이었다.

자벌말 벌판.

땅거미가 몰려왔다. 해가 서쪽 능선을 넘고 있었지만 곤지는 자리를 뜨지 않았다.

「곧 어두워집니다. 무사나리.」

곤지는 매사냥으로 한나절을 보냈다.

「오늘은 허탕이군.」

「자벌말에 서식하는 토끼와 꿩은 씨가 말랐습니다.」

곤지는 자벌말을 자주 찾았다. 옛 무절도 훈련장이었다. 지금 곤지가 할 수 있는 일은 옛 추억을 회상하는 것이 전부였다. 자주 찾다보니 조미걸취 말대로 토끼와 꿩의 씨가 말라 버렸다.

「오늘은 귀가하셔야지요. 댁으로 모시겠습니다.」

곤지는 여러 날 귀가하지 않았다.

새 부인 〈자마紫麻〉를 얻은 이후부터 귀가를 꺼렸다. 자마부인은 유마태후의 주선으로 맞이한 해씨가문의 여인이었다. 첫날밤도 치르지 않았다. 해씨가문에 대한 강한 거부감은 자마를 여자로 인식하지 못하였다.

「아닐세. 송파각에서 하루 묵어야겠네.」

「…?」

「왜 그리 놀라시나. 송파각에 따로 연통을 넣어두었으니.」

「…!」

조미걸취는 곤지 곁을 떠나지 않았다. 무절도가 해체되면서 모두 조정에 출사하였지만 조미걸취는 곤지를 선택하였다.

조정에 출사한 옛 무절도 수사들이 송파각에 모였다. 곤지가 송파각에 들를 것이라 하여 연신이 급히 소집하였다.

「왕명이 태후폐하로부터 나오고 있습니다. 이 제국이 대왕폐하의 제국인지 태후폐하의 제국인지 도통 알 수가 없습니다.」

재증걸루再曾桀婁였다. 북부출신으로 무절도 수사 하위직인 차사로 있다가 곤지의 추천으로 조정에 출사하였다.

「말씀이 과하네. 태후폐하의 제국이라니? 태후폐하께서 섭정을 하고 있지 않은가 말일세.」

여작이 재증걸루를 나무랐다.

「사실이 그렇지 않습니까? 젊은 신료들 사이에 떠도는 소문도 못 들었습니까? 태후폐하께서 옛 한나라의 여태후*가 되려한다고요.」

「허허… 태후폐하의 명을 따르는 것이 대왕폐하의 명을 따르는 것이네.」

「…!」

재증걸루가 뽀로통한 얼굴로 술잔을 들이켰다.

「나리의 말씀 백번 지당하오나 젊은 신료의 말도 새겨들을 필요는 있습니

---

* 〈여태후〉는 한나라를 세운 고조 유방의 왕후로 성은 여씨이고 이름은 치이다. 부친 여공이 유방과 친분을 맺은 까닭에 유방과 결혼하여 천하 평정사업을 도왔다. 한신과 팽월 등 한나라 명신을 제거하였다. 한고조가 재위 12년 만에 죽자 어린 아들 혜제를 즉위시키고 실권을 잡았다. 이후 한고조의 후궁 척희를 죽였고 아들인 유여의도 독약을 먹여 죽였다. 혜제가 23세의 나이로 죽자, 혜제의 후궁에서 출생한 여러 왕자들을 차례로 등극시키면서 황제의 권한을 대행하였다. 자신의 친족인 여씨 일족을 고위고관에 등용시켜 사실상 여씨정권을 수립하였다. 여태후는 유방의 총비 척부인의 수족을 자르고 변소에 가두는 등 횡포를 자행하였다. 그리고 유씨만을 후왕에 책봉하라는 한고조의 유훈을 어기고 동생 여산, 여록을 후왕으로 책봉하기도 하였다.

다. 태후폐하의 섭정이 너무 과한 것은 사실입니다.」

진남眞男이 재증걸루를 거들었다.

진남과 재증걸루 둘 다 4품 관등인 덕솔이었다.

「백성들은 이 제국의 대왕은 대왕폐하가 아닌 태후폐하라고들 합니다.」

재증걸루가 목소리를 높였다.

「무사나리?」

여작이 곤지의 눈치를 살폈다.

「…」

곤지는 말없이 술잔을 기울였다.

「오늘 이 자리는 왕실에 대해 불만을 토로하는 자리가 아닙니다. 여러분이 조정에 출사한 이유는 무절도를 통해 갈고 닦은 학문과 무예를 높이 샀기 때문입니다. 저는 분명히 여러분에게 다섯 가지 윤리를 강조한 바 있습니다. 〈충효용신인〉을 잊지 않았겠지요. 충은 대왕폐하와 백성에 대한 충입니다.」

「…!」

「대왕폐하가 즉위한 지 얼마 되지 않았습니다. 경륜 높으신 태후폐하께서 섭정을 하는 것이 당연합니다. 부디 정치와는 거리를 두시고 맡은 바 소임에 충실해 주십시요. 그것이 제국에 충성하는 것임을 잊지 말기 바랍니다.」

「…!」

서둘러 분위기를 정리하였다. 모두 곤지의 말에 동감하고 일절 유마태후에 대한 이야기는 하지 않았다.

얼마의 시간이 지나자 한 가녀가 들어와 현금을 타며 가락을 읊었다. 그 가락이 어찌나 구슬프던지 무리는 술에 취하고 가락에 취했다. 그렇게 밤은 깊어갔다.

야릇한 냄새가 술에 취한 곤지의 코끝을 간지럽혔다. 너무 익숙한 여인의 살내음이었다. 곤지는 정신없이 살내음을 쫓았다. 그리고 여인과 한 몸이 되었다. 여인의 신음소리가 귓전을 울렸다.

「아… 부인… !」

곤지는 죽은 우미랑을 애처롭게 불렀다. 그러나 외침은 머릿속에서 맴돌았다. 여인의 신음소리가 곤지를 격정으로 몰았다.

그리고 깊은 잠에 빠졌다.

따사로운 햇살이었다. 곤지는 눈을 떴다. 머리가 무겁고 아팠다. 주위를 둘러보았다. 얼굴이 곱고 예쁜 한 여인이 다소곳이 앉아 있었다.

「왕자님… 곤지왕자님?」

걸걸한 남자의 목소리였다.

「…」

「기침하셨습니까?」

문밖에서 연신이 불렀다. 여인이 나가자 연신이 들어왔다.

「연 공. 내가 어제 과음을 하여… 밤새 큰 실수를 한 것 같소.」

「아닙니다. 나리. 소인의 누이입니다.」

「공의 누이란 말씀이오?」

곤지가 놀라 되물었다.

「연화라 하옵니다. 아비께서 명하시길 나리께서 송파각에 들러 하루라도 머무르면 누이로 하여금 나리를 꼭 모시라 하였습니다.」

「그렇지만… 어찌 혼인도 하지 않은 낭자를…」

「아비의 뜻이니 너무 괘념치 마옵소서.」

「…」

밤새 곤지와 함께 했던 여인은 죽은 우미랑이 아니었다. 연길의 딸 〈연화 燕花〉였다.

「아비께서 누이를 나리의 부인으로 들이겠다는 것을 어라하와 약조하셨다 합니다. 어라하께서 승하하시는 바람에 차일피일 미룬 일입니다. 더구나 나리께서 해씨가의 여인을 부인으로 맞이하시게 되어 아비의 고민이 적잖았습니다. 그래도 승하하신 어라하와의 약속만큼은 꼭 지켜야 한다며…」

「…」

「사전에 말씀드리지 못해 죄송합니다.」

「알겠네.」

송파각을 나서니 연화가 곤지를 배웅하기 위해 기다렸다. 연화의 뽀얀 얼굴이 너무 고왔다. 곤지는 애써 시선을 피했지만 연화가 좋았다.

* * *

병신년(456) 8월, 야마토 흥興왕이 죽었다. 흥왕은 찬어라하의 늦둥이 왕자인 대초향大草香을 죽이고 그의 아내 중체희명中蒂姬命을 빼앗아 왕후로 삼았는데 중체희명은 전 남편 소생인 어린 아들을 데리고 궁에서 함께 살았다. 일곱 살 어린 미륜왕眉輪王이 친부 대초향 죽음의 속사정을 알고 낮잠 자던 흥왕을 칼로 가슴을 찔렀고 흥왕은 그 자리에서 즉사하였다.

흥왕의 죽음은 유무왕자가 대권을 잡을 수 있는 호기였다. 유무왕자는 흥왕을 암살한 미륜왕의 배후로 전임 제濟왕의 왕자들을 지목하고 팔조백언八釣白彦과 판합흑언坂合黑彦 두 왕자를 칼로 죽이거나 불에 태워 죽였다. 두 왕자는 유무왕자의 대권 가도를 위협하는 첫 번째 장애물이었다. 그 와중에 임나를 정리하고 야마토에 새로 정착한 곤지의 외숙 갈성원葛城圓이 졸지에 죽었다.

야마토 변고를 접한 백제는 서둘러 야마토에 조문단을 파견하였다. 조문단을 이끈 사람은 곤지와 내법좌평 진동이었다. 곤지는 왕실을 대표하고 진동은 조정을 대표하였다.

지난 계사년(453) 야마토 제왕이 죽어 조문단을 이끌고 야마토를 방문하였으니 곤지로서는 3년만의 재방문이었다.

「유무형님. 어찌 갈성원 외숙을 죽이신 겁니까?」

소식을 접한 곤지는 놀라움을 금치 못하였다. 유무왕자가 외숙 갈성원을 죽인 것은 너무 의외였다.

「아우. 내가 실수를 했네. 미륜과 판합흑언이 갈성원의 집에 숨어드는 바람에… 집을 불태웠는데 그만 같이 죽고 말았네.」

유무왕자는 자신의 실수를 솔직히 인정하였다.

「시신은 불타 겨우 유골만 수습하였네. 사인에 일러 예본穢本땅에 정중히 장사지내라 일렀네.」

「…」

「내가 사람을 갈성원의 집에 보냈더니 갈성원이 나와서 말하길 예로부터 신하가 죄를 짓고 왕궁으로 도망간다는 소리는 들었어도 군왕이 죄를 짓고 신하의 집에 숨는다는 소리는 들어본 적이 없다하며 자신을 믿고 찾아온 사람을 내어줄 수 없다는 말을 했다기에 순간 분노가 치밀었네.」*

「유무형님.」

---

* 〈일본서기〉 웅략천황 조의 기사이다.
  판합흑언황자는 의심받는 것을 두려워하여 몰래 미륜왕에게 말하여 사람이 없는 틈을 타 함께 빠져나와 원圓대신의 집으로 도망갔다. 천황은 사자를 보내 이들을 찾게 하였다. 대신은 사자에게 말하길 '예로부터 신하가 죄를 짓고 왕궁으로 도망간다는 소리는 들어왔으나 반대로 군왕이 죄를 짓고 신하의 집에 와서 숨는다는 소리는 일찍이 들어 본 적이 없소이다. 판합흑언황자님과 미륜왕께서 나를 깊이 믿으시고 지금 나의 집에 와 있소. 나를 믿고 오신 그 분들을 내 어찌 내드릴 수가 있겠소이까?'라고 대답하였다. 그래서 천황은 군사를 이끌고 대신의 집을 포위하였다. (중간생략) 대신은 장속을 다 입고 대문을 열고 나아가 천황께 엎드려 절하였다. '저는 처벌을 받을 지라도 결코 천황의 명을 받들지 못할 것 같습니다. 옛사람은 필부의 뜻도 스스로 굽히지 않는 한은 어렵다고 했사옵니다. 엎드려 청하건대 소신의 딸 한원韓媛과 갈성의 집 일곱 채를 모두 바치오니 부디 두 분의 죄를 사하여 주시옵소서.'라고 말하였다. 천황은 이를 허락하지 않고 불을 놓아 집을 소각해버렸다.

「갈성원의 성정을 누구보다 잘 아는 내가 오해를 해서 죽게 만들었네. 식솔들에게 죄스런 마음뿐이네.」

유무왕자는 고개를 떨구었다.

훗날 유무왕자는 야마토 대왕위에 등극하면서 갈성원을 야마토의 최고관직인 〈대신大臣〉으로 추존하고 딸을 후궁으로 맞이하는데 이가 〈한원韓媛〉이다. 삼한여행 때 곤지와 유무왕자는 임나 갈성원의 집에 며칠 묵었는데 유무왕자가 갈성원의 딸을 유독 마음에 들어 했었다.

며칠 후 곤지는 갈성원의 유골이 묻힌 예본을 찾았다. 유무왕자의 군사적 후원자인 대반실옥大伴室屋이 길을 안내하였다. 대반실옥은 군권을 장악하고 있는 야마토 조정의 실력자였다. 대반실옥은 채부靫負(궁수)라 일컫는 정예가병 3천을 가지고 있었다. 채부 50여 명이 곤지와 대반실옥을 수행하였다.

「왕자님. 갈성원의 집에 불을 지르도록 지시한 사람은 유무왕자가 아닙니다.」

「… ?」

「유무왕자께서는 미륜과 판합흑언 두 사람이 집밖으로 나올 때까지 기다리자 하셨으나 제가 수하들을 시켜 불을 지르도록 한 것입니다.」

뜻밖의 이야기였다.

「대부어른. 꼭 갈성원을 죽여야 했습니까?」

「사실 갈성원은 유무왕자님을 탐탁지 않게 여겼습니다. 같이 불타 죽은 판압흑언과도 가까웠습니다. 유무왕자께 갈성원은 부담스런 존재일 뿐입니다.」

「그렇다고 해서… 」

「왕자님. 앞으로 우리 야마토를 이끄실 분은 유무왕자이십니다. 외람된 말씀이오나 유무왕자의 대권가도를 위협하는 어떠한 존재도 이 실옥은 결코 용서하지 않을 것입니다.」

대반실옥의 눈빛이 빛났다.

멀리 하얀 소복을 입은 무리가 시야에 들어왔다. 갈성원의 식솔들과 임나 조문단이었다. 무리의 통곡소리가 구슬펐고 모습 또한 애처로웠다. 곤지는 갈성원의 식솔들에게 다가가 정중한 애도를 표했다. 낯익은 얼굴이 있었다.

「아니… 자네는?」

「곤지형님… 또 뵙겠습니다.」

안체였다.

「아우가 어쩐 일인가? 갈성원 외숙과는 또 어떤 사이이고…」

「전에 말씀드렸다시피 저는 임나출신입니다. 예전에 수위어른의 수하에 있었습니다.」

「그랬던가.」

곤지는 적잖이 놀랐다.

「수위어른께서 형님의 외숙인 줄 저도 몰랐습니다.」

안체 또한 놀라기는 마찬가지였다.

곤지와 안체 두 사람은 갈성원과 연결되었다.

「외숙의 죽음은 안타까운 사고였네. 외숙께서 불길을 빠져나오지 못하여 변을 당한 것이네.」

「알고 있습니다. 어찌하겠습니까? 수위어른의 운명이 거기까지 인걸요.」

안체는 태연하였다.

「곤지형님. 보위를 양보하셨다고요?」

「대관절 누가 그러던가?」

「제가 해적질을 해서 먹고 살지만 삼한 돌아가는 일은 모두 다 압니다. 태후와 해씨족속들이 형님을 괴롭힌다고요?」

「음…」

「항시라도 부르시면 달려가겠습니다. 어느 누구든 형님 괴롭히는 자가 있으면 이 아우가 박살낼 겁니다.」

「허허…」

곤지도 안체도 웃었다.

흥왕의 장례식이 지연되었다. 왕릉 조성공사의 진척이 더뎠다. 그러나 이상한 말이 돌았다. 유무왕자가 흥왕에 대한 서운한 감정이 있어 의도적으로 공사를 늦춘다는 풍문이었다.

유무왕자가 곤지를 사냥에 초대하였다. 사냥터는 근강近江국의 어느 들판이었다. 야생 멧돼지와 사슴이 많았다. 사냥에 앞서 유무왕자가 한 사람을 소개하였다. 시변압반왕자였다. 시변압반왕자는 야마토 수어라하(이중履中천황)의 장자였다. 사냥은 2개조로 편성하였다. 한 조는 유무왕자와 곤지 일행이었고 또 한 조는 시변압반왕자 일행이었다. 먼저 시변압반왕자가 출발하였고 이어 유무왕자와 곤지가 뒤를 따랐다. 말을 타고 얼마를 달렸을까. 일행 앞에 멧돼지무리가 나타났다. 유무왕자가 활시위를 당겼다. 횡하는 소리가 함께 화살이 날아갔다. 그런데 화살은 멧돼지가 아닌 시변압반왕자의 등에 꽂혔다. 순간 시변압반왕자는 말위에서 떨어지더니 풀섶 위로 고꾸라졌다.

「아니?」

곤지가 놀란 눈으로 유무왕자를 쳐다보았다.

유무왕자는 아랑곳 하지 않고 태연히 또 활시위를 당겼다. 이번엔 시변압반왕자를 붙잡고 울부짖는 한 수하의 등에 꽂혔다. 수하 또한 그 자리에 고꾸라졌다. 그때 100여 명의 군사들이 일제히 유무왕자 주위로 모여들었다. 갑옷을 걸친 한 사내가 말에서 내려 유무왕자 앞에 무릎을 꿇고 예를 갖췄다. 대반실옥大伴室屋의 아들 대반담大伴談이었다. 대반담이 이끌고 온 병사들은 유무왕자를 지원하는 채부들이었다.

「적당한 곳에 묻어 주게.」

채부들이 급히 달려갔다.

「유무형님. 시변압반왕자는 수어라하의 장자라 하지 않았습니까? 어찌 죽이신 겁니까?」

「아우. 시변압반은 나의 정적일 뿐이네.」

「…」

「승하하신 형님께서 나를 극도로 경계하셨지. 한때 시변압반에게 왕위를 물려주겠다며 공공연히 나를 압박하곤 하였네. 내가 시변압반을 살려둘 수 없는 이유가 바로 여기에 있네.」

「…」

곤지의 발걸음은 무거웠다.

며칠 후 유무왕자는 시변압반왕자의 동생인 어마왕자와 수하 삼륜군신협을 반정근처에서 체포하여 죽였다.

이로서 유무왕자는 대권에 장애가 될 만한 선왕들의 혈손을 모두 죽였다.

11월 13일. 드디어 유무왕자가 아사쿠라朝倉궁에서 야마토 왕에 등극하였다.

이 분이 〈웅략雄略〉의 시호를 받은 야마토 〈무武〉왕 즉 웅략대왕이다.《일본서기》는 웅략대왕이 태어날 때 궁 안에 성스러운 빛이 가득하였고 장성해서는 체격이 남달리 건장하였다고 하였다. 〈대왕의 나라〉를 선포한 웅략대왕은 스스로를 〈짐朕〉이라 칭하였고 〈폐하〉라 부르도록 하였다.

아사쿠라궁 어전.

「재삼 등극을 감축드리옵니다.」

곤지는 귀국에 앞서 웅략대왕과 따로 만났다.

「쑥스럽네. 아우. 짐의 즉위를 직접 지켜봐주고 축하해주니 고맙기 그지없네.」

두 사람은 지긋한 눈빛을 교환하였다.

「폐하. 외람된 말씀이오나 야마토만큼은 부여어라하국의 국통을 다시 일으켜 세워야하지 않겠습니까?」

곤지가 넌지시 물었다.

「경사대왕이 어라하국의 국통을 버린 것은 실로 유감이네. 백제만큼은 이를 지켜줄 것이라 믿었었는데…」

웅략대왕은 말을 삼키며 에둘렀다.

「허나… 예전에 밝혔듯이 야마토는 야마토만의 길을 갈 것이네. 야마토가 부여어라하국의 국통을 버렸다고 해서 부여왕가를 부정하는 것은 아니네. 지금 국조사당*을 짓고 있네.」

「국조라 하심은… 구태성왕 말씀입니까?」

「그렇다네. 짐이 국조사당을 야마토에 세우고자 하는 까닭은 야마토 왕실의 근원이 부여왕가임을 명확히 밝히고자 함이네.」

「폐하의 깊은 뜻을 미처 헤아리지 못했습니다.」

「아… 아닐세. 실은 아우와 삼한을 함께 여행하면서 고마성의 국조사당을 보고 큰 충격을 받았네.」

「…」

「그때 짐은 결심을 했네. 반드시 야마토에도 국조사당을 세워 근본을 받들기로 말일세.」

---

* 웅략천황이 백제 국조사당을 세워 제사를 지냈다는 기록은 《일본서기》 흠명천황 조에 나온다. 일제강점기 〈일선동조론〉 즉 일본인과 한국(조선)인은 같은 뿌리에서 나왔다는 사료적 근거가 되어 일본의 식민지 침탈과 동화정책, 황국신민화, 민족말살정책에 악용되기도 하였지만, 역설적으로 보면 일본 천황가가 백제에서 시작되었다는 것을 반증한다 할 수 있다.

곤지는 고개를 끄덕였다. 깊은 동감이었다.

「폐하. 송구한 말씀이오나… 이제 폐하께서 열도의 주인이 되셨으니 하해와 같은 은덕을 베풀어야 하지 않겠습니까?」

「은덕이라…」

웅략대왕은 잠시 눈을 감았다.

「사람들이 짐이 선왕의 혈손을 죽인 것에 대해 말들이 많다지?」

그리고 되물었다.

「폐하?」

「옛말에 간흉계독奸凶計毒하고 병불염사兵不厭詐하며 군왕무치君王無恥라 했네. 천하를 얻기 위해서는 간사하고 흉악하고 악독한 계교가 있어야 하고 전쟁에서는 속임수도 꺼리지 않아야 하며 왕이 된 자는 세상에 부끄러워할 일이 없다는 말이지.」

「… !」

「짐이 선왕들의 혈손을 죽인 것은 꼭 그들이 짐의 정적이어서만은 결코 아니네. 그들이 살아있는 한… 짐이 만들고자하는 야마토는 항상 불안할 수밖에 없네. 짐의 야마토를 반석 위에 올려놓기 위해서는 어쩔 수 없이 그들의 희생이 필요한 것이네.」

「폐하?」

「아우도 잘 알고 있지 않는가? 아주사지가 우리 부여왕가의 혈통을 끊고 스스로 야마토의 왕위를 차지한 선례도 있지 않은가 말일세.」

웅략대왕은 지그시 입술을 깨물었다.

「짐이 대왕위에 올랐지만 호족의 힘은 여전히 강하네. 짐과 조정에 커다란 위협이 되고 있는 것이 현실이지. 호족의 힘을 꺾어 놓지 않고서는 짐의 야마토가 진정한 통일국가라 할 수 있겠는가.」

「…」

「야마토는 이제부터 시작이네. 더 많은 피와 희생이 필요하겠지.」

웅략대왕은 한참동안 창밖을 응시하였다.

* * *

왕성 북쪽 한강 모래밭.

한 사내가 뙤약볕도 아랑곳하지 않고 무언가를 열심히 찾았다. 사내는 허리도 펴지 않고 모래밭을 샅샅이 훑었다. 곤지였다.

「곤지왕자님. 승하하신 어라하의 시신이 왕가묘역에 없습니다. 한강 모래밭에 묻었다합니다.」

귀국길, 진동의 귀띔이 곤지를 모래밭에 묶어놓았다. 해씨가문 일부만 아는 극비사항이라는 말이 머릿속을 짓눌렀다.

3일째가 되니 영문을 모르는 계두가 보챘다. 계두를 먼저 들여보내고 곤지는 모래밭을 떠났다. 처음 귀띔을 듣고 놀라움보다 분노가 앞섰다. 당장 유마태후를 찾아가 시신을 찾아내 왕가묘역에 안장하라 따지고 싶었다. 그러나 유마태후가 부인하면 그만이었다. 그렇다고 왕가묘역을 파헤쳐 비유어라하의 시신 유무를 확인할 수도 없었다. 그래서 곤지는 홀로 나섰다. 그렇게 3일을 꼬박 뒤졌지만 시신을 찾을 수 없었다.

곤지는 만수사에 다다랐다.

「죽어서도 고향을 떠나지 못하는 망자의 원혼 같습니다.」

만우萬祐법사였다. 만우법사는 만수법사의 애제자였다.

「원혼이라니요?」

곤지가 놀란 눈으로 물었다.

「손발이 다 잘리고 날개도 잘렸으면 죽은 목숨이나 다름없지요. 차라리 야마토에 가셨으면 돌아오지 말았어야죠.」

「법사님…」

「한성이 왕자님을 버렸는데… 왕자님은 무슨 미련이 있어 한성을 붙들고 계시는지 소승은 안타까울 뿐입니다. 나무아미타불.」

만우법사는 눈을 감고 염주를 굴렸다.

「한성을 떠나라는 말씀인가요? 한성은 제가 태어나고 자란 고향입니다.」

「고향도 고향 나름이지요. 지금의 한성은 왕자님을 죽이는 고향이지 살리는 고향이 아닙니다.」

「…」

곤지는 말없이 눈만 끔뻑였다.

곤지는 비유어라하의 시신을 찾지 못한 상심이 컸다. 만우법사로부터 조금이나마 위로를 받고 싶었다. 그래서 만수사를 찾았다. 그러나 만우법사는 다짜고짜 곤지의 처지를 나무랐다. 그것도 한성을 떠나라 하였다. 곤지는 이래저래 마음만 천근만근 무거웠다.

만수사를 나오는데 두 여인이 곤지에게 다가와 인사하였다. 죽은 여채의 처 모니慕尼부인과 딸 지진池津낭자였다. 모니부인은 불법에 귀의하였다.

그날 이후 곤지는 집안에 틀어박혔다. 두문불출하였다.

스산한 바람이 스쳐지나갔다. 해거름이었다.

전각 마당엔 용마루 그림자만 을씨년스럽게 명암을 그렸다. 한 사내가 유마태후 처소에 들었다.

「방도를 가져오셨소?」

유마태후가 반가이 맞이하였다.

「죽일 요량이 아니시라면…」

사내가 말을 삼켰다. 술사였다.

「물론이오. 죽이고 싶어도 이젠 죽일 수가 없게 되었소. 내 눈앞에서 보이지만 않게만 할 수 있다면… 아니 한성에서 쫓아낼 수 만 있다면…」

유마태후는 입술을 실룩거렸다.

「두 가지가 있습니다. 야마토로 보내는 방법과 지방으로 보내는 방법입니다. 야마토는 명분이 부족하니 곤지왕자가 받아들이지 않을 겁니다. 지방으로 보낼 수밖에 없는데… 그렇다고 왕자를 일개 담로성주로 보낼 수는 없는 노릇이고… 」

「어찌 뜸만 드리는 거요?」

유마태후는 다소 언짢아하였다.

「태후폐하. 흉노匈奴를 아십니까?」

「흉노는 한때 북방에 제국을 건설한 유목민족이 아니요?」

「흉노라는 이름은 대륙을 지배해온 한족들이 붙인 비하의 말입니다. 그들 스스로는 〈훈〉이라 했습니다. 훈의 왕은 〈선우單于〉라 합니다. 그들 말로 〈탱리고도〉라 하는데 천자天子 즉 하늘의 아들입니다.」

「…」

「선우는 휘하에 비왕裨王을 두어 제국을 분할 통치하였습니다. 자신은 중앙을 다스리고 지방은 비왕에게 맡겼습니다. 바로 〈좌현왕左賢王〉과 〈우현왕右賢王〉입니다.」

「좌현왕과 우현왕!」*

「그렇습니다. 태후폐하. 소인이 알기에 바다 건너 대륙 요서지방에 백제가 지배하는 땅이 있다 들었습니다. 또한 선대 어라하께서 남쪽 모한지방

---

* 〈흉노제국〉의 정치체제를 살펴보면 〈좌현왕〉과 〈우현왕〉이 있다. 〈좌도기왕〉, 〈우도기왕〉이라고도 한다. 그 아래에 〈좌곡려왕〉과 〈우곡려왕〉, 그 아래에 〈좌대장〉과 〈우대장〉, 그 아래에 〈좌대도위〉와 〈우대도위〉, 그 아래에 〈좌대당호〉와 〈우대당호〉, 그 아래에 〈좌골도후〉와 〈우골도후〉 등 24개가 있었으며, 그 아래에 〈천장〉, 〈백장〉, 〈십장〉, 〈비소왕〉, 〈상〉, 〈도위〉, 〈당호〉, 〈차거〉 등을 두었다.

을 제국의 영토로 병합했음에도 여전히 한성의 영향력은 미비하다 들었습니다.」

「그러니까… 요서지방에는 우현왕을 두고 모한지방에는 좌현왕을 두잔 말이군요.」

「영명하시옵니다. 태후폐하. 하옵고… 대왕폐하의 형님 한 분도 한성에 있는 것으로 알고 있습니다만…」

「맞아요. 조정좌평 여기왕자가 있습니다. 그러니까… 좌현왕은 곤지왕자로 우현왕은 여기왕자로…」

유마태후는 무릎을 딱 쳤다.

「태후폐하. 이 정도면 곤지왕자께서도 거부감 없이 받아들일 것입니다.」

「알겠소. 내 진지하게 검토해 보겠소.」

유마태후의 얼굴이 환하게 빛났다.

곤지를 한성에서 내쫓는 방법은 구차한 명분으로 옭아매는 것이 아니었다. 합법적인 제도를 만들어 내치는 것이었다. 〈좌·우현왕〉제도 도입으로 개로대왕은 두 가지 이득을 얻었다. 하나는 정적인 곤지를 제거하는 것이요 둘은 백제 제국의 통치체제를 일신한 것이었다.

〈좌·우현왕〉제도 도입에 대해 현존하는 우리 사서 기록은 없다. 다만, 중국 측 사서《송서/백제전》에 458년 개로왕이 유송황제 유준(세조)에게 표문을 올려 작위를 요청하였는데 황제가 모두 허락하였다는 기록이 있다. 작위를 받은 사람은 다음과 같다.

관군장군 우현왕 여기餘紀, 정로장군 좌현왕 여곤餘昆, 정로장군 여훈餘暈, 보국장군 여도餘都와 여예餘乂, 용양장군 목금沐衿과 여작餘爵, 영삭장군 여류餘流와 미귀麋貴, 건무장군 우서于西와 여루餘婁 등 11명이다.

인사의 면면을 보면 대부분 여씨 왕족들이다. 당시 한성을 장악한 귀족은 해씨와 진씨인데 이들은 한 명도 없다. 따라서 모두 지방 담로에 파견된 사람이거나 또는 그 지역의 호족들로 판단된다.

〈정로장군 좌현왕 여곤〉이 바로 곤지이다.

개로대왕의 어전.

벌써 한 시각은 족히 흘렀다. 때론 기다란 침묵이 때론 격한 고성이 오고 가며 곤지, 개로대왕, 유마태후, 해부 네 사람은 시로의 입장을 강변하였다.

「곤지왕자님. 여작의 역모를 몰랐다면 누가 믿겠습니까? 왕자님을 죽여야 한다는 조정의 공론을 무마시킨 분이 태후폐하입니다. 태후폐하의 성은이 없었다면 왕자님은…」

해부가 마지막 패를 꺼냈다.

「그만하세요.」

유마태후가 가로막았다.

「…」

곤지는 입술을 깨물었다.

한 달 전, 여작과 재증걸루가 술자리에서 주고받은 불만의 말이 문제를 일으켰다. 유마태후의 섭정을 강도 높게 비판하며 개로대왕을 밀어내고 곤지를 새 왕으로 추대해야 한다는 다소 술김에 흘린 푸념이었는데 이게 숙위군의 감찰에 걸렸다. 두 사람은 옛 무절도의 수사들로 곤지의 추천으로 조정에 출사하였다. 여작은 역모죄로 파직되었고 재증걸루는 방조죄를 적용하여 고구려 접경지역인 쌍현성으로 쫓겨났다.

「아우. 태후폐하의 뜻을 따르게. 아우가 한성에 있으면 또 어떤 불순한 세력이 아우를 충동질하거나 걸고넘어질지 모르네. 다시 그런 일이 일어나면 정말 그때는 짐도 어쩔 수 없네.」

「…」

곤지는 입을 굳게 다물었다.

지난 밤 곤지는 잠을 이루지 못하고 뒤척였다. 입궁하라는 연통이 왔다. 〈올 것이 왔구나.〉라는 생각이 머릿속을 짓눌렀다. 이미 여작의 일로 수세에 몰릴 대로 몰려 있는 상황이었다. 또 다시 막다른 골목이었다. 그럼에도 한성만큼은 절대 떠나지 않겠다고 스스로에게 다짐하였다.

곤지는 눈을 감았다.

〈정말로 나는 고향에서조차 살 수 없는 존재인가? 나의 소소한 바람이 과욕이란 말인가? 이것조차 운명이라 한다면 너무 가혹하지 않은가? 어떻게 한단 말인가? 정녕 한성을 떠나야만 하는가?〉

슬픈 독백이었다.

「좋습니다. 태후폐하의 명 받들겠습니다.」

곤지는 눈을 떴다.

「잘 생각하셨습니다. 왕자님께서 사는 길을 선택하신 겁니다.」

해부가 미소를 흘렸다.

「곤지왕자… 아니… 좌현왕. 이 어미는 일부 왕족과 선대어라하의 신하를 담로성주로 보임하여 지방으로 내려 보낼 것이요.」

유마태후는 해부에게 눈짓하였다. 해부가 장군 작위를 받을 사람을 쭉 나열하였다. 그 중에는 목금과 조미미귀가 있었고 또 곤지의 장인 우서도 있었다.

「불사성주에게 건무장군의 관작을 내린 것은 왕자님을 배려한 태후폐하의 성은임을 잊어선 안 됩니다.」

표현은 안했지만 장인까지 배려해 준 것은 고마웠다. 그러나 딱 한 사람 여작이 걸렸다.

「여작에게도 장군 작위를 내려주소서.」

「안 됩니다. 여작은 죄인입니다. 역모를 획책한 자에게 작위라니요. 절대 안 됩니다.」

유마태후에게 청했는데 반응은 해부가 보였다.

「여작은 죽은 태상어른의 장손입니다. 태후폐하. 부디 여작의 죄를 사하여 주시고 장군의 작위를 내려주소서.」

다시 청하였다.

「좌현왕. 이는 도리에 맞지 않습니다.」

유마태후는 일언지하로 거절하였다. 그리고 휑하니 어전을 나갔다.

개로대왕의 후원 연못가.

개로대왕은 나인들을 모두 물렸다.

「아우를 살릴 방법은 이게 최선이었네.」

「폐하!」

「짐은 무섭네. 둘째형님은 요서지방으로 아우는 모한지방으로 보내고 또 한성에 있는 우리 부여왕족 모두 지방으로 보냈네. 태후폐하의 말은 짐의 보위를 지키기 위해서라지만 이것이 어찌 짐을 위한 일인가. 짐은 태후폐하가 무섭네.」

「폐하… 아우들이 있잖습니까? 홍주와 문주 말입니다.」

「두 아우는 아직 어리네. 그러나 장성하면… 태후폐하는 두 아우의 목숨마저 빼앗을지 모르지.」

개로대왕은 한숨을 푹 내쉬었다.

「짐은 아우를 살린 것만으로도 만족하네.」

그리고 곤지의 손을 덥석 잡았다.

「여작의 일은 짐에게 맡겨놓게. 역모라 하지만 구체적인 정황도 근거도 없네. 단순히 말실수일 뿐인데 너무 과한 처사지. 짐이 어떻게 해서든지 여작의 죄를 사할 것이고 또한 장군의 작위도 내릴 것이네.」

「폐하. 저승에 계신 태상어른과 아바마마께서도 흡족해 하실 겁니다.」

여작은 곤지가 떠난 후 역모죄의 굴레를 벗었다. 또한 용양장군의 작위를 하사받고 지침지방 담로성의 성주로 보임 받아 한성을 떠났다.

「폐하. 용안이 어둡습니다. 저의 일 말고 다른 근심거리라도 있습니까?」

곤지가 물었다.

개로대왕은 줄곧 용마루 치미에 시선을 고정시킨 채 입술을 실룩거렸다.

「야마토에서 사신이 와 있네.」

「야마토에서요?」

「웅략대왕이 여인을 보내 달라 하네. 야마토 대반실옥의 처인 적계適稽부인의 여랑女郎으로 삼을 만한 여인을 보내 달라 하는데 참으로 난감하네. 마땅한 여인이 없어서… 」

여랑女郎은 귀족부인의 수발을 드는 여자를 말한다.

「폐하. 혹 죽은 여채 상좌평어른의 여식을 아십니까?」

곤지는 만수사에서 마주쳤던 여채의 딸을 떠올렸다.

「지진낭자 말인가?」

「그러하옵니다.」

「짐이 알기에 지진낭자는 만수사에 있는 것으로 알고 있는데… 불법에 귀의한 여인을 어찌…!」

「아니옵니다. 대부인은 불법에 귀의하였지만 지진낭자는 귀의하지 않았습니다. 지진낭자를 잘 설득하여 야마토로 보내심이 좋을 듯합니다.」

「짐의 뜻을 따라 줄까?」

「지진낭자 하나만이라도 한성이 아닌 야마토로 건너가 새 삶을 살게 된다면 죽은 상좌평어른도 좋아하실 겁니다.」

곤지는 개로대왕에게 작별을 고했다.

그럼에도 한 가지 아쉬움은 있었다. 한성을 떠나는 것보다 더 절실한 것이 있었다. 한강 모래밭에 가매장된 아비 비유어라하의 시신이었다. 곤지는 이에 대해 묻지 않았다.

우현왕 여기왕자가 대륙 요서지방으로 먼저 떠났다.
「곤지아우. 나는 원래 정치적인 야망이 없는 사람이니 어디 간들 대수이
겠나. 허나 아우는 다르네. 아우는 반드시 살아야 하네. 아우가 없으면 한
성은 다시 해씨들의 차시가 될 것이야. 부디 모한에 가더라도 이 점은 잊지
말게.」
여기왕자는 곤지를 꼭 껴안았다. 눈물까지 훔치며 신신당부하였다.

한성을 떠나는 날, 자마부인이 친정으로 가버렸다. 곤지는 장인 집을 찾
아가 자마부인을 설득하였으나 막무가내였다. 곤지는 뒤돌아 설 수밖에 없
었다.

한성 외곽 구릉지, 한 여인이 곤지를 훔쳐보며 눈물을 흘렸다. 송파각의
연화였다.

현해탄을 건너

신축년(461) 3월. 들녘은 가물가물 피어오르는 아지랑이로 온통 법석을 떨었다. 겨우내 얼었던 땅이 녹으며 씨앗이 두꺼운 외피를 깨고 나왔다. 대지의 공기를 한껏 품으며 파릇파릇한 새순으로 돋아났다. 바야흐로 봄의 시작이었다. 삼삼오오 무리지어 봄나물 채취에 여념이 없는 젊은 아낙들의 손놀림에 바구니는 한아름 봄의 향취로 가득 채워졌다. 인적이 끊겨 을씨년스럽던 포구에도 외지의 상선들이 정박하며 사람들이 분주히 움직였다.

곤지는 좌현왕의 관직을 받고 모한의 월나에 부임한지 4년째를 맞고 있었다.

어둠이 채 가시지 않은 이른 새벽.

곤지는 왕요王嶢와 함께 월나月那(월출)산에 올랐다. 이른 새벽 산행은 처음이었다. 한 시각은 족히 흘렀을까 곤지는 어느 산봉우리에 올랐다. 눈앞에 뽀얀 운무가 기다랗게 펼쳐졌다. 첩첩한 바위봉우리들이 운무사이로 고개를 치켜들었다. 선경의 풍광이었다. 멀리 동쪽하늘 구름사이로 붉은 해가 모습을 드러냈다. 하루의 시작을 알리는 일출이었다. 해는 한껏 몸을 부풀고 세상과의 만남을 서둘렀다. 가슴을 활짝 편 두 사람은 온몸으로 해를 맞이하였다. 왕요가 꼭 가볼 곳이 있다며 동북쪽 산줄기를 따라 길을 재촉하였다. 또 얼마가 지났을까 곤지는 주변에서 가장 높은 봉우리에 이르렀다. 구정봉

九井峯. 정상 바위에 옹기종기 파헤쳐진 아홉 개의 바위우물과 그 우물에 용이 산다하여 붙여진 봉우리 였다. 멀리 서쪽으로 넓은 들녘을 따라 수평선이 드러났고 바다가 맞닿은 곳으로부터 한줄기 물길이 굽이쳐 흘러 북쪽으로 이어졌다. 물길은 마치 커다란 뱀이 들녘을 가로지르는 듯했으나 북쪽으로 난 물길의 끝은 보이지 않았다. 남쪽으로 이어진 산줄기는 또 바다에 맞닿았고 동쪽으로는 겹겹이 크고 작은 산이 펼쳐졌다. 월나산을 중심으로 동서남북 눈에 보이는 모든 땅이 모한이었다.

「천지기운이 다른 어느 해보다 힘차고 강합니다. 정월 초하루에 풍향을 살펴보니 대풍의 조짐이 보입니다.」

왕요가 곤지의 시름을 깼다.

「왕공께서 그리 말씀을 하시니 올 농사가 기대됩니다. 지난해는 극심한 가뭄으로 농사를 망쳐 백성들의 삶이 무척 힘들었는데… 」

지난해 경자년(460) 가뭄은 곤지에게도 고통이었다. 정초에 왕요는 풍향을 살피고 큰 가뭄이 들 것이라 예견하였다. 이를 흘려들은 곤지는 가뭄의 대비책을 세우지 않았다. 실제로 오랫동안 비가 오지 않았다. 영산강은 바닥을 드러내고 농토는 거북이 등껍질마냥 쩍쩍 갈라졌다. 백성의 원성이 끊이질 않았다. 좌현왕으로써 부임하여 처음 겪는 일이었다. 곤지는 손을 놓고 있을 수가 없었다. 급히 한성에 양곡지원을 요청하였으나 조정은 국고가 바닥났다며 난색을 표명하였다. 난감해하는 곤지의 처지를 알게 된 연길이 구원의 손길을 내밀었다. 연길상단이 비축하고 있던 양곡을 모한의 백성에게 골고루 나누어졌다.

「풍향으로 한 해 농사를 예견하다니… 참으로 대단합니다.」

「아닙니다. 전하. 소인은 그저 사서에 나오는 내용을 옮겼을 뿐입니다.」

「사서요?」

「한무제 때 사마천司馬遷이 편찬한 사기史記에 나옵니다.」

「사기는 그저 사서인줄만 알았는데 역술과 천문에 관한 내용도 있다니 놀랍군요.」

곤지는 〈사기〉를 단순히 역사서로만 알고 있었다. 곤지가 접한 사기는 본기本記와 세가世家, 열전列傳 정도였다. 역대 제왕들과 주변 인물들의 기록이었다.

「〈천관서天官書〉 풍風편을 살펴보면 정월 초하루에 여덟 방향의 풍향을 살펴 한 해 농사를 점쳤습니다. 바람이 남쪽에서 불어오면 큰 가뭄이 들고 남서쪽에서 불어오면 작은 가뭄이 들며, 서쪽에서 불어오면 전란이 있고 서북쪽에서 불어오면 콩이 익으며 갑작스러운 전란이 생긴다 하였습니다. 북쪽에서 불어오면 적당한 수확이 있으며 북동쪽에서 불어오면 큰 수확이 있다 하였고 동쪽에서 불어오면 큰 수재가 나며 동남쪽에서 불어오면 전염병이 돌고 수확이 나쁘다고 하였습니다. 소인이 정초에 북동쪽에서 불어오는 바람을 확인하였으니 대풍이 들 조짐입니다.」

「공의 말씀을 들으니 올해 농사는 걱정이 없군요.」

곤지는 환한 미소를 지었다.

왕요는 왕씨가문의 장로였다. 왕요의 조상은 한고조 유방劉邦의 후손인 왕구王拘였다. 왕구는 오래전 백제로 귀화하여 월나산 기슭에 정착해 일가를 이루었다. 왕씨 가문에는 특별한 것이 있었다. 대대로 전수되어 내려오는 경서에 대한 지식이었다. 왕요의 조부인 왕인王仁은 논어 10권과 천자문 1권을 가지고 야마토로 건너갔다.

「하옵고 … 소인이 올해 세상운수를 보니 동쪽 기운이 심상치 않습니다.」

「동쪽이라 하심은… 또 임나가 전쟁이라도 일으킨다 말입니까?」

임나전쟁에 대한 뼈아픈 기억이 있었다. 안체의 죽음이었다. 전쟁은 신라 자비마립간의 등극(458) 이후 발생하였다. 기해년(459) 3월 임나호족 소두蘇

묘가 죽은 임나 소상의蘇相儀왕후의 복수를 하겠다며 안체와 함께 병선 100 여 척을 동원하여 신라를 기습 공격하였다. 처음 월성을 포위하는 등 승기를 잡았으나 4월 역습을 받아 북두해구에서 참패하여 과반수가 몰살당했다. 소두와 안체는 사로잡혀 무리가 보는 앞에서 참수당했다.*

전쟁이 있기 두 달 전이었다.

「형님. 신라를 쳐야겠습니다. 신라에 복수를 해야겠습니다.」

안체가 다급히 곤지를 찾아왔다.

「전쟁을 하겠단 말인가? 전쟁은 절대 안 되네. 굳이 복수를 하겠다면 다른 방법을 찾아보게.」

「이길 자신 있습니다. 반드시 죽은 소왕후의 복수를 하겠습니다.」

안체는 막무가내였다.

「아우. 어찌 이러시는가? 전쟁은 안 된다 하지 않는가? 복수는 복수를 낳을 뿐이네. 제발 마음을 바꾸게.」

「…」

안체는 말없이 자리를 떴다.

---

* 《삼국사기/신라본기》 자비마립간 기록이다. '4월, 왜인이 병선 100척을 끌고 동쪽 변경을 습격하였다. 이어 월성을 포위하고 사방에서 화살과 돌을 비같이 퍼부었다. 성을 굳게 지키자 적들은 물러갔다. 이때 병사를 내어 공격하여 쳐부수고, 북쪽으로 바다 어귀까지 뒤쫓아 갔다. 적들 중에 물에 빠져 죽은 자가 반이 넘었다.'
《남당유고/신라사초》 자비왕기 기록이다. '3월, 야인이 병선 100척으로 동쪽 변경을 습격하고 이어 월성을 포위하였다. 화살과 돌이 비 오듯하였다. 호성잡판 습옥과 오함으로 하여금 관방을 고수토록 하여 화살전에 대응하였다. 4월, 비태가 사벌군 8백을 거느리고 입성하여 야인을 크게 무찔렀다. 습옥 등이 적극 대응하니 적이 야간을 틈타 도망하였다. 북쪽으로 추적하여 바닷가에 이르러 적선에 올랐다. 수로장군 백흔이 적선을 빼앗으니 적은 과반수가 익사하였다. 적선과 병기를 탈취하고 반적 소두蘇豆와 적의 추장 안체安嚔를 무리가 보는 앞에서 참하였다. 비태 등 10명에게 상을 내렸고 패한 장수 5명은 벌하였다. 백흔은 특별히 공을 인정하여 죄를 사하였다.'《남당유고》 기록은 전쟁에 참가한 신라와 야인의 장수 이름을 구체적으로 밝히고 있다.

그리고 얼마 후 덜컥 신라를 공격하였다. 싸늘한 시신이 되어 돌아왔다. 곤지는 며칠을 곡기마저 끊으며 슬픔을 억눌러야 했다. 돌이켜보면 안체는 단순히 전쟁 의사를 밝히기 위해 곤지를 찾아온 것은 아니었다. 병력지원을 요청하기 위해서였다. 그러나 곤지가 완강히 전쟁을 반대하자 안체는 이야기도 꺼내지 못하고 떠났다. 곤지는 못내 아쉽고 안타까웠다.

「아닙니다. 임나가 아니라 바다 건너 야마토의 기운이 아무래도 마음에 걸립니다.」

왕요는 역易에도 밝았다. 세상 돌아가는 이치를 꿰뚫어 보는 심안도 있었다.

「야마토에 변고라도 생긴단 말입니까?」

곤지가 정색하며 되물었다.

지난해 가을이었다. 왕요는 한성에 변고가 있을 것이라 귀띔하였다. 왕요의 말대로 정말 유마태후가 갑자기 죽었다. 지금 염려스러운 것은 야마토 웅략대왕의 신상변화였다. 변고는 자칫 죽음과 연관될 수 있었다.

「변고는 아닙니다만… 그 기운으로 인해 전하께도 적잖은 변화가 생길까 염려되옵니다.」

「변화요?」

「그렇습니다. 소인이 감히 전하의 명운을 입에 담을 수 있겠사옵니까. 다만 전하의 새해 운세에 역마살이 끼여 있어서…」

왕요는 말꼬리를 흐렸다.

「역마살이라… 월나를 떠날 수 있다는 말로 들리는군요. 공의 말씀 꼭 새기지요. 죽는 일이 아니라면 어디 간들 대수겠습니까? 삼한땅을 떠나는 일이 아니라면 나는 개의치 않습니다.」

잠시 곤지의 시선은 산 아래 들녘에 멈췄다. 굽이굽이 들녘을 가로지르는 강줄기는 북쪽으로부터 서쪽으로 흘러내려와 바다와 맞닿아 있었다. 강줄기를 따라 주변으로 펼쳐진 낮은 구릉과 평야의 모습은 낯이 익을 대로 익었다. 모한땅 월나에 정착한지 어언 4년의 세월, 긴 세월은 아니지만 월나는 어느덧 곤지의 고향이었다.

곤지와 왕요는 구정봉 정상을 벗어나 남쪽 능선을 따라 하산하였다. 왕요가 발걸음을 멈추고 뒤돌아서며 구정봉 정상을 가리켰다.

「영락없는 사람얼굴입니다.」

곤지는 바위의 형체에 놀랐다. 왕요가 가리키는 구정봉 봉우리 바위는 사람얼굴이었다. 정오 무렵이라 햇살이 수직으로 내리쬔 탓에 얼굴윤곽이 더욱 뚜렷하였다.

「장군바위라고 합니다.」

「장군바위?」

「백성들은 월나를 지키는 수호신이라 합니다.」

「…!」

「오늘 산행은 저 장군바위를 전하께 보여드리기 위해서입니다.」

곤지는 다시금 장군바위를 쳐다보았다. 깊게 패인 눈자위와 오뚝 솟은 콧날, 그리고 굳게 다문 입. 머리채는 복두까지 하였다.

「장군바위의 시선은 동쪽을 향하고 있습니다. 월나가 동쪽으로부터 외침 한번 없이 안녕을 얻게 된 것은 모두다 장군바위의 덕택이지요. 장군바위가 외침을 막고 있다고 백성들은 믿고 있습니다.」

「…」

왕요의 말대로였다. 장군바위는 동쪽을 향해 큰 눈을 부릅떴다.

「외람된 말씀이오나… 백성들은 저 바위의 장군이 실제로 이 땅에 태어날 것이라 믿고 있습니다.」

「장군이 이 땅에서 태어난다는 말은 큰 인물이 탄생할 것이라는 말이군

전라남도 영암에 〈월출月出산〉
이 있다. 사방 백리에 큰 산이 없
어 홀로 들판에 우뚝 솟은 기
암괴석으로 둘러싸인 돌산이
다. 〈남한의 금강산〉이다. 삼국
시대에는 〈월나月那산〉, 고려시
대에는 〈월생月生산〉이라 했다.
월출산은 지명만큼 달이 아름답
기로 소문난 산이다. 구름에 걸
친 산봉우리 위로 떠오른 보름달
은 완벽한 한 폭의 동양화이다.

최고봉인 해발 809m의 〈천황봉〉과 그 줄기를 따라 남쪽으로 806m의 〈구정봉〉이 있다. 구정
봉 정상 바위봉우리를 따라 높이가 100여m에 달하는 사람 얼굴의 큰 바위가 있다. 줄곧 〈장
군바위〉로 불려왔는데 2009년부터 〈큰 바위 얼굴〉로 명명되었다. 월출산의 큰 바위 얼굴은
자연적이든 인공적이든 세계에서 가장 크다고 한다. 해가 떠오르는 동쪽을 바라보고 있는 큰
바위 얼굴은 하늘빛이 얼굴을 가득 채워야 모습을 드러낸다. 얼굴 윤곽이 가장 선명하게 드러
나는 때는 햇살이 눈부신 정오 무렵이다.

요.」

「그렇습니다. 전하. 하오나 꼭 월나땅에서 큰 인물이 나는 것만은 아닙니
다.」

「… ?」

「큰 인물이 오셔서 월나를 빛낼 것이라는 의미도 담고 있지요.」

「외지출신도 월나산장군이 될 수 있다는 말이군요.」

「오랫동안 백성들은 야마토의 찬어라하를 월나산장군으로 믿었습니다.
찬어라하께서 야마토로 건너가시기 전에 이곳에 살았습니다.」

「익히 들어 알고 있습니다.」

「그러나 지금 백성들은 전하를 월나산장군으로 여기고 있습니다.」

「나를요?」

「전하께서 이 땅에 오신 이후로 베푸신 선정을 기억하고 있습니다.」

문득 계두의 말이 떠올랐다. 백성들이 곤지를 가리켜 〈월나산장군〉이라
부른다 하였다. 그저 좌현왕을 감안하여 붙인 칭호라 생각하였다.

「과한 말씀입니다. 왕 공. 소문을 들었지만 그 뜻을 몰라 흘려들었는데 그렇게 고귀한 뜻이 있는 줄 정말 몰랐습니다. 허나, 부족한 내가 감히 어찌 월나산장군이 될 수 있겠습니까? 저하고는 절대 어울리지 않습니다.」

「전하. 민심은 천심입니다. 모름지기 군왕은 민심을 얻어야 천지의 기운을 받을 수 있습니다.」

「허허…」

곤지는 너털웃음을 지었다. 애써 태연하였다. 그러나 기분은 나쁘진 않았다. 곤지는 다시금 장군바위를 쳐다보았다. 얼굴에 위엄이 가득 서렸다.

「전하. 소인이 오늘 장군바위만을 소개하고자 산행한 것은 아닙니다.」

왕요가 정색하였다.

「전하께서는 월나에 부임한 후 애정 어린 선정을 베푸셨습니다. 그리고 백성들은 전하를 월나산장군이라 칭송하고 있습니다. 옛 성현의 가르침에 단자장지短者長之장자단지長者短之라 했습니다.」

「… ?」

「부족한 사람은 오래 가고 완전한 사람은 짧게 간다는 말입니다.」

「… !」

「전하께서는 민심을 얻었지만 자칫 그 민심이 전하께 누가 될까 염려되옵니다.」

「누라니요? 왕 공.」

곤지가 주춤하며 되물었다.

「전하를 향한 모한의 민심이 한성 조정에도 익히 알려졌을 겁니다. 혹이 시기하는 자나 세력이 전하께서 민심을 얻고 있다는 사실을 빌미로 음해를 가할 수도 있습니다.」

「음…」

「부디 소인의 진언을 잊지 말아주십시오.」

「잘 알겠소. 공의 말씀 꼭 마음속에 새기겠습니다.」

곤지는 고개를 끄덕였다.

「전하. 하나를 얻으면 하나를 잃는 것이 세상 돌아가는 이치옵니다. 전하께서는 이곳에 오셔서 월나산장군이 되었지만 자칫 이로 인해 곤경에 빠지지나 않을까 우려됩니다.」

「…」

「전하는 제국의 기둥이자 등불 같은 존재이옵니다. 전하의 안녕에 제국의 미래가 달려 있습니다.」

「오늘따라 왕 공께서는 참으로 알 수 없는 말만 하십니다.」

곤지가 못마땅한 눈치를 보냈다.

「송구하옵니다. 전하. 세월이 아주 많이 흐른 후에 소인의 말을 기억하게 되실 겁니다. 세월이 아주 많이 흐른 후에 말입니다.」

왕요는 지그시 눈을 감았다. 먼 훗날로 시계를 돌렸다.

두 사람은 산을 내려왔다. 곤지는 잠깐 차나 한잔 하자 권하였으나 왕요는 극구 사양하고 발길을 돌렸다. 곤지는 한참동안 왕요의 뒷모습을 물끄러미 바라보았다. 왕요의 모습이 시야에서 사라졌지만 곤지의 발길은 멈춰 있었다. 〈월나산 장군〉, 〈제국의 미래〉. 왕요가 남긴 말을 되새김하던 곤지는 시선을 월나산으로 돌렸다. 봉우리마다 하얀 바위군상들이 곤지를 내려다보았다. 곤지는 눈을 감았다.

「전하…」

그때 누군가 상념을 깼다. 계두였다.

「전하. 마을 촌장으로부터 들은 얘긴데요. 앞으로 마을이름을 고미古彌라 하지 않고 곤미昆眉로 바꾸어 부르기로 했답니다.」

계두는 산행을 동반하지 않고 포구에 나갔다.

「곤미…?」

「전하의 존함을 따서 그리 바꾸기로 했답니다.」

「쓸데없는 짓을 했구나. 촌장께 전하여라. 나는 곤미昆眉*로 바꾸는 것을 원치 않는다고.」

곤지는 오히려 면박을 주었다.

계두는 야마토 뱃사람의 전언도 알렸다. 백제여인이 불타 죽었다는 이야기였다. 문득 죽은 여인이 누군지 궁금하였다. 이름을 알아보라 계두를 포구에 다시 보냈지만 계두는 알아오지 못했다. 곤지의 궁금증은 커져만 갔다. 지진 낭자가 머릿속을 떠나지 않았다.

「전하. 오랜만에 뵙겠습니다.」

뜻밖의 객이 찾아왔다. 덕솔 목협만치였다. 목협만치는 한성조정의 사군부소속 관원이었다.

「야마토에서 백제여인이 불타 죽었다는 소문이 있던데… 아는 것이 있는가?」

4년만의 재회였지만 곤지는 반가움을 표하기도 전에 불타 죽은 백제여인

---

* 전라남도 영암지역의 옛 지명 중 〈곤미昆眉〉현이 있다. 본래 백제의 〈고미古彌〉현이었는데 신라 경덕왕(757년) 때 현의 이름을 바꾸었다 한다. 반남군潘南郡에 속했다가 고려 현종(1018년)때 영암군靈巖郡으로 편입되었다. 영암군 〈곤일시昆一始면〉, 〈곤일종昆一終면〉, 〈곤이시昆二始면〉, 〈곤이종昆二終면〉이 바로 곤미의 옛 땅인데 1914년 행정구역개편 때 〈곤일시〉는 영암군 미암면으로 〈곤일종〉은 삼호면으로 〈곤이시〉와 〈곤이종〉은 학산면으로 그리고 〈곤이종〉 일부는 서호면으로 명칭이 변경되었다. 〈곤미昆眉〉는 〈곤지昆支의 눈썹〉 즉 〈곤지의 땅〉이라 할 수 있다. 곤지가 좌현왕(458)의 관직을 받고 부임한 곳이 전라남도 지방임을 감안할 때 충분히 가능성 있는 역사적 증거이다. 신라 경덕왕 때 〈고미〉를 〈곤미〉로 바꾸었다 하나, 한자의 음차를 보더라도 〈곤昆〉과 〈고古〉는 아무런 연관이 없다. 따라서 경덕왕 때 〈곤미〉로의 명칭 변경은 이전부터 이곳을 〈곤미〉라 불리어졌기 때문에 자연스레 변경할 수 있었다고 추론할 수 있다.

부터 물었다.

「전하께서도 소문을 들으셨군요. 지진낭자입니다.」

「…」

곤지는 멈칫 하였다.

「지진 낭자께서 석천石川가문의 순楯이라는 젊은이와 눈이 맞아 정분을 일으킨 것 같습니다.」

「낭자께서 몸을 더럽혔다는 말인가?」

「그렇습니다. 대반 대연께서 이 사실을 알고 웅략대왕께 고하였고 대왕께서는 두 사람을 나무기둥에 묶어 장작불에 산채로 화형을 시키라 명하였다 하옵니다.」

「화형이라니… 시신조차 수습하지 못했다는 말인가?」

「대반 대연께서도 화형만은 안 된다며 누차 간언하였지만 대왕께서 완강하여 화형에 처했다 합니다.」

「음…」

순간 가슴 한 구석이 꽉 미어졌다. 지진낭자에 대한 안타까움과 웅략대왕에 대한 서운함이 겹쳤다.

「웅략대왕이 화형을 지시했다면 그만한 이유가 있을 터인데…」

곤지는 지그시 입술을 깨물었다.

「실은 지진낭자보다 석천가문에 대한 앙금이 컸던 것 같습니다. 석천가문은 사사건건 웅략대왕의 정책에 반기를 들었다 하옵니다. 하여 석천가문을 몰락시키기로 작정한 것 같습니다.」

「석천가문은 어떻게 되었나?」

「관직을 회수하고 그 영지와 재산은 몰수했답니다. 물론 석천가문의 사람들은 모두 외지로 추방했습니다.」

「그런 일이 있었구먼.」

「전하. 벌써 3년 전의 일이옵니다. 야마토 조정이 이를 쉬쉬하여 백제에 늦게 알려졌고요.」

「대왕폐하께서도 알고 있는가?」

「소문을 들어 알고 계십니다. 아직까지도 이 문제에 대해 야마토의는 입장을 밝히지 않고 있습니다.」

「야마토 측에서 사신조차 보내지 않았단 말이요?」

「그렇습니다. 전하. 폐하께서는 야마토의 공식해명이 없자 몹시 불쾌감을 표하며 다시는 백제여인을 야마토에 보내지 않겠다 하였습니다.」

「음…」

상황이 묘하게 흘렀다. 자칫 이 사건으로 인해 양국간의 화해와 협력이 깨질 수도 있었다.

그러나 곤지는 무엇보다 지진낭자의 죽음이 너무 가슴 아팠다. 지진낭자를 추천한 사람은 바로 곤지였다. 지진낭자는 비유어라하를 시해한 역적으로 몰려죽은 여채 상좌평의 혈육이었다. 곤지는 지진낭자가 역적의 딸이라는 굴레를 벗어던지고 야마토에서 새 삶을 살기 바랐다. 그런데 야마토에서의 삶이 오히려 죽음을 재촉한 꼴이었다. 마음 한구석이 한없이 아려왔다.

「그나저나 아무런 연락도 없이 이곳엔 어쩐 일인가?」

이제야 방문이유를 물었다.

「왕명을 받고 임나에 들렸다가 한성으로 가는 길에 잠시 들렸습니다.」

「임나에는 무슨 일로?」

「야마토에서 임나에 파견된 임나국사任那國司 길비상도신吉備上道臣 전협田狹이란 자가 신라로 망명했다는 소문이 있었습니다. 진상을 알아보러 임나에 갔었습니다.」

「전협이?」

곤지는 흠칫하였다. 곤지가 좌현왕으로 부임하였을 때 전협이 인사차 방문하여 만났었다.

　기실 백제의 〈좌左 · 우현왕右現王〉제도나 야마토의 〈국사國使〉제도는 같은 맥락이었다. 백제가 흉노의 좌 · 우현왕제도를 도입하면서 좌현왕의 임지를 모한으로 정한 것은 모한뿐 아니라 동한 특히 임나에 대한 영향력을 확대하기 위한 포석이었다. 이에 맞서 야마토는 백제에 적극 대응할 필요가 있었다. 야마토와 임나는 대대로 밀접한 관계를 맺고 있었다. 야마토 호족은 임나출신이 많았다. 그래서 야마토는 백제의 좌현왕을 견제하기 위해 부랴부랴 〈임나국사國使〉*라는 관원을 임나에 파견하였다.

　「전협이 신라로 망명한 것은 아닙니다. 다만 웅략대왕에 대한 불만이 극에 달해 국사의 소임을 망각하고 친신라적인 행태를 보였습니다.」

　「웅략대왕에 대한 불만은 또 무슨 말인가?」

　「전하. 외람된 말씀이오나 웅략대왕께서 전협의 처를 후궁으로 삼았다 하옵니다. 전협을 임나로 보내고 여자를 뺏은 셈입니다.」

　「허허…」

　곤지는 피식 웃었다.

　「그렇다 하더라도 전협의 문제는 단순히 야마토의 골칫거리로 끝날 일이 아닙니다. 우리 제국과 신라, 임나까지도 외교적으로 얽히고 있습니다.」

　「우리 제국에까지 문제가 된단 말인가?」

　「사정이 복잡합니다. 전하. 정초에 전협이 한성에 와서 지진낭자의 죽음

＊〈임나국사任那國使〉의 기록은《일본서기》웅략천황조에 처음 등장한다. 〈국사國使〉의 관직은 계속 등장하는데 야마토 영향 아래 있는 각 소국에 파견된 중앙조정의 관원이다. 이후 〈국사〉는 〈일본부日本部〉로 이름과 형태가 바뀐다.《일본서기》흠명천황조에 〈임나일본부〉, 〈안라일본부〉가 나온다.《일본서기》는 720년 최초 편찬되었는데 1669년 동 필사본에 〈일본부〉 옆에 각주를 달아 〈어사지御事持〉라 쓰고 〈미코토모찌ヤマトノミコトモチ〉로 읽었다. 이는 파견사신이다. 그러나 〈일본부〉는 일본 제국주의자들에 의해 〈조선통독부〉와 같은 통치기관으로 변질된다. 〈임나일본부〉의 실체이다.

의 내막을 알리며 공개적으로 야마토 웅략대왕을 공격하였습니다. 결국 지진낭자의 일과 겹쳐 웅략대왕에 대한 여론이 부정적입니다. 어떤 형태로든 야마토에 응분의 조치를 취해야 한다는 의견이 팽배합니다.」

「음…」

곤지는 입술을 꽉 깨물었다. 불현 듯 왕요가 떠올랐다. 바다 건너 야마토의 바람이 심상치 않다는 우려의 말이 현실로 다가오고 있었다.

해가 서쪽바다 수평선 끝자락에 걸렸다. 하루를 접는 아쉬움에 해는 한껏 붉은 눈물을 머금었다.

조미걸취가 돌아왔다.

「좌현왕 전하. 치수확보에 최선을 다하도록 명을 하달하였습니다. 그리고 이를 직접 확인하고 필요한 조치를 취하였습니다. 설사 지난해처럼 극심한 가뭄이 든다 하더라도 충분히 대처할 수 있을 겁니다.」

조미걸취는 곤지의 명을 받고 예하 담로성의 농사준비 상황을 점검하였다. 꼬박 한 달 만의 복귀였다.

당시 좌현왕 직속으로 〈좌대장左大將〉과 〈좌대도위左大都尉〉가 있었다. 좌대장은 군사를 좌대도위는 행정을 총괄하였다. 조미걸취는 좌대장과 좌대도위를 겸하였다. 실질적인 모한의 2인자였다.

「고생 많았습니다. 좌대장.」

「황공하옵니다. 전하.」

「성주께서는 강녕하시고?」

「아비는 강녕하십니다. 보내주신 양곡으로 무진 백성 모두 굶는 사람 없이 무사히 겨울을 날 수 있었다며 전하의 성은에 감사한다는 말 꼭 전하라 하셨습니다.」

무술년(458) 곤지가 좌현왕으로 보임되면서 조미걸취의 부친인 조미미귀는 영삭寧朔장군 무진武珍(전남 광주) 담로성주에 보임되었다. 무진은 불모지의 땅이 많았다. 불모지 개간에 혼신의 힘을 기울인 조미미귀는 수많은 농토를 새로이 확보하였고 소문을 들은 타지의 백성들이 하나둘 무진을 찾았다. 작년 가뭄에 곤지는 무진 지원에 나름 많은 공을 들였다.

늦은 시각. 곤지는 조미걸취, 목협만치와 세상 사는 이야기로 꽃을 피웠다. 몇 순배 순잔을 주고 받으며 오랜만의 조우를 즐겼다. 목협만치가 올 정월에 진씨가문의 여식과 혼인하여 늦게나마 축하도 해주었다.

곤지가 먼저 자리를 뜨고 두 사람은 마저 아쉬운 회포를 풀었다. 휘영청 밝은 달이 곤지의 빈자리를 채웠다.

「참군. 요사이 한성에서 보낸 밀정의 감시가 날로 심하네. 혹 아는 것이 있으신가?」

조미걸취가 다소 무겁게 입을 열었다.

「글쎄요. 소관은 외관 소속이라 잘 알지 못합니다만… 좌대장나리의 말마따나 밀정을 보냈다면 분명 숙위군일 겁니다.」

「해부의 짓이 아니겠나. 우리 전하의 꼬투리를 잡기 위해서 말일세.」

「배후는 분명 상좌평일겁니다. 얼마 전에 전하께서 모한의 호족 자제들을 모아 무술훈련을 시킨다며 상좌평이 공개적으로 전하를 성토한 적이 있었습니다. 전하께서 역모를 꾸미는 것이 아니냐고요?」

「역모?」

조미걸취가 놀란 얼굴로 반문하였다.

「또한 정초에는 전하께서 모한 백성의 인심을 얻어 월나산장군이 되었다며 이를 두고 상좌평이 노발대발하였다는 후문도 있습니다.」

「호족 자제들을 모아 무술훈련을 시킨 것은 제국의 동량을 키우겠다는 전하의 뜻을 받들어 내가 그리한 것이네. 또한 월나산장군 얘기는 이곳 백성들의 소소한 염원일 뿐이고.」

「여러모로 전하에 대한 조정의 분위기는 부정적입니다. 상좌평이 여론을 주도하고 있습니다. 소관도 전하의 안위가 참으로 걱정입니다.」

「참군. 참군과 나는 전하의 사람이네. 우리 두 사람은 목숨을 내놓는 한이 있더라도 전하를 반드시 지켜야하네. 전하를 지키는 것만이 우리 두 사람이 살아야 하는 이유일세.」

「좌대장나리. 나리의 말씀 충분히 공감합니다. 비록 소관이 전하와 떨어져 있어도 전하에 대한 충심은 변함없습니다.」

「우리 두 사람 서로의 마음을 재삼 확인하였으니 앞으론 형제로 지내세. 내가 연장이니 형이 되겠네.」

「알겠습니다. 걸취형님.」

두 사람은 술잔을 부딪쳤다.

조미걸취와 목협만치는 곤지라는 절대적인 존재를 두고 의형제를 맺었다.

다음날 목협만치는 서둘러 한성으로 떠났다.

4월 초순. 곤지는 한성으로 향했다. 속히 입궁하라는 개로대왕의 어명을 받았다.

한성에 도착한 곤지는 송파각을 먼저 찾았다.

「대부어른. 보내주신 양곡으로 모한 백성이 편히 겨울을 날 수 있었습니다. 거듭 감사의 말씀을 올립니다.」

「아… 아닙니다. 전하. 전하의 치세에 도움이 되었다면 이 늙은이는 그것으로 족합니다.」

연길이 반가이 맞이하였다.

「그나저나 어인 행차이십니까? 연통도 주시지 않고요?」

「대왕폐하의 부름을 받고 급히 올라왔습니다.」

「대왕폐하요?」

연길이 반문하였다.

깊게 패인 눈자위 안쪽, 반쯤 감긴 연길의 눈에 잠시 알 수 없는 빛이 서렸다.

연길은 세월을 비켜가지 못하였다. 어느새 검은 머리카락은 흰서리가 내려 하얗게 변색되었다. 얼굴가득 짙은 주름과 검버섯이 가득하였다.

「어명을 복명해온 관원조차 연유를 알지 못하는지라 혹이 대부어른께서는 알고 있을까 해서 말입니다.」

「지금의 형국은 상좌평의 권세가 대왕폐하를 압도하고 있습니다. 지난해 유마태후가 죽은 이후로 조정은 해부의 세상이 되었습니다. 어디까지나 풍문이지만 해씨가 한성 왕권을 다시 잡을 것이라는 말도 떠돌고 있습니다.」

「…」

「상좌평을 견제하고자 전하를 부른 것이 아니겠습니까? 전하께 조정의 중책을 맡기시려는 의중일 겁니다.」

「대부어른의 말씀따나 상좌평이 대왕폐하의 왕권을 위협한다면 내가 가만히 있지 않을 것입니다.」

곤지는 주먹을 불끈 쥐었다.

해가 서쪽으로 기울었다. 푸르스름하고 흐릿한 기운이 창살을 파고들었다.

「전하. 오늘밤 여각에서 묵고 가실 런지요?」

「대부어른께서 허락하신다면…」

곤지는 고개를 쭈뼛 세우고 주위를 둘러 보았다. 누군가를 찾고 있었다. 연화였다.

곤지가 송파각을 먼저 찾은 것은 양곡지원을 해준 연길에 대한 감사표시도 있었지만 내심 연화를 만나기 위해서였다. 작년 가을 유마태후의 장례기간 중 한성에 머물면서 줄곧 연화와 함께하였으니 연화를 본 지가 어언 반년이 지났다.

「…」

연길은 말 없이 눈을 감았다.

잠시의 침묵이 어둠을 재촉하였다. 흐릿한 이내는 점점 빛을 잃어갔다.

「전하. 송구한 말씀이오나 연화는 지금 여각에 없습니다.」

「…?」

「연화는… 대왕폐하의 후궁이 되어 입궁하였습니다.」

「…」

순간 몽둥이로 뒤통수를 얻어맞은 듯 머릿속이 흔들렸다. 연길의 말은 청천벽력이었다.

「지난겨울 대왕폐하께서 직접 송파각에 납시어 연화를 보고 후궁으로 삼을 뜻을 밝히시고 데려갔습니다.」

「정말입니까?」

곤지는 어안이 벙벙하였다. 도저히 믿기지 않았다. 아니 믿을 수 없었다.

「급작스런 일이라 대왕폐하의 명을 따를 수밖에 없었습니다. 우리 연화가 전하의 여자임을 폐하께 말씀드릴 경황조차 없었습니다. 이 늙은이의 불찰입니다.」

「…」

곤지는 눈을 감았다. 갑자기 땅이 꺼졌다. 그리고 그 꺼진 땅속으로 몸이 한없이 빨려 들어갔다.

「뒤늦게 안 사실이지만 연화가 폐하의 후궁이 된 것은 자마부인께서 강력히 원했다 하옵니다.」

「… ?」

연길은 전후사정을 상세히 알렸다. 자마부인이 개로대왕의 후궁인 가마加馬를 움직여 개로대왕에게 연화의 존재를 알렸다.

당혹스러웠다. 곤지는 처음부터 자마부인을 받아들이지 않았다. 자마부인은 죽은 유마태후가 맺어준 해씨가문의 여자였다. 마음이 가지 않으니 몸이 가지 않았고 자마부인은 자식을 낳지 못했다. 결코 낳을 수 없었다. 곤지가 모한의 임지로 떠날 때도 자마부인은 따라나서지 않았다.

「저의 불찰로 대부어른께 또 커다란 짐을 지워드렸습니다. 송구하옵니다. 대부어른.」

곤지는 머리를 숙였다.

그날 밤 곤지의 잠자리는 어느 한 여인이 지켰다. 곤지의 복잡한 심경을 헤아려 연길이 붙여준 여인이었다. 여인의 향내가 몸을 자극시켰지만 곤지는 여인을 품지 않았다. 이른 새벽 날이 밝기도 전에 곤지는 몰래 송파각을 빠져나왔다.

＊ ＊ ＊

개로대왕의 어전.

「형님폐하. 하루… 하루 동안만… 말미를 주옵소서.」

곤지가 채 떨어지지 않는 입을 버겁게 열었다. 창가에 뒷짐을 진 채 밖을 응시하던 개로대왕이 고개를 돌렸다. 두 사람은 눈을 마주쳤다.

개로대왕의 말 한마디가 발단이었다.

「좌현왕… 아니 아우님. 야마토로 건너가 주어야겠네.」

개로대왕은 장황한 설명을 늘어놓았다. 불타죽은 지진낭자로부터 시작한 말은 꼬리에 꼬리를 물었다. 다시는 백제여인을 야마토에 보내지 않겠다며 누군가가 야마토로 건너가 우호관계를 지속시켜야 한다 하였다. 그 적임은 야마토 왕실과 깊은 연이 있고 야마토 사정에 밝은 곤지밖에 없다는 말로 귀결되었다.

「소제더러 야마토로 건너가라 하심은… 소제가 질자質子가 되는 겁니까?

아니면 망명자가 되는 겁니까?」

「…」

개로대왕은 답하지 않았다. 그리고 두 사람은 무거운 침묵의 시공에 빠졌다. 그 침묵은 곤지가 하루의 시간말미를 달라 청하면서 깨졌다.

「질자도 망명자도 아니네. 짐은 야마토와 깊은 우호를 다지고 싶을 뿐이네.」

「형님폐하… ?」

「결심만 해준다면 당장 짐의 뜻을 야마토에 전할 것이네. 웅략대왕은 아우가 간다면 제일 좋아하지 않겠나.」

개로대왕은 곤지를 일으켜 세웠다.

개로대왕과 독대한 결과였다. 이는 연길의 예상과는 정반대였다. 연길은 해부를 견제하기 위해 곤지를 부른 것이라 예단하였다. 그러나 개로대왕은 되레 백제를 떠나라 하였다.

「이는 폐하의 뜻입니까? 아니면 상좌평의 뜻입니까?」

「상좌평의 뜻?」

「… !」

「농사철이라 다른 어느 때보다 엄중한 시기이거늘 공사다망한 좌현왕에게 상좌평의 뜻을 전달하기 위해 아우를 불렀겠는가?」

개로대왕은 오히려 반문하였다.

곤지는 어전을 나왔다. 일순 현기증이 일어 비틀거렸다. 어전 나인이 곧장 달려들어 곤지를 부축하려 손을 내밀었다. 곤지는 나인의 손을 뿌리쳤다. 누군가 앞을 가로막았다. 상좌평 해부였다.

「좌현왕 전하. 오랜만에 뵙습니다.」

해부는 차나 한 잔 하자며 상좌평 집무실로 안내하였다.

두 사람 앞에 놓인 찻잔에서 김이 모락모락 피어올랐다. 해부가 차 마실 것을 권하였다. 그러나 곤지의 손은 움직이지 않았다.

「과인을 야마토로 몰아내는 것이 진실로 대왕폐하의 뜻입니까?」

곤지가 먼저 입을 열었다. 말투에는 깊은 불신이 배어있었다.

「몰아내다니요! 어찌 전하께서 그런 험한 표현을 하십니까? 과하십니다. 전하.」

「대왕폐하의 뜻이냐고 물었습니다. 상좌평의 뜻이 아닙니까?」

재차 해부를 다그쳤다.

「전하. 어찌 대왕폐하의 뜻을 곡해하려 하십니까? 이는 폐하의 결심이자 결정입니다. 신이 언감생심 전하의 거취를 두고 왈가왈부 할 수 있습니까?」

「상좌평?」

그리고 목에 힘을 주었다.

곤지는 나름 확신하였다. 해부의 농간말고는 달리 설명할 수 없었다.

「전하의 자승자박自繩自縛이십니다. 전하께서는 역린逆鱗을 건드리신 겁니다. 전하는 좌현왕이기 전에 폐하의 신하이십니다. 어찌 제국의 하늘에 두 개의 해가 떠 있을 수 있습니까? 제국의 주인은 오로지 대왕폐하 한 분이십니다. 대왕폐하를 제외하고 어느 누구도 민심을 얻어선 안 된다는 사실. 전하께서도 잘 아시지 않습니까?」

「음…」

곤지는 가벼이 신음소리를 냈다.

「월나산장군은 무엇이고… 호족 자제를 모아놓고 무술을 가르치신다고요? 대관절 전하의 진심이 무엇입니까? 모한을 근거지로 삼아 반란을 일으키겠다는 뜻입니까?」

「반란이라니? 무엄하오. 상좌평!」

곤지는 눈꼬리를 치켜세웠다.

「무엄하다고요? 고마성에서 역적모의를 했을 때 승하하신 태후폐하께선

전하의 행위를 용서하였지만 신은 다릅니다. 신은…」

「과인을 야마토로 몰아내는 것도 부족하여 이제 역적으로 만들려는 게요?」

「신은 분명히 전하의 자승자박이라 했습니다. 오늘의 이 사태는 분명 전하 자신으로부터 시작되었다는 것을 잊지 말아 주십시오.」

곤지와 해부는 설전을 주고받았다. 해부를 의심하는 곤지와 원인제공이 곤지라는 해부의 주장이 평행선을 달렸다. 그렇지만 다소 곤지가 밀리는 형국이었다. 곤지가 찻잔에 손을 가져가더니 이내 한 모금 입 안으로 삼켰다. 잠시 숨고르기였다.

「상좌평. 상좌평께서 대왕폐하를 몰아내고 한성의 새 주인이 된다는 소문이 있던데… 이는 어찌 설명할 겁니까? 과인을 야마토로 보내고자 하는 이유가 바로 그 역심 때문이 아닙니까?」

「전하. 어느 누가 그런 헛소리를 지껄였습니까? 불손한 자들의 허세입니다. 역심은 또 무엇이십니까?」

곤지의 반격이었다. 다시 설전이 시작되었다.

「아니 땐 굴뚝에 연기가 피어날리 있겠는가?」

곤지가 퉁명스럽게 해부의 말을 받아쳤다.

「전하. 전하께서는 진정 공멸을 원하시는 겁니까?」

「공멸! 무슨 공멸 말이요?」

해부의 실수였다. 해부는 공멸이라는 단어를 사용하여 이번 사태가 곤지와의 정치적 싸움임을 무의식중에 드러냈다.

「전하. 비유어라하를 한성의 새 주인으로 맞이하면서 선친 해수와 여신 두 분 어른께서 밀약을 맺었다는 것은 잘 아실 겁니다.」

해부가 급히 말머리를 돌렸다.

「… ?」

「400여 년의 한성사직을 부여왕가에 넘겨주며 왕비는 우리 가문이 맡기

로 하였습니다. 선친의 뜻에 따라 승하하신 유마태후도 이를 지켰고 지금의
왕후도 우리 가문의 여식입니다.」

「…」

해부의 말. 곤지도 익히 알고 있으니 새삼스러운 것은 아니었다.

「신이 비록 상좌평으로써 조정의 수장이긴 하지만 이는 전하와 마찬가지
로 어디까지나 대왕폐하의 신하일 뿐입니다. 신은 역심을 품을 만한 사람도
못되고 그런 생각 자체도 해본 적이 없습니다.」

「상좌평의 그 말. 믿어도 되겠소?」

「전하. 신이 비록 전하와 척을 지긴 하였으나 이는 어디까지나 대왕폐하
를 지키기 위함입니다. 신은 전하께서 누구보다도 올곧은 성품을 가지셨고
군왕으로 자질이 뛰어나다는 것을 잘 알고 있습니다. 선대어라하께서도 전
하를 후계자로 낙점하셨다는 사실도 알고 있고요. 그러나 어찌하겠습니까?
이 또한 전하의 운명인 걸요. 대왕폐하께서는 모한의 소식을 들을 때마다 늘
불안해하십니다. 사사로이 대왕폐하는 전하의 형이십니다. 형의 고충을 덜
어드리는 것. 그것이 부여왕가가 흔들리지 않고 대대손손 왕가를 지킬 수 있
는 것이 아니겠습니까?」

「…」

곤지는 입술을 깨물었다.

해부의 한마디 한마디가 폐부를 콕콕 찔렀다. 형인 개로대왕의 고충을 이
해해달라는 마지막 말은 곤지의 마음을 절절이 녹였다.

개로대왕과의 독대. 그리고 야마토로 떠나달라는 개로대왕의 부탁. 그 말
을 꺼내놓고 창가에 서서 초조히 답을 기다리던 개로대왕. 불과 몇 시각 전
의 일이지만 곤지는 멀게만 느껴졌다. 개로대왕의 부탁을 거절할 수 없었다.
하루말미를 달라 청한 것은 갑작스레 당한 일이기에 마음정리가 필요하였
다. 그럼에도 해부에 대한 의심은 떨쳐버릴 수 없었다. 그러나 해부는 곤지

의 의심을 말끔히 해소해 주었다. 비록 정적이지만 해부는 개로대왕에게는 없어서는 안 될 둘도 없는 고굉지신股肱之臣이었다. 겉과 속이 다른 폐신嬖臣은 아니었다.

불현듯 왕궁이 낯설었다. 겨우 반나절 지났는데 전각들은 처음 보는 것처럼 낯설었다. 사람들의 인사가 어색하였고 그 표정들에서 뿜어져 나오는 기운이 거북하였다. 곤지의 발길이 머문 곳은 죽은 모후 위원의 옛 처소였다. 나인에게 물으니 소후 가마의 처소라 했다. 어린 시절 곤지가 활을 쏘며 놀던 놀이터 마당은 작은 연못으로 변했다. 쓸쓸한 기운이 온몸을 감쌌다. 왕궁을 나오는데 한 여인이 다가와 곱게 접은 비단종이를 건넸다. 연화낭자의 종녀였다.

왕성 북쪽 한강 모래밭.
곤지는 모래밭을 서성였다.

아바마마. 소자 삼찬을 떠나 야마토로 건너갈까 하옵니다.
형님폐하께서 원하시는 일이옵니다.
살아생전 아바마마께서는 형제들과 우애를 다하라고 가르치셨습니다.
그 가르침 항상 마음속에 새기며 살아왔습니다.
이제 형님폐하의 명을 받들려고 합니다.
그렇게 하는 것이 아바마마가 세우신 제국을 대대손손 지키는 일이라
소자 판단하였습니다.
언제 다시 아바마마를 뵙게 될지 기약이 없습니다.
부디 소자의 불효를 용서해 주십시오.
그리고 형님폐하를 꼭 지켜주시옵소서.

눈가에 눈물이 맺혔다. 고인 눈물은 볼을 타고 아래로 흘러내렸다. 그리고 굳게 닫힌 입 안에서 흐느낌이 일었다. 곤지는 울었다. 몸이 울고 마음이 울었다.

곤지는 자벌말로 향하였다. 옛 무절도 훈련장이었다.

낭도들의 생생한 얼굴이 눈에 선하였다. 우렁찬 함성은 여전히 귓전을 맴돌았다. 만수사에 들렀다. 만우법사에게 곤지의 집을 만수사에 봉납하겠다는 의사를 전달하였다. 부여왕가의 묘역에 들러 모후에게 작별을 고했다. 모후의 마지막 임종모습이 머릿속에서 지워지질 않았다. 문득 첫째부인 우미랑의 얼굴이 떠올랐다. 모후 위원과 달리 우미랑의 임종은 지켜보지도 못했다. 마음 한구석이 아려왔다. 우미랑은 불사성의 어느 산자락에 묻혔다.

곤지는 도포 속을 더듬어 비단종이를 꺼냈다. 연화의 서찰이었다.

소녀 전하의 곁을 떠나옵니다.
전하의 태산과 같은 사랑만 흠뻑 받고 모질게 떠나옵니다.
소녀 먼 훗날이라도 다시 태어나 또 전하의 곁을 지킬 수 있다면
그땐 정말 전하만을 모시겠습니다.
부디 소녀를 용서해 주시옵소서.

글씨체는 흔들렸고 비단종이는 눈물 자국으로 얼룩졌다.

「어찌 나에게 용서를 구하시는가. 내가 오히려 낭자에게 용서를 구해야 할 형편인데. 모두 나의 부덕으로 낭자의 운명을 그리 망쳐 놓았는걸. 부디 나를 용서해주소. 그리고 행복하게 사시게나. 연화낭자.」

곤지는 혼잣말을 삼켰다. 그리고 서찰을 불태웠다.

연화는 편안함을 주는 존재였다. 항상 밝은 얼굴이었다. 그 밝은 얼굴이 한때 일그러진 곤지의 마음을 바로 잡아주었고 심신을 재충전시켰다. 순간

연화에 대한 그리움이 몰려왔다. 보고 싶었다. 단 하루만이라도 맘껏 시간을 같이 한다면 여한이 없을 것 같았다. 왕궁을 나오기 전 잠시 찾아볼까도 생각하였다. 아니 얼굴만이라도 보고 싶었다. 그러나 곤지는 애써 외면하였다. 부끄럽기 짝이 없는 후회였다.

저녁이 다될 무렵 곤지는 집에 도착하였다. 부여왕가의 묘역을 떠날 때부터 가랑비가 내리더니 제법 빗줄기가 굵었다. 계두가 흠뻑 비에 젖은 곤지의 모습을 보고 혀를 찼다. 별채에 연길과 목협만치가 기다렸다.

「비만 내리면 너무 좋습니다. 남쪽 모한에도 비가 내리고 있겠죠.」

안채에 들러 새 옷으로 갈아입은 곤지는 비 이야기로 연길과 목협만치를 맞이하였다.

「전하. 어찌 한가로이 비 타령을 하시옵니까? 지금 전하의 사정이… 」

연길이 얼굴을 붉혔다. 못마땅한 눈치였다.

「대부어른. 이 사람은 비만 내리면 기쁘기 그지없습니다. 그래서 큰맘 먹고 흠뻑 맞았습니다. 농부들은 비가 생명이지 않겠습니까?」

곤지는 태연하였다.

「대왕폐하께서 야마토로 건너가라 했다고요. 정녕 사실입니까?」

「…」

「전하?」

곤지가 말이 없자 연길이 재촉하였다.

「벌써 알고 계셨군요. 폐하께서 그리 명을 하시는 군요. 제국의 장래를 위해서 제가 야마토로 건너가는 것이 좋겠다고요.」

「그래서… 대왕폐하의 명을 따르실 겁니까?」

「…」

연길이 되물었다. 곤지는 미소만 지었다.

「전하. 폐하의 명을 따르시면 안 됩니다. 야마토로 건너가시면 안 됩니다.

이는 전하를 추방하는 것이옵니다. 폐하께서 지금 당장은 전하가 부담스러워 그리 명을 하셨겠지만 전하가 삼한땅에 아니 계시면 상좌평의 해씨가문이 분명 한성과 제국을 다시 넘볼 겁니다.」

「상좌평이요?」

「그렇습니다. 전하께서 삼한땅에 계시는 자체가 해씨가문의 불순한 야욕을 억제하는 것입니다.」

「상좌평은 그럴 생각도 뜻도 없다고 분명히 말했습니다.」

곤지는 해부와의 대면을 떠올렸다.

「해씨가문이 상좌평 한 사람만 있는 것이 아니지 않습니까? 설령 상좌평은 그런 뜻이 없다 해도 다른 해씨가문 사람들은 상좌평과 다를 수도 있습니다. 전하가 안계시면 부여왕가와 해씨가문의 힘의 균형이 깨집니다. 대왕폐하가 고립무원에 빠질 수도 있습니다.」

연길은 안간힘을 썼다.

「대왕폐하 곁에는 저 말고도 아우들이 있습니다. 흥주왕자, 문주왕자 말입니다. 제가 없더라도 능히 대왕폐하를 보좌할 것입니다.」

「전하. 두 왕자는 아직 어립니다. 정치적 힘이랄 것도 없고요. 제발 이 늙은이의 마지막 충심을 저버리지 마옵소서.」

연길은 필사적이었다.

급기야 눈시울을 붉히며 곤지에게 애원하였다.

「참군의 생각은 어떠하신가? 참군도 대부어른과 생각이 같으신가?」

곤지가 목협만치에게 물었다.

「소인은 전하께서 어떤 결정을 하시더라도 전하의 결정을 지지합니다.」

목협만치는 거침없이 답하였다. 이를 본 연길이 못마땅한 듯이 이맛살을 찌푸렸다.

「대부어른. 저는 선대어라하로부터 과분한 사랑을 받았고. 대부어른의 지극한 은혜로 오늘 이 자리까지 오게 되었습니다. 대부어른이 없었다면 아마도 저는 이미 저 세상 사람이 되었을지도 모릅니다. 진심으로 고맙고 거듭 감사를 드립니다.」

「전하…!」

「명을 받들기로 결심하였습니다. 저의 야마토행이 사지가 될지 생지가 될지 알 수 없으나 그것이 저의 운명이라면 또한 기꺼이 받아들이기로 하였습니다. 다만 대부어른께서 베풀어주신 은혜를 갚지 못해 못내 아쉽습니다. 그러나 먼 훗날이라도 기회가 온다면 대부어른의 은혜는 꼭 갚고 싶습니다.」

곤지는 결심을 밝혔다.

「전하. 이 늙은이의 과욕이 전하의 맑은 성정을 흐리게 하였나이다. 부디 넓은 아량으로 굽어 살펴주시옵소서. 여식의 일은 저의 불찰이니 다시 한 번 전하께 용서를 구합니다.」

「아… 아닙니다. 대부어른. 다 저의 부덕으로 생긴 일입니다. 제가 부족하여 연화낭자의 운명을 기구하게 만들었습니다. 부디 행복하게 살았으면 좋겠습니다.」

늦은 밤 곤지는 자마부인과 잠자리를 함께했다. 자마부인의 육체는 활활 타오르는 불덩이였다. 곤지의 손길이 닿자 불덩이는 사시나무 떨 듯 떨었다. 자마부인에게 곤지의 손길은 낯설음이었다. 곤지는 자마부인을 꼭 껴안았다. 새벽녘에 비가 억수 같이 내렸다. 세차게 퍼붓는 빗소리만 요란을 떨었다.

아침햇살이 따사로웠다. 곤지는 관복을 차려입고 입궁을 서둘렀다. 자마부인에게 야마토로 건너갈 계획을 알리고 떠날 채비를 준비시켰다. 자마부인은 묵묵히 듣기만 하였다.

개로대왕의 후원 연못가.

「지난 밤 억수같이 비가 내리쳐 도통 잠을 청할 수가 있어야지… 그만 밤을 꼬박 지새우고 말았네.」

개로대왕의 얼굴이 초췌하였다.

「아우에게 괜한 부탁을 한듯하여 영 맘이…」

개로대왕은 말끝을 흐렸다. 그리고 연못에 물고기 밥을 뿌렸다. 물고기들이 일제히 달려들었다. 한바탕 아수라장이 펼쳐졌다.

「형님폐하. 소제… 폐하의 명 받들겠습니다.」

「…」

개로대왕은 대꾸하지 않았다. 그리고 또 다시 물고기 밥을 뿌렸다. 다시한 번 물결이 거칠게 튀더니 이내 잠잠해졌다.

「지난 겨울 연 대부의 여식 연화낭자를 후궁으로 삼았는데 과인이 처소를찾아가니 울기만 하였네. 하여 그 연유를 물으니 복중에 태아를 갖고 있다하더구먼. 아우의 아이를 임신하고 있었네.」

「… ?」

연화의 임신 사실. 반갑고도 슬픈 일이었다. 반가운 것은 연화가 곤지 자신의 아이를 임신한 것이며, 슬픈 것은 연화가 지금은 개로대왕의 후궁이라는 사실이었다. 지난 가을 유마태후의 장례기간 중 송파각에 머물며 연화와함께 했던 시간이 임신으로 이어진 것이 분명하였다.

「가마소후의 말만 듣고 연화낭자에게 소후첩지를 내렸는데 짐이 전후사정도 모르고 큰 실수를 했네. 연화낭자가 아우의 여자임을 사전에 알았다면후궁첩지를 내리는 일은 없었을 터인데…」

「폐하 ?」

「연화낭자. 데리고 가게. 아우의 여자이니 다시 아우에게 돌려주는 것이 도리가 아니겠나. 이 형이 아우의 여자를 뺏었다는 소리만큼은 듣고 싶지 않네.」

「폐하… !」

「아침 일찍 연화낭자의 소후첩지를 회수하라 일렀네.」

개로대왕은 어전나인을 불러 무엇인가 지시하였다.

「폐하. 이는 부당한 처사이옵니다. 연화낭자는 엄연히 폐하의 소후이옵니다.」

곤지는 귀를 의심하였다. 연화낭자를 되돌려주겠다는 개로대왕의 제안은 상상조차 해보지 않았다. 그렇다고 덜컥 제안을 받아들일 수도 없었다. 개로대왕은 왕으로서의 체면이 있었고 조정과 백성이 보는 왕실 이목이 엄연히 존재하였다.

「아… 아닐세. 배가 불러온 것을 보니 출산이 얼마 남지 않은 듯하네. 짐이 사관에게는 아우가 야마토로 건너가는 중에라도 혹이 아이를 출산하면 연화낭자와 아이를 한성으로 돌려보내라 그리 명을 했다고 사서에 기록하라 하겠네.」

개로대왕은 주도면밀하였다. 연화를 곤지에게 되돌려주기로 결심하고 나름 여러 가지 조치들을 준비하였다.

「폐하…」

「고맙네. 짐의 부탁을 들어줘서… 허나 한 가지만은 약조해주게. 짐이 항시라도 아우를 부르면 지체 없이 달려오겠다고.」

「약조하겠나이다. 폐하. 폐하의 명이라면 언제든지 반드시 달려오겠나이다.」

개로대왕은 곤지를 꽉 껴안았다. 두 사람의 심장 뛰는 소리가 서로의 전율이 되어 교차하였다.

「형님폐하. 소제 청이 하나 있습니다.」

「말해보게. 짐이 할 수 있는 일이라면 무엇이든 들어 주겠네.」

「송구한 말씀이오나… 소제가 없더라도 상좌평에 대해서만큼은 경계를 늦춰서는 안 됩니다.」

「상좌평의 해씨가문이 짐을 몰아내고 한성과 제국의 새 주인이 될 것이라는 소문이 있다지. 짐도 잘 알고 있네. 짐이 이를 알고 있는데 나름 방책이 없겠나. 상좌평과 해씨가문의 일은 짐에게 맡겨놓게. 짐이 다 생각이 있으니.」

개로대왕은 지그시 입술을 깨물었다.

곤지의 한결 마음이 가벼웠다. 어느덧 두 사람은 서로 부담스런 존재가 아닌 한 핏줄의 형제로 돌아왔다.

「혹… 아바마마에 대해 아는 것이…」

개로대왕은 말을 하다말고 주위를 살폈다.

「태후폐하께서 아바마마의 시신을 능묘에 안치하지 않고… 한강 모래밭에 가매장 했네.」

개로대왕은 다시 주위를 살폈다. 인기척은 없었다.

「알고 있습니다.」

「알고 있었구먼. 짐의 마음이 하루도 편한 날이 없는데 아우의 심중은 오죽하랴 !」

「형님폐하…」

곤지는 순간 울컥하였다. 눈가에 눈물이 핑 돌았다.

「언젠가는 반드시 아바마마의 시신을 능묘에 안치할 것이야. 반드시… 반드시.」

개로대왕도 눈가에 눈물을 머금었다.

뜻밖의 고백이었다.

비유어라하의 시신 가매장, 이는 곤지의 가슴 한 켠에 맺힌 검은 숯덩어리였다. 개로대왕과 유마태후가 한통속이라 여겨 감히 물어 볼 염두조차 못했던 응어리였다. 그 응어리를 껴안은 채 야마토로 떠날 줄 알았는데 뜻밖에 개로대왕은 곤지의 응어리를 풀어주었다. 가슴이 펑 뚫렸다.

개로대왕은 곤지의 손을 잡고 어전으로 향하였다. 어전에는 좌평들이 기다렸다. 개로대왕은 어좌 바로 옆에 따로 자리를 만들고 곤지를 앉혔다.

「모두 들으시오. 오늘 과인은 좌현왕의 대승적 결단을 경들에게 알리게 되어 기쁘기 그지없소. 앞으로 우리 제국과 야마토는 좌현왕의 결단으로 더욱 우호를 다지게 되었소. 좌현왕의 결단이 헛되지 않도록 야마토와의 관계를 적극 개선해 주길 바라오.」

「신들은 전하의 결단에 진심으로 경외를 표합니다. 대왕폐하. 전하의 결단이 헛되지 않도록 모든 조치를 취하겠나이다.」

해부가 아뢰었다.

「하옵고 대왕폐하. 전하께서 야마토로 건너가시면 모한을 다스릴 새 좌현왕이…」

그리고 개로대왕과 곤지를 번갈아 쳐다보았다.

「좌현왕의 생각은 어떠하오? 짐은 아우가 야마토로 건너가더라도 좌현왕의 직책을 수행하는 데는 큰 무리가 없을 듯 싶은데…」

「폐하. 모한과 야마토는 수천 리 떨어져 있습니다. 현실적으로 소제가 모한을 다스리기에는 한계가 있사옵니다. 청컨대 새로이 좌현왕을 임명하는 것이 좋을 듯 하옵니다.」

「미처 생각해보지 않았구려. 그래 마땅한 적임자가 있소? 흥주왕자는 아직 어려 좌현왕의 직책을 수행하기에는 너무 부족하오. 그렇다고 다른 적임자가 있는 것도 아니고…」

개로대왕은 머뭇하였다.

「월나성주 보국장군 여예가 적임자라 사료되옵니다.」

곤지는 여예를 후임자로 추천하였다.

「여예?」

「여예 보국장군은 왕족으로 오랫동안 모한 땅에 거주하였습니다. 어느 누구보다 모한 사정이 밝습니다.」

여예는 곤지가 좌현왕에 보임될 때 보국장군을 받았다. 여예는 곤지의 정책에 반기를 들며 줄곧 비우호적이었다. 적어도 모한에서 여예는 곤지의 정적이었다. 여예의 반감은 곤지에 대한 사적인 감정보다 한성에 대한 거부감이 컸다. 부여어라하왕가의 혈족 상 여예는 방계였고 곤지는 직계였다. 그럼에도 곤지는 여예의 능력을 높이 샀다. 여예는 곤지 못지 않게 모한 백성으로부터 신망을 얻었다.

「좋소이다. 여예 보국장군을 신임 좌현왕으로 삼겠소. 그러나 이는 어디까지나 좌현왕을 대신하는 임시입니다. 이 점 분명히 밝히노니 경들은 오해 없길 바랍니다.」

「대왕폐하. 성은이 망극하옵니다.」

「성은이 망극하옵니다. 대왕폐하.」

모두 명을 받들었다.

개로대왕은 추가로 명을 내렸다. 곤지의 야마토행에 차질이 없도록 인적, 물적 지원을 철저히 하라는 지시였다. 곤지에 대한 세심한 배려였다.

개로대왕과의 이별. 두 사람의 이별은 왕과 신하가 아닌 형제간의 애틋한 이별로 변했다. 곤지는 줄곧 개로대왕이란 존재를 피를 나눈 형이 아닌 자신의 왕위를 가로챈 경쟁자로 인식하였다. 개로대왕도 자신과 마찬가지일 것이라 믿었다. 그래서 야마토행을 명했을 때 곤지는 선뜻 받아들일 수가 없었다. 이는 단순히 정치적 보복이라 생각하였다. 그러나 하루를 보내며 그리고 두 차례 대면하면서 곤지는 개로대왕의 뜨거운 형제애를 깨달았다.

어전 밖으로 나오니 연화낭자가 기다렸다. 딱 하루지만 그 하루 동안만큼은 지독히 보고 싶은 얼굴이었다. 곤지는 주변시선을 아랑곳하지 않고 연화를 꼭 껴안았다. 연화의 흐느낌이 곤지의 귓전을 파고들었다. 가슴이 터질 것만 같았다.

어전마당에서 곤지와 연화 두 사람은 개로대왕에게 큰 절을 올렸다. 개로대왕은 손을 내밀어 두 사람을 일으켜 세웠다. 눈가에 눈물이 가득 고였다.

개로대왕은 손을 내저으며 곤지와의 작별을 못내 아쉬워하였다.

두 척의 배가 출항을 준비하였다. 한 척은 조정에서 마련한 관선이었고 또 한 척은 연길상단의 상선이었다. 곤지가 연길의 배려를 극구 사양하였지만 연길은 물러서지 않았다. 연길상단의 배에는 야마토로 가지고 갈 각종 물품이 가득 실렸다. 연신이 곤지를 수행하였다. 떠날 준비는 모두 마쳤지만 배는 출항하지 않았다. 꼬박 하루가 또 지났건만 배는 포구에 정박한 채로였다.

자마부인이 오지 않았다. 자마부인이 친정으로 돌아간 때는 곤지가 연화를 데리고 집에 도착한 직후였다. 연화의 모습을 본 자마부인은 잠시 친정에 다녀오겠다고 말하고는 돌아오지 않았다.

급기야 곤지는 처가를 찾았다.

「소녀. 전하를 따르지 않겠습니다.」

자마부인은 곤지를 보자마자 방으로 들어가 문고리를 잠갔다. 곤지는 문밖에서 같이 가지 않는 이유를 묻기도 하고 같이 가자고 애원을 해도 자마부인은 일절 응대하지 않았다.

「왕전하. 송구한 말씀이오나 자마는 전하의 부인이기 전에 여자이옵니다. 아마도 연화부인 때문에 골이 난 듯싶습니다. 일정이 빠듯할 터이니 먼저 떠나시지요. 신이 여식을 잘 설득하여 곧 뒤딸려 보내겠습니다.」

장인의 말이었다.

곤지는 아쉬움을 뒤로하고 되돌아 섰다.

곤지를 배웅하기 위해 포구에 많은 사람들이 나왔다. 곤지는 한 사람 한 사람 일일이 손을 부여잡고 작별을 고하였다. 흥주왕자와 문주왕자는 따로 불러 개로대왕을 잘 보필하라 신신당부도 빼놓지 않았다.

닻이 오르고 두 척의 배는 서서히 포구를 빠져나갔다. 포구에는 사람들이 자리를 뜨지 않고 손을 흔들었다. 곤지도 뱃전에서 그들을 향해 손을 흔들었다.

포구의 사람들이 시야에서 사라질 즈음, 말을 탄 한 사내가 급히 배 쪽으로 달려왔다. 그리고 강 연안 구릉에 다다른 사내는 말에서 내려 곤지에게 소리쳤다.

「전하. 신은 반드시 전하를 따라 야마토로 갈 것이오니 그때까지 부디 강녕하십시오.」

목협만치였다. 쩌렁쩌렁한 음성이 곤지의 귀전을 맴돌았다.

곤지가 손을 흔들자 목협만치는 곤지를 향해 큰 절을 올렸다.

배가 포구를 벗어나 서쪽으로 나아갔다. 곤지는 갑판 위를 서성였다. 멀리 왕궁을 둘러싼 토성이 눈에 들어왔다. 왕궁전각 치미들만 어렴풋이 고개를 내밀었다.

한성을 떠나는구나.

언제 돌아올지 모를 내 고향 한성을 떠나는구나.

저 하늘 저 땅 그리고 사람들 내가 다시 찾아와도 여전히 한성은

그대로겠지.

그래도 보고 싶고 돌아오고 싶으면 어이할꼬.

남모를 눈물로 지새울 밤을 생각하니 벌써 한성이 그리워지는구나.

곤지는 시 한수를 읊었다. 고향 한성을 떠나는 아쉬움이었다.

* * *

칠흑 같은 어두운 밤. 폭풍우가 몰아쳤다. 높은 파고에 휩쓸려 배는 당장이라도 침몰할 듯 심하게 요동쳤다. 곤한 잠에 빠져있던 곤지를 향해 누군가

소리쳤다.

「곤지야. 곤지야. 배가 침몰하고 있는데 어찌 한가로이 잠만 자고 있느냐?」

쩌렁쩌렁한 목소리였다. 비유어라하이었다. 눈을 부릅뜬채 곤지에게 호통쳤다.

「아… 아바마마… !」

곤지는 본능적으로 눈을 떴다. 꿈이었다.

그러나 꿈속과는 달리 배는 요동치지 않았다. 오히려 고요히 어디론가 미끄러졌다.

곤지는 망망대해를 항해하였다. 벌써 여러 날이었다. 선실 밖으로 나왔다. 검은 하늘은 무수히 많은 별꽃들로 가득 차있었다. 바다는 바람 한 점 없이 고요하였다. 멀리 동쪽 하늘, 외로이 떠있는 그믐달은 한가로이 별꽃들을 주워 담았다. 곤지는 밤하늘의 아름다운 광경에 흠뻑 빠졌다.

한성을 출발할 때가 4월 말경이었다. 곤지의 여정은 한 달을 넘었다. 월나포구*에 정박하여 적잖은 날을 지체하였다. 연화의 출산이 얼마 남지 않아 모두다 출산 후 출항을 권하였으나 곤지는 서둘렀다. 새로 좌현왕으로 보임된 여예에게 좌현왕 임명장과 인장이 도착하였다. 신임 좌현왕에게 부담을

---

* 전라남도 영암군 군서면에 〈상대포上臺浦〉라는 옛 포구가 있다. 일제시대 간척사업과 1970년대 영산강 하구둑 공사로 뱃길이 끊겨 작은 호수로 변했지만 백제시대부터 줄곧 중국·일본을 오가는 배가 드나들던 국제무역항이었다. 일본에 학문을 전한 왕인박사와 당나라로 유학을 떠난 최치원이 이곳에서 배를 타고 떠났다한다. 주변마을 이름이 〈구림鳩林〉이다. 풍수지리의 대가로 알려진 도선국사가 태어난 곳이다. 〈구림鳩林〉은 '비둘기의 숲'이라는 뜻이다. 신라 김씨왕조 시조 김알지가 하늘에서 내려와 태어난 곳이 경주의 〈계림鷄林〉이다. '닭의 숲'이다. 둘 다 새와 연관이 있으며 소도 신앙이 읽혀진다. 계림과 마찬가지로, 구림은 역사에 기록되지 않은 고대 영산강세력 지배계층의 시원지始原地가 아니었을까?

주고 싶지 않았다. 또 출항을 늦추면 자칫 현해탄을 건너면서 태풍과 맞닥뜨릴 위험도 있었다. 조미걸취가 한사코 곤지를 따르겠다고 강샘을 부렸다. 조미걸취를 설득하는데 또 며칠을 보냈다. 다행히 여예가 조미걸취를 받아주었다. 왕요는 곤지가 월나에 머무르는 동안 줄곧 곁을 지켰다. 역마살이 낀 곤지의 신년운세를 점쳤던 왕요는 못내 아쉬워하였다. 왕요는 경서 두 권과 서찰 하나를 건넸다. 왕인의 후예 서수가룡書首加龍에게 보내는 서찰이었다. 어려움이 생기면 꼭 한 번 찾아보라는 당부였다. 5월 스무날, 곤지는 월나 백성의 열렬한 환송을 받으며 포구를 떠났다.

그때 누군가 다가왔다. 모아부인이었다.

「전하. 연화부인의 산통이 심상치 않습니다. 출산이 임박한 듯하니 서둘러 배를 육지에 정박해야 할 것 같습니다.」

때마침. 동쪽 수평선을 따라 어둠이 걷히며 희미하게 섬이 보였다.

「알겠소. 부인. 저 멀리 섬이 보이는 군요. 서두릅시다.」

곤지는 급히 연신을 찾았다. 연신은 노꾼을 깨워 노 젓기를 다그쳤다. 배가 섬 가까이 도착하였으나 정박할 마땅한 곳을 찾지 못해 섬 주위를 맴돌았다. 그리고 비교적 바다물결이 잔잔한 어느 호젓한 해안가에 배는 정박하였다. 야트막한 동굴이 하나 있었다. 아쉬운 대로 동굴 안에 산실을 마련하고 불을 피웠다. 동굴 위쪽 샘에서 물을 길어다가 끓였다.

잠시 후 연화는 거친 호흡을 몰아쉬며 격하게 소리쳤다. 마지막 산고와 사투를 벌였다. 연화가 소리를 내지를 때마다 곤지는 바짝 움츠리며 온몸에 힘을 주었다. 머리끝에서 발끝까지 연화의 고통이 그대로 전해졌다. 어느덧 손바닥에는 땀이 흥건히 괴었다. 그리고 갑자기 찾아온 고요. 이어서 우렁찬 울음소리가 울렸다.

「전하. 사내 아기입니다.」

모아부인이 연화의 출산을 알렸다. 급히 산실로 다가간 곤지는 온통 땀범벅

인 된 연화의 얼굴을 손으로 보듬었다. 연화가 살포시 눈을 떴다. 눈물가득 고
인 연화의 눈. 그 눈을 바라보고 있는 곤지의 마음 한구석은 한없이 아려왔다.

「고맙소. 부인…」

곤지는 연화를 〈낭자〉가 아닌 〈부인〉이라 불렀다. 연화에게 처음 불러보
는 부인이라는 호칭이었다.

현해탄을 건너자마자 연화가 사내아이를 출산하였다. 곤지는 아이의 이름
을 〈융隆〉이라 짓고 섬에서 태어난 것을 기념하여 〈사마斯麻〉라 불렀다. 사
마 즉 〈섬 아이〉는 곤지의 다섯 번째 아들이었다.

열도에 도착하였지만 야마토의 수도 이하레까지는 또 수천여 리. 월나에
서 이곳 외딴섬까지 온 거리만큼을 다시 가야 했다. 차이가 있다면 지금까지
는 망망대해의 항해였다면 앞으로는 내륙연안을 따라가는 항해였다. 외딴섬
에서 며칠을 묵은 곤지는 다시 배를 띄웠다. 그리고 동쪽으로 또 다시 기나
긴 항해를 시작하였다. 바람이 불면 닻을 올리고 바람이 없으면 노꾼들이 노
를 저었다. 그렇게 또 낮과 밤이 교차하는 여러 날의 항해 끝에 곤지는 나니
와에 도착하였다.

나니와難波. 지금의 오사카大阪 연안일대로 물결이 거세고 개펄이 길게 드
리워져 붙여진 이름이었다. 북쪽의 요도강淀川과 남쪽의 야마토강大和川의
하류가 만나는 중간지역의 습한 땅인 나니와는 험악한 자연환경임에도 지정
학적인 중요성 때문에 일찍부터 자연적으로 선택되어 개발되었다.

한 여각에 여장을 푼 곤지는 야마토 조정에 급히 전령을 보내 도착사실을
알렸다.

「과인도 두 차례 나니와를 와 보았지만 물살이 거세어 배가 정박하기 참으
로 힘든 곳이오.」

「그렇습니다. 전하. 거센 물살도 문제지만 바다에서 포구로 이어지는 기

일본 규슈九州 사가佐賀현 가라쓰唐津市 앞바다에 조그만 섬이 하나 있다. 가당도加唐島. 〈가카라시마〉라 한다. 서쪽 움푹 들어간 해안가를 연해 조그만 동굴이 있는데 그 앞에 〈百濟第二十五代武寧王誕生地〉라는 나무글판이 을씨년스럽게 서있다. 무령왕이 태어난 오비야オビヤ 동굴이다. 마을 뒤

쪽 동굴로 향하는 길목에 〈백제무령왕탄생기념비〉가 세워져 있다. 2006년 공주 무령왕국제네트워크협의회(韓), 공주향토문화연구회(韓), 무령왕교류당진시실행위원회(日), 가당도사마왕회(日) 등 4개 한일 단체가 공동으로 제작한 기념비이다.

다란 뻘밭이 문제입니다. 수심 또한 얕은지라 배를 포구에 대기가 만만치 않습니다. 하오나 나니와는 야마토의 심장과 같은 곳입니다. 이곳 열도뿐 아니라 열도 밖 여러 나라에서 들어오는 수많은 물동량이 이곳을 통해 들어오고 나갑니다.」

나니와진難波津은 해로를 통해 야마토의 모든 물동량이 집산되는 국제 항구였다.

곤지는 연신과 함께 여각에서 잠시 여행의 피로를 풀었다. 그때 한 사내가 비파 닮은 악기를 타며 타령을 하였다. 가인歌人이었다

나니와진에는
피는구나 이 꽃이
겨울 잠자고
지금은 봄이라고
피는구나 이 꽃이

「가락이 낯익소.」

가락이 조용하면서도 물 흐르듯 하였다. 구슬프면서도 흥이 실렸다. 모한의 사람들이 즐겨 타는 가락이었다.

「소인도 이곳에 올 때마다 듣는 노래입니다. 〈나니와難波진가津歌〉*라 하옵니다. 오래전 월나에서 오신 왕인이라는 분이 처음 이 노래를 지어 불렀다 합니다. 나니와란 지명도 그분이 처음 사용했고요.」

「왕인 ?」

반가운 이름이었다.

왕인박사는 야마토에 한자와 경서를 전한 왕요의 일족이었다. 비유어라하는 왕인박사의 덕택으로 야마토가 학문을 접하게 되었다며 박사의 공적을 유독 높이 샀다. 왕인박사는 학문의 조상이었다.

「노랫말 또한 예사롭지 않네만…」

「노랫말의 사연에 대해서는 소인도 모르옵니다.」

곤지는 가인에게 다가가 사례를 하고 다시 한 번 청하였다. 가인이 또 다시 가락을 타며 타령을 하였다. 곤지는 눈을 감은 채 가락과 타령에 한껏 몸을 실었다.

나니와에 머문 지 이틀째.

대반실옥大伴室屋이 곤지를 영접하기위해 직접 찾아왔다. 대반실옥은 웅략대왕이 자신을 영접사로 보냈다며 곤지를 맞이하였다. 나니와에서 웅략

---

* 나니와難波의 지명은 카나자와 쇼사부로(金沢庄三郎)가 1925년 편술한 《일본어사전》에 '나니와는 오사카大阪의 옛 지명이며, 왕인이 지은 나니와진가難波津歌에서 처음으로 지명이 나왔다.'라고 설명하고 있다. 일본 와카和歌의 효시인 왕인의 〈나니와진가〉, 일명 〈매화송梅花頌〉으로도 알려진 이 노래는 왕인이 인덕천황의 보조寶祚 즉 등극을 축원하며 지어 불렀다고 전해지고 있다. 나니와진가는 일본 와카의 전형인 5-7-5-5-7의 율조를 따르고 있다. 홍윤기洪潤基는 일본 와카의 율조가 백제 음악의 율조일 것이라 추정하며 이 근거로 현존하는 백제 〈정읍사〉의 율조가 이와 비슷하다고 하였다.

대왕이 거처하는 이하레 아사쿠라궁까지는 또 하루가 꼬박 걸리는 먼 거리였다. 야마토강의 뱃길은 열렸으나 강폭이 좁고 수심이 얕아 곤지가 타고 온 대선은 이용할 수 없었다. 대반실옥이 준비해온 소선 여러 척에 옮겨 탄 곤지는 나니와를 떠나 곧바로 남쪽 야마토강 하류를 거슬러 올라갔다.

「야마토 조정을 대표하여 다시 한 번 전하의 방문을 환영합니다.」

대반실옥은 대반가문의 장로이자 야마토 조정의 최고 관료였다.

대반가문의 조상은 임나국 용주龍主왕이었다. 임나왕족 출신이었다. 아주 오래전 열도의 큐슈로 이주하였다가 그 일족 중 한 부류가 이하레 대평원으로 옮겨와 정착하였다. 대반가문은 야마토 조정에 봉직하였다. 대반실옥은 웅략대왕의 군사적 후원자로 웅략대왕을 옹립한 일등공신이었다.

「대연어른. 제가 백제 대왕폐하의 명을 받고 객의 신분으로 야마토를 방문하게 되었습니다. 야마토에 머무르는 동안 대연께서 많이 도와주십시오.」

「가당찮은 말씀입니다. 전하. 전하께서 저희들을 도와주셔야 합니다. 전하를 맞이하는 저희 야마토 조정은 전하의 경륜과 식견에 많은 기대를 걸고 있습니다.」

「… ?」

「전하께서도 익히 아시는 바와 같이 저희 야마토는 백제에 비해 모든 것이 부족하고 뒤떨어져 있습니다. 수많은 백제사람들이 도래하여 선진문물을 전수해 주었기에 그나마 지금 이 정도의 체제를 갖추고 있는 것이옵니다. 전하의 방문은 우리 야마토가 한걸음 도약하는 계기가 될 것입니다.」

「대연어른께서 과한 말씀을 하십니다. 저는 그저 객일 뿐입니다.」

곤지는 애써 에둘렀다.

사실 당시 야마토는 백제의 도움이 그 어느 때보다 절실하였다. 웅략대왕이 등극하면서 〈왕정王政국가〉 체제를 갖추기 시작한 야마토는 백제의 정치, 군사, 문화 등 다방면에 걸친 선진화된 제도와 문물의 도입이 시급한 실정이었다. 제사장이 왕의 역할을 겸임하는 〈신정神政국가〉로부터 시작한 야마토는 군권을 가진 자가 왕이 되는 〈군정軍政국가〉의 단계를 막 벗어나고 있었다.

야마토강을 거슬러 올라가는 곤지의 시야에 낮은 구릉과 그 구릉 사이로 너른 평야가 한 눈에 들어왔다. 문득 곤지는 월나의 들녘을 바라보고 있는 듯한 착각에 빠졌다.

「전하. 저 곳이 왕인박사의 후손인 서수書首씨 일족의 영지입니다. 하내河内(가와치)라는 곳입니다.」

대반실옥이 남쪽을 가리켰다.

지금의 오사카 남부 후지이데라藤井寺시와 하비키노羽曳野시 일대이다. 가와치아스카河內飛鳥이다.

「백제의 박사 말이요?」

「그렇습니다. 왕인박사는 휘어라하의 초청으로 도래하여 토도태자의 스승이 되었지요. 그러나 외람되게도 왕인은 찬어라하를 옹립하는 데 공을 세워 저 땅을 하사받았습니다. 왕씨가 서수씨가 된 것도 이때부터입니다.」

「나니와에 머무르면서 우연히 나니와진가라는 노래를 들었습니다. 왕인박사가 지었다 하더군요.」

「맞습니다. 토도태자께서 자결하시자 휘어라하의 왕후인 태후께서 후임 어라하를 두고 고민을 많이 하셨습니다. 물론 토도태자의 직계로 비유왕자가 있었지만 어렸지요. 당시 찬어라하는 야마토 호족들로부터 절대적인 지지를 받고 있는 상태라 태후께서는 왕실고문이기도 했던 왕인박사와 상의한 끝에 찬어라하를 후임으로 결정하였지요. 그런데 찬어라하께서 보위를 극구 사양하였습니다. 이때 왕인박사께서 나니와진가를 지어 불러 찬어라하께서 옥좌에 오를 수 있도록 설득했습니다.」

「그런 일이 있었군요.」

곤지는 눈을 감았다.

결코 달갑지 않은 과거였다. 곤지의 조부 토도태자 비애가 담긴 역사였다.

「왕인박사께서 찬어라하를 옹립하는 조건으로 토도태자 직계 왕자의 목숨을 담보하셨지요. 덕분에 비유왕자는 목숨을 보전하게 되었습니다.」

비유어라하는 생전에 자신의 과거를 얘기하지 않았다. 곤지가 여러 번 물었으나 비유어라하는 굳게 입을 다물었다. 곤지가 아비 비유어라하가 백제로 건너온 사유를 알게 된 것은 비유어라하가 죽고 나서였다.

대반실옥의 전언은 계속되었다.

「결국 왕인박사께서 비유왕자의 목숨을 살린 것이지요. 보위에 오른 찬어라하는 왕도를 이하레에서 나니와로 옮겼습니다. 물론 나니와는 찬어라하의 근거지이기도 하였지만 당시 야마토 호족들의 반대는 이루 말할 수 없었습니다. 대부분 호족들은 이하레에 기반을 두고 있었기에 절대 반대였습니다. 그럼에도 찬어라하께서는 나니와 천도를 강행하였지요. 이를 두고 한때 이상한 소문이 돌았습니다. 찬어라하께서 비유왕자의 보위를 빼앗았기에 천도를 했다고요.」

「… 」

「사실 찬어라하는 치세 내내 궁궐수리를 외면하였습니다. 비가 올 때면 궁실 안으로 비가 스며들기 일쑤였습니다. 이하레의 기반을 버리고 나니와로 이주해준 호족들에 대한 눈치 때문이기도 하였지만 비유왕자에 대한 미안한 마음이 오히려 컸던 것 같습니다.」

〈고진궁高津宮〉. 나니와에 있는 찬어라하의 궁이었다. 《일본서기》는 인덕천황이 궁에 비가 새도 수리하지 않았으며 치세 10년이 되어서야 비로소 궁을 건축하였다라고 기록하였다. 인덕천황은 성제聖帝로 추앙받는 일본 천황 중의 으뜸이다. 치세기간 내내 백성의 삶을 적극 보살폈는데 민가 굴뚝에 연기가 나지 않는다하여 3년 동안 백성의 세금을 감면하기도 하였다. 야마토강의 범람으로 가와치 평야의 홍수피해를 막기 위해 제방을 쌓는가 하면 나니와를 비롯한 가와치 일대에 저수지를 만들기도 한 천황이다.

「음…」

곤지는 무의식중에 입술을 깨물었다.

「그러나 비유왕자께서 백제의 어라하가 되셨으니 이는 하늘의 뜻이 아니겠습니까? 전화위복인 셈이지요. 이를 계기로 오늘날 백제와 우리 야마토가 형제국이 되었고요.」

대반실옥은 너털웃음을 지었다.

대반실옥이 전한 지난 역사. 곤지는 조부 토도태자의 자살에 대해서는 여전히 궁금증이 있었지만 더 이상 묻지 않았다. 당시 정치상황 자체를 부정할 수는 없었다. 대반실옥의 말마따나 왕인박사의 도움이 없었다면 아비가 백제 어라하에 등극하는 일도 곤지 자신의 존재도 없었을 것이라 생각하였다.

「하옵고 전하. 가와치에는 전하의 증조부이신 휘어라하의 능묘가 있습니다. 서수가문에서 능묘를 지키고 있습니다.」

곤지는 한참 동안 가와치평야를 물끄러미 바라보았다.

어느 덧 배는 가와치평야를 벗어나 협곡으로 들어서더니 다시 시야가 확트인 대평원을 맞이하였다. 끝도 없이 펼쳐진 야마토대평원.* 낮은 구릉조차 없어 마치 바다 한가운데 떠 있는 착각이 들 정도였다. 동쪽과 서쪽으로는 지평선 끝자락에 산이 보였지만 북쪽과 남쪽의 끝은 보이지 않았다.

---

* 야마토 대평원은 현재 〈나라분지〉로 알려진 대규모 평지이다. 시기機城군을 중심으로 동쪽으로는 텐리天理시와 사쿠라이櫻井시가 서쪽으로는 가쓰라기葛城시가 남쪽은 가시하라橿原시가 북쪽으로는 야마토코리야마大和郡山시와 나라奈良시가 위치하고 있었다. 대평원을 동서로 관통하여 남쪽으로 흐르는 야마토강은 사쿠라이시에 닿았으며, 남으로 소가曾我천, 아스카飛鳥천, 데라寺천과 북으로 도미오富雄천과 사호佐保천의 지류가 있다.

〈응신천황릉〉은 오사카 남서부 하비키노 羽曳野에, 〈인덕천황릉〉은 오사카 남부 사카이堺시에 있다. 두 능은 크기가 비슷한데 〈인덕천황릉〉이 조금 더 크다. 전장 길이 486m, 면적은 약 46만 평방미터에 3중의 해자로 둘러싸여 있다. 이집트의 쿠푸왕 피라미드, 중국의 진시황릉과 함께

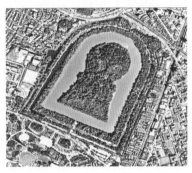

세계 3대 능묘의 하나이다. 단일 면적으로는 〈인덕천황릉〉이 세계 최대이다. 위에서 내려다보면 〈원〉과 〈사각형〉을 합쳐놓은 〈전방후원분前方後圓墳〉이라는 일본의 대표적인 묘제인데 〈장고형 고분〉이라고도 한다. 우리나라에서는 광주, 해남, 영암, 함평 등 주로 전라남도 지방에서 일부가 발견되었다.

「이 평원은 우리 야마토의 심장입니다. 이곳에서 나는 곡식으로 우리 야마토가 먹고 살지요.」

문득 곤지는 불사성의 비사벌 평원을 떠올렸다. 그러나 이곳 대평원은 비사벌과 비교가 안 될 정도로 컸다.

「왕실의 경작지가 있긴 하지만 대부분 호족들의 영지입니다. 남쪽에는 저희 가문의 경작지가 있습니다. 동쪽은 물부物部(모노노베)가문이 서쪽은 갈성葛城(가쓰라기)가문이 남쪽은 저희 가문과 소아蘇我(소가)가문이 북쪽은 평군平群(헤구리)가문이 차지하고 있습니다. 갈성가문의 영지는 갈성원이 죽으면서 왕실이 소유하게 되었고요.」

대반실옥은 야마토대평원의 땅이 호족들의 영지임을 밝혔다. 부여왕가의 일원인 곤지로서는 다소 무거운 정보였다. 백제의 사정도 야마토와 하등 다를 바가 없었다. 삼한땅은 대부분 호족들의 몫이었다. 왕실 소유의 땅이 있지만 대부분 알짜배기 농토는 호족들의 소유였다. 거대한 농토를 소유한 호

족. 그 호족의 입김은 왕실의 권위를 능가하였다. 그래서 백제왕실은 호족들의 영지를 인정해주는 대신 작위와 하사품을 주어 왕실의 권위 아래 편입하였다.

동쪽으로 향하던 배가 물길을 따라 남쪽으로 방향을 틀었다. 농토에서 일하는 사람들의 모습이 하나둘 보였다. 급기야 제방 너머 사람들의 얼굴이 뚜렷이 보일 정도로 강폭은 좁았다.

「곧 포구에 다다를 겁니다. 아마 폐하께서 친히 전하를 영접하기 위해 기다리고 있을 겁니다.」

「폐하께서…?」

「왕궁이 포구에서 멀지 않습니다. 분명 친히 나와 계실 겁니다.」

남쪽으로 밀집된 민가가 보였다. 배는 야마토의 왕도 이하레에 들어섰다. 서쪽으로 굽이굽이 산줄기가 이어졌다. 남쪽 끝자락의 산 하나가 곤지의 시선을 사로잡았다. 괴암이 전혀 없는 완만한 삼각형의 산이었다. 왠지 정겨웠다.

「저 산의 이름은 무엇입니까?」

곤지가 산을 가리켰다.

「미와三輪산입니다. 야마토 백성은 누구나 신성한 산으로 여기고 있습니다.」

「신성한 산이라?… 」

「아주 오랜 옛날에 미와산에 천신이 내려와 살았는데 그 천신이 인근 마을에 사는 어여쁜 한 처녀에게 반해 그 처녀를 아내로 삼을 궁리를 했답니다. 어느 날 처녀가 측간에 들어가는 것을 보고 붉은 화살로 변하여 측간에 숨어들어간 천신은 처녀가 아랫도리를 내놓는 순간 날쌔게 꽂혔고 처녀는 화들짝 놀라 화살을 뽑아들고 몹시 부끄러워 서둘러 제 집으로 숨어들었답니다. 그런데 처녀가 화살을 방바닥에 내려놓자 화살이 멋진 청년으로 변하여 처녀를 덥석 껴안았고 이후 처녀는 천신의 아내가 되었다는 전설이 있습니다.」

「흥미롭군요.」

「천신에 대한 전설은 또 있습니다.」

「… ?」

「또 천신이 한 처녀를 아내로 맞이하였는데 낮이 아닌 어두운 밤에만 아내를 찾아왔답니다. 아내가 늠름한 천신의 얼굴을 보고 싶어 애원하니 천신이 아침이면 아내의 빗통 속에 들어가 있을 테니 자신의 모습을 보고 놀라지 말라 했답니다. 아내는 날이 새길 기다렸다가 빗통을 열어보니 옷에 매는 끈만 한 작은 뱀이 있어 이를 보고 놀라 소리치니 작은 뱀이 사람으로 변했는데 천신은 아내가 자신에게 창피를 주었다며 미와산으로 올라가 버렸고 다시는 나타나지 않았답니다.」

「천신의 신통력이 대단하군요. 화살도 되고 뱀도 되고.」

곤지는 고개를 갸우뚱하였다.

「이런 연유로 미와산 자체가 천신이 되었습니다. 그래서 사람들은 저 산을 신성시 한답니다.」

「천신이라 하더라도 분명 부르는 이름은 있을 것 같은데요?」

「〈대물주신大物主神〉이라 합니다. 〈대국주신大國主神〉이라고도 부르는데 그 후손이 미와산에 신당을 짓고 그 신을 모시고 있습니다.」

「…」

「저희 가문의 선조가 이 땅에 정착하기 전부터 내려오던 전설입니다. 아마도 대물주신은 신라에서 건너와 이곳에 선주했던 사람이 아닌가 싶습니다.」

「신라요? 우리 백제도 임나도 아닌 신라사람입니까?」

곤지가 의아한 표정으로 되물었다.

일본 나라현 사쿠라이시에 〈미와三輪산〉이 있다. 산의 서쪽 기슭에 〈대신신사大神神社(오오미야신사)〉가 자리 잡고 있다. 〈대물주신大物主神〉을 받드는데 〈삼륜신사三輪神社(미와신사)〉라고도 한다. 일본신화에 기록된 창건 유서와 야마토 조정 창시부터 존

재한 이유로 일본 최고最古의 신사이다. 미와산 자체를 신체神體로 하는 신사이며 본전本殿이 없는 배전拜殿에서 미와산을 우러러보는 신도神道의 형태이다. 신사의 기원은 숭신崇神천황 때 역병이 만연하여 대물주신의 아들 대전전근자大田田根子에게 명을 내려 제사 지낸 것이 기원이다.

미와산

「대물주신의 후손이 신당의 제주祭主입니다. 제주가 말하길 자신의 선조 대물주신은 신라에서 건너 왔다 했습니다. 들리는 말에 의하면 대물주신은 6명의 처를 두었고 자식만도 181명이라 합니다.」

「허허…」

곤지는 자신도 모르게 혀를 내둘렀다.

「그래서 사람들은 미와산을 자주 찾고 대물주신에게 자식을 낳게 해달라고 소원을 비는 것 같습니다.」

「결국 대물주신은 다산의 상징이군요.」

「그렇습니다. 전하. 하옵고 폐하께서는 대물주신이 신라출신임을 알고 한때 신당을 폐쇄하고 그 일족을 이하레에서 내쫓을 생각까지 하셨지만 워낙 사람들이 대물주신에 대한 믿음과 기대가 절대적인지라 이를 인정할 수밖에 없었습니다. 대물주신의 후손들이 이곳 이하레에도 많이 살고 있습니다.」

곤지는 다시금 미와산을 쳐다보았다. 대반실옥의 말이 연상되어 새삼 새롭게 보였다. 서쪽하늘에 멈춰있는 해가 미와산을 밝게 비췄다.

잠시 후 곤지는 어느 조그만 포구에 닿았다. 웅략대왕이 친히 나와 곤지를 기다렸다.

「먼 길 고생 많았소. 곤지아우. 다시 보게 되다니 참으로 꿈만 같소.」

웅략대왕은 곤지를 덥석 껴안았다.

「폐하의 강녕하신 용안을 뵈오니 기쁘기 그지없습니다.」

곤지는 식솔을 일일이 소개하였다. 모아와 연화 두 부인과 큰아들 고와 큰딸 순, 둘째아들 모대와 셋째아들 모지, 둘째딸 모혜, 그리고 강보에 싸인 넷째아들 모호와 다섯째아들 융이었다.

「허허… 요 놈이 그 며칠을 못 참고 세상 구경하러 섬에서 불쑥 나왔다는 아기군요.」

웅략대왕은 강보를 펼치며 융의 얼굴을 유심히 바라보았다.

「사마라 아명을 지었습니다.」

「사마라… 〈도군嶋君〉이라 해야겠군요. 섬 왕자 말입니다. 눈빛이 초롱초롱한 걸보니 한 세상 멋지게 살다 갈 아이 같습니다.」

웅략대왕은 입가에 미소를 담았다.

어느 덧 해가 서쪽 산등성이를 넘어가고 어둠이 밀려왔다. 집집마다 굴뚝에서 솟아오르는 연기가 이하레 하늘을 덮으며 어둠을 재촉하였다.

대반실옥이 마련한 임시처소에 여장을 푼 곤지는 오랜 여행으로 피로가 밀려왔지만 쉬이 잠을 이루지 못하였다. 낯선 땅 이하레, 이하레의 낯섦이 곤지의 피로를 밀어냈다. 언제 돌아갈지 모를 고향 한성, 살아서 돌아갈지 죽어서 돌아갈지 기약조차 할 수 없는 이역만리 한성은 곤지의 머릿속을 가득 채웠다.

해가 지고 달이 뜨고
별은 총총하건만
이하레 하늘은 낯설기만 하구나
산도 있고 강도 있고
너른 평야는 고향 같건 만
이하레 사람은 낯설기만 하구나

곤지는 시 한수를 읊으며 이하레에서의 첫날밤을 보냈다.

《일본서기》는 곤지의 야마토 도착 소식을 전하고 있다.

웅략천황 5년 '가을 7월 군군軍君이 도성에 들어왔다. 이미 다섯 아들을 두었다. (〈백제신찬百濟新撰〉에 이르길 '신축년에 개로왕이 아우 곤지군昆支君을 대왜大倭에 보내 천왕天王을 모시게 하였는데 형왕兄王의 우호를 닦기 위해서였다.'고 한다).'라고 기록하고 있다.

아사쿠라궁 어전.

「오늘은 참으로 기쁜 날이오.」

야마토 조정의 군신과 군경이 모인 어전조회. 웅략대왕은 곤지를 어좌 바로 옆에 앉히고 신료들에게 소개하였다.

「백제국 정로장군 좌현왕이신 곤지왕자를 우리 야마토국의 상객上客으로 맞이하게 되었소. 짐은 어느 누구보다 진심으로 환영하오. 곤지왕자의 식견이 양국의 우호를 더욱 공고히 해줄 것이라 기대하며 곤지왕자의 경륜이 우리 야마토가 한 걸음 더 발전하는 계기를 만들어 줄 것이라 믿어 의심치 않소.」

웅략대왕이 곤지에게 신호하였다.

「반갑습니다. 부족한 제가 백제 대왕폐하의 명을 받아 야마토의 객이 되어 여러분을 뵙게 되었습니다. 야마토에 머무르는 동안 열과 성을 다하여 양국의 우호 증진에 힘쓸 터이니 여러분의 기탄없는 지도를 당부합니다.」

곤지는 고개를 숙여 예를 표하고 자신의 존재를 알렸다.

「경들은 들으오. 짐은 백제 정로장군 좌현왕 곤지왕자를 우리 야마토 왕실과 조정의 고문인 상객으로 삼을 것이며 이에 걸 맞는 예우를 할 것이오. 따라서 짐은 곤지왕자를 〈군군軍君〉이라 칭할 것이니 경들도 〈군군 전하〉라 불러주길 바라오. 군군의 명은 곧 짐의 명이오. 한 치의 소홀함이 없도록 군군을 대우해 주길 바라오. 아울러 평군대신은 짐의 명을 국조國造와 국사國司에게 즉각 알리도록 하오.」*

「대왕폐하의 명 받들겠나이다.」

대신 평군진조가 웅략대왕의 명을 받들었다.

웅략대왕은 곤지를 단순히 야마토의 객이 아닌 야마토 왕실과 조정의 고문인 상객으로 받아들였으며 〈군군〉이라는 칭호도 부여하였다. 파격적인

---

* 당시 야마토 행정체제는 다음과 같다. 중앙은 〈신臣(오미)〉과 〈연連(무라지)〉이라는 독특한 지배계층이 있었다. 〈신〉은 지역에 기반을 둔 반면 〈연〉은 직능에 기반을 두고 있었다. 이들 산하에 〈부部(베)〉와 〈반半(도모)〉이라는 별도의 직능별 하부 조직들이 있었는데, 〈신〉은 〈부〉와 〈반〉 공히 둘 수 있는 반면 〈연〉은 〈반〉만을 두었다. 특히 〈반〉의 수장은 〈조造(미야츠코)〉라는 칭호를 붙여 〈반조半造(도모노미야츠코)〉라 하였다. 웅략대왕은 〈신〉과 〈연〉들의 수장으로 〈대신大臣〉과 〈대연大連〉을 두었는데 이는 백제의 좌평佐平에 해당한다. 지방은 〈국國〉, 〈군郡〉, 〈현縣〉으로 나누는데 〈국〉은 백제의 지방 행정단위인 〈담로擔魯〉정도로 이해할 수 있다. 〈국〉의 수장은 해당 소국의 호족장이 맡았는데 〈국조國造(구니노미야츠코)〉라 했다. 〈국〉과 〈군〉에는 중앙에서 지방관을 파견하였는데 〈국사國司〉와 〈군사郡司〉라 하였다. 이외에도 〈숙니宿禰(스쿠네)〉라는 백제출신 무장가문에 주어진 직위가 있었으며, 〈직直(이타헤)〉이라는 직위도 중앙과 지방의 호족들에게 주어졌다. 특이한 점은 이들 직위나 직책들이 모두 해당 가문의 성性으로 편입되었다.

예우며 대우였다.

 곤지의 야마토에서의 삶, 웅략대왕의 배려로부터 시작한 새로운 삶이 비로소 닻을 올렸다. 그 삶 앞에 펼쳐질 미래는 이제 전적으로 곤지의 몫이었다.

강대한 야마토의 길

　곤지의 가옥은 토미鳥見산 북쪽 신자락에 있었다. 토미산은 야마토강을 사이에 두고 미와三輪산과 마주하였다. 민가가 밀집된 북서쪽 평원은 야마토의 수도 이하레의 중심지였다. 곤지의 가옥은 대반실옥이 마련하였다. 토미산 일대가 대반가문의 영지였다. 북동쪽으로 그리 멀지 않은 곳에 웅략대왕의 아사쿠라朝倉궁이 있었다.

　해질 무렵, 대반실옥이 찾아왔다. 대반실옥의 저택은 곤지의 가옥에서 가까운 거리에 있었다.

　「전하. 폐하께서 내일 아침 가쓰라기葛城산으로 사냥을 가자 하십니다.」

　대반실옥은 웅략대왕의 사냥 제의를 전하였다.

　「가쓰라기산?」

　「서쪽 평원이 맞닿은 곳입니다. 폐하께서 자주 이용하시는 사냥터입니다.」

　「군신들도 참가하나요?」

　곤지가 물었다.

　「아닙니다. 내일 사냥은 왕전하와 단 둘이 하시겠다 합니다.」

　「특별한 사정이라도… ?」

　「왕궁이 갑갑하시어 바람쐬러가자는 의중이 아닌가 싶습니다. 다만 폐하께서 사냥을 나가시면 사냥터에서 불미스러운 일이 자주 일어나곤 하여 심히 염려되옵니다.」

「불미스러운 일이라니요?」

「아뢰옵기 송구하오나 폐하께서는 사냥을 보좌하는 사인使人들의 사소한 잘못도 용서하지 않으십니다. 사인들의 목숨을 빼앗는 벌을 내리시기도 합니다.」

「사인을 죽인단 말인가요?」

곤지가 놀란 눈을 하고 되물었다.

「올봄에 사냥터에서 사인 하나가 큰 뱀을 보고 기겁하여 나무위로 올라가 숨었습니다. 이를 본 폐하께서 진노하여 어검을 뽑아 사인의 목을 베려하셨습니다. 군신들도 감히 남서지 못하고 안절부절 하였는데 때마침 동석하신 왕후마마께서 사인의 잘못을 용서해 달라 간청하여 겨우 어검을 거두었습니다. 왕후마마가 아니었다면 사인의 목은 날아갔을 겁니다.」

「…」

「사인들은 폐하의 사냥 길을 무척 두려워합니다. 낼 사냥에도 또 어떤 일이 발생할지 모릅니다. 혹 불미스러운 일이 생기면 전하께서 폐하의 성정을 살펴주소서.」

「알겠습니다. 대반 대연.」

대반실옥이 대문을 나서며 신신당부하였다.

문득 웅략대왕의 말이 떠올랐다.

「무릇 군왕의 권위는 지엄한 것이네. 이를 지키는 일이라면 나는 어떠한 희생도 감수할 것이네.」

곤지의 외숙 갈성원을 불태워 죽인 일을 사과하면서 했던 말이었다.

다음날 아침 곤지는 웅략대왕을 따라 두어 시각 지나 가쓰라기산 근처에 도착하였다. 가쓰라기산에는 사슴들이 많았다. 몰이꾼을 풀어 사슴몰이를 시킨 웅략대왕은 사슴무리가 다가오길 기다렸다. 잠시 후 사슴무리가 시야에 들어왔다. 그러나 사슴무리는 곤지와 웅략대왕이 매복하고 있는 쪽으로 오지 않고 다른 방향으로 내빼었다. 활시위를 당길 수 없었다. 몰이꾼들이 돌아왔다. 잔뜩 화가 난 웅략대왕의 얼굴을 본 몰이꾼들은 코를 땅에 박고 사시나무 떨 듯 벌벌 떨었다.

「네 이놈들! 사슴몰이를 한두 번 한 것도 아닌데 대관절 사슴들을 어디로 모는 것이냐?」

웅략대왕은 사인들을 향해 활시위를 놓을 태세였다.

「대왕…폐…하… 대왕…폐하… 살려주십시오.」

겁에 질린 몰이꾼들이 살려 달라 애원하였다.

「폐하? 고정하시옵소서. 몰이꾼들의 죄가 크오나 대은을 베풀어 주소서.」

곤지는 웅략대왕 앞을 가로막았다.

「네 이놈들! 군군이 아니었으면 너흰 죽은 목숨이다. 군군의 은혜를 잊어선 안 될 것이다.」

웅략대왕은 활을 거두었다.

곤지는 웅략대왕과 눈빛을 주고받았다. 웅략대왕의 눈빛. 결코 몰이꾼들을 죽일 생각이 없다는 눈빛이었다. 처음 웅략대왕이 몰이꾼을 향해 활을 겨눈 때만 하더라도 곤지는 당황하였다. 대반실옥의 염려가 현실로 드러나는 듯싶었다. 그러나 웅략대왕의 노기에 찬 행동에는 오히려 곤지에 대한 배려가 묻어있었다. 몰이꾼들의 죄를 용서하는 것, 웅략대왕은 곤지의 덕으로 돌렸다.

「군군전하! 전하의 은혜 결코 잊지 않겠습니다.」

몰이꾼들은 연신 머리를 조아렸다.

웅략대왕은 채부狄負(궁수)들에게 일러 사슴사냥을 지시하고 곤지와 함께 가쓰라기산에 올랐다. 채부들은 대반가문의 가병들이었다.

가쓰라기葛城산은 북쪽으로 이와하시岩橋산, 니조二上산, 시기信貴산, 이코마生駒산까지 이어지며 남쪽으로는 곤고金剛산과 맞닿았다. 가쓰라기산 정상에서 내려다본 동쪽 야마토평원은 남북으로 길게 드리워져 있었고 서쪽 평원 또한 동쪽 평원과 다를 바 없었다. 차이가 있다면 동쪽 평원의 끝은 산으로 둘러쳐 있었고 서쪽 평원의 끝은 바다로 막혀 있었다. 평원 위로 펼쳐진 올망졸망한 낮은 구릉들은 마치 바다 위에 떠있는 섬과 같았다.

오사카 동남부 일대

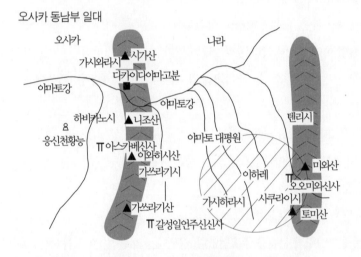

「폐하. 야마토는 참으로 축복받은 땅이옵니다.」

「푸른 산과 바다가 동서남북 사방에 병풍처럼 둘러쳐 있지. 정말로 편안한 안식처와 같은 땅일세. 그래서 삼한 사람들이 끝임 없이 몰려들었고 우리 부여왕가도 이 땅의 지배자가 되지 않았겠나. 물론 앞으로도 많은 사람들이 계속 몰려오겠지만 말일세.」

「폐하 !」

「그러나 우리 야마토는 한계가 있네. 섬인 까닭이네. 동쪽은 해가 뜨는 망망대해이니 더 이상 나아갈 곳이 없네.」

「…」

「군군아우. 혹 기억하시나. 야마토다운 야마토를 만들겠다고 했던 짐의 말. 그것은 짐의 꿈이기도 하네. 우리 부여왕가가 지배하는 강력한 야마토. 만백성이 왕을 우러르게 만드는 그런 야마토를 만들고 싶네.」

웅략대왕은 잠시 눈을 감았다.

「그러나 아직 그 꿈은 아득히 멀다네. 짐의 치세동안 그 꿈을 이룰지 짐 또한 의문이고.」

「폐하. 어찌 나약한 말씀을 하십니까? 폐하께서는 이제 시작이십니다. 반드시 그 꿈을 이룰 것이옵니다.」

「솔직히 호족들의 힘은 짐보다 강하네. 호족들은 열도 대부분의 땅을 소유하고 수많은 백성을 자신의 가문 휘하에 두고 부와 권력을 쌓고 있지. 짐이 야마토 대왕이지만 일개 호족보다 못하네.」

웅략대왕은 또 눈을 감았다.

「폐하…?」

「그래서 고민일세. 군군아우. 어떻게 하면 짐의 꿈을 이룰 수 있겠는가? 짐은 아우가 온다는 소식을 듣고 여러 날 밤잠을 설쳤네. 아우만 도와준다면 그 꿈을 이룰 수 있겠다는 믿음을 가졌네.」

「폐하. 어찌 저를 어려워하십니까? 상객으로 받아주신 것만으로도 크나큰 대은이옵니다. 야마토에 머무르는 동안 폐하의 꿈이 이루어 질 수 있도록 열과 성을 다할 것이옵니다.」

「고마우이. 군군아우.」

웅략대왕은 곤지를 꼭 껴안았다.

가쓰라기산 정상에 차가운 바람이 불었다. 그럼에도 두 사람의 심장은 뜨거웠다.

웅략대왕은 가쓰라기산 동쪽 아래 넓은 지역을 곤지에게 하사하겠다는 뜻을 내비쳤다. 그 땅은 옛 갈성가문의 영지로 알토란같은 비옥한 땅이었다. 갈성원이 죽고 그 딸을 후궁으로 맞이하면서 자연스레 왕실 소유가 되었다. 곤지는 극구 사양하였다.

「저 땅을 주겠네. 더는 사양하지 말게.」

웅략대왕이 다시 가리킨 곳은 아스카베飛鳥戸지역이었다. 가쓰라기산에서 바라본 북서쪽 산자락에 연하는 그리 크지 않은 땅이었다.

「가와치河內국 아스카베땅은 선왕들의 능묘가 있는 곳이네. 강을 따라 서쪽은 왕릉들의 수묘를 맡고 있는 서수가문의 영지이기도 하지. 강의 동쪽은 왕실소유네. 산자락이 굽이쳐 볼품없는 땅이지만 짐의 마음으로 알고 받아주게.」

「폐하의 뜻 받들겠습니다.」

웅략대왕이 곤지에게 하사한 땅은 가와치아스카河內飛鳥의 아스카베飛鳥戸군 지역이다. 가와치아스카는 치카츠아스카近飛鳥라고도 하며 야마토강의 지류인 이시카와石川를 따라 동서로 길게 펼쳐졌다. 북동은 후루이치古市, 남동은 테라야마寺山로 비교적 평지가 발달된 지역이고 북서는 아스카베, 남서는 시나가磯長로 산지와 평지가 섞여있는 지역이다. 후루이치 지역은 응신천황릉을 비롯하여 전반후원분 능묘가 밀집되어 있다. 북서의 아스카베는 카미賀美향鄕 오와리尾張향, 시모資母향으로 나누어지는데 이 중 카미향에 곤지일족의 〈아스카베飛鳥戸신사〉가 있다.

웅략대왕의 뜻밖의 선물. 곤지는 아스카베 땅을 영지로 하사받은 기쁨보다 무거움이 앞섰다. 웅략대왕이 부족한 자신을 상객으로 거두어 준 것만으로 감사할 일인데 영지를 하사받는 것은 실로 언감생심이었다.

일본 오사카大坂 하비키노羽曳野시에 소박한 농촌 아스카마을이 있다. 이름이 〈아스카飛鳥〉가 된 것은 이 마을에 있는 한 신사와 그 신사를 세운 씨족의 이름에서 유래한다. 〈아스카베飛鳥戸신사〉. 백제에서 이주한 아스카베飛鳥戸 씨족이 세운 것으로 현재의 제신祭神은 그들의 시조인 백제 〈곤지왕琨支王〉이다. 《신찬성씨록新撰姓氏錄》 하내국 제번에 아스카베노미야쓰코 飛鳥戸造씨족의 출자는 백제 곤지왕이라고 기록하고 있다. 아스카베신사는 이전에

〈곤지왕신사〉라 불렸다고 한다. 1908년 4월 메이지정권의 신사통폐합 정책에 따라 인근 츠보이하치만궁 壺井八幡宮에 합병되었다가 1952년에 다시 분사分祀되어 원래의 자리로 돌아와 오늘에 이르고 있다. 현재 제사일은 매년 10월 17일이다.

하산 길. 웅략대왕은 충격적인 소식을 전하였다. 곤지의 큰형 여은왕자에 관한 정보였다.

「작년 정초였네. 갈성가문과의 얄궂은 일도 있고 해서 가쓰라기산에 사냥을 나왔다가 이곳에서 여은왕자를 만났네.」

두 사람은 어느 조그만 폭포 앞에서 잠시 휴식을 취하였다.

「정말입니까?」

「너무 반가운 나머지 의복도 바꿔 입고 함께 사냥도 했었네. 사람들이 〈일언주신一言主神〉이라고 불러 놀랐네. 열도에 건너온 이후 줄곧 가쓰라기산에 은신한 모양일세.」

「지금도 이곳에 계시옵니까?」

「환궁 후 며칠 지나 사람을 보냈는데 찾지 못했네. 직접 모시고 싶었는데 이미 종적을 감춘지라… 다 짐의 불찰이네.」

「…?!」

「이 곳 사람들은 여은왕자를 〈현인신現人神〉이라 했네. 가쓰라기산의 신이 되었다는 말도 있고 어디 다른 고장으로 갔다는 말도 있지만 도통 종적을 확인할 수가 없었네.」

「가족은요?」

여은왕자는 처와 아들 하나를 데리고 떠났었다.

「모르겠네. 사람들의 말로는 줄곧 홀로 지냈다고 하니 열도로 건너오면서 사고를 당했거나 어떤 사유로 해서 헤어지지 않았나 싶네.」

「…」

슬픈 소식이었다. 억장이 무너져 내렸다. 열도로 건너오면서 잠깐잠깐 곤지의 머릿속을 맴돌던 여은왕자였다.

가쓰라기산을 내려오니 요리사들이 갓 잡은 사슴으로 요리를 만들었다. 사슴요리는 웅략대왕이 평소 즐겨먹는 육회였다. 그러나 웅략대왕은 거들떠보지도 않고 철수명령을 내렸다. 곤지의 어두운 표정을 헤아렸다.

「군군아우. 짐이 소국들에 명을 내려 여은왕자를 적극 찾아보라 하겠네. 살아 있다면 만나겠지.」

웅략대왕은 곤지의 슬픈 마음을 애써 달랬다.

그러나 여은왕자의 행적은 확인되지 않았다. 훗날 웅략대왕은 가쓰라기산에 여은왕자의 넋을 위로하는 사당을 세웠다.

곤지는 며칠 동안 집 안에 틀어박혀 두문불출하였다. 정오 무렵 어전사인이 찾아와 낼 아침조회에 참석해달라는 웅략대왕의 명을 전하였다. 곤지는 여은왕자 소식에 적잖은 충격을 받아 내내 가슴앓이를 하였다. 아침 나절이면 토미산에 올라 야마토대평원과 이하레의 민가를 내려다보며 애달픈 마음

일본 나라현 고세(御所)시 가쓰라기산 동쪽 초입에 〈갈성일언주신葛城一言主神신사〉가 있다. 신사의 제신은 〈일언주신〉 또는 〈웅략천황〉이라고 한다. 《일본서기》와 《고사기》가 전하는 내용을 종합하면 웅략천황이 가쓰라기산으로 사냥을 나갔는데 빨간 허리띠와 파란 옷을 걸친 천황 일행과 똑같은 의복을 걸친 일언주신을 만나 통성명을 한 후 함께 사냥을 즐겼다 한다. 빨간 허리

띠를 차고 파란 옷은 입은 일언주신은 백제 사람이다. 파란색은 당시 백제의 상징색으로 파란저고리는 백제왕족과 귀족이 입던 옷이었다.

을 달래는 정도였다.

「군군전하. 일언주신의 행방을 찾는 폐하의 명이 내려졌습니다. 멀지 않아 좋은 소식이 있을 겁니다.」

해질 무렵 세 사람이 찾아왔다. 평군진조平群眞鳥, 대반실옥大伴室屋, 물부목物部目이었다. 이들은 야마토 왕실과 조정을 떠받치고 있는 실세들이었다. 평군진조는 〈대신大臣〉으로 내정을 총괄하였고 대반실옥과 물부목은 〈대련大連〉으로 군사와 외교를 전담하였다.

평군진조가 소식을 알려왔다.

「저희들도 일언주신에 대해서는 익히 들어 알고 있었습니다. 그 분이 여은왕자인 줄은 정말 몰랐습니다. 만약 알았다면 폐하의 명이 있기 전에 적극 나서 행방을 찾았을 겁니다. 모두다 저희의 불찰입니다. 군군전하.」

「아… 아닙니다. 정무로 바쁘신 세 분께 제가 부족하여 또 짐을 드렸습니다. 미안합니다.」

대반실옥과 물부목이 안타까운 마음을 전하였고 곤지는 감사를 표했다.

「군군전하. 혹 전협이란 자를 아십니까? 길비상도신 전협 말입니다.」

「임나국사 아닙니까?」

「전하께서 알고 계시니 전후사정은 거두절미하겠습니다. 폐하께서 전협의 처리문제로 고심하고 있습니다.」

「전협의 행위와 처신이 문제가 된다면 임나국사 직을 파직하고 조정으로 소환하면 되지 않겠습니까?」

곤지가 물었다.

「소환으로 끝날 문제가 아닙니다. 군군전하. 폐하의 성정으로 보아 전협을 소환하면 분명히 죄를 물어 공개적으로 벌을 줄 것이고 이는 전협의 목숨을 빼앗는 결과로 이어질 겁니다. 폐하께서는 누구보다 치원稚媛을 아끼십니다. 치원의 전 남편인 전협의 죽음을 보여주길 원치 않습니다. 치원이 받을 마음의 상처를 우려하십니다. 더구나 치원께서는 이미 폐하의 혈손인 반성磐城과 성천星川 두 분 왕자를 생산한 터라…」

평군진조가 녹록하지 않은 사정을 토로하였다.

「또 하나는 폐하의 신라에 대한 적개심입니다. 전협에게 임나와 협조하여 신라를 공격하라는 명을 수차례 내렸지만 전협이 임나의 사정을 들어 폐하의 명을 묵살하였습니다. 폐하는 어떤 식으로든 신라를 응징하길 원하십니다.」

물부목이 평군진조를 거들었다.

웅략대왕의 신라에 대한 적개심은 신라의 태도 변화에 있었다. 선대 진誅왕은 친신라정책을 폈다. 이에 신라는 야마토에 사신을 파견하는 등 우호적인 태도를 보였다. 그러나 웅략대왕이 등극한 후 친백제정책을 표방하면서 신라는 야마토에 등을 돌렸다.

「또 있습니다. 폐하께서 치원을 후궁으로 맞이하면서 장성한 전협의 소생 두 사람에게 군君의 칭호를 하사하였는데 형군兄君과 제군弟君입니다.

처음과는 달리 폐하께서는 이들 두 사람에 대해서도 부담을 느끼고 있습니다.」

대반실옥도 거들었다.

「세 분의 말씀을 들으니 간단한 문제가 아니군요. 전협도… 신라도… 그리고 전협의 소생들도…」

곤지는 잠시 눈을 감았다.

「그렇습니다. 군군전하. 폐하께서 저희 세 사람을 보내 전하의 고견을 받아오라 하셨습니다.」

곤지는 잠시 생각에 잠겼다. 생각의 끝자락에는 웅략대왕이 존재하였다. 가쓰라기산 정상에서 웅략대왕이 털어놓았던 꿈. 강력한 왕권국가 야마토 건설. 그 출발은 호족들의 방대한 힘의 약화였다. 1차 대상은 길비가문이었다. 길비가문은 길비국吉備國(오카야마岡山시 일대)의 토착호족으로 막강한 부와 권력을 보유하였다. 수많은 배를 가지고 열도의 해상무역을 장악하였다. 한성에서도 월나에서도 곤지가 마주친 열도의 상선은 모두 길비가문의 소유였다.

「좋습니다. 제 생각을 말씀드리겠습니다. 형군이나 제군 둘 중의 한 사람 아니 두 사람 모두도 좋습니다. 이들을 총사령으로 삼아 길비가문이 보유하고 있는 군사들을 파병하라 하시지요. 임나로 건너가 전협과 합세하여 신라를 공격하라 하시지요.」

「…」

「…」

「…」

곤지의 제안이 너무 뜻밖이었을까. 세 사람은 약속이나 한 듯 입을 다물었다. 잠깐의 침묵이 훑고 지나갔다.

「참으로 신묘한 계책이십니다.」

평군진조가 무릎을 탁 쳤다.

「그렇습니다. 전쟁의 승패를 떠나 이는 일거삼득입니다.」

물부목도 덩달아 무릎을 탁 쳤다.

「일거삼득이라니요?」

대반실옥이 고개를 갸웃거렸다.

「일거삼득이지요. 생각해보십시오. 대반 대연. 전쟁에 승리하면 신라에 대한 폐하의 한을 푸는 것이 되니 일득이요. 전쟁에 패하면 전협을 제거할 수 있으니 이득이요. 또한 폐하께서 형군과 제군에 대한 부담을 떨쳐낼 수 있으니 삼득이 아니겠소.」

「전쟁에 승리하면 길비가문의 콧대가 하늘을 찌를 겁니다.」

대반실옥이 의아한 표정을 지었다.

「대반 대연. 어차피 길비가문은 인력과 물자가 총동원해야 합니다. 승패를 떠나 길비가문은 치명상을 입을 겁니다. 하하하…」

평군진조가 하얀 이를 드러내며 호탕하게 웃었다.

세 사람이 떠났지만 곤지는 한참동안 그들의 잔영과 함께하였다. 믿음직한 충신들이었다.

다음날, 조회는 일사천리로 진행되었다. 대신 평군진조가 임나국사 길비상도신 전협의 직무유기를 성토하고 답보상태에 빠진 신라와의 전면 전쟁을 제안하였다. 대연 대반실옥과 물부목이 길비상도신 형군과 제군을 총사령으로 삼아 길비가문의 보유병력 3천 명을 임나에 파병할 것을 또한 제의하였다. 참석자 모두가 이를 결의하여 웅략대왕에게 건의하였다.

「신라는 본래 서방에 있는 나라로 대대로 우리 야마토를 상국으로 알고 예를 지켜왔소. 선왕 때까지는 매년 사신을 보내왔지만 짐이 보위를 이어받고

부터는 사신을 보내지 않는 등 예를 저버리고 있소이다. 하여 짐은 임나국사로 하여금 임나의 지원을 받아 신라를 응징하라 명을 내렸으나 임나국사가 짐의 명을 따르지 않고 오히려 신라에 부회府會하고 있소. 참으로 가증스럽고 통탄할 일이오. 허나 짐은 임나국사를 벌하지 않고 기회를 주기로 했소. 신라는 지금 몸은 대마도 밖까지 내놓고 발은 잡라匝羅(경북 양산)에 숨겨놓고 우리 형제국인 백제를 괴롭히고 임나를 약탈하고 있소. 옛말에 이리의 마음은 배가 부르면 떠나가고 배가 고프면 따라온다 하였소. 지금 신라의 행동은 이와 다를 바가 없소. 이제 짐은 길비상도신 제군을 대장군으로 삼아 신라원정군의 총사령을 맡길 것이니 대장군 제군은 신라의 못된 버릇을 단단히 고쳐주길 바라오.」

웅략대왕은 신라와의 전면전을 선포하였다.

「대왕폐하. 신 길비상도신 제군. 폐하의 명을 받들어 반드시 신라를 응징하겠나이다.」

제군이 앞으로 나오자 웅략대왕은 친히 대도 한 자루를 하사하였다. 환두대도다. 환두대도는 제군이 대장군이며 총사령임을 나타내는 징표였다.

「그리고 형군은 조정에 남아 신라원정군의 군수 물자와 인력을 전장의 상황을 보아가며 지원하시오.」

「대왕폐하의 명 받들겠습니다.」

웅략대왕은 형군에게도 환두대도 한 자루를 별도로 하사하였다.

「짐은 그동안 임나국사의 가증스런 행동으로 길비가문에 대한 섭섭한 마음이 없지 않았으나 이제 길비가문이 선봉에 서서 짐과 조정의 가려운 곳을 긁어주려 하니 참으로 기쁘오. 반드시 승리하여 만백성에게 커다란 선물을 안겨주시오.」

「대왕폐하. 성은이 망극하옵니다.」

평군진조가 앞으로 나서 아뢰자 모두 따랐다.

조회를 파하고 곤지는 어전에서 웅략대왕을 따로 만났다.

「고맙네. 군군아우. 아우의 묘책이 없었다면 어찌 군신들을 짐의 힘만으로 움직일 수 있었겠나. 아우의 공이 크네.」

「아니옵니다. 폐하. 폐하의 성총聖寵이 조정 군신들의 마음을 감읍시킨 것입니다.」

「허허… 아우의 겸손이 짐을 민망하게 하는구려.」

두 사람은 서로를 바라보며 입가에 미소를 담았다.

「하옵고 폐하. 궁금한 것이 한 가지 있사옵니다. 형군 제군 두 사람을 모두 보내지 않고 그것도 형군이 아닌 제군을 총사령으로 삼으셨는지요? 소제가 보기에는 형군이 적격일 듯싶은데…」

「맞소. 아우의 말대로 총사령은 형군이 적격이지. 허나 두 사람 모두를 보낼 수는 없지 않겠나. 한 사람은 인질로 잡고 있어야지. 더구나 형군은 덕이 있고 유한 사람이네. 거기에 반해 제군은 성품이 거칠고 급하지. 총사령은 아우의 말대로 형군이 적격이지만 짐은 제군을 택했네.」

제군의 선택. 신라와의 전쟁에 임하는 웅략대왕의 의지였다. 웅략대왕은 전쟁의 승리를 바라지 않았다.

그때 어전사인이 한 사람을 데리고 들어왔다. 웅략대왕이 친히 소개하였다. 하내국 토사부土師部(토기 제작)소속 환인지리歡因知利라는 사람이었다.

「선왕들의 능묘에 놓아두는 토기를 만드는 장인일세. 오래전 백제에서 귀화하여 하내국에 정착하였는데 이번 원정군에 딸려 백제로 보낼 생각이네. 모한으로 보내 기술을 습득하게 해서 왕실의 도기를 만들게 할 생각이네.」

「폐하. 송구한 말씀이오나 제가 야마토로 건너오면서 대왕폐하로부터 약조 받은 것이 있사옵니다. 야마토에서 필요로 하는 것은 무조건 지원해 주겠다 하였습니다. 윤허하신다면 이번 기회에 백제의 뛰어난 장인들을 야마토로 데려오고 싶습니다.」

「정말인가? 정말로 개로대왕이 그리 약조를 하였는가? 사실 우리 야마토의 기술은 하등 볼품이 없네. 하다못해 오늘 형군과 제군에게 하사한 대도도 백제에서 수입한 검일세. 말안장 만드는 기술도.… 직공 기술도… 그림 그리는 화공도… 하다못해 외국 사신이 오면 서로 언어가 통해야지. 목간에 한자漢字를 한 자 한 자 써가며 그저 글자로 의사소통하는 것이 전부이니… 」

웅략대왕은 좌우 손가락을 하나하나 접으며 답답한 심정을 토로하였다.

「알겠습니다. 폐하. 모한의 좌현왕께 서찰을 보내겠습니다. 말씀하신 장인들을 데려올 수 있도록 말입니다.」

「고맙네. 정말 고맙네. 군군아우. 100명의 군사보다 장인 한 사람이 더 절실한 것이 우리 야마토의 현실이네.」

웅략대왕은 싱글벙글 밝은 표정을 지었다.

며칠 후, 대장군 길비상도신 제군의 신라원정군이 이하레를 출발하였다. 웅략대왕은 제군이 탄 수레를 손수 밀어 주었다. 왕이 전장에 나가는 장수의 수레를 밀어주는 것은 전쟁에서 승리를 쟁취하고 돌아오기를 기원하는 야마토의 풍습이었다. 원정군 주력은 길비국에서 대기하였다. 길비국의 국조인 길비해부직吉備海部直 적미赤尾가 이끌고 있었다. 제군의 신라원정군은 길비국에서 주력군과 합류하여 100여 척의 병선으로 현해탄을 건넜다.

신라원정군이 야마토를 떠난 지 2개월이 넘었다. 그러나 전장의 소식은 들려오지 않았다. 전쟁의 승패는 고사하고 원정군이 신라를 공격했다는 소

식 자체도 없었다. 더구나 원정군의 행방이 묘연하였다. 현해탄을 건너 임나
로 건너간 원정군의 종적이 갑자기 사라졌다.

* * *

「뭐라?」

웅략대왕은 난파길사難波吉士의 급보를 받고 어좌에서 벌떡 일어섰다.

신축년(461) 11월, 신라원정군이 야마토를 떠난 지 3개월째였다. 난파길사
가 급히 원정군 동향을 야마토 조정에 보고하였다.

「대도에 몸을 숨기고 있다니… 제군 이놈이 짐의 명을 어겼단 말이냐! 내
이놈을 당장… 」

웅략대왕은 어검을 빼어들었다.

대도大島. 한려해상국립공원으로 지정된 남해도南海島로 추정되는 곳이다.
현재 행정구역은 경상남도이지만 당시 남해도는 백제의 남동해안 접경지역
에 위치한 섬이었다. 백제와 동쪽 가야세력의 영향이 미치지 않는 무주공산
의 섬이었다.

「대왕폐하. 고정하시옵소서. 대장군 제군에게도 사정이 있는 듯하옵니다.
폐하의 명을 받고 출정하였으나 신라에 이르는 길을 알지 못하여 한 노파에
게 물으니 며칠을 더 가야한다기에 신라공격을 포기하고 대도로 후퇴하였다
하옵니다. 대도는 야인들의 본거지로 길비가문과는 한솥밥을 먹는 처지인지
라 대도로 숨어들은 것 같습니다.」

물부목이 부연하였다.

「신라로 가는 길을 몰라 후퇴하다니 참으로 어리석은 자가 아니더냐. 짐
이 그래도 제군 이 자를 믿었거늘… 」

웅략대왕은 혀를 내둘렀다.

「대왕폐하. 겨울이 닥친지라 전쟁을 수행하기 어렵고 대도로 병영을 옮기는 과정에서 많은 병사가 탈영하여 원정군의 사기가 땅에 떨어졌답니다. 신라공격은 엄두도 못 내고 있다하옵니다.」

「음… 」

「그동안 실책으로 감히 폐하와 조정에는 이 사실을 알리지 못했답니다. 내년 날이 풀리면 전열을 정비하여 폐하의 명을 받들겠다는 뜻도 알려왔다 하옵니다.」

물부목의 설명이 이어졌다.

웅략대왕은 다소 화가 풀린 듯 어좌에 다시 앉았다.

「전협은 어디 있다하느냐?」

웅략대왕은 길비상도신 전협의 행방을 물었다.

「대왕폐하. 임나국사는 지금 대장군 제군과 같이 대도에 있는 것으로 알고 있습니다.」

난파길사가 웅략대왕의 눈빛을 살폈다.

「뭐라? 정녕 이 자들이 같이 붙어있단 말이냐? 길비가문이 멸문지화를 작정하지 않고서는 있을 수 없는 일이다. 부자가 같이 모여 역모라도 획책하겠단 뜻인가?」

웅략대왕은 또 다시 자리를 박찼다.

「폐하. 고정하시옵소서. 전협이 제군과 같이 있는 것은 분명 잘못된 일이옵니다. 그러나 전협은 결코 역모를 획책할 위인이 못되옵니다.」

「물부 대연. 경은 자꾸 길비가문을 옹호하는데 저의가 의심스럽소. 전협이 신라에 부회하고 있다는 것은 천하가 다 아는 사실 아니오. 전협이 제군을 꼬드기고 신라를 앞세워 우리 야마토를 쳐들어오기라도 한다면 경은 어찌하시겠소?」

「폐하. 소신의 가문이 길비가문과 가까운 것은 선대의 일이옵니다. 신이 어찌 폐하를 두고 감히 다른 맘을 품을 수가 있겠습니까? 신의 충심을 의심하지 마옵소서.」

물부목은 새파랗게 질려 연신 고개를 읊조렸다.

「평군 대신과 대반 대연의 생각은 어떠하오. 짐은 물부 대연의 충심을 의심하는 것은 결코 아니나 길비가문의 행태는 결코 눈을 뜨고 볼 수가 없구려. 더구나 신라가 다른 맘이라도 먹는다면 참으로 낭패가 아니겠소.」

「폐하. 신들의 가문이 충성을 맹세하고 폐하의 치세를 만들었나이다. 부디 다른 가문은 몰라도 신들의 가문만큼은 폐하에 대한 충심을 의심하지 마옵소서. 분명 길비가문은 이미 돌이킬 수 없는 강을 건넜습니다. 즉시 철군을 명하시어 전협과 제군 두 부자의 죄를 물어야 할 것이옵니다.」

평군진조가 답하였다.

「그렇습니다. 폐하. 상황이 이 지경에 이르렀으니 길비가문의 죄를 묻는다 해도 결코 이의를 제기하는 가문도 군신도 없을 겁니다. 치원께서도 이제는 충분히 이해해주시리라 믿어 의심치 않습니다. 평군 대신의 말대로 즉시 철군을 명하시는 것이 좋을 듯하옵니다. 폐하.」

대반실옥이 거들었다.

「…」

그러나 웅략대왕은 대꾸하지 않았다. 창문을 열더니 시선을 밖에 두었다. 찬 공기가 어전 안으로 들어와 허공을 맴돌았다.

「짐이 좀 더 숙고한 연유에 경들과 상의하여 결단을 내리겠소.」

그날 밤. 웅략대왕은 은밀히 곤지를 찾았다. 예고 없는 방문이었다.

「군신들이 이구동성으로 철군을 명하고 길비가문을 벌주자 하네. 명분은 충분하지만 아무래도 그렇게 하는 것이 능사는 아닌 듯싶네.」

웅략대왕은 신라원정군 처리문제를 털어놓았다.

「폐하. 저의 생각도 같습니다. 이미 길비가문은 돌이킬 수 없는 상처를 입었습니다. 군이 폐하의 손에 피를 묻히지 않아도 길비가문은 스스로 무너질 겁니다. 결국 신라가 문제 아니겠습니까?」

「신라?」

「신라는 분명 폐하의 확고한 의지를 확인했을 겁니다. 그리고 나름 대비책도 마련했을 것으로 봅니다.」

「음…」

「신라에 사신을 파견하여 화친을 청해봄이 좋을 듯합니다.」

곤지는 신라와 화친을 제안하였다.

「화친이라니… 아우. 짐은 이미 신라의 무례를 응징하고자 칼을 뽑았네. 다시 거둘 수 없는 노릇 아닌가? 짐의 위신과 우리 야마토의 자존이 걸린 문제일세.」

웅략대왕은 고개를 갸웃하였다.

「폐하. 손무孫紙의 병서에 이르길 무릇 전쟁을 하는 법에는 적국을 온전하게 유지하게 하는 것이 상책이요 그 나라를 파괴시키는 것은 그 다음이라 했습니다. 백번 싸워 백번 이기는 것보다 싸우지 않고 굴복시키는 것이 전쟁의 최선이라 했습니다.」

「백번 싸워 이기는 것보다 싸우지 않고 굴복시킨다… 신라와 전쟁을 하지 말라는 얘긴가?」

「아니옵니다. 폐하. 또 최상의 용병은 적의 전략을 꺾는 것이고 그 다음은 적의 외교를 혼란에 빠뜨리는 것이며 그 다음은 적의 군대를 치는 것이며 최하의 용병이 적의 성을 공격하는 것으로 이는 부득이 한 경우라 했습니다.」

「적의 전략을 꺾고 적의 외교를 혼란에 빠뜨리자는 말인가?」

「그렇습니다. 폐하. 〈지피지기백전불태知彼知己百戰不殆〉라고도 하였습니다.」

「결국 아우의 말은 사신을 파견하여 신라를 외교적으로 혼란에 빠뜨려 굴복시키자는 계책이군.」

「…」

「설사 계책이 실패하더라도 신라의 사정을 명확히 파악하여 만약을 대비하자는 뜻이고.」

「참으로 영명하십니다. 폐하. 만약에 신라가 화친을 받아들이면 대비책이 없는 것이며 받아들이지 않는다면 대비책이 있는 것입니다. 이후는 폐하께서 판단하시어 결정하면 될 겁니다.」

「아우의 말을 듣고 보니 느끼는 바가 참으로 많소. 짐이 성급하게 길비가문을 동원하여 신라를 공격한 것은 경솔한 선택이었던 것 같소.」

「아닙니다. 폐하의 선택은 길비가문을 제압하고 신라를 압박할 수 있는 최상의 패이옵니다. 길비가문이 폐하의 명을 따르지 않고 신라를 공격하지 않은 것은 분명 불충이오나 한편으론 원정군이 대도에 머무르는 자체가 신라에게는 크나큰 부담이 될 수 있습니다.」

「음…」

「폐하. 신라가 무례를 범하고 있는 것은 결코 부정할 수 없는 사실이옵니다. 어떤 식으로든 반드시 따져야 합니다. 하오나 신라를 응징하려다 자칫 낭패를 볼 수도 있습니다. 만에 하나 뜻지 않게 낭패를 보신다면 치세에 악영향을 초래할 겁니다. 보다 진중히 살피고 판단하소서.」

웅략대왕은 연신 고개를 끄덕였다.

「잘 알겠소. 군군아우. 짐이 좀 더 숙고하리다.」

웅략대왕은 자리에서 일어났다. 수심 가득한 얼굴은 어느새 밝아 있었다.

곤지는 대문 밖에까지 나와 배웅하였다.

「모아부인께서 안 보이는 구려?」

웅략대왕이 발길을 멈췄다.

「내자가 몸이 불편하여…」

「어디 많이 안 좋으신 게요?」

「아무래도 이 곳 물과 음식이 맞지 않은 듯합니다. 이하레에 도착한 후 시름시름 앓더니 급기야 몸져누웠습니다.」

「아우의 상심이 크겠군.」

웅략대왕은 사인을 불러 무언가를 지시하였다.

「두해 전 고구려에서 온 덕래德來라는 의사가 있네. 나니와에 살도록 하였는데 짐이 사인에게 일러 불렀으니 조만간 올 것이네. 하루 빨리 쾌차하시길 비네.」*

며칠 지나 의사 덕래가 찾아와 모아부인을 지극 정성으로 치료하였다. 풍토병이었다. 그러나 모아부인은 끝내 일어나지 못하고 저세상으로 떠났다. 곤지는 웅략대왕으로부터 하사받은 아스카베 영지의 산자락에 모아부인을 장사지냈다. 야마토에서 처음 맞는 아픔이었다.

---

* 일본 의약醫藥에 대한 최초 기록은 윤공천황 3년 기록이다.《일본서기》에 따르면 천황이 중병에 걸려 신라에 사신을 파견, 명의 김무金武를 초청하여 천황의 질병을 치료했다고 하며, 같은 시기 신라명의 진명鎭明이 윤공천황 황후의 인후병을 치료하였는데 그 처방이 일본의서《대동유취방大同類聚方》(808년 편찬)에 실려 있다. 또한 웅략천황 3년(459년)에는 고구려명의 덕래德來와 모치毛治가 일본에 초청되었는데 천황이 직접 덕래를 접견하고 난파에 정착시켰는데 사람들은 덕래를 난파약사難波藥師라 불렀다 한다. 백제가 일본에 전한 기록은 흠명欽明천황 3년(553년)에 한의학 저서와 한약을 일본사신이 가져갔으며 이듬해 554년에는 백제 의학박사 왕유능타王有陵陀와 채약사 반량풍潘量豊, 정유타丁有陀가 일본에 초청되었다 한다.

임인년(462) 새해 벽두부터 야마토 조정이 술렁였다. 대도에 머무르고 있는 신라원정군 철수문제가 결론나지 않은 상태에서 조정이 둘로 갈라졌다. 신라와 화친을 추진하자는 주화파主和派와 전력을 더욱 보강하여 한판 붙자는 주전파主戰派로 갈려 대립하였다. 곤지의 말 한 마디가 발단이었다.

「장기적으로 볼 때 신라와 적대적인 관계보다는 평화적인 관계를 유지하는 것이 야마토의 국익에 도움이 되지 않겠습니까?」

모아부인의 장례식에 참석한 평군진조에게 건넨 말이었다.

사실 이 말은 곤지가 원해서 한 말은 아니었다. 웅략대왕의 은밀한 부탁이 있었다.

주화파는 대신 평군진조를 비롯한 주로 〈신臣〉들이었으며 주전파는 대연 대반실옥과 물부목이 주축이 된 〈연連〉들이었다.

「한쪽은 화친을 하자하고 또 한쪽은 전쟁을 하자하니 참으로 난감하오.」

주화파와 주전파의 대립이 날로 격화되자 웅략대왕은 대전회의를 소집하였다.

「폐하. 국익을 먼저 생각하소서. 신라와 평화적 공생관계를 유지하는 것만이 우리 야마토의 미래를 밝히는 일이옵니다.」

「아니옵니다. 폐하. 이번 기회에 신라의 무례를 응징하지 않는다면 우리 야마토의 체면도 발전도 기대할 수 없습니다. 부디 영명하신 결단을 내려주시옵소서.」

평군진조와 대반실옥이 의견을 달리하며 거듭 주청하였다.

군신들의 의견도 둘로 갈렸다. 자신들의 주장을 내세우며 웅성웅성하였다.

「경들은 들으시오.」

웅략대왕이 입을 열었다. 소란이 이내 가라앉았다.

「짐은 평군 대신과 대반 대연 두 분의 말씀이 모두 옳다고 판단하오. 화친도 전쟁도 절차와 방법상의 문제이지 결코 대척의 문제는 아니라 생각하오. 국익을 얻고자 하는 것은 하등 다를 바가 없소. 하여 짐은 빠른 시일 내로 신라에 화친을 청해보고 신라가 이를 받아들이면 대도에 있는 원정군을 철수시킬 것이오. 그러나 만에 하나 신라가 화친을 받아들이지 않는다면 짐은 지금 원정군의 열 배의 병력을 동원하여 반드시 신라를 응징할 것입니다.」

웅략대왕은 입술을 꽉 오므렸다.

「대왕폐하. 참으로 영명하신 결단이시옵니다.」

평군진조가 앞으로 나섰다.

「폐하. 신들의 생각이 옹졸하였습니다. 성심을 다해 받들겠나이다.」

대반실옥이 화답하였다.

「고맙소. 두 분의 충심은 천하가 알고 백성들이 아는 바이오. 아무쪼록 잠시 서운한 맘이 있었다면 이 자리에서 모두 훌훌 털고 예전처럼 한마음으로 일치단결하여 맡은 바 소임에 더욱 매진해 주길 바라오.」

웅략대왕은 어좌에서 내려왔다. 평군진조와 대반실옥의 손을 부여잡았다. 군신들이 일제히 손뼉을 치며 환호하였다.

화친과 전쟁은 양날의 칼이었다. 웅략대왕은 두 가지 모두를 놓치고 싶지 않았다. 어떤 칼을 뽑든 군신들의 절대적인 지지를 확보해야 휘두를 수 있었다. 곤지까지 동원하여 화친의 한 축을 만든 것은 노련한 정치행위였다. 결국 화친을 주장한 쪽이나 전쟁을 주장한 쪽이나 웅략대왕이 선택하는 패에 따를 수밖에 없는 상황이었다.

2월초 웅략대왕은 평군진조의 동생 평군진우眞雨를 신라에 파견하였다. 평군진조는 주화파의 거두였던 만큼 어쩔 수 없이 동생을 내놓았다. 화친의 선결조건은 두 가지였다. 하나는 매년 사신을 보내는 것이요 둘은 신라 왕녀를 야마토 왕실에 시집보내는 것이었다.

평군진우가 떠나고 며칠 지나 평군진조가 곤지를 찾아왔다.

「군군전하. 제가 전하의 말만 듣고 일을 그르친 것 같습니다. 전하에 대한 폐하의 신뢰가 워낙 두터운지라 폐하께서 진심으로 신라와 화친을 원하시는 줄 알았습니다.」

「아우께서 사신으로 가셨다고요?」

곤지는 에둘렀다.

「세상물정 모르는 아우입니다. 열도 밖으로 나가 본 적도 없고요. 사신의 대임을 충실히 해낼지 의문입니다.」

평군진조가 걱정을 토로하였다.

「좋은 경험이 될 겁니다. 아우에 대한 걱정은 기우가 아니겠습니까?」

「신라가 화친조건을 순순히 받아줄지 의문입니다. 사신을 보내는 것도 왕녀를 시집보내는 것도 어느 것 하나 만만치가 않습니다. 아우가 이를 제대로 해낼지 정말 걱정입니다.」

「신라 자비마립간도 대왕폐하와 비슷한 시기에 왕위에 올랐습니다. 선왕 눌지마립간이 임나왕후를 범하는 의롭지 못한 행동으로 인해 신라와 임나가 앙숙관계가 된 것은 사실이지만 야마토와는 관계가 나쁠 이유가 하등 없습니다. 비록 대왕폐하께서 신라에 대한 서운한 감정이 계셔서 그 무례를 책하려는 것이지만 화친이 잘 성사된다면 새로운 동맹관계를 맺게 되는 것입니다.」

평군진조는 고개를 끄덕였다.

「백제와 야마토의 혈맹, 백제와 신라의 동맹, 야마토와 신라의 동맹, 이제 백제, 야마토, 신라 3국은 외교적으로 평화시대를 맞는 새 역사가 전개될 것입니다. 평화시대. 생각만 해도 가슴 벅찬 일이 아니겠습니까?」

「전하의 말씀을 듣고 있노라니 저 역시 가슴이 벅찹니다. 사실 우리 야마토는 선왕들의 왕권이 불안하다보니 항상 제자리걸음이었습니다. 대왕폐하께서 등극하면서 비로소 왕권이 안정되었습니다. 이제 한 걸음 비약하는 계기를 만들 때입니다.」

곤지와 평군진조는 술잔을 기울였다.

때마침 대반실옥과 물부목이 찾아와 자연스레 합석하였다.

「잘 됐습니다. 저와 물부 대연이 전쟁을 주창하였으나 사실 전쟁을 하기에는 우리 야마토의 현실이 매우 어렵습니다. 제대로 신라와 한판 붙을 요량이면 최소 1만의 병력이 필요한데 그 많은 병력을 어떻게 확보합니까? 우리는 그렇다 손치더라도 소국들이 병력을 쉬이 내놓겠습니까? 설사 병력이 확보된다 해도 또 그 많은 군수물자는 어떻게 감당합니까? 생각만 해도 끔찍합니다.」

대반실옥이 전쟁 주장이 무리였다고 실토하였다.

「대연께서는 가병 3천이 있지 않습니까? 채부 말입니다.」

평군진조가 은근슬쩍 눈치를 주었다.

「우리가문의 채부는 대왕폐하의 군대입니다. 나는 대왕폐하께서 원한다면 항시라도 내놓을 것입니다.」

대반실옥은 입술을 꽉 깨물었다. 대반가문의 채부 3천 명. 웅략대왕이 정적인 선왕의 혈손왕자들을 하나하나 제거하는 데 동원된 병력이었다.

「평군 대신. 저희 물부가문도 마찬가집니다. 대왕폐하께서 원하신다면 우리 가문의 병력과 물자를 모두 내놓을 의향이 있습니다.」

「정말입니까? 물부 대연. 방금 저에게 하신 말씀 허세는 아니겠지요?」

「평군 대신께서는 저와 가문의 충심을 의심하는 것이옵니까?」

물부목이 눈을 부라렸다.

물부가문은 야마토 내에서 가장 강력한 힘을 가진 거대가문이었다. 야마토내 소국들 중 5개 소국의 국조가 물부가문이었으며 중앙과 지방에 〈천물부天物部〉라는 25개의 거대 조직과 재력을 가진 대집단이었다.

「세 분 모두 이제 그만하시지요.」

곤지가 서둘러 진화에 나섰다.

「조정 영수이신 세 분을 누가 감히 의심하겠습니까? 저는 대왕폐하가 부럽습니다. 충신을 곁에 두고 있는 대왕폐하는 얼마나 행복하시겠습니까? 솔직히 백제조정에는 충신이 없습니다. 오로지 권력을 탐하고 자신의 영달만을 쫓는 폐신들만 있지요.」

곤지는 술잔을 들어 단숨에 삼켰다.

「이제 대왕폐하께서 용단을 내리셨으니 주화니 주전이니 하는 편협한 논쟁은 그만 접고 예전처럼 세 분이 일심으로 대왕폐하의 뜻을 받들고 조정을 이끌어가야 하지 않겠습니까?」

그리고 빈 잔을 다시 채운 뒤 세 사람의 잔을 일일이 채웠다.

「전하. 저희의 생각이 짧았습니다. 대왕폐하와 전하는 저 만치 앞서가 계시는데 저희는 한 발짝도 움직일 생각을 안했으니 말입니다.」

대반실옥이 자책하였다.

「아닙니다. 대반 대연. 제가 방금 말씀드렸지 않았습니까? 세 분의 충신을 곁에 두신 대왕폐하는 얼마나 행복하겠느냐고요. 사신을 신라에 보냈으니 좋은 결과를 기대해보십시다.」

어느덧 밤이 무르익고 술자리는 밤늦게까지 이어졌다. 토실토실 물오른 둥근달에 기대어 술잔을 주고받았다.

해가 서산을 넘어가니 하루가 지나는구나.

귀찮 객과 어울려 술잔 기울이니 속절없이 밤만 무르익네.

어지러운 마음은 고향땅을 향하건만

홀로 뜬 둥근 달은 내일을 재촉하는구나.

곤지가 시 한수를 읊었다.

그날 밤 곤지는 연화를 품에 안았다. 마음의 안정을 되찾은 탓이었을까 곤지는 모처럼 뜨거운 사랑을 나누었다.

사신단이 신라로 떠난 지 한 달이 지났다. 그러나 아무런 소식이 없었다. 웅략대왕은 애간장을 졸였다. 때마침 임나사신이 소식을 가져왔다.

「신라가 우리 사신단을 억류하고 있다고?」

웅략대왕은 노발대발하였다.

「대왕폐하. 신라가 이리의 발톱을 드러낸 이상 더는 묵과할 수 없습니다. 당장 응징해야합니다.」

「그렇습니다. 감히 사신을 억류하다니요. 외교의 도를 저버린 신라를 더 이상 지켜보고만 있을 수 없습니다.」

대반실옥과 물부목이 적극 나섰다.

「대왕폐하. 아뢰옵기 황공하오나 신라가 우리 사신단을 억류하고 있는 내막에 대해서는 일절 아는 바가 없습니다. 좀 더 사정을 알아보심이 가할 줄 아옵니다.」

평군진조가 다소 신중한 태도를 보였다.

「평군 대신. 전후사정이 어찌되었든 간에 사신을 억류하는 것 자체가 적개심을 드러낸 것 아니겠습니까? 상대에게 드러낸 발톱을 거두어 달라 애걸

하는 것은 의로운 행동은 결코 아닐 겁니다.」

물부목이 넌지시 압박하였다.

「물부 대연의 말씀 잘 압니다. 하오나 좀 더 전후사정을 살핀 연후에 신라를 응징해도 늦지 않다고 생각합니다. 섣부른 결정은 오히려 화를 좌초할 수 있습니다.」

평군진조가 이맛살을 찌푸렸다. 평군진조는 아우 평군진우의 목숨을 걱정하였다. 자칫 신라를 공격한다면 평군진우의 목숨은 보장할 수 없었다.

「군군의 생각은 어떠하오?」

웅략대왕은 곤지에게 시선을 돌렸다.

「피치 못할 사정이 있다 해도 사신단을 억류한다는 것은 도저히 있을 수 없는 일이옵니다. 이는 신라가 야마토에 대해 전쟁을 선포한 것이나 다름없습니다. 다만… 」

곤지가 머뭇거렸다.

「다만?」

웅략대왕이 말꼬리를 잡아챘다.

「분명 신라는 대비책을 세우고 있을 겁니다. 보다 진중하고 세심한 준비가 필요합니다.」

「군군의 말이 생각나는구려. 최상의 용병은 첫째는 적의 전략을 꺾는 것이고 둘째는 적의 외교를 혼란에 빠뜨리는 것이며 셋째는 적의 군대를 치는 것이고 넷째는 적의 성을 공격하는 것이며 이는 최하의 용병으로 부득이한 경우라 했지요. 사신을 파견하여 적의 전략과 외교를 꺾으려 했으나 이는 성공하지 못한 것 같네.」

「…」

웅략대왕은 곤지가 인용한 손무의 병서를 상기시켰다. 신라를 외교적으로 꺾지 못하였으니 이제 공격하겠다는 의사표시였다.

「경들은 들으시오.」

웅략대왕이 입을 열었다.

「짐은 신라와의 화친을 통해 신라를 용서하고 적대적 관계를 평화적 관계로 발전시키고자 하였으나 신라는 선의를 악의로 답하였소. 더 이상 신라의 무례를 덮고 방치하는 것은 우리 야마토를 개국하고 이끌어온 선왕들에 대한 예의가 아니라 판단하오. 하여 짐은 오늘 신라와의 전면전을 선포합니다.」

자못 엄숙하였다.

「대왕폐하의 지엄하신 명 받들겠나이다.」

대반실옥이 복명하였다.

「대왕대하의 명 받들겠나이다.」

모두 복명하였다.

웅략대왕은 평군진조에게 〈기이紀伊국〉과 〈대왜大倭국〉에 있는 기소궁紀小弓 숙니, 소아한자蘇我韓子 숙니, 소록화小鹿火 숙니를 즉시 입궁토록 명하였다. 기이국은 현재 와카야마和歌山현과 미에三重현의 일부로 수목이 울창하여 훗날 목국木國(기노쿠니)라 불렸는데 백제 장군출신인 기각숙니紀角宿禰를 선조로 하는 기紀씨족의 본거지였다. 대왜국은 야마토의 수도 이하레를 둘러싼 지역이었다.

이어 대반실옥과 물부목에게 1만의 병력을 차출하고 전쟁 물자를 확보하라 지시를 내렸다.

대전회의가 파하였다.

「군군아우. 아우의 말대로 짐은 반드시 이번 전쟁을 승리하고 싶소. 필승 전략이 없겠소?」

웅략대왕과 곤지 두 사람만 대전에 남았다.

「…」

「아우는 짐의 의중을 꿰뚫고 있어 짐이 신라와 한판 붙기를 원하는 것은 잘 알 터이니…」

옹략대왕은 말꼬리를 흐렸다.

「폐하. 오늘의 일을 예상하여 생각해둔 것이 있습니다.」

「말해보시게.」

옹략대왕은 귀를 쫑긋 세웠다.

「폐하. 신라의 수도 금성을 공격하는 길은 두 가지가 있습니다. 하나는 해안에 침투하여 곧장 서쪽 금성으로 향하는 것으로 이는 대대로 임나와 야인들이 주로 쓰는 침투경로입니다. 또 하나는 낙동강을 따라 내륙으로 침투하여 동쪽으로 금성을 공격하는 것입니다.」

「음…」

「저의 생각으론 두 가지 방법을 동시에 써 보심이 어떨지 모르겠습니다.」

「양수겸장兩手兼將을 말함인가?」

「그렇습니다. 바다를 통해 동쪽에서 공격하고 내륙을 통해 서쪽에서 동시에 공격하면 자비마립간은 꼼짝없이 독 안에 든 쥐 꼴이 될 것입니다.」

「좋은 전략이로다.」

옹략대왕은 손바닥을 힘차게 마주치고 또 마주쳤다.

「폐하. 외람된 말씀이오나 자비마립간을 사로잡는다면 마립간을 어찌 처리할 생각이십니까?」

「글쎄. 거기까지는 생각해 보지 않았으나 짐은 자비마립간의 목숨을 빼앗을 생각은 전혀 없네. 화친조건으로 사신을 보내는 것과 신라왕녀를 짐의 후궁으로 받아들이는 것… 음… 또 하나 있다면 예전처럼 신라왕자를 인질로 우리 야마토로 보내는 것… 아… 그리고 전쟁을 승리로 이끈 호족들에게도 상을 내려주어야지 않겠나. 신라로부터 적절한 전쟁보상을 받아내야겠지.」

웅략대왕은 승리에 들떴다. 거듭 손바닥을 마주치며 환한 미소를 지었다.

곤지가 자비마립간의 처리 문제를 물은 것은 나름 이유가 있었다. 전쟁의 승패를 떠나 상대국의 왕과 왕실에 위해를 가하는 것, 그것은 복수가 복수를 낳고 피가 피를 부르는 악순환의 시작이었다. 그 피는 당대로 끝나지 않고 후대에도 계속 이어졌다. 곤지는 이것만큼은 막고 싶었다. 그러나 다행히도 웅략대왕은 관대한 생각을 가졌다.

「폐하. 어찌 기소궁 숙니 등 세 분의 숙니를 소환하였는지요?」

「궁금할 것 없네. 아우. 짐은 그 세 사람에게 이번 원정군을 맡길 생각이네. 세 사람 모두 익히 알려진 맹장들일세. 진 빚이 있으니 짐의 명령을 거역하진 못할 것이네. 그리고 1만의 병력과 전쟁물자 동원도 걱정 말게. 대반 대연과 물부 대연이 알아서 할 것이네. 그토록 전쟁을 주장하였으니 책임을 져야하지 않겠나.」

웅략대왕은 주도면밀하였다. 자신의 의도대로 오늘의 사태를 만들고 또 나름대로 면밀히 준비하였다.

어전을 나온 곤지는 평군진조의 저택을 찾았다.

「전하. 제 아우를 살려주시옵소서. 하나밖에 없는 아우입니다. 제 아우가 잘못되면 어찌 죽어서 선조들을 뵐 수 있겠습니까?」

예상했던 대로였다. 평군진조는 곤지에게 매달렸다.

「폐하께서는 이제 사신단은 안중에도 없습니다. 제발 전하께서 폐하를 설득하여 제 아우가 무사히 귀환할 수 있도록 도와주시옵소서.」

「평군 대신. 설마하니 신라가 아우를 해치겠습니까? 전쟁 중에도 서로 사신을 보내 협상하는 것은 고래로 있어온 관행입니다. 신라가 사신을 해칠 만큼 미개한 나라는 아닙니다. 반드시 아우는 귀환할 겁니다.」

곤지는 애써 위로하였다.

다음날 곤지는 객관을 은밀히 찾아 임나사신에게 서찰 하나를 건넸다. 모한의 조미걸취에게 보내는 서찰이었다.

4월말, 야마토 수도 이하레가 수많은 깃발과 군사들로 들썩였다. 무장한 2천의 군사가 이하레의 대도를 가득 메웠다.

아침 일찍 토미산 박뢰단泊瀨壇에서 천조天祖에 제를 올린 웅략대왕은 용봉환두대도龍鳳環頭大刀를 치켜세웠다. 검의 손잡이 고리에 용과 봉이 황금으로 도금된 용봉환두대도는 명실공히 야마토 대왕의 상징이었다. 웅략대왕은 기소궁 숙니를 대장군 총사령으로, 소록화 숙니와 소아한자 숙니를 좌군장군 및 우군장군 부사령으로 임명하고 출정의 명을 내렸다. 그리고 세 장군이 탄 수레를 손수 밀어주며 반드시 승리하고 귀환하라 당부하였다. 세 장군의 수레에는 여자들이 함께 탔다. 부인들이었다. 전장에 나가는 장수가 처를 데리고 가는 것은 부여족의 전통이었다. 대장군 기소궁 숙니의 수레에는 아주 특별한 여인이 있었다. 대해大海라는 젊은 여인이었다. 대해는 길비가문이 웅략대왕에게 바친 채녀였는데 기소궁 숙니의 본처가 이미 죽었던지라 웅략대왕이 특별히 채녀 대해를 기소궁 숙니에게 주어 처로 삼게 하였다.

대장군 기소궁의 야마토원정군의 병력은 1만이었다. 대반가문의 채부가 2천, 물부가문이 동원한 병력이 3천이었다. 나머지 5천의 병력은 소국들에서 차출하였다. 이하레의 출정식에 참가한 병력은 2천이고 나머지 8천은 나니와에서 대기하였다. 1만의 병력 수송에 동원된 배는 3백 척으로 이 배들은 관선과 호족들이 보유하고 있는 상선이었다.

원정군에는 대반실옥의 아들 대반담大伴淡이 있었다. 대반담은 대반가문이 동원한 채부 2천 명의 인솔 책임자이면서 원정군의 총괄 감군監軍(감독관)이었다.

원정군이 대도를 빠져나갔다. 그 휑한 공간을 실바람이 소리 없이 메웠다.

「전하. 저도 한낱 아비인 듯합니다. 하나밖에 없는 아들 녀석을 전장으로 보내고 나니 가슴이 먹먹합니다.」

대반실옥의 어깨가 축 쳐져 있었다.

「담 장군의 용맹은 야마토 백성이 다 아는 사실 아닙니까? 이번 전쟁에서도 큰 공을 세우고 지금보다 더 늠름한 모습으로 돌아올 겁니다.」

곤지가 지긋한 눈빛으로 대반실옥을 다독였다.

대반담이 신라원정군에 포함된 것은 어쩔 수 없었다. 대반가문의 채부 2천을 인솔할 책임은 당연히 대반가문의 몫이었다. 평소 채부를 이끌던 사람은 대반담이었다.

「아들의 혈기가 자꾸 마음에 걸립니다. 물불을 가리지 않는 성품이…」

대반실옥은 원정군이 빠져나간 휑한 공간을 물끄러미 바라보았다. 붉은 해가 노을을 가득 머금었다.

그러나 대반실옥의 우려는 우려로 끝나지 않았다. 아들 대반담은 전쟁이 끝났는데도 돌아오지 않았다.

* * *

「군군전하. 이번 전쟁은 유두무미有頭無尾가 될 듯합니다.」

「… ?」

곤지는 쫑긋 귀를 세웠다.

「시작은 있으나 끝은 흐지부지될 것 같습니다.」

곤지가 서수가룡書首加龍을 찾은 것은 원정군이 나니와를 출발한 지 얼마 지나지 않아서였다. 모한을 떠나올 때 틈나면 한번 찾아가보라는 왕요의 당부를 차일피일 미뤄오다 발걸음을 하였다.

「흐지부지 끝난다는 의미를 모르겠습니다. 서수 공.」

「점괘를 살피니 전쟁판세가 유두무미로 읽혀 그리 말씀드린 것입니다. 유두有頭가 전쟁의 승리를 말한다면 무미無尾는 승리의 대가가 아예 없거나 설사 있더라도 보잘 것 없다 할 수 있습니다.」

「음…」

곤지는 입술을 깨물었다.

왕씨가문의 유가 학식과 점술 능력을 익히 알고 있는 곤지는 서수가룡에게 넌지시 전쟁의 전망을 물었고 서수가룡은 〈유두무미〉의 점괘를 내놓았다.

「전하. 야마토 왕실과 조정으로서는 이번 전쟁으로 결코 손해 보는 일은 없을 겁니다. 실익이 없다하나 명분을 얻을 것이니 백성들의 원성 또한 없을 겁니다.」

「공의 점괘가 야마토의 승리를 예견하니 그것으로 족합니다.」

사실 곤지는 양수겸장의 필승전략을 내놓았지만 내심 찜찜하였다. 원정군을 이끄는 장수들이 곤지의 필승전략을 제대로 이해하고 이에 합당한 전술을 구사하여 전쟁을 승리로 이끌지는 의문이었다. 아무리 훌륭한 전략이라도 각개 전술이 잘못되면 전략은 한낱 공염불이었다.

다행히 서수가룡은 야마토의 승리를 점쳤다. 앞으로 전쟁양상이 어떻게 전개될지 알 수 없으나 서수가룡의 예견은 곤지의 심적 부담을 덜어주었다.

「서수 공. 외람된 말이오나 저의 운세는 어떠합니까?」

곤지는 내친걸음으로 자신의 운세를 물었다.

「…」

서수가룡은 입가에 미소를 지었다. 곤지는 재차 묻지 않았다.

「전하께서는 야마토 땅에 뼈를 묻을 운명은 아닌 듯합니다.」

서수가룡이 한마디 던졌다. 대문 밖이었다.

「고향으로 돌아갈 수 있다는 말이군요.」

곤지는 미소로 화답하였다.

서수가룡과 헤어진 곤지는 근처 영지 아스카베에 들렀다. 모아부인 묘소에 제를 올리고 이하레 집으로 돌아왔다.

「제군이 죽었습니다.」

평군진조가 급히 발걸음을 하였다.

「제군이 죽어요? 벌써 신라와 전투가 벌어졌다는 말씀인가요?」

곤지가 놀란 눈으로 되물었다.

시간적으로 기소궁이 이끄는 원정군의 신라공격은 아직 일렀다. 아무리 빠르다 해도 지금쯤 임나에 도착할 시기였다.

「아… 아닙니다.」

평군진조는 대도에 머무르고 있는 길비상도신 제군의 소식을 전하였다. 웅략대왕의 명을 어기고 대도에 죽치고 있던 제군이 현지에서 장원樟媛이라는 처를 얻었다. 그런데 장원은 제군이 아비 전협과 공모하여 웅략대왕을 배신하자 남편 제군을 죽여버렸다.

「참으로 의로운 여인입니다.」

「속사정은 모르오나 제군의 처가 시신을 침실에 숨기고 길비해부직 적미와 함께 길비군을 이끌고 있다합니다.」

「조만간 본대에 합류하겠군요.」

곤지는 오로지 기소궁의 원정군에만 관심이 있었다.

「하옵고… 전하께서 백제에 요청하신 장인들 또한 대도에 머무르고 있다 합니다.」

「그래요…?」

반가운 소식이었다.

곤지는 환인지리 편에 좌현왕에게 서찰을 보내 장인들을 요청하였다.

「이틀 전 폐하의 명을 받은 일응길사日鷹吉士가 급히 장인들을 데려오기 위해 대도로 떠났습니다.」

「잘됐군요.」

야마토의 백제 장인 확보는 전쟁 못지않은 관심사였다.*

「하옵고 군군전하. 신이 오늘 전하를 찾아 뵌 것은 전하께 감사의 말을 전하기 위해서입니다.」

「… ?」

평군진조는 자세를 바로하며 머리를 숙였다.

「신의 아우가 백제의 도움을 얻어 무사히 신라를 탈출했습니다. 지금 원정군에 합류했다 합니다. 거듭 감사드립니다.」

이 또한 반가운 소식이었다.

곤지는 임나사신 편에 조미걸취에게 서찰을 보내 평군진우를 구출해 달라 부탁하였다.

「아닙니다. 제게 감사할 일이 결코 아닙니다. 이는 제가 아닌 폐하의 성은

---

* 《일본서기》 웅략천황 조에 백제 장인들의 도래 사실을 전하고 있다. '천황은 제군이 죽은 것을 알고 일응길사日鷹吉士 견반고안전堅磐固安錢을 보내 함께 복명하게 하였다. 마침내 왜국 오려와 광진에 살게 했는데 병들어 죽은 자가 많았다. 이에 천황은 대반대연실옥에 명하여 신한新漢 도부陶部(질그릇) 고귀高貴, 안부鞍部(말안장) 견귀堅貴, 화부畵部(그림) 인사라아因斯羅我, 금부錦部(비단) 정안나금定安那錦, 역어譯語(통역) 묘안나卯安那 등의 재기들은 상도원上挑原, 하도원下挑原, 진신원眞神原 등 세 곳에 옮겨 살게 하였다.'라고 기록하고 있다.

에 감사해야 할 입니다. 평군 대신.」

곤지는 에둘렀다.

6월, 승전보가 날아왔다. 원정군이 이하레를 떠난 지 4개월째였다.

「대왕폐하. 감축드리옵니다. 기소궁 대장군이 녹국喙國(경북 경산)을 점령했다 하옵니다. 이제 신라 금성이 멀지 않았습니다. 대장군께서 반드시 자비마립간을 사로잡을 것이옵니다.」

야마토 조정은 들떴다.

「음…」

그러나 군신들과 달리 웅략대왕의 표정은 밝지 않았다.

「또한 동쪽 활개성活開成을 점령하고 1천여 명을 사로잡았다 합니다.」

모두 잔뜩 흥분된 얼굴이었다.

그러나 또 한사람, 대반실옥은 오히려 침울하였다.

대반실옥의 아들 대반담이 전투 중 신라군이 쏜 화살에 맞아 전사하였다.

「폐하. 오늘 같이 기쁜 날 용안이 어둡습니다. 다른 근심거리라도 있으십니까?」

평군진조가 웅략대왕의 얼굴을 살폈다.

「아닙니다. 짐 또한 대장군이 승전보를 전해줘 기쁘기 그지없습니다.」

그리고 대전 어좌에서 일어났다. 평군진조에게 회의진행을 맡기고 곤지와 함께 먼저 자리를 떴다.

「녹국이라니요? 너무 깊이 들어갔습니다. 금성이 지척이나 너무 깊단 말입니다. 자칫 고립되어 역공을 당하면 꼼짝없이 몰살당하기 십상입니다. 참으로 큰 일이 아닙니까?」

두 사람은 어전에서 따로 마주하였다.

웅략대왕은 전쟁 상황을 손바닥 보듯 꿰뚫었다.

「어떻게 하면 좋겠소. 아우.」

「폐하. 일단 동쪽 활개성도 점령하였다니 신라로서는 양쪽에서 협공당하는 형국입니다. 일단 승기를 잡은 것은 분명합니다. 지금으로서는 기소궁 대장군을 믿는 수밖에 없습니다.」

곤지도 웅략대왕과 생각이 같았다.

원정군이 어떻게 해서 녹국까지 깊숙이 밀고 올라갔는지 알 수 없으나 녹국은 신라영토 한가운데에 있었다. 사면에서 신라의 공격을 받는다면 퇴로 자체가 아예 없었다.

「음…」

웅략대왕은 연신 고개를 가로저었다.

그때 대반실옥이 어전에 들어왔다.

「대반 대연. 아들의 일은 참으로 유감입니다.」

「아닙니다. 폐하. 아들의 명이 거기까지인 걸 어찌 하겠습니까? 다 하늘의 뜻이옵니다. 원컨대 아들의 일은 마음에 두지 마시옵소서.」

대반실옥은 대전에서 웅략대왕의 어두운 표정을 보았다. 죽은 아들 때문이라 생각했다.

「아니오. 대반 대연. 꼭 아들 때문은 아닙니다. 군군과 상의해 보았지만 아무래도 신라에 가있는 우리 군사들이 마음에 걸립니다.」

「이미 승전보를 전해오지 않았습니까?」

「아무래도…」

웅략대왕은 따로 부연하지 않았다.

어전을 나온 곤지는 대반실옥에게 전황에 대한 웅략대왕의 우려를 자세히 설명하였다.

「삼가 조의를 표합니다. 대반 대연.」

그리고 죽은 대반담에 대해서도 깊은 애도를 표하였다.

「군군전하. 이역만리 어느 이름 모를 차가운 땅에 묻혀 있을 아들을 생각하니 제 가슴이 무너집니다. 시신이라도 제대로 수습해서 곱게 묻어주면…」

대반실옥은 말을 잇지 못하고 눈물을 흘렸다.

2개월 후, 웅략대왕의 우려는 현실로 나타났다. 신라군의 사면 협공을 받은 야마토군은 대패하였다. 그 와중에 대장군 기소궁이 신라군의 기습으로 목숨을 잃었다. 많은 병력 손실을 입은 야마토군은 좌군장군 소록화의 지휘하에 가까스로 신라를 탈출하여 임나로 후퇴하였다. 활개성에서 승전한 우군장군 소아한자의 야마토군도 후퇴하였다. 주력인 좌군이 녹국에서 참패하자 우군은 활개성에서 물러날 수밖에 없었다.

「대왕폐하. 이미 좌군은 반수 이상의 병력을 잃었습니다. 우군이 있다하지만 지금 상황에서 재차 신라를 공격하는 것은 무리이옵니다. 회군을 명하여 주시옵소서.」

모두 낙담한 표정으로 술렁였다. 2개월 전 승전보를 접하고 한껏 들떴던 분위기와는 사뭇 달랐다.

「회군을 명하여 주시옵소서. 대왕폐하.」

군신들이 돌아가며 거듭 회군을 주청하였다.

「…」

웅략대왕은 눈을 감았다.

「대왕폐하. 회군의 시기마저 놓치면 상황이 더 악화될 수 있습니다. 부디 신들의 주청을 가납하여 주시옵소서.」

평군진조였다.

조정 영수인 평군진조가 여론을 등에 업고 회군을 기정사실화하였다.

「음…」

웅략대왕은 눈을 떴다.

「군군의 생각은 어떠하오?」

그리고 곤지를 바라보았다. 답을 달라는 눈빛이었다. 그러나 눈빛은 회군의 의사가 없음을 말하였다.

며칠 전 웅략대왕은 은밀히 곤지를 찾았다. 기소궁의 죽음과 야마토군의 패배소식을 전한 웅략대왕은 곤지에게 자문을 구했다. 곤지의 답은 회군이었다. 이미 총사령이 죽어 야마토군의 사기가 곤두박질 친 상태이고 병력 또한 적잖이 잃어 더 이상 전쟁을 수행하는 것은 무리라는 판단이었다. 그러나 웅략대왕은 추가로 병력을 모집 파병할 뜻을 내비쳤다.

「폐하… 회군이 상책일 수도 있으나 이 또한 명분이 필요합니다. 명분 없이 회군하게 되면 이는 폐하와 야마토가 패배를 자인하는 꼴입니다.」

곤지의 말은 애매모호하였다. 듣기에 따라서는 회군하자는 말이고 또 듣기에 따라서는 회군하지 말자는 말이었다.

「군군전하. 명분이라 하심은 무얼 말하는지 도통 이해할 수 없습니다.」

한 군신이 설명을 요구하였다.

「지금 전쟁이 끝난 것은 아닙니다. 비록 녹국에서 패해 임나로 후퇴한 상황이지만 결코 종전이라 할 수 없습니다. 섣부른 회군은… 」

「알겠소.」

웅략대왕이 곤지의 말을 중간에서 가로챘다.

그리고 신호하자 어전사인이 급히 한 청년을 데리고 들어왔다. 모두 청년을 쳐다보았다.

「기대반이라 하옵니다.」

청년이 예를 갖췄다. 죽은 기소궁의 아들 기대반紀大磐 숙니였다. 기대반의 눈빛이 예사롭지 않게 이글거렸다. 군신들은 갑작스런 기대반의 출현에 놀라하였다.

「군군께서 회군이 능사가 아니라 하였듯이 짐 또한 당장의 회군은 반대하오. 때마침 기대반이 아비의 복수를 하겠다 하여 짐이 윤허하였소. 짐은 기대반을 대장군으로 삼아 죽은 기소궁의 총사령직을 승계토록 할 것이며 기씨가문의 가병 1천을 추가하여 신라원정군을 이끌도록 할 것이오.」

「…?」

「…!」

웅략대왕은 군신들을 쭉 훑어보며 주먹을 불끈 쥐었다. 모두 꿀 먹은 벙어리였다. 어느 누구도 입을 열지 않았다.

대권의 발동이었다. 웅략대왕은 군신들의 회군 주장을 일시에 덮고 오히려 강공을 선택하였다.

「폐하… 어찌…」

회의를 파한 웅략대왕은 곤지와 따로 만났다.

「알고 있네. 그러나 짐은 패배를 인정할 수 없네. 이는 짐의 자존심과 짐이 만들고자 하는 야마토의 자존심이 걸린 문제네.」

「…」

곤지는 더 이상 묻지 않았다.

어전을 나온 곤지의 머릿속에는 서수가롱의 예견이 꿈틀거렸다.

유두무미. 혹이 웅략대왕의 결정이 무미無尾의 길일지 모른다는 염려가 몰려왔다. 아쉬움이었다.

야마토-신라와의 전쟁은 묘하게 꼬였다. 야마토군의 총사령이 된 대장군 기대반은 신라와의 전투는 고사하고 좌군장군 소록화와 우군장군 소아한자와 갈등을 일으키며 내분을 격화시켰다. 갈등의 발단은 지휘권 문제였다. 기대반은 임나에 주둔하고 있는 야마토군에 합류하자마자 좌군장군 소록화의 병마와 선부 및 예하 장수들을 자신의 지휘하에 두고 군권을 행사하였다. 당연한 지휘계통이지만 소록화는 젊은 기대반 휘하로 들어가는 것이 싫었다. 그래서 우군장군 소아한자에게 기대반이 군권을 빼앗을 것이라 하며 소아한자를 흔들었다. 소아한자는 차츰 기대반에게 앙심을 품었는데 뜻밖에 소아한자가 기대반이 쏜 화살에 맞아 죽는 일이 발생하였다.

해가 바뀌어 계묘년(463) 2월 자중지란에 빠진 야마토군은 신라 삽량歃良城(경남 양산)을 공격하였다가 신라군의 매복에 걸려 대패하였다. 삽량성 전투의 패배로 야마토군은 전투력 자체를 상실하고 철군하였다. 결국 전쟁은 흐지부지 끝났고 웅략대왕이 지키고자 했던 자존심마저 무참히 짓밟혔다.*

* * *

「여봐라. 저 목공 놈이 감히 채녀를 범하려 들다니… 당장 저 놈의 목을 베어라.」

포승줄에 묶여 웅략대왕 앞에 꿇린 목공이 벌벌 떨었다.

「대왕폐하. 살려주십시오. 소인은 채녀를 범하지 않았습니다. 제발 살려주십시오.」

---

*《삼국사기》 자비마립간 조에 신라-야마토 전쟁 기사가 있다. 봄 2월, 왜인이 삽량성에歃良城 침입하였다가 이기지 못하고 돌아갔다. 왕이 벌지伐智와 덕지德智에게 병사를 거느리고 중도에 숨어 기다리고 있다가 공격하여 크게 쳐부수었다. 왜인들이 자주 영토를 침범하기에 왕은 변경 두 곳에 성을 쌓았다.

때마침 누각 준공식에 참석하라는 웅략대왕의 부름을 받고 급히 아사쿠라궁을 찾은 곤지는 뜻밖의 광경에 눈을 휘둥그레 떴다.

「목공의 목이 떨어지게 생겼습니다. 전하.」

대반실옥이 전후 사정을 설명하였다.

1년 전, 웅략대왕은 아사쿠라궁 안에서 이하레의 민가를 보고 싶다며 궁 내에 커다란 누각을 지을 것을 명령하였다. 오늘이 누각이 완성되어 준공하는 날이었다. 그런데 누각 공사를 맡은 목공이 마무리 공사를 하기 위해 누각에 올랐는데 이세국伊勢國의 채녀가 누각 위를 올려다보다 넘어지는 바람에 그만 웅략대왕의 밥상을 뒤엎고 말았다. 이를 본 웅략대왕은 목공이 채녀를 범한 줄로 알고 노발대발하였다.

「잘 오셨소. 군군아우. 아… 글쎄… 목공 놈이 감히 짐의 채녀를 범하려 하였습니다. 저 놈을 죽이진 않고는 분이 풀리지 않습니다.」

「폐하. 오해가 계신 듯하옵니다. 부디 넓은 아량으로 목공을 용서하여 주시옵소서.」

「아…아니에요. 저 놈이 흑심을 품었기에 채녀가 넘어진 것입니다.」

「폐하… !」

「아우도 짐을 의심하는 것이요? 짐이 저 놈의 눈길을 유심히 봤단 말입니다. 저 놈은 누각에 올라 분명 채녀에게 야릇한 눈길을 보냈단 말입니다.」

「폐…하… !」

3년 전, 신라와의 전쟁에서 쓰라린 패배를 맞본 웅략대왕은 이후 패배의 후유증을 앓았다. 명석한 총기가 사라지고 쉬이 격해지는 감정이 그 자리를 채웠다. 매사에 신경질적이며 걸핏하면 화를 냈다. 한번은 왕실에서 기르는 새가 개한테 물려죽은 일이 있었는데 웅략대왕은 크게 화를 내고 개 주인에게 묵형을 가했다. 묵형을 받은 개 주인은 조양부鳥養部(새 기르는 일)에 배속시켰다. 또 신농국信濃國과 무장국武藏國의 직정直丁 두 사람이 사육장에서 숙직을 하다가 웅략대왕이 절대 성군이 될 수 없다며 잡담을 주고받았는데 이 역시 웅략대왕의 귀에 들어가 두 사람에게 형벌을 가하였다.

그때 웅략대왕의 시종 진주공秦酒公이 금琴을 타며 노래를 불렀다.

> 이세국 안의 들판에 무성하게 자란 나뭇가지를
> 수없이 자르고 쪼개어서 그것이 다할 때까지
> 대왕을 위해 섬기려는 목공이 아니오리까?
> 아! 살고자 빌고 비는 목공이 불쌍하여라.

웅략대왕은 한참동안 눈을 감은 채 생각에 젖었다. 그리고 눈을 뜨더니 목공을 풀어주었다.

아사쿠라궁 어전.
「폐하. 목공의 죄를 묻지 않고 풀어 주신 것은 백번 잘 하신 일이옵니다.」
곤지는 웅략대왕과 마주하였다. 실로 오랜만의 독대였다.
「아우. 목공이 무슨 죄가 있겠소. 짐이 또 쓸데없는 강짜를 부렸구려.」
「폐… 하…」
「신료들이 짐을 무서워한다죠?」
「…」
곤지는 대답하지 않았다.
한 달 전 대반실옥이 곤지를 찾아왔다. 신료들이 웅략대왕 면전에 나서기를 꺼려하며 혹이 폐하로부터 꼬투리라도 잡히면 어김없이 형벌을 받게 된다며 자신 또한 웅략대왕이 무섭다고 하소연하였다.

「아우. 짐이 왜 이렇게 변했는지 모르겠네. 신라에 패배한 일만 생각하면 가슴이 터질 것만 같네. 나도 모르게 누군가에게 시비를 걸고 또 아무 것이나 내팽기지 않으면 견딜 수가 없네.」

「그때 회군하자는 아우와 군신들의 주청을 들었어야 했어. 짐의 욕심이 짐을 좀먹을 줄 몰랐네.」

「폐하. 이미 지난 일이옵니다. 과거는 과거일 뿐입니다.」

「아니네. 짐에게 패배를 안긴 신라가 미워서가 아니라 짐의 과욕이 미워서이네.」

솔직한 고백이었다.

「폐하. 폐하는 이 나라의 하나밖에 없는 군왕이시며 만백성의 어버이이십니다. 부디 총기를 바로 하셔서 옛적의 영명하신 폐하로 되돌아가소서.」

「오늘 하마터면 또 죄 없는 짐의 백성을 죽일 뻔했네. 시종의 노래를 듣고 느낀 바가 컸네.」

「폐하…」

어느새 웅략대왕의 표정은 밝아 있었다.

「고맙네. 아우. 이제야 비로소 아우의 눈빛도 얼굴도 잘 보이네.」

곤지가 독대를 청한 것은 웅략대왕의 흐트러진 심신을 바로잡기 위해서였다. 더 이상 웅략대왕을 방치하는 것은 자신을 상객으로 받아 준 웅략대왕에 대한 도리가 아니었다. 더구나 새 시대를 맞고 있는 야마토를 위해서도 결코 바람직하지 않았다. 곤지는 눈물로 호소도 해보고 안 되면 야마토를 떠나겠다는 배수진도 쳐볼 생각이었다. 혹이 웅략대왕이 신라와의 전쟁 패배에 대한 한을 떨쳐내지 못한다면 자신이 직접 나서겠다는 의지도 내보일 요량이었다.

그러나 다행히 웅략대왕은 예전 모습으로 돌아왔다.

그날 이후로 야마토 조정은 다시 활기를 찾았다. 군신들과 적극 소통한 웅략대왕은 정사에 열중하였다. 군신들도 덩달아 신이 났다. 그해 겨울은 유독 춥고 쌀쌀하였지만 조정의 열기는 어느 때보다 뜨거웠다.

해가 바뀐 기유년(469) 정초. 토미산 박뢰단에서 천조에 제를 올린 웅략대왕은 〈강대한 야마토 건설〉을 선포하였다.

「짐은 기유년을 시작으로 강대한 야마토를 건설하고자 합니다. 첫째는 열도 통일입니다. 아직 야마토의 힘이 미치지 않은 여러 소국들이 많습니다. 짐은 열도의 모든 소국들을 통합하고자 합니다. 둘째는 문화 융성입니다. 백제를 비롯하여 멀리는 송나라와 옛 오吳국으로부터 선진문물을 적극 받아들여 백성들의 삶을 적극 향상시키고자 합니다. 이는 짐의 치세동안 지속적으로 실행할 것이니 대신과 대연을 비롯한 모든 군신은 짐의 뜻을 받들어 주길 바랍니다.」

야마토 웅략대왕 정권의 2기 출범을 알리는 선포였다.

모종의 물밑작업이 있었다. 웅략대왕이 예전 모습으로 돌아오자 곤지는 대신 평군진조와 대연 대반실옥, 물부목과 함께 향후 야마토의 발전방향을 심도있게 논의하였고 이를 웅략대왕에게 보고하였다. 〈강대한 야마토 건설〉을 선포한 웅략대왕과 야마토 조정은 구체적인 세부계획을 세우고 하나하나 실행에 옮겼다. 소국 병합의 첫 번째 대상은 파마국播磨國이었다. 파마국은 지금의 효고현 남서부 지역이다.

당시 야마토의 지배영역은 훗날 기나이畿內로 명명된 지금의 오사카와 주변 일대였다. 북쪽으로부터 지금의 교토시를 포함한 교토부 남부지역에 〈산배山背국〉이, 오사카시를 포함한 오사카부 북부와 효고현 일부엔 〈섭진攝津국〉이, 오사카부 남동부엔 〈하내河內국〉이, 오사카부 남부엔 〈화천和泉(이즈

미)국〉이, 그리고 수도 이하레를 포함한 지금의 나라현 일대에 〈대왜大倭국〉
등 5개 소국은 직접 관할 지역이었다. 파마국은 섭진국의 동쪽과 접해있었으
며 또 파마국의 동쪽은 이미 웅략대왕이 병합한 길비국이었다. 파마국은 섭
진국과 길비국의 사이에 위치하였다.

기내 야마토국

파마국은 문석소마려文石小麻呂라는 호족이 지배하였다. 힘이 장사인 문석
소마려는 성질이 몹시 난폭하였는데 어딜 가나 제 마음대로 행동하고 사람
들을 못 살게 굴었다. 어떤 때는 대낮에 상인의 물건을 탈취하고 행인들에게
온갖 못된 행패를 부렸다. 웅략대왕을 비웃고 세금은 낼 생각조차 하지 않았
으며 배를 습격하여 물건을 빼앗기도 하였다. 모두 공포에 떨었다. 그해 가
을 웅략대왕은 춘일소야신春日小野臣 대수大樹에게 명하여 문석소마려를 참
수하도록 명하였다. 대수는 결사대를 이끌고 파마국으로 건너가 문석소마려

의 집을 에워싸고 집 안에 불을 질렀는데 난데없이 송아지만한 흰 개 한 마리가 불길 속에서 뛰쳐나와 대수에게 덤벼들었다. 대수가 잽싸게 몸을 피하며 칼을 뽑아 목을 쳤다. 흰 개는 문석소마려였다.

가을 8월, 목협만치가 혈혈단신으로 야마토에 왔다.

목협만치는 한성의 사정을 상세히 전하였다. 상좌평 해부가 죽어 개로대왕이 친정을 하게 된 일, 조정 원로가 일선에서 물러나고 젊은 신진으로 새롭게 조정을 꾸린 일 등 주로 개로대왕과 한성 조정에 관한 소식이었다. 목협만치는 자신의 신상도 알렸다. 개로대왕의 명으로 고구려 대방을 공격하였다가 패하여 조정에서 물러났다. 처 진眞씨가 지병을 앓아오다 죽었다. 가족사를 얘기를 할 때는 눈시울을 붉혔다.

겨울 10월, 목협만치와 곤지의 첫째 딸 순珣이 부부의 연을 맺었다. 곤지는 목협만치를 사위로 맞이하였다. 그러나 딸을 출가시킨 기쁨도 잠시 곤지에게 청천벽력의 소식이 당도하였다. 두 해전 첫째 아들 고高가 대반실옥의 여식과 혼인을 하여 분가하였는데 독버섯을 취식하여 둘 다 목숨을 잃었다. 곤지로써는 야마토로 건너와 두 번째 맞는 애사였다.

곤지는 아스카베 지역 북쪽 야마토강이 내려다보이는 어느 산자락에 첫째 아들 부부를 합장하여 묻었다. 근처에 모아부인의 묘도 있었다.

갑인년(474) 가을 8월, 웅략대왕은 물부토대物部菟代 숙니와 물부목연物部目連을 보내 이세국의 조일랑朝日郎을 쳤다. 조일랑은 이세국의 대호족으로 웅략대왕에게 반기를 들었는데 진압군이 자신을 죽이러 온다는 소리를 듣고 직접 나서 진압군과 대치하였다. 스스로 명궁임을 자랑하며 진압군을 향해 화살을 날렸는데 화살이 한 병사의 가슴에 정확히 명중하였다. 이를 본 진

일본 오사카大阪부 가시와라柏原시에 〈다카이다야마高井田山고분〉이 있다. 남쪽으로 뻗은 능선의 끝인 야마토강이 내려다보이는 곳에 입지한 직경 22m의 원분이다. 백제의 대표 묘제인 굴식돌방무덤(횡혈식석실분)인데 석실형태와 부장품 등은 백제에서 도입되어 축조된 것으로 피장자는 도래인이 아닌 백제에서 직접 건너온 인물로 추정한다. 석실 바

닥에는 2기의 목관이 안치되었는데 부부 목관이다. 다카이다야마고분의 석실 규모는 백제 왕족 무덤인 송산리고분군에 비교되는데 무령왕릉에서 나온 똑같은 청동다리미가 출토되어 일본학자는 백제왕족 부부로 무령왕의 아버지인 〈곤지 부부〉의 무덤으로 보고 있다. 필자는 곤지의 첫째아들 부부의 묘로 추정하였다.

압군은 사기가 떨어져 물부토대는 섣불리 공격명령을 내리지 못하였다. 이틀이 지났다. 참다못한 물부목연이 직접 칼을 빼들고 앞으로 나섰고 물부대부수物部大斧手와 함께 진격하였다. 이를 본 조일랑이 두 사람을 향해 화살을 날렸고 화살 하나가 물부대부수의 몸에 박혔는데 물부대부수는 아랑곳하지 않고 필사적으로 물부목연의 몸을 방패로 감쌌다. 결국 조일랑에게 다가간 물부목연이 조일랑의 목을 칼로 베었다.

〈강대한 야마토 건설〉을 표방한 웅략대왕은 해를 거듭하며 열도 소국들을 하나하나 병합하였다. 외부 선진문물도 적극 받아들여 점진적으로 야마토 백성들의 삶은 개선되었다. 이는 웅략대왕의 강력한 의지와 이를 뒷받침하는 야마토 조정의 노력이 있었다. 대신 평군진조와 대연 대반실옥, 물부목 등 3인방과 그의 가문의 적극적인 지원은 절대적인 힘을 발휘하였다. 곤지

의 적절한 조언은 순항의 방향키였다.*

아사쿠라궁 어전 연회장.

이세국 조일랑의 반란을 진압한 물부가문의 노고를 치하하는 연회였다.

「군군아우. 아무래도 백제 사정이 심상치 않네.」

웅략대왕이 술잔을 채워 곤지에게 건넸다.

「듣자하니… 백제 유민들이 신라 국경을 넘는 일이 많다하네. 조만간 큰 전쟁이 있을 거라는 소문도 파다하다네. 고구려 거련이 군대를 사열하고 또 자주 군사훈련을 실시한다는 첩보도 있네.」

곤지는 술잔을 죽 비웠다.

남모를 고민이었다. 웅략대왕이 전한 소문과 첩보는 곤지도 익히 들어 알았다. 며칠 째 도통 잠을 이룰 수 없었다. 누란에 처한 백제에 대한 염려가 밤낮을 가리지 않고 곤지를 괴롭혔다.

「개로대왕은 어찌하여 우리 야마토에 아무런 연락을 주지 않는지 모르겠네.」

웅략대왕은 넌지시 곤지를 살폈다.

---

* 웅략대왕의 열도 정복사업의 구체적인 내용은 《일본서기》에 나와 있지 않다. 다만, 478년 왜왕 〈무武〉가 유송 순제에게 보낸 상표문이 《송서》에 기록되어 있는데, 상표문에는 왜왕 무가 '동쪽으로 〈모인毛人〉 55국을 정벌하고 서쪽으로 〈중이衆夷〉 66국을 복속시켰다.'는 표현이 나온다. 모인은 관동, 동북지방의 〈아이누〉족을 지칭하며 중이는 규슈지역의 여러 소국들로 이해되고 있다. 왜왕 무는 웅략대왕으로 추정되어 웅략대왕 치세 (456~479)에 열도 정복사업이 이루어진 것으로 본다. 웅략대왕은 당시 가장 강대했던 대호족 길비吉備가문과 길비국을 복속시키면서 강력한 전제왕권의 기초를 다졌고, 〈씨성氏姓제도〉라는 독특한 지배조직을 만들어 호족들을 웅략대왕의 통치조직에 흡수시켰다. 웅략대왕은 스스로를 〈대왕大王(오오키미)〉이라 칭했는데 이는 호족들 위에 군림하는 차별화된 신분질서를 나타낸 것이다.

「그렇지 않아도 내일 목협 장군을 급히 한성에 보낼 생각입니다. 한성 사정을 보다 세밀히 살필까 합니다.」

「잘 생각했네. 군군아우. 백제가 연락을 주지 않는다면 또 그만한 사정이 있을 테지만 무턱대고 기다릴 수만은 없는 노릇 아닌가. 직접 확인할 것은 확인해야지.」

웅략대왕은 평군진조, 대반실옥, 물부목 세 사람을 불렀다.

「세 분도 백제사정은 익히 들어 잘 알겁니다. 만약 고구려가 백제를 침공한다면 짐은 대대적으로 원군을 파병할 생각입니다. 1만 정도는 항시라도 가능하겠지요?」

그리고 손수 세 사람에게 술을 따랐다.

「물론입니다. 대왕폐하. 우리 세 사람은 무조건 대왕폐하의 명을 받들 겁니다.」

평군진조가 술잔을 받아들자 대반실옥과 물부목이 고개를 끄덕였다.

웅략대왕은 곤지가 청병의사를 밝히지 않았는데도 먼저 파병의사를 밝혔다. 더구나 야마토 조정의 실세 세 사람에게 이를 직접 확인해주었다.

곤지는 웅략대왕의 세심한 배려에 눈시울이 뜨거웠다. 돌이켜보면 한성을 떠나 야마토로 건너와 정착한 지 10년이 넘었다. 육체적으로 고달프진 않았더라도 심적으론 무척이나 무거운 세월이었다.

연회가 파하자 평군진조가 다가왔다.

「군군전하. 너무 걱정하지 마십시오. 설사 대왕폐하께서 파병을 반대하더라도 우리 세 사람은 이미 약조를 했습니다. 전하께서 원하신다면 우리 세 사람은 가병이라도 모두 내놓을 생각입니다.」

「고맙습니다.」

서쪽 하늘 산등성이를 따라 붉은 노을이 젖어들었다. 한껏 몸을 부풀린 붉은 해는 산등성이 위를 서성이며 하루의 작별을 고하였다.

　문득 개로대왕의 얼굴이 보였다.

　「형님폐하… 형님폐하…」

　곤지는 힘껏 개로대왕을 불렀다. 소리 없는 마음속 외침이었다.

경술(470)년 3월. 한성 왕궁 어전.

개로대왕은 목간첩木簡帖을 펼쳐 한참을 훑더니 입술을 실룩거렸다. 그리고 둘둘 말아 한쪽 구석으로 치웠다. 뒷짐을 진 채 또 한참을 왔다 갔다 하였다. 다시 어좌에 앉더니 목간첩을 펼쳤다.

「감히 짐을 훈계하려들어… 몹쓸 늙은이 같으니라고… 」

목간첩을 바닥에 내팽겨쳤다. 그리고 다시 일어나 발가락으로 목간첩을 살살 밀어 둘둘 말았다.

「폐하…」

문 밖에서 인기척이 일었다. 어전나인의 나지막한 목소리였다.

「상좌평이 또 사람을 보냈더냐?」

개로대왕은 못마땅한 듯 힐끔 곁눈질하였다.

「아니옵니다. 폐하. 도림 국수께서 알현을 청하옵니다.」

「도림!?」

개로대왕은 허겁지겁 문을 열어 젖혔다.

「국수. 대관절 이게 얼마 만이요! 얼마 만이오?」

도림道琳이었다.

개로대왕은 도림의 양손을 덥석 움켜잡았다. 그리고 어전 안으로 끌었다.

「폐하. 존체 강녕하신 모습을 뵈오니 신은 기쁘기 한량없습니다.」

「짐이 강녕하질 않소. 국수. 살이 많이 쪄서 이제 걷는 것도 버겁다오.」

개로대왕은 빙그르 한 바퀴 돌며 육중한 몸매를 드러냈다.

「폐하. 용안은 한 해 전보다 더욱 좋아 보이십니다.」

두툼한 양 볼에 윤기가 넘쳤다.

「잠시 위나라에 갔다 오겠다기에 윤허했건만 그 세월이 한 해라니 참 무심한 사람이오. 그동안 연락 한번 안주고 짐이 보고 싶지도 않았소?」

「…」

개로대왕이 도림을 알게 된 것은 갑진년(464)이니 햇수로는 6년이었다. 유마태후가 죽고 상좌평 해부에게 국정을 위임하다시피 했던 개로대왕은 바둑에서 낙을 찾았다. 우연히 만수사에 들렀다가 도림을 소개받았다. 개로대왕은 매일 도림과의 수담에 열중하였고 국수國手로 받들었다. 그 세월이 장장 5년이었다. 그러나 1년 전 도림은 떠났다. 고국인 북위로 돌아가 불법을 수행하고 돌아오겠다며 작별을 고했다. 그리고 오늘 불쑥 나타났다.

「송구하옵니다. 폐하. 하루라도 빨리 돌아오려 했으나 사정이 여의치 않아 한 해를 꼬박 지체하였습니다. 소신이 어찌 폐하의 성은을 잊을 수 있겠습니까?」

「짐은 언제나 돌아오나 싶어 노심초사했소. 그렇지 않아도 상좌평 일로 해서 심신이 고달팠는데 국수를 다시 만나니 힘이 솟는 구려.」

개로대왕은 나인을 불러 바둑판을 가져오게 하였다.

「상좌평께서 와병중이란 말을 들었습니다.」

「지난 겨울부터 조정에 출근하지 않고 있으니 여섯 달이 되었군요. 의박사를 보내 치료를 하고 있는데 여의치 않은 모양이오. 심병이라 하는데…」

「가슴앓이 말이옵니까?」

「실은 상좌평보다 과인이 심병이 중하다오.」

「폐하?」

「상좌평만 생각하면 가슴이 죄어오고 잠도 제대로 잘 수가 없소. 의박사의 말은 안정만 취하면 괜찮다하지만 짐은 정말 답답해 미칠 지경이오.」

개로대왕은 손바닥으로 앞가슴을 두들겼다.

그리고 구석에 처박아 놓은 목간첩을 가져다 도림에게 건넸다.

「짐더러 색욕을 멀리하라고… 상좌평은 짐을 훈계하고 가르쳐 들려하오.」

개로대왕은 얼굴을 잔뜩 찌푸렸다.

목간첩은 해부가 올린 상소였다. 개로대왕의 색정을 책망하는 내용이었다.

사실 개로대왕의 색정은 독특하고 남달랐다. 개로대왕은 해씨가문의 대후말고도 다섯 명의 소후를 따로 두었다. 그러나 개로대왕은 대후와 소후들과의 잠자리보다 다른 남자의 유부녀에게 집착하였다. 발단은 병오년(466) 정월이었다. 겨울사냥을 겸한 순행 차 백제의 북방 접경지역인 쌍현성雙峴城(경기도 장단)을 방문한 적이 있었다. 개로대왕은 며칠 묵으며 성주 재증걸루再曾桀婁의 처와 딸을 범하였다. 이에 격분한 재증걸루는 일부 성민을 데리고 고구려로 망명하였다. 또 다음 해인 정미년(467) 4월에는 재증걸루의 후임인 고이만년古爾萬年의 처를 범하여 고이만년마저 고구려로 망명하였다. 연거푸 일어난 불미스러운 일이 백성들에게 알려져 개로대왕과 왕실의 권위가 실추되자 상좌평 해부는 독단으로 쌍현성을 폐쇄해버렸다.

「신하가 군왕을 훈계하는 것은 있을 수 없는 일이옵니다. 상좌평의 표현이 다소 잘못된 부분들이 있습니다. 폐하.」

도림은 해부의 상소를 꼼꼼히 살폈다.

「그렇지요. 분명 짐을 훈계하고 있지요. 정말 상좌평 때문에 죽을 맛입니다. 국수.」

개로대왕은 혀를 내둘렀다.

그러나 쌍현성의 불미스러운 사건은 개로대왕의 또 다른 색정을 낳았다. 어여쁜 부녀자가 있다는 소문을 들으면 개로대왕은 그 부녀자의 절개를 꼭 꺾고자하였다. 한번은 이런 일이 있었다. 도미都彌라는 도성 밖에 사는 평민이 있었는데 그의 아내가 아름답고 지조가 굳세다는 소문을 듣고 몰래 도미를 불러 아내를 유혹하여 정조를 빼앗겠다며 내기를 하였다. 아내의 재치로 계집종이 몸을 대신하였고 도미의 아내는 절개를 지켰다. 뒤늦게 속은 것을 안 개로대왕은 격분하여 도미와 그의 아내를 찾았지만 이미 대방으로 도망간 상태였다. 이에 개로대왕은 기유년(469) 8월 도미와 그의 아내를 잡기위해 대방을 공격하였지만 고구려군에게 대패하였다.

이때, 도림은 개로대왕이 대방공격을 명하여 전쟁준비에 박차를 가하자 급히 고구려 장수태왕에게 백제의 전략과 전쟁준비 상태를 알렸다. 이런 연유로 백제는 제대로 싸워보지도 못하였다.

도림은 북위가 아닌 고구려 출신이었다. 고구려 장수태왕이 직접 선발하여 백제에 파견한 고등첩자였다.

나인이 바둑판을 들이자 개로대왕과 도림은 수담을 시작하였다. 바둑판 위에 흑돌과 백돌이 서로 엉키며 세를 형성하더니 마침내 중앙에서 흑백이 사활을 건 전투가 전개되었다. 형세는 개로대왕의 중앙 흑대마가 위기에 몰렸다.

그때 나인이 급히 어전으로 들었다.

「폐하. 상좌평께서 위중하시다는 전갈이옵니다.」

숨넘어가는 다급한 목소리였다.

〈도미설화〉의 전승은 전승무대는 서울특별시 강동구·송파구와 경기도 하남시 일대의 한강유역으로 보고 있다. 《증동국여지승람》 광주목 산천조에 보면 경기도 하남시 동부면 창우리의 〈팔당나루〉를 도미의 눈을 빼서 던진 〈도미나루〉라고 로 지목하고 있다. 하남시의 주장과는 달리 강동구는 암사동의 〈두무개〉라는 지명이 〈도미〉와 음상이 같은 점을 들고 있다. 강동구는 천호2동 녹지공원에 도미부인의 동상을 세웠다. 이에 대해 충청남도 보령시는 현지 지명전승을 근거로 하고 있다. 보령시 오천면에는 도미설화와 비슷한 내용의 설화가 전해져 오고 있다. 〈미인도〉, 〈도미항〉, 〈상사봉〉, 〈원산도〉 등 도미설화와 관련 있는 지명도 있다. 보령시는 1992년 소성리 상사봉 정상에 〈정절각〉을 지었고, 1994년 〈정절사〉를 세워 해마다 제를 올리고 있다. 한국의 〈성주도씨星州都氏〉는 도미를 가문의 시조로 하고 있다. 경상남도 창원시 진해구에 〈백제정승도미지묘〉라는 봉분이 있었다. 이 봉분은 2003년 충청남도 보령시로 이장되었다.

「…」

개로대왕은 대꾸하지 않고 바둑판만 주시하였다.

도림의 백돌이 놓여 질 차례. 백의 다음 한 수는 중앙 흑대마의 사활을 결정지울 수 있는 백점으로 이는 도림도 개로대왕도 알고 있었다. 도림은 백돌 하나를 집어 바둑판의 어느 한 점에 올려놓았다. 그 점은 엉뚱한 점이었다.

「국수. 어찌 흑을 살려주는 것이오?」

「폐하. 상좌평께서 위중하다 하는데 가봐야 하지 않겠습니까?」

도림은 은근슬쩍 개로대왕의 눈치를 살폈다.

「이 판은 짐이 졌습니다. 한판 더 합시다.」

개로대왕은 아랑곳하지 않고 바둑판 위에 놓인 돌들을 정리하였다.

「폐하?」

「가지 않을 겁니다. 국수는 개의치 마세요.」

개로대왕과 해부의 관계가 결정적으로 어그러진 것은 지난해였다. 개로대왕이 도미부부를 사로잡겠다며 대방공격을 준비하면서부터였다. 해부는 명분이 없다며 결사반대하였다. 그러나 개로대왕은 대방공격을 감행하였고 결과는 참패하였다. 이 여파는 백제 북쪽 접경지역의 불안을 가져왔다. 개로대왕은 재증걸루와 고이만년의 고구려 망명파동의 진원지인 쌍현성을 서둘러 수리하고, 북쪽 최전방인 청목령靑木嶺(황해도 송악)에 목책을 설치하고 북한산의 수졸들을 파견하여 경계를 강화하였다. 고구려와의 전쟁결정. 대방전투의 패배, 쌍현성 수리, 청목령 목책 설치 등 일련의 과정은 고구려와의 관계가 악화되고 국고가 바닥을 드러내는 등 적잖은 부작용을 낳았다. 그러나 개로대왕은 해부의 그늘에서 벗어나 정국을 주도할 수 있는 힘을 얻었다. 홀로서기를 하였다.

개로대왕은 을미년(455) 9月에 등극하였다. 햇수로는 15년의 기나긴 세월이었다. 묵묵히 참고 인내한 결과로 홀로서기를 할 수 있었다.

개로대왕과 도림의 수담은 계속되었다.

상좌평 해부가 죽었다. 해부는 눈을 감기 직전까지 개로대왕이 찾아주길 원했지만 개로대왕은 끝내 외면하였다. 개로대왕은 해부의 장례식에도 참석하지 않았다. 대신 후계자인 태제太弟 문주를 보냈다.

장례식 후 문주는 해부의 유언장을 개로대왕에게 전달하였다.

대왕폐하.

신 해부 이제 태후폐하의 곁으로 떠나옵니다.

지난 전쟁으로 고구려를 자극하였으니 저들의 망동이 심히 우려되옵니다. 종묘사직을 온전히 보전하는 길은 외적으로는 신라와의 동맹을 굳건히 하는 것이며 내적으로는 백성을 교화로써 다스리고 국고를 가득 채워 군비를 확충하는 것이 상책이옵니다.

부디 신의 마지막 충언을 저버리지 마소서.

또한 선대로부터 이어진 신의 가문과의 약속은 꼭 지켜주소서.

신이 불미하여 폐하를 끝까지 모시지 못하는 불충을 저질렀습니다.

폐하의 하해와 같은 성은으로 신의 불충을 용서하여 주십시오.

부디 강건한 군왕이 되셔서 치도와 법도를 바로 세우신다면 폐하의

치세는 대대손손 칭송을 받을 것입니다.

신은 저승에서도 폐하를 응원하겠습니다.

며칠 후 해부의 묘소에서 우제虞祭가 있었다. 시신을 매장한 뒤 혼령을 편안히 모시는 제사였다. 개로대왕은 해부의 묘소를 찾았다.

「상좌평. 아니 장인어른. 짐이 옹졸하여 상좌평의 충심을 의심하였구려. 상좌평의 충언을 잊지 않으리다. 부디 잘 가시오.」

개로대왕은 술 한 잔을 손수 따라 올렸다. 그 뿐이었다.

그럼에도 한성 백성은 개로대왕이 직접 해부의 묘소를 찾아 제를 올린 것은 잘한 일이라 칭송하였다.

4월. 개로대왕은 대대적인 인사개편을 단행하였다.

원로를 퇴진시키고 신진을 중용하는 친정체제를 구축하였다. 원로인 내법좌평 진동이 스스로 물러났다. 신진 중용의 핵심은 태제 문주의 상좌평 기용이었다. 문주는 비유어라하의 아들로 혈기왕성한 28세의 나이였다. 문주가 후계자가 된 것은 개로대왕이 왕자를 얻지 못한 것이 이유였지만 다분히 곤지를 의식한 결정이었다. 경자년(460) 유마태후는 문주를 후계자로 지목하고 눈을 감았다. 당시 곤지는 좌현왕으로 모한의 임지에 있었다. 유마태후는 죽

으면서까지 곤지를 철저히 견제하였다. 을사년(465) 문주의 처 내마奈麻가 아들을 낳았는데 해씨가문은 이를 기뻐하며 대대적인 잔치를 벌였다. 문주의 외가인 신라왕실에서도 축하선물을 보냈다. 개로대왕이 태제 문주를 상좌평으로 발탁한 것은 신라를 의식한 결정이었다. 죽은 해부의 유언대로 신라와의 동맹을 유지하기 위해선 신라 왕실과 조정에 적잖은 인맥을 가지고 있는 문주의 힘이 필요하였다.

인사내용은 다음과 같다.

상좌평 태제 문주, 내신좌평 흥주興周, 내두좌평 연건燕建, 내법좌평 진남眞男, 위사좌평 해성解成, 조정좌평 백두苩豆였다. 병관좌평은 상좌평 문주가 겸하였다. 처음 병관좌평으로 물망에 오른 사람은 목협만치였다. 그러나 목협만치는 곤지의 사람으로 분류된 데다가 지난 고구려 대방공격 패배의 책임을 물어 조정에서 물러났다.

「여러 번 병관좌평 제수를 품신하였지만 폐하께서 완강하여 어쩔 수 없었네.」

문주가 목협만치를 찾았다.

「아닙니다. 태제전하. 소장은 패장입니다. 전쟁에서 패한 장수가 책임을 지지 않는다면 이 또한 불충이옵니다.」

「허허… 승패병가지상사勝敗兵家之常事란 말이 있지 않소? 전쟁의 승패는 병가에서 항상 있을 수 있는 일. 어찌 한 번의 패배를 가지고 그리 자학하오.」

「실은 고구려에 패했을 때 물러나야 했습니다. 소장이 옹졸하여 전하의 말씀을 듣고 자리에 연연하는 추한 모습만 보였습니다.」

「대방공격이 무리였다는 것은 조정과 백성이 다 아는 사실 아니오. 더구나 고구려 첩자들에게 우리 군의 전략전술이 모두 노출된 상태라 패배는 당연지사였소.」

당시 사군부에서 고구려첩자 한 사람을 체포하였다. 취조과정에서 첩자의 배후가 백제군의 모든 정보를 고구려에게 전달한 것을 확인하였다. 사군부는 체포된 첩자를 고문하고 회유하였지만 자결하는 바람에 그 배후를 밝혀내지 못하였다.

「전하께서 소장을 생각해주시는 마음 항상 감사하고 있습니다. 비록 조정에서 물러났지만 마음만은 그 어느 때보다 홀가분합니다.」

문주는 목협만치의 잔에 술을 가득 채웠다. 목협만치는 단숨에 들이켰다.

「목협 장군. 당분간 모한의 여예 좌현왕께 가있지 않겠소? 적당한 때를 보아 폐하께 다시 품신하여 복귀토록 해주겠소.」

문주가 넌지시 운을 뗐다.

「아닙니다. 전하. 실은 얼마 전에 내자가 지병으로 죽었습니다. 홀로 된 몸인지라 운신하기도 부담이 없습니다.」

「부인께서요?」

「그렇게 되었습니다. 시집와 고생만하고 먼저 저 세상 사람이 되었습니다.」

목협만치는 눈을 감았다.

목협만치의 처는 진씨가문의 여식이었다. 부부의 연을 맺었지만 진씨부인은 자식을 낳지 못하였다. 어려서부터 폐앓이를 하여 조금만 힘든 일을 하면 몸져눕곤 했는데 지병이 악화되어 결국 죽고 말았다.

「몰랐습니다. 장군에게 애사가 있었던 줄을… 늦게나마 심심한 조의를 표하네.」

문주는 애도를 표하였다.

「하옵고… 소장은 야마토로 건너갈 생각입니다.」

「…?」

「오래 전 곤지전하께는 양해를 구했습니다. 설마하니 소장을 문전박대하겠습니까? 야마토로 건너가 새 삶을 살고 싶습니다.」

문주는 못내 아쉽고 한편으론 서운하였다. 목협만치는 누구나 인정하는 백제의 최고 장수였다. 문주는 목협만치를 자신의 사람으로 만들기 위해 나름 공을 많이 들였다. 목협만치가 패장의 굴레를 쓰고 정치적으로 어려움에 처했을 때도 적극 나서 변호했던 것은 다 그런 이유에서였다. 언제부터인가 자신의 사람이라 믿어왔는데 뜻밖에도 목협만치의 마음속에는 형 곤지가 자리 잡고 있었다.

「알았소. 장군의 뜻과 의지를 존중하겠소. 폐하께서 혹 장군을 찾으시면 잘 말씀드리리다.」

문주는 목협만치의 처지를 위로하기 위해 찾아왔다. 그러나 졸지에 이별로 이어졌다.

「장군과의 인연이 여기까지인가…!」

문주는 하늘을 올려다보며 한마디 내뱉었다.

같은 시각.

개로대왕은 상좌평 문주를 호출해놓고 도림과의 수담에 열중하였다.

「폐하. 늦게나마 친정을 감축드립니다. 이제 비로소 폐하의 치세가 조정과 만백성에게 활짝 열리게 되었습니다.」

「고맙소. 국수.」

개로대왕은 바둑판에서 눈을 떼지 않았다.

두 사람의 승패율은 막상막하였다. 엄밀히 따지면 도림의 실력이 개로대왕보다 한 수 위였다.

개로대왕은 바둑을 둘 때만큼은 유난히 강한 승부욕을 보였다. 그런 개로대왕의 승부욕을 꺾지 않기 위해 도림은 무척 신경을 써가며 바둑을 두었다.

「폐하의 새 시대를 맞이하였으니 백성에게 하해와 같은 성은을 베풀어야 하지 않겠습니까?」

「짐의 성은이라… 무슨 좋은 계책이 없겠소?」

이번 판은 개로대왕이 승기를 잡았다. 우하귀 도림의 백대마가 죽기 일보 직전이었다. 도림은 살릴 수 있는 점을 알고 있지만 애써 외면하고 중앙 한 점에 백돌을 놓았다.

개로대왕이 힐끗 도림을 쳐다보았다. 그리고 우하귀 백대마의 사활에 집중적으로 매달렸다.

「백성에게 줄 좋은 선물이 없겠느냐 물었습니다. 국수.」

퉁명스런 말이었다. 개로대왕은 흑돌을 만지작거리며 우하귀 백대마에 비수를 꽂을 준비를 하였다. 그리고 가차 없이 한 점에 착수하였다.

「어이쿠…! 폐하. 한 수만?」

도림은 한 수 물러달라 청하였다. 의도된 말이었다.

「국수. 일수불퇴입니다. 한 번 둔 수는 절대 물릴 수 없다는 것을 국수께서 익히 잘 아실 텐데…」

개로대왕은 의기양양하였다. 하얀 이를 드러내며 활짝 웃었다. 승리에 도취된 웃음이었다.

「신이 졌습니다. 폐하.」

도림은 바둑돌을 접었다.

잠시 후 개로대왕은 도림을 데리고 어전 뒤뜰로 향했다. 개로대왕의 휴식 공간인 연못가였다.

「백성에게 줄 좋은 선물이 없겠냐고 물었는데 어찌 답이 없소?」

「폐하….」

도림이 머뭇거렸다.

「어허! 무얼 망설이시오?」

개로대왕이 다그쳤다.

「송구한 말씀이오나 한성은 비가 많이 오면 강이 범람하여 물난리가 잦다 들었습니다.」

「왕성은 토벽을 높이 쌓아 피해가 없으나 민가는 지대가 낮은지라 물난리가 나면 피해가 이만 저만이 아니지요. 조정은 매년 이 문제로 골머리를 앓고 있답니다.」

「그래서 드리는 말씀입니다. 폐하. 주변 강둑을 높이 쌓으면 비가 많이 와도 강물의 역류를 막을 수 있지 않겠습니까?」

「강둑을 높이 쌓아 사전에 물난리 피해를 막자….」

개로대왕은 고개를 끄덕였다.

「제대로 강둑을 쌓으면 매년 범람을 막을 것이고 물난리 피해는 미연에 방지할 수 있습니다. 또한 비용도 절감할 수 있으니 일석이조가 아니겠습니까? 이는 한성 백성에게 귀한 선물이 될 것입니다.」

「참으로 좋은 계책이오. 국수께서 귀한 선물을 주었구려.」

개로대왕은 손뼉을 탁탁 치며 즐거워하였다.

문주가 왔다. 개로대왕은 한참동안 대화를 주고받으며 이것저것 지시하더니 놀란 표정을 짓기도 하고 화를 내기도 하였다.

「짐도 국수께 선물을 드릴까합니다.」

「폐하! 선물이라니요 가당찮은 말씀이옵니다.」

도림은 애써 외면하였다.

「아닙니다. 국수. 낼 대전회의를 개최할 겁니다. 국수께서도 꼭 참석해야 합니다.」

「하옵고 폐하. 상좌평께 화를 내시기도 하시던데 혹 소신이 잘못한 일이라도?」

「아니요. 국수와 상관없는 일입니다. 목협만치가 야마토로 떠난다기에 짐이 잠시 역정을 낸 것이요. 이번 인사에서 병관좌평으로 승차시키지 않고 패장의 죄를 물어 파직시켰습니다. 짐이 생각한 바 있어 잠시 근신토록 하였거늘 짐에 대한 서운함이 컸던 모양입니다. 그래서 그냥 보내라 하였습니다.」

「…」

목협만치가 야마토로 건너간다는 정보. 백제 최고의 장수인 목협만치, 목협만치의 부재는 장수태왕이 기뻐할 고급 정보였다. 도림의 눈빛이 살짝 빛났다.

다음날 대전회의가 열렸다. 대전회의는 좌평들과 관부 수장들이 참석하는 확대회의였다.

「짐은 중대발표를 할까하오.」

좌중이 술렁였다.

해성이 급히 나서 정리하였다. 해성은 위사좌평으로 죽은 해부의 장자였다.

「매년 비가 많이 오면 강이 범람하여 백성들의 피해가 너무 크오. 그때마다 피해복구와 구휼로 국고를 지출하니 안타깝기 그지없소.」

모두 귀를 쫑긋 세우고 개로대왕을 주시하였다.

「짐은 강둑을 높이 쌓아 물난리 피해를 근본적으로 막고자 하오. 빠른 시일 내로 공역과 물자를 확보하여 공사를 진행해 주시오」

서로 눈치만 볼 뿐 어느 누구하나 나서지 않았다.

「대왕폐하. 송구한 말씀이오나 강둑은 어디서부터 시작하여 어디까지 쌓아야 합니까?」

연건이었다. 연건은 재정을 총괄하는 내두좌평이었다. 개로대왕은 연씨 가문의 경제력을 활용하고자 연길의 장자인 연건을 전격 발탁하였다.

「사성蛇城의 동쪽으로부터 숭산崇山 북쪽까지는 강둑을 쌓아야 제대로 물난리를 막을 수 있을 것이오. 구체적인 것은 사공부司空部(토목 담당)와 협의하시오」

「알겠습니다. 대왕폐하. 폐하의 명 받들겠나이다.」

문주가 명을 받들었다. 신료들도 일제히 복명하였으나 분위기는 다소 어수선하였다.

「또한 짐은 귀한 분을 소개하고자 하오.」

나인이 한 사내를 데리고 들어왔다. 도림이었다.

「과인은 국수 도림을 왕실과 조정의 상객으로 모실 것이오.」

「폐하. 상객이라 하셨습니까?」

진남이 되물었다. 진남은 아비 진동이 물러나면서 내법좌평직을 승계하였다. 또 다시 주위가 술렁였다.

「상객은 왕실과 조정의 자문역도 겸하니 이에 걸맞는 대우와 예의를 다해주길 바라오.」

상객은 공식 직책이 아니며 관등도 없는 일종의 명예직이었다. 그럼에도 상객은 얼마든지 권력을 행사할 수 있었다. 왕과 신료 사이에 위치한 옥상옥屋上屋의 존재였다.

「내신좌평?」

개로대왕은 흥주를 불렀다. 흥주는 문주보다 세살 많은 문주의 형이었다.

비유어라하의 후궁 주원의 첫 번째 소생이었다.

「예. 폐하.」

흥주가 앞으로 나섰다.

「앞으로 상객께서는 왕궁에 거할 것이니 처소를 마련해 주시오.」

「알겠습니다. 폐하. 명 받들겠습니다.」

대전회의가 끝났다. 개로대왕의 일방적인 지시로 막을 내렸다.

개로대왕이 나가자 신료들이 웅성거렸다. 강둑을 쌓는 일은 도림을 상객으로 받드는 것과 근본적으로 달랐다. 백성을 공역에 동원해야 하며 소요될 경비는 가늠조차 할 수 없었다. 문주는 신료들을 설득하고 다독이느라 진땀을 뺐다.

어전으로 돌아온 개로대왕은 도림과 바둑판을 마주하였다.

「폐하. 신을 상객으로 삼아 주시니 몸 둘 바를 모르겠사옵니다.」

개로대왕이 바둑판 위에 첫 수를 놓았다.

「국수께서 선물을 주었으니 짐 또한 선물을 줘야 하지 않겠소.」

도림도 첫 수를 놓았다.

「성은이 망극하옵니다. 폐하.」

두 사람은 한 수 한 수 돌을 놓아가며 바둑판 위를 메워갔다.

「폐하…. 강둑 쌓는 일, 신료들이 달가워하지 않는 듯합니다. 명을 거두심이 어떠하신지요?」

도림이 돌을 놓다말다 개로대왕의 눈치를 살폈다.

「쇠뿔도 당김에 빼라 했지요. 군왕인 짐이 검을 빼들었는데 그냥 거둘 수는 없지요. 짐도 무리라 생각합니다. 허나 반드시 관철시킬 것이오. 백성을 위하는 일이오. 다소 희생이 따르더라도 밀어붙일 것이오.」

「…」

도림은 한성으로 돌아오기 전에 장수태왕을 알현하였다. 백제의 민심을 이반시키며 국고를 탕진시키라는 특명을 받았다.

도림의 첫 번째 작업은 강둑 쌓는 대토목공사를 부추기는 것이었다.

* * *

10월. 강둑공사가 더뎠다. 5월부터 공사에 들어갔지만 농사철이라 공역 동원이 원활치 않았다. 다행히 여름 한철 큰비가 내리지 않아 물난리 피해는 없었다. 추수가 끝났는데도 조정은 공사를 재개하지 않았다.

「태제전하. 공사를 중단하셨습니까?」

공사현장을 둘러 본 도림이 문주를 찾았다. 공사현장은 장비만 덩그러니 나뒹굴었다.

「공역을 피해 도망가는 백성들이 많아서….」

「그렇다고 손을 놓고 있으면 어떡합니까?」

상좌평 집무실. 도림은 문주와 찻잔을 마주하였다.

「…」

문주가 한숨을 푹푹 쉬었다.

「폐하의 진노가 크십니다. 서둘러 공사를 재개해야 합니다.」

「동원할 사람이 없습니다. 달리 방도가 없으니 참으로 난감합니다.」

문주는 고개마저 떨구었다.

「태제전하. 남녀노소 가리지 말고 노임을 줘서라도 재개해야 합니다. 이렇게 방치하였다가는 죽도 밥도 안 됩니다.」

「국고도 바닥나 달리 방도가 없습니다. 올 겨울을 나고 연초부터는 어떻게 해서든지 공사를 재개할 생각입니다. 폐하께 잘 말씀드려 주십시오.」

「태제전하. 전하를 직접 부르지 않고 신을 보낸 폐하의 뜻을 살펴주시옵 소서.」

「…?」

문주는 움찔하였다.

문주는 강둑공사 중단을 개로대왕에게 보고하지 않았다. 뒤늦게 사실을 안 개로대왕은 진노하였으나 문주를 따로 부르지 않았다.

「태제전하. 송구한 말씀이오나 자칫 전하의 입지가 흔들릴 수도 있습니 다.」

「음… 」

문주의 입술이 파르르 떨렸다.

2개월 전, 왕실에 경사가 났다. 개로대왕의 한 소후가 사내아이를 출산하 였다. 왕자는 처음이었다. 개로대왕은 도림과의 바둑도 끊고 왕자를 출산한 소후의 처소에 틀어박혔다.

「전하. 왕자가 탄생하였으니 이는 전하의 전도에 변수가 생긴 겁니다. 폐 하의 절대적인 신임만이 전하의 후계자리를 보존할 수 있습니다.」

문주의 얼굴이 어두었다.

「전하. 공사중단 건만 하더라도 전하를 직접 불러 독촉할 수 있는데도 신 을 보낸 폐하의 의중을 깊이 헤아리소서.」

그러나 도림의 말은 사실과 달랐다. 해성으로부터 공사중단을 보고받은 개로대왕은 도림에게 대책을 물었다. 도림이 뾰족한 대책을 내놓지 않자 개 로대왕은 문주를 부르려 하였다. 도림이 중간에 이를 가로챘다. 상좌평과 상 의하여 대책을 마련하겠다고 하였다.

「고맙습니다. 상객어른. 제가 미처 폐하의 의중을 살피지 못했습니다.」

문주는 벌떡 일어났다.

「지금 상황에선 달리 방도가 없습니다. 상객어른의 말씀대로 노임을 주어 가며 인부를 쓸 수 있는 여건이 전혀 안됩니다. 그렇다고 해서 내두좌평에게 손을 벌릴 수도 없는 노릇이고요.」

문주는 안절부절하였다.

「태제전하. 병사를 동원하시지요.」

도림은 기다렸다는 듯이 입을 열었다.

「병사라… 왜 제가 미처 그 생각을 못했는지…」

문주가 자리에 앉으며 손바닥으로 탁자를 내리쳤다. 탁자 위의 찻잔이 뒤집어지며 물이 튀었다.

「전하. 호성군 병사가 모자라면 인근 성에 주둔한 병사도 모두 동원하시지요.」

「알겠소. 내 그리하리다. 당장 사군부에 명을 내리겠소. 또한 내두좌평께도 통사정을 해보리다.」

문주가 허겁지겁 뛰쳐나갔다.

도림은 찻잔을 바로 세우며 입가에 알듯 모를 듯한 미소를 지었다.

「역시… 귀가 얇아… 우유부단하다는 평판이 결코 잘못된 말은 아니군.」

혼잣말을 뇌까리던 도림은 슬며시 집무실을 빠져나갔다.

강둑공사를 재개하였다. 동원된 인력은 주로 병사였다. 한성 백성도 부분적으로 참여하였다. 별도 노임을 지급하였다. 주로 노인과 아낙들이었다. 공역을 피해 달아났던 젊은이들도 일부 돌아왔다. 조정은 죄를 묻지 않고 노임까지 주었다. 노임은 국고가 바닥난 상태라 연길상단이 부담하였다.

추운 겨울이라 공사는 진척이 더뎠다. 조정은 병사와 백성들을 독려하며 밀어붙였다. 하루가 멀다 하고 인명사고가 발생하였다. 살갗이 트고 갈라져 피가 흐르는 사람, 다리가 부러지는 사람이 속출하였다. 겨울의 강둑공사는 여러모로 힘들었다. 특히 병사들의 원성이 컸다. 일반 백성들은 그나마 적은 노임이라도 주었지만 병사에게는 일절 보상이 없었다.

해가 바뀌었다. 공사는 막바지로 치달았다. 정초부터는 연길상단에서 지급하던 노임이 중지되었다. 연길상단도 더 이상의 여력이 없었다. 그럼에도 조정은 공사를 강행하였다. 노임 지급이 멈추자 백성들의 원성이 커졌다.

2월, 공사는 또 다시 중단되었다. 대방 지역에서 갑자기 역병이 발생하였다. 2개월간의 공백을 거쳐 5월말 가까스로 완성하였다.

사성의 동쪽에서 숭산의 북쪽까지 이어지는 강둑공사.* 백제역사를 통해 가장 장대한 대토목공사였다. 공사가 끝나던 날, 개로대왕은 친히 신료들을 대동하고 강둑의 정상에 올라 주변을 내려다보며 흡족한 미소를 지었다.

「상좌평 아니 태제. 태제의 공이 정말 크오. 고맙소.」

개로대왕은 친히 문주의 어깨를 다독이며 공을 치하하였다. 문주는 순간 눈시울을 붉혔다. 개로대왕이 자신을 상좌평이 아닌 〈태제〉라 불렀다. 우여곡절이 많았던 공사에 대한 기억은 머릿속에 없었다.

해부의 사망과 원로의 퇴진으로 비로소 왕권을 회복한 개로대왕은 한성의 고질적인 홍수피해를 막는 강둑 토목공사를 일으켜 성공적으로 마무리하였

---

*《삼국사기》에는 475년 사성의 동쪽에서 숭산의 북쪽에 이르는 제방을 쌓았다는 기록이 있다. 사성은 서울시 강남구의 삼성동 토성이고 숭산은 경기도 하남시 검단산이다. 개로왕의 대토목 공사는 국력의 탕진으로 이어져 결국 한성 백제 몰락의 단초가 되었다. 삼성동 토성은 버려졌다. 동쪽 부분은 잇단 한강 범람과 도시개발로 흔적조차 없고 서쪽 윤곽도 경기고등학교가 들어서면서 완전히 사라졌다.

다. 확고한 왕권 기반을 구축하였다.

여름, 내정이 안정되자 개로대왕은 외부로 눈길을 돌렸다. 유송에 사신을 파견하였다. 개로대왕이 등극한 을미년(455) 이후 유송과 교류는 두 차례 있었다. 정유년(457) 가을, 선대 비유어라하의 작위인 〈진동대장군鎭東大將軍〉을 승계하였으며, 다음해인 무술년(458)에는 관군장군 우현왕 여기餘紀를 비롯한 11명이 유송 효무제로부터 작위를 받았다. 이는 개로대왕이 결정하지 않았다. 유마태후와 해부가 결정하고 주도하였다. 11명의 장군 작위는 다분히 개로대왕의 왕위를 보호하기 위한 조치였다. 우현왕 여기는 개로대왕의 형이었고 좌현왕 여곤 즉 곤지는 동생이었다. 결국 두 사람을 한성에서 축출하였다.

「대왕폐하. 송나라 황제께서 친히 폐하의 강녕을 물으시고 보내주신 선물에 감사를 표하셨습니다. 또한 강둑공사는 참으로 잘 한 일이라 말씀하셨습니다.」

10월, 유송에 파견한 용양장군 사마 장무張茂가 돌아왔다.

「황제께서 그리 말씀하였단 말이지?」

「대왕폐하. 무릇 군왕은 다소 희생이 따르더라도 백성의 고충을 덜어주는 것이 치도의 상책이라 말씀하셨습니다.」

개로대왕은 흡족한 표정을 지었다.

「폐하. 아뢰옵기 송구한 말씀이오나…」

장무가 망설였다.

「허허… 사마는 무얼 망설이느냐? 짐이 무슨 말이든 들어주겠노라.」

「송나라 고관이 신에게 중요한 정보를 하나 주었습니다.」

「…?」

개로대왕은 귀를 쫑긋 세웠다.

「얼마 전 고구려의 관리들이 위나라로 망명하였습니다. 위나라 황제는 그들에게 토지와 주택을 하사하여 고구려와 위나라의 관계가 갑자기 틀어졌다 하옵니다.」

「정말인가?」

「그러하옵니다. 폐하. 망명한 관리들은 고구려 거련왕의 핍박을 참지 못해 고구려를 등졌다고 합니다.」

「거련이 단단히 노망이 든 게로구나!」

개로대왕은 입가에 옅은 미소를 지었다.

「폐하. 고구려와 위나라의 관계가 틀어졌다면 우리에게는 더 없는 호기이옵니다. 이번 기회에 위나라와 외교관계를 수립하여 고구려를 압박해 보심이 좋을 듯하옵니다.」

「고구려는 매년 위나라에 사신을 파견하는 것으로 짐은 알고 있다. 근래에는 위나라 왕실에서 고구려 왕녀를 보내 달라며 수차례 청혼을 하였는데 고구려가 여러 핑계를 대며 이를 들어주지 않고 있다는 말도 들었다. 그렇다고 해서 하루아침에 고구려와 위나라 사이가 틀어질 수 있겠느냐?」

「폐하. 외교는 자국의 이익을 우선으로 합니다. 아무리 관계가 돈독하더라도 이익에 반하는 일이라면 사소한 일로도 하루아침에 관계가 깨질 수 있습니다. 하물며 망명객을 받아준 위나라와 고구려는 예전처럼 돈독할 수는 없습니다.」

「음… 」

개로대왕의 눈빛이 빛났다.

「폐하. 신이 아비로부터 아주 오래 전 위나라 사신이 우리 제국으로 오다가 풍랑을 만나 배가 좌초되었는데 10여 구의 시체를 소석산小石山 북쪽 바다에서 발견했다는 말을 들은 기억이 있습니다.」

장무의 아비는 장위張威로 비유어라하 치세에 외교를 총괄했던 객부의 장사였다.

「짐 또한 위나라 사신이야기는 선대 어라하로부터 들은 기억이 있다. 사신들의 의복이며 기물, 말안장과 굴레를 획득하였다 들었다. 이들 물건들을 객부에서 보관하고 있다는 말도 얼핏 들은 것 같은데…」

북위 사신이 백제로 건너오다 사고를 당한 때는 경진년(440)이었다. 30여 년 전의 일이었다.

「신이 객부에 들러 확인해 보겠습니다.」

장무가 물러갔다.

개로대왕은 어전 뒤뜰 연못가에 홀로 서있었다. 연못가는 개로대왕 혼자만의 공간이었다. 해부에게 밀려 왕다운 왕의 행세를 못하던 시절에는 외로운 처지를 달래는 공간이었다. 지금은 국정에 관한 결단이나 결심을 할 때 으레 찾는 공간이었다. 개로대왕은 벌써 연못가 주변을 몇 바퀴 돌았다. 꽃은 지고 나뭇잎은 떨어졌다. 여름 한철 풍성하고 화려한 자취는 온데간데없었다. 연못 위에 물고기 밥을 뿌리니 물고기 떼가 한동안 요란을 떨었다.

「적의 친구를 내 친구로 만든다!」

혼잣말을 내뱉고 주워 담기를 수차례 반복하였다.

차가운 바람결이 얼굴 가득 밀려왔다. 개로대왕은 입술을 꼭 오므렸다.

다시 개로대왕의 어전.

「위나라와 외교관계를 맺어야겠습니다.」

개로대왕이 입을 열었다.

「…!」

「…?」

문주와 도림은 서로의 얼굴을 쳐다보았다.

「왜요? 짐의 말이 생뚱맞습니까?」

「아…아니옵니다. 폐하. 신은 다만… 」

문주가 말꼬리를 흐렸다.

「말해보오. 다만 무엇이오?」

개로대왕이 다그쳤다.

「폐하. 우리 제국은 전통적으로 송나라와 외교관계를 맺고 있습니다. 송나라와 적대적인 위나라와 외교관계를 맺는다함은 외교 도리 상… 」

「도리? 짐이 알기에 고구려 거련은 수차례 송나라에 사신을 파견하였고 송나라로부터 〈정동대장군고려왕〉이란 작위를 받았소. 또 〈거기대장군개부의동삼사〉란 작위도 받지 않았소?」

고구려 장수태왕은 계묘년(463) 유송의 효무제로부터 〈거기대장군개부의동삼사車騎大將軍開府儀同三司〉란 작위를 받았다.

420년 유송은 건국하자마자 고구려 장수태왕에게 〈정동대장군고려왕征東大將軍高麗王〉의 작위를 수여하였다. 이는 고구려의 의사와 무관하였다. 유송의 창업자 유유劉裕는 동진의 장군출신인 까닭에 건국 초 왕조의 정통성을 주변 강대국으로부터 인정받고자 하였다. 고구려가 처음으로 유송에 교역사절을 보낸 것은 424년으로 이는 425년 북위와 외교관계를 맺은 것보다 1년 빠르다. 당시 고구려와 북위 사이에는 북연이 있어 완충작용을 하였다. 고구려는 북위보다 유송과의 외교를 중시하였다. 이는 백제를 고립시키기 위한 외교전략이었다. 그러나 435년 북위는 고구려 장수태왕에게 〈도독요해제군사정동장군영호동이중랑장요동군개국공고구려왕都督遼海諸軍事征東將軍領護東夷中郞將遼東郡開國公高句麗王〉의 작위를 주고 고구려와 동맹을 맺었다. 다음해인 436년 북위는 고구려를 달래놓고 북연을 멸망시켰다. 고구려는 북연이 아닌 북위와 국경을 접하게 되어 북위를 의식하지 않을 수 없었다.

고구려는 백제를 견제하기 위해 유송과도 관계를 맺고 북위를 달래기 위해 북위와도 관계를 맺는 이중외교를 취하였다.

「폐하. 송나라는 우리 제국의 전통 우방이옵니다. 폐하께서도 아시다시피 송나라와 위나라는 자웅을 겨루는 앙숙관계입니다. 송나라가 위나라와 외교 관계를 맺는 것을 허락할 리 만무합니다.」

문주는 반대 의사를 표명하였다.

「답답하오. 상좌평. 솔직히 우리 제국이 송나라와 외교관계를 맺고 있는 것은 다분히 야마토를 의식한 것이 아니요? 따지고 보면 송나라보다는 위나라와 관계를 맺어야 하는 것이 상책이 아니겠소. 우리의 적은 야마토가 아니라 고구려란 말이요.」

개로대왕의 말은 허언이 아니었다. 야마토가 유송에 수차례 사신을 파견하여 삼한에 대한 영유권을 인정해 달라 하니 백제로서는 유송의 외교에 치중할 수밖에 없었다.

「폐하…!」

「상좌평. 짐의 말이 틀렸소?」

개로대왕은 눈꼬리를 쫑긋 세웠다.

「…」

문주는 침을 꿀꺽 삼켰다.

개로대왕은 문주를 태제가 아닌 상좌평이라 불렀다. 무의식중의 말이지만 문주는 당황하였다. 강독공사를 진두지휘하며 후계자 자리를 굳혔다 믿었는데 자칫 이 일로 인해 또 다시 위치가 흔들릴 수도 있었다.

「상객의 생각은 어떠하오? 짐의 말이 틀렸소?」

개로대왕은 도림을 힐끔 쳐다보았다.

「폐하…!」

도림은 머뭇거렸다. 개로대왕의 질문은 질문이 아니었다. 자신의 의사에 따라달라는 노골적인 압력이었다.

「왜요? 상객의 생각도 상좌평과 같소?」

개로대왕은 틈을 주지 않았다.

「아닙니다. 폐하.」

참으로 난감하였다. 개로대왕의 뜻대로 백제가 북위와 외교관계를 맺는 것은 고구려에게 치명적인 일이었다. 도림은 순간 머릿속이 하얗게 변하였다. 마땅한 묘수가 떠오르지 않았다.

「신은 폐하의 뜻에 전적으로 동의합니다. 다만 이로 인해 고구려를 자극하지는 않을까 심히 염려되옵니다. 고구려에게 어떤 빌미도 명분도 줘선 안 됩니다. 청컨대 반드시 대책을 세우신 연후에 위나라와 외교관계를 추진하는 것이 옳을 듯싶습니다.」

도림은 자신이 한 말을 기억하지 못할 지경이었다.

「고맙소. 역시 상객은 짐의 맘을 알아주는 군요.」

그때 장무가 들어왔다. 말안장 하나를 바치며 북위 사신의 유품 대부분은 분실하였다고 보고하였다.

장무는 문주와 도림에게 고구려와 북위의 어그러진 전후관계를 설명하였다. 아울러 지금이 북위와 외교관계를 맺을 수 있는 적기라 덧붙였다.

「상좌평. 우리 제국은 북방의 강자인 위나라를 소홀히 해왔소. 이는 그동안 우리 외교가 편협하다는 반증이오. 돌이켜보면 우리 외교는 인접 신라에 치중해왔소. 신라와의 굳건한 동맹을 통해 고구려의 남진을 저지하는 것이 우리 외교의 상책이었소. 그러다 보니 우리 외교는 개방적이질 못하고 폐쇄

적이었소. 기껏해야 송나라 정도잖소. 물론 송나라와의 외교관계를 맺는 것이 잘못되었다는 말은 절대 아니오. 상좌평은 위나라와 외교관계를 맺는 것 상상이나 해봤소?」

개로대왕은 하던 말을 멈추고 문주에게 물었다.

「상상조차 못했습니다. 폐하.」

「고구려와 우리 제국이 선대왕들의 불미스러운 일로 견원지간犬猿之間이 된 것은 매우 유감스럽고 안타까운 일이오.」

개로대왕은 잠시 눈을 감았다.

「태제?」

그리고 문주를 태제라 불렀다. 잔뜩 목에 힘을 줬다.

「아무리 생각해봐도 고구려와 관계가 지금 이상으로 발전하기는 어려울 것 같소. 훗날 태제가 보위를 잇게 되면 고구려와 관계를 적극 개선해 보오.」

「폐하의 말씀 깊이 새기겠나이다.」

문주는 안도의 숨을 내쉬었다.

「위나라와 동맹을 체결하게 되면 고구려는 함부로 우리 강토를 침범하지 못할 것이오.」

개로대왕은 주먹을 불끈 쥐었다. 자못 비장하고 엄숙하였다.

「상객?」

「예. 폐하.」

「상객은 위나라사람이 아니오? 태제를 적극 도와 위나라와 외교관계를 맺을 수 있도록 많은 조언도 해주시고 필요한 사항이 있으면 성심껏 지원해주길 바라오.」

「알겠습니다. 폐하의 명 받들겠습니다.」

도림은 자신의 귀를 의심하였다. 색정이나 밝히고 바둑이나 두며 아집은 강하고 귀가 얇은 풋내기 개로대왕이 아니었다. 적어도 지금 이 순간만큼은 오금을 졸이게 하는 백제의 군왕이었다. 역사에 밝고 식견이 뛰어나며 외교에도 남다른 철학을 갖고 있는 개로대왕이었다. 결코 함부로 얕잡아 볼 대상이 아니었다.

어전을 나온 도림은 처소로 향했다. 발걸음이 무거웠다. 그렇다고 손놓고 지켜볼 수만은 없었다. 도림으로서는 공작 수정이 불가피하였다. 백제가 북위와 외교관계를 맺기로 한 결정은 어떤 명분과 논리로도 뒤집을 수 없었다. 그렇다면 고구려의 국익에 손상을 입히지 않는 범위에서 적절한 방해가 필요하였다.

도림은 붓을 들어 죽간을 써내려갔다. 그날 밤 도림은 몰래 왕궁을 빠져나왔다. 도림의 그림자는 민가의 어둠 속으로 사라졌다.

해가 바뀌어 임자년(472) 정초.

북위 효문제에게 보내는 표문表文을 완성하였다.

『신이 동쪽 끝에 나라를 세웠으나 이리와 승냥이 같은 고구려가 길을 막고 있으니 비록 대대로 교화를 받았으나 번병藩屛(왕실이나 나라를 수호하는 먼 밖의 감영이나 병영. 제후국을 칭함.)신하의 도리를 다할 수 없었습니다. 멀리 천자의 궁궐을 바라보면서 달려가고 싶은 생각은 끝이 없으나 북쪽의 서늘한 바람으로 말미암아 대답을 들을 수 없었습니다. 생각하건대 폐하께서는 천명과 조화를 이루고 있으니 존경하는 마음 이루 다 말할 수 없습니다. 삼가 〈관군장군부마도위불사후〉 장사 여례와 〈용양장군대방태수〉 사마 장무 등을 보내어 험한 파도에 배를 띄워 목숨을 자연의 운명에 맡기며 신의 정성을 보내옵니다. 바라건대 천지신명이 감동하고 역대 황제의 신령이 크게 보호하며 이들이 폐하의 거처에 도달하여 신의 뜻을 전할 수 있다면 비록 아침에 듣고 저녁에 죽더라도 길이 여한이 없겠습니다.』

북위에 파견할 사신은 사마 장무와 〈관군장군부마도위불사후冠軍將軍駙馬都尉弗斯侯〉 장사 여례餘禮였다. 여례는 왕족출신으로 개로대왕의 사위인 〈부마도위〉*와 〈불사후〉의 작위를 받았다.

『신과 고구려는 조상이 모두 부여에서 나왔고 선조시대에는 고구려가 옛 정을 굳게 존중하였는데 그의 조상 쇠釗(고국원왕)가 경솔하게 우호관계를 깨고 친히 병사를 거느리고 우리 국경을 침범하였습니다. 신의 선조 수須(근구수왕)가 병사를 정비하여 번개같이 달려가 기회를 틈타 공격하였고 잠시의 싸움에서 쇠의 머리를 베어 효시하였습니다. 이로부터 감히 남쪽을 돌아보지 못하다가 풍씨馮氏(북연)의 운수가 다하자 그의 잔당들이 도망쳐온 이후로 고구려가 차츰 번성해 드디어 우리 백제가 업신여김과 핍박을 당하게 되었습니다. 원한을 맺고 전화戰禍가 이어진지 30여 년이 되었으니 재정은 탕진하고 힘은 고갈되어 나라가 점점 쇠약해졌습니다. 만일 폐하의 인자하신 생각이 먼 곳까지 빠짐없이 미친다면 속히 장수를 보내 우리 백제를 구해 주소서. 그렇게 해준다면 신의 딸을 보내 청소하게 하고 아우를 보내 외양간에서 말을 기르게 하겠으며 한 치의 땅 한 명의 백성이라도 감히 신의 소유로 하지 않겠습니다.』

---

* 〈부마도위駙馬都尉〉는 〈부마駙馬〉라고도 한다. 부마는 원래 천자가 타는 부거副車(예비수레)를 끄는 말이라는 뜻이다. 한漢나라 때 처음 설치된 관직으로 그 말을 맡아 보는 관리를 부마도위라 했다. 부마도위의 봉록이 재상에 버금가자 위魏나라 · 진晉나라 이후에 천자의 딸과 결혼한 사람에 한하여 이 관직을 주었다. 이후 왕의 사위 또는 공주의 남편을 뜻하는 말로 일반화되었다. 《삼국사기/고구려본기》 중천왕 9년(256)에 연나掾那 명림홀도明臨笏覩를 공주에게 장가들게 하여 부마도위로 삼았다는 기록이 처음 등장한다. 백제에는 부마도위 말고도 〈장사長史〉, 〈사마司馬〉, 〈참군參軍〉, 〈태수太守〉 등 중국식 관직이 비유왕 때부터 자주 등장한다.

표문은 장무가 작성하였다.

개로대왕은 표문을 작성하기 전에 네 가지 지침을 내렸다. 첫째, 개로대왕 자신은 최대한 낮출 것. 둘째, 고구려는 의롭지 못한 존재이며 백제는 약자임을 부각시킬 것. 셋째, 역사적인 사실을 인용할 것. 넷째, 동맹을 체결해주면 변방의 나라로써 소임을 다하겠다는 내용이었다.

『지금 연璉(장수왕)은 죄를 지어 나라가 스스로 남에게 잡혀 먹히게 되었고 대신과 호족들의 살육행위가 그치지 않고 있습니다. 그들의 죄악은 넘쳐나서 백성은 뿔뿔이 흩어지고 있으니 지금이야말로 그들이 멸할 시기로서 폐하의 힘을 빌릴 때입니다. 또한 풍족馮族의 병사와 군마는 집에서 키우는 새나 가축이 주인을 따르는 심정을 가지고 있고 낙랑의 여러 군은 고향을 생각하는 마음이 있으니 천자의 위엄이 한번 움직여 토벌한다면 싸움이 벌어질 필요도 없을 것이옵니다. 신이 비록 어리석고 둔하지만 힘을 다하여 우리 병사를 이끌고 위풍을 받들어 호응할 것이옵니다. 또한 고구려는 의롭지 못하여 반역하고 간계를 꾸미는 일이 많으니 겉으로는 외효隈囂(한나라 출신. 배반을 자주하는 인물을 뜻함.)가 스스로 자신을 변방의 나라라고 낮추어 쓰던 말버릇을 본받으면서도 속으로는 흉악한 화란과 행동을 꿈꾸면서 남쪽으로는 유씨劉氏(유송)와 내통하기도 하고 북쪽으로는 연연蠕蠕(유연)과 맹약을 맺어 강하게 결탁하기도 하여 폐하의 정책에 배반을 꾀하고 있습니다. 옛날 요堯 임금은 지극한 성인이었으나 단수丹水에서 묘만苗蠻을 벌주었으며 맹상군孟嘗君은 어질다고 일컬었지만 길가에서 남을 꾸짖기를 외면하지 않았습니다. 한 방울의 흐르는 물도 일찍 막아야 하는 것이니 지금 만약 고구려를 빼앗지 않는다면 앞으로 후회하게 될 것이옵니다.』

표문은 계속되었다.

『지난 경진년(440)에 우리나라 서쪽 경계 소석산小石山 북쪽 바다에서 10

여 구의 시체를 발견하고 의복, 기물, 안장, 굴레 등을 얻어 살펴보니 고구려 물건이 아니었습니다. 후에 들으니 이는 바로 황제의 사신이 우리나라로 오다가 고구려가 길을 막았기에 바다에 빠진 것이라 하옵니다. 비록 자세히는 알 수 없으나 분한 마음을 깊게 품었습니다. 옛날 송宋나라가 신주申舟를 죽이니 초楚나라 장왕莊王이 맨발로 걸었고 새매를 풀어 잡은 비둘기를 요리하니 신릉군信陵君이 식사를 하지 않았습니다. 적을 이기고 이름을 세우는 것은 그지없이 아름답고 훌륭한 일이옵니다. 조그마한 변방의 소국도 오히려 만대의 신의를 사모하는데 하물며 폐하께서는 천지의 기운을 모으고 세력이 산과 바다를 기울일 수 있는데 어찌 고구려와 같은 애송이로 하여금 황제의 길을 막게 하십니까? 이제 북쪽 바다에서 얻었던 안장 하나를 바쳐 증거로 삼고자 합니다.」

사마 장무가 표문 낭독을 마쳤다.

개로왕의 상표문. 총 536자로 구성된 보기 드문 명문이다. 문맥의 대부분은 북위로 하여금 고구려를 공격하도록 부추기는 내용이지만 명분과 도리가 명확하고 논리정연하다. 특히 중국의 옛 역사를 인용하는 부분이 적잖은데 이는 당시 백제인의 지식수준을 알 수 있는 대목이다. 사마천司馬遷의 〈사기史記〉가 읽혀진다.

「짐을 〈신臣〉이라 칭한 것은 과하지 않은가?」

개로대왕이 물었다.

「폐하. 〈신〉의 호칭은 외교상 관례일 뿐이옵니다. 지금 위나라는 황제가 어려 태후 풍씨馮氏가 섭정을 하고 있습니다. 이 점 또한 고려하였습니다.」

당시 북위 효문제는 6살이었다. 태후 풍씨가 섭정을 하였다.

「문맥을 살피니 위나라에게 고구려를 공격하라 부추기는 꼴인데 내용이 너무 노골적이지 않나요?」

「폐하. 처음에는 상좌평과 상의하여 완화된 표현으로 작성하였으나 상객 어른께서 이를 살피시고 약하다 하시며 좀 더 강한 표현을 써야 한다 하셨습니다.」

「상객이?」

「강한 표현을 쓰지 않으면 결코 위나라 왕실과 조정을 움직일 수 없다하였습니다.」

「상객께서 그리 말했다면 그만한 이유가 있을 터…」

개로대왕은 고개를 끄덕였다.

부마도위 장사 여례와 사마 장무가 북위로 떠났다. 개로대왕은 친히 나루까지 나와 사신단을 환송하였다.

「부마의 어깨에 우리 제국의 명운이 달렸음을 명심 또 명심해야 할 것이야. 반드시 위나라와 동맹을 체결하야 하네.」

개로대왕은 여례의 등을 다독였다.

사신단은 베와 비단, 해산물을 싣고 한성을 출발하였다.

가을. 사신단이 돌아왔다. 북위 사신단과 함께 귀국하였는데 북위 사신단 대표는 소안邵安이란 자였다. 소안은 북위 황제의 조서를 개로대왕에게 바쳤다.

「저희 황상폐하와 태상태후 폐하께서는 표문을 받아보시고 기쁜 마음 금할 길이 없다 하셨습니다. 이번 사신단의 교류를 계기로 양국이 선린우호의 영속적인 관계가 이루어지길 기대한다는 말씀 꼭 전해 달라 하셨습니다.」

「고맙소. 소 대인. 짐 또한 거듭 감사의 말씀을 전하는 바이오. 아무쪼록 머무는 동안 좋은 시간 보내길 희망하오.」

북위사신이 물러가자 개로대왕은 좌평들과 도림을 어전으로 불렀다. 여례가 북위 황제의 조서를 낭독케 하였다.

「폐하. 폐하의 올곧은 뜻과 의지가 위나라 왕실과 조정을 움직였습니다. 감축드리옵니다.」

조서낭독이 끝나자 문주가 먼저 입을 열었다.

「감축드리옵니다. 폐하.」

모두 일제히 머리를 숙였다.

「상좌평과 좌평들께서 짐의 뜻을 받들어 주어 오늘 같은 좋은 결과를 얻게 되었소. 이 자리를 빌어서 경들께 고맙다는 말을 전하고 싶소. 특히 부마의 노고가 컸소. 짐은 부마의 공을 잊지 않을 것이오.」

「황공하옵니다. 신은 폐하의 명을 받들었을 뿐이옵니다. 공이라 하심은 받잡기 민망하옵니다. 부디 거두어 주시옵소서.」

여례가 멋쩍은 표정을 지었다.

「허허… 부마의 겸손이 짐을 부끄럽게 만드는 구려.」

「폐하. 아뢰옵기 송구하오나 조서만으로 위나라와 군사동맹이 체결된 것은 아니옵니다. 위나라의 태상태후께서는 고구려의 사정을 좀 더 살핀 후에 군사동맹을 맺자고 하였습니다.」

「고구려의 사정을 좀 더 살피겠다니… 이는 무슨 말이오? 부마도위.」

문주가 여례에게 물었다.

「위나라와 고구려 사이에 틈이 벌어진 것은 사실이옵니다. 그렇지만 고구려는 매년 위나라에 사신을 보내 외교에 총력을 기울이고 있습니다. 이 점은 위나라 태상태후와 조정 또한 잘 알고 있습니다. 위나라는 우리의 제안에 동의하면서도 고구려를 공격할 명분을 찾지 못하고 있습니다. 다시 말하면 좀 더 지켜보자는 의견입니다.」

「부마도위. 우리에게 군사를 준비하여 대기하라고 한 것은 거짓이란 말이요?」

흥주가 끼어들었다.

「아닙니다. 내신좌평어른. 조서의 내용은 한 치의 거짓도 없습니다. 다만 명분을 찾을 때까지는 기다려달라는 것입니다.」

「위나라 입장에서 보면 고구려를 공격할 명분이 생기지 않으면 우리와 군사동맹을 맺지 않겠다는 뜻으로 이해됩니다만…」

흥주의 말에 좌평들이 술렁거렸다.

「내신좌평어른의 말씀이 맞습니다. 선왕들의 불미스런 일로 고구려와 앙숙관계가 되었지만 이는 어디까지나 우리와 고구려의 문제이지 위나라와 고구려의 문제는 아닙니다. 위나라는 명분을 찾게 될 때 우리와 군사동맹을 체결하여 고구려를 협공하자는 겁니다.」

「결국 위나라는 우리 제국의 힘을 이용하자는 것이 아니요?」

「그 판단도 맞습니다. 그렇지만 우리로서는 손해 볼 것은 없습니다. 우리 의 명분이든 위나라의 명분이든 고구려를 징벌하는 것은 마찬가지입니다.」

또 다시 술렁거렸다.

「상객의 생각은 어떠시오?」

개로대왕은 힐끔 도림을 쳐다보았다.

「폐하. 조서의 내용도 부마도위의 말도 모두 옳다고 판단됩니다. 당장은 아니더라도 일단 위나라의 뜻을 확인하였으니 고구려에 대한 징벌은 훗날을 기약해야 하지 않겠습니까?」

「훗날이라… 」

개로대왕의 아미가 흔들렸다.

「지금 백제의 현실로 고구려와 전면전을 펼치기에는 위험부담이 너무 크옵니다. 승리를 장담할 수도 없고요. 이제 폐하의 결단으로 위나라와 외교관계를 맺어 첫 단추를 꿰었으니 위나라와의 군사동맹은 좀 더 상황을 지켜보고 판단하심이 좋을 듯싶습니다.」

「폐하. 태상태후께서 조만간 고구려에 사신을 파견하여 고구려 사정을 재차 살핀 연후에 화답을 주시기로 하였습니다. 상객어른의 말씀대로 좀 더 지켜보심이 가할 듯하옵니다.」

여례가 도림의 주장에 동조하였다.

「알겠소.」

개로대왕은 문주에게 북위 사신단이 백제에 머무르는 동안 성심을 다해 대접하라 일렀다.

문제는 도림이었다. 도림은 북위황제의 조서 내용을 듣고 놀랐다. 도림의 예측과는 달리 북위는 정반대로 화답하였다. 도림이 북위황제에게 보내는 개로대왕의 표문 내용을 강한 방향으로 수정케 한 것은 북위의 거절을 유도하기 위해서였다. 그러나 결과는 조건부 군사동맹 체결이었다. 도림의 머릿속은 또 다시 복잡해졌다. 조건부라 할지라도 백제와 북위와의 군사동맹은 절대로 막아야 했다. 문득 여례의 마지막 말이 떠올랐다. 조만간 위나라에서 고구려에 사신을 파견하여 재차 고구려의 사정을 살핀다는 정보였다. 도림이 다시 한 번 계략을 꾸밀 수 있는 기회였다. 그날 밤 도림은 또 몰래 왕궁을 빠져나왔다.

북위 사신단이 떠나고 한 해가 지났지만 아무런 소식이 없었다. 북위사신도 오지 않았다. 그 와중에 북위사신이 고구려에 파견되어 융숭한 대접을 받고 되돌아갔다는 첩자의 보고가 있었다. 개로대왕은 북위가 약속을 어기고 변절한 것이라 여겨 분개하였다. 그리고 북위와의 군사동맹 체결은 없던 일로 하였다.*

개로대왕은 도림의 계략을 알지 못하였다. 도림은 북위에서 고구려로 사신이 갈 예정이니 어떻게 해서든지 백제로 건너가는 것을 막아달라 장수태왕에게 주문하였다.

* * *

갑인년(474) 10월, 부여왕가 묘역에서 안장식이 있었다. 한강 모래밭에서 수습한 비유어라하의 유골을 능묘에 안치하였다. 개로대왕은 손수 술을 따라 올리며 통한의 눈물을 쏟았다.

「폐하. 부자지간의 의리와 도는 천지의 으뜸이옵니다. 송구한 말씀이오나 선왕의 시신이 구천을 헤매고 있다 들었습니다. 청컨대 선왕의 시신을 찾아 능묘에 올바르게 모시는 것이 도리라 생각됩니다.」

개로대왕을 설득한 사람은 도림이었다.

「상객께서 어찌 이 사실을 알게 되었소?」

---

* 《삼국사기/백제본기》 개로왕조에 개로왕이 북위 효문제에게 보낸 상표문과 효문제의 답서인 조서가 실려 있다. 북위와의 군사동맹 체결을 통해 고구려를 견제하고자 했던 개로왕의 노력을 엿볼 수 있다. '현조顯祖는 고구려왕 연璉에게 조서를 보내 안安 등을 보호하여 백제로 보내도록 하였다. 안 등이 고구려에 이르자 연이 여경餘慶(개로왕)과 원수진 일이 있다하여 동쪽으로 통과하지 못하도록 하였다. 안 등이 모두 돌아가니 곧 고구려왕에게 조서를 보내 엄하게 꾸짖었다. 그 후에 안 등으로 하여금 동래東萊에서 배를 타고 바다를 건너 여경에게 조서를 보내 그 정성과 절조를 표창하게 하였으나 안 등이 바닷가에 이르러 바람을 만나 표류하다 끝내 백제에 도달하지 못하고 돌아왔다.'라고 전하며 왕은 고구려가 자주 침범한다하며 위나라에 표문을 올려 군사를 요청하였으나 들어주지 않자 이를 원망하여 마침내 조공을 중단하였다.라고 기록하고 있다.

「폐하. 낮말은 새가 듣고 밤말은 쥐가 듣는다 했습니다. 비밀이 영원할 순 없습니다. 부디 대왕폐하의 효성이 만백성의 귀감이 된다면 왕실의 홍복일 것이옵니다.」

도림은 동문서답하였다. 도림은 진동으로부터 이 사실을 전해 들었다.

「알겠소. 그렇지 않아도 짐이 내내 마음 한구석이 허전하였소. 며칠 전에는 선왕을 꿈 속에서 뵌 지라 더욱 마음이 무겁소.」

개로대왕은 도림의 말을 좇았다. 그리고 3개월이 지났다.

2년 전이었다.

북위와의 군사동맹을 통해 고구려를 공격하려던 야심찬 계획이 수포로 돌아가자 개로대왕은 낙담하였다. 한동안 정사는 상좌평에게 일임한 채 술과 색으로 소일하였다.

「짐이 한심하죠?」

어느 날 개로대왕은 도림을 불렀다.

「아닙니다. 폐하. 낙담은 심신을 좀먹는 악병이옵니다. 강건하신 용안을 뵈오니 악병을 스스로 떨쳐내신 듯하옵니다.」

개로대왕과 도림의 대면. 이 또한 오랜만이었다. 개로대왕이 침거에 들어가자 도림은 마땅한 계략을 찾지 못하였다.

「상좌평이 정사를 잘 돌보고 있다고요. 상객께서 음양으로 도움을 주고 있다는 말도 들었습니다.」

「송구합니다. 폐하. 신은 하루빨리 지난 일은 훌훌 털어버리고 다시 군왕의 위엄을 보이시기만을 기다리고 있었습니다.」

개로대왕의 침거 기간 동안 도림이 한 일은 백제의 전방 군사배치 상황을 고구려 장수태왕에게 보고한 것이 전부였다. 물론 표면적인 정보도 중요하지만 도림의 임무는 백제의 국력을 와해시키는 근본적인 공작을 계획하고 실행하는 것이었다.

「그래서 상객을 불렀습니다. 짐이 이제 정사를 직접 챙기려 합니다. 가능하다면 새로운 일을 추진해보고 싶습니다.」

개로대왕은 넌지시 의중을 내비쳤다.

개로대왕은 칩거를 끝내며 새로운 일을 찾고 있었다. 이는 도림이 간절히 기다렸던 순간이었다.

「신이 폐하께서 칩거하시는 동안 주변을 짬짬이 살펴보았습니다. 백제는 사방이 모두 산과 구릉과 강과 바다이니 이는 하늘이 만든 것이요 결코 사람의 힘으로 만든 형세가 아니옵니다. 한성만 보더라도 북으로는 강이 가로막혀 있고 남으로는 높은 산이 둘러치고 있으니 천험의 요새라 할 수입니다. 감히 어느 이웃 나라도 넘보기 어렵습니다. 폐하께서는 이처럼 모든 나라가 부러워할 땅을 지배하고 계십니다. 당연히 숭고한 기세와 위엄을 만천하에 보여주셔야 하는데 왕궁은 낡고 성곽은 허물어져 볼품이 없습니다.」

「음…」

개로대왕은 고개를 끄덕였다.

「낡은 왕궁과 성곽을 시급히 보수하는 것이 급선무라 사료되옵니다.」

「상객의 말이 맞소. 짐이 생각해도 왕궁을 방치한 지가 너무 오래되었소.」

개로대왕은 맞장구쳤다.

「이번 기회에 폐하의 기세와 위엄을 만천하에 드러내십시오. 이웃나라들은 폐하를 더욱 받들 것이옵니다.」

도림의 말은 개로대왕의 폐부를 꼭꼭 찔렀다.

「그렇지만 무슨 수로 그 많은 경비를 충당한단 말이요. 내두좌평의 사정도 어려운 것 같은데 또 손을 벌리기가 염치가 없군요.」

개로대왕은 머뭇거렸다.

「연씨가문만이 폐하를 도울 수 있는 것은 아니옵니다. 해씨가문, 진씨가문의 저택은 한결 화려하고 웅장합니다. 국고가 텅 비어도 그들 가문의 곳간은 차고 넘칠 겁니다. 감히 자신들의 배만 불릴 수 있겠습니까?」

「…」

「폐하께서 직접 나서지 마십시오. 결심만 하신다면 신이 이들 가문을 설득하겠나이다.」

개로대왕의 표정이 확 밝아졌다.

「알겠소. 상객께서 나서주신다면 짐은 천군만마를 얻는 셈이요. 상좌평에게 명을 내리도록 하겠소.」

그렇게 해서 한성 왕궁과 왕성 성곽의 보수가 결정되었고 공사는 꼬박 1년이나 계속되었다. 도림이 자신한대로 공사비용은 귀족가문에서 각출하였다. 국고는 텅 빈 채로 백성들 뿐 아니라 귀족들까지도 개로대왕을 원망하였다. 원성은 한성 구석구석으로 퍼져나갔다. 그리고 왕궁과 성곽의 보수공사가 끝나자마자 도림은 비유어라하의 능묘 조성을 주청하였고 개로대왕은 또 이를 받아들였다. 비용은 비유어라하에 대한 원죄가 있는 해씨가문이 추가 부담하였다.

비유어라하의 안장식이 있던 날, 해성이 위사좌평직을 전격 사직하였다. 비용 부담에 대한 반발이었다.

그날 밤.

문주와 좌평들이 해성의 집을 찾았다.

「해도 해도 너무합니다. 폐하께서 우리 귀족가문들과 척을 지려고 단단히 각오를 하지 않은 이상 이렇게까지 하실 수는 없습니다.」

해성이 노골적으로 불만을 토로하였다.

「문제는 폐하가 아니라 도림입니다. 상객의 세 치 혀에 계속 놀아나는 형국입니다.」

진남이 눈꼬리를 세웠다.

「맞습니다. 지난 일을 반추해보니 모두 다 상객의 농간이었습니다. 강독 공사도 이번 궁궐과 성곽 보수공사도 선왕의 능묘 재조성 공사도 하나같이 도림의 입에서 나왔습니다.」

「대관절 상객의 정체가 무엇인지 모르겠습니다. 상객의 농단으로 우리 제국의 앞날이 참으로 위태롭게 되었습니다.」

모두 도림을 성토하였다.

「태제전하. 어찌 전하께서는 아무런 말씀이 없으신지요?」

해성이 문주의 눈치를 살폈다. 문주는 묵묵히 듣고만 있었다.

「모두 다 상좌평인 내가 부덕해서 생긴 일이네.」

문주는 고개를 떨구었다.

「전하의 부덕이라니요? 결코 전하의 부덕이라 할 수 없습니다.」

「그렇습니다. 이는 상객의 농간일 뿐입니다. 더 이상 농간을 부리지 못하도록 대책을 마련해야 합니다.」

「이번 기회에 아예 상객을 몰아내면 어떻겠습니까?」

좌평들은 아랑곳하지 않았다.

「말씀들이 지나치십니다. 몰아내다니요? 이는 자칫 항명으로 비칠 수 있습니다. 부디 냉정을 되찾읍시다.」

문주는 진담을 뺏다.

항명이란 말에 좌평들은 일제히 입을 닫았다. 잠시 침묵이 흘렀다.

「드릴 말씀이 있습니다.」

연건이 입을 열었다.

「그렇지 않아도 상단수하로 하여금 상객에 대해 알아보았습니다. 수하의 말로는 위나라에 도림이라는 승려는 없었습니다.」

「위나라 사람이 아니란 말입니까?」

「여러 번 확인해 보았지만 위나라 승려 중에 도림을 아는 사람은 없었습니다.」

「그렇다면 정체는 무엇입니까? 상객 스스로 자신이 위나라출신이라 하지 않았습니까?」

연건의 정보에 좌평들이 동요하였다.

「출신이 불명확하다. 혹시…?」

「고구려 첩자라도 된다는 말씀입니까?」

「그럴 수도 있지 않겠습니까? 정말 첩자라면 적국인 고구려말고는 달리 생각할 수 없습니다.」

결국 도림이 고구려 첩자일수도 있다는 판단으로 발전하였다.

「그만하십시다. 폐하의 신임이 워낙 두텁다보니 좌평들께서 잠시 냉정을 잃은 듯합니다. 내두좌평께서도 무리한 일을 하셨습니다. 이 정도에서 덮도록 하십시다. 외부의 적보다 내부의 분란이 자멸을 초래한다는 것은 누구나 아는 상식입니다. 이는 우리 제국의 앞날을 위해서도 결코 바람직하지 않습니다.」

문주는 서둘러 덮었다. 도림에 대한 의구심이 없진 않았지만 자신마저 냉정을 잃을 순 없었다. 자칫 도림에 대한 부정이 개로대왕에 대한 불충으로 이어질 수 있었다. 이는 개로대왕에게도 문주에게도 결코 득이 될 수 없었다.

「위사좌평. 폐하의 해씨가문에 대한 신뢰는 변함이 없습니다. 잠시 서운하다하여 사직을 하면 어떡합니까? 가문을 위해서라도 사직을 반려하는 것이 순리일 듯싶습니다.」

문주가 넌지시 해성의 눈치를 살폈다.

「태제전하. 정말 폐하께 서운합니다. 저희 가문이 부여왕가를 한성의 새 주인으로 떠받쳐 온지 어언 40여년이 지났습니다. 오늘처럼 저희 가문을 힘들게 만든 적은 없었습니다.」

「압니다. 잘 압니다. 태제인 저도 해씨가문의 도움이 없었다면 언감생심 태제가 될 수 있었겠습니까? 폐하께 잘 말씀드릴 터이니 제발 노여움을 푸시고 사직을 거두어 주세요.」

문주는 사직반려를 권하였다.

「전하의 말씀을 따라주시지요. 위사좌평어른. 조정에 해씨가문이 없는 것은 상상조차 할 수 없습니다. 저희 진씨가문과 다른 가문들도 생각해주셔야지요.」

진남이 거들었다.

해씨가문과 진씨가문. 두 가문은 조정을 떠받치고 있는 양대 축이었다. 부여왕가의 권력 독점을 견제할 수 있는 유일한 가문이었다. 두 가문은 서로 경쟁하는 사이지만 한 축의 붕괴는 결코 바람직하지 않았다. 한 가문이 홀로 부여왕가를 대적할 수 는 없었다.

그럼에도 해성은 묵묵부답이었다.

며칠 후 개로대왕이 친히 해성의 집을 찾았고 해성은 위사좌평에 복귀하였다.

을묘년(475) 2월, 고구려 장수태왕이 황산黃山에서 전 군대를 소집하고 사열하였다. 장수태왕은 화덕華德을 정남대장군으로 백제 망명객인 재증걸루와 고이만년을 향도嚮導로 삼아 선봉에 세우고 대대적인 군사훈련을 실시하였다.

이 사실은 백제조정에 긴급 보고되었지만 개로대왕은 오히려 태연하였다.

「폐하. 이번 사열과 훈련에 전과 달리 대대적으로 실시하였다 하옵니다. 특단의 대비책을 세워야 합니다.」

좌평들이 급히 어전을 찾았다.

「상좌평께서 병관좌평을 겸하고 계시니 북방경비를 튼튼히 하라 군령을 내리세요.」

개로대왕 명은 짤막하였다.

「폐하. 경비강화 군령은 당연한 것이옵니다. 보다 철저한 대비책을 … 」

「…」

개로대왕은 손사래를 쳤다.

개로대왕이 고구려 장수태왕의 행동을 가볍게 판단한 것은 다음 세 가지 이유였다. 개로대왕이 등극한 이후 지난 15년 동안 단 한 차례도 고구려가 백제를 침공한 사실이 없었다는 것이 하나요. 장수태왕의 나이가 80을 넘긴 고령인지라 아무리 건강하더라도 백제 침공과 같은 무리수를 둘만한 혈기가 없다는 것이 둘이요. 셋은 도림의 말에 근거하였는데 한성 북쪽을 가로막고 있는 한강이 버티고 있는 한 고구려의 어떠한 공격에도 한성은 절대 안전하다는 판단이었다.

좌평들을 물리친 개로대왕은 도림을 불렀다. 홀로 바둑판 위에 흑돌과 백돌을 놓았다. 잠시 후 치러질 도림과의 대국에 전의를 불태웠다.

「폐하. 상객께서 처소에 안계십니다. 처소나인의 말이 벌써 이틀째 부재중이라 하옵니다.」

어전나인이 돌아와 도림의 부재를 알렸다. 개로대왕은 미간을 찌푸렸다.

같은 시각.

좌평들의 얼굴은 자못 심각하였다.

「큰 일 입니다. 아무래도 사달이 나도 크게 날 듯 한데 폐하께서는 너무도 태연하십니다.」

「고구려가 침공할 것이라는 소문이 크게 돌고 있습니다. 벌써 한성을 떠나는 백성들도 있다 합니다.」

「병사들도 말이 아닙니다. 탈영병이 늘고 있습니다. 엄한 군율로 막고 있으나 계속 탈영병이 생기고 있습니다.」

「한마디로 총체적인 난국입니다.」

좌평들은 나름 사정들을 늘어놓으며 혀를 내둘렀다.

「태제전하. 폐하는 차치하더라도 조정차원에서 대비책을 마련해야 하지 않겠습니까?」

진남이 문주의 시선을 잡았다.

「대비책이요? 지금 상황에서 대비책을 세울 수 있겠습니까? 국고는 텅 비고 민심이 극도로 이반하는 데 달리 무슨 대비책이 있을 수 있단 말입니까?」

해성이 기를 찼다.

「태제전하. 송구한 말씀이오나 신라에 도움을 청해보심이 어떻겠습니까?」

연건이 문주에게 넌지시 물었다.

「그렇습니다. 우리는 신라의 요청이 있을 때마다 모두 들어주었습니다. 의박사도 보내고 말도 보내고 진경박사도 조건 없이 보내주었습니다. 이런 어려운 때를 대비하여 동맹을 맺은 것이 아니겠습니까?」

「신라뿐 아니라 모한의 좌현왕께도 도움을 청해야 합니다.」

궁하면 지푸라기라도 잡는 법이었다.

좌평들은 내부적으로 마땅한 대비책을 세울 수 없게 되자 시선을 외부로 돌렸다.

「좋습니다. 신라에 도움을 청합시다. 이를 폐하께 주청하겠습니다. 우선 급한 대로 좌현왕께 급히 연락을 취해 만일의 사태에 대비하여 군사를 최대한 모으고 대기하라 합시다.」

묵묵히 듣고만 있던 문주는 좌평들의 의견을 받아들였다.

그때 숙위군 한 사람이 급히 들어 해성에게 귓속말을 하였다. 해성이 눈을 휘둥그레 떴다.

「내 그럴 줄 알았어. 꼬리가 길면 잡히는 법… 상객이 고구려 첩자임이 확인되었습니다.」

해성이 벌떡 일어났다.

「태제전하. 폐하께 보고를 드려야 하겠습니다. 같이 가시지요. 다른 분들은 잠시 기다려 주십시오. 보고 후 자세히 말씀드리겠습니다.」

해성과 문주가 나자가 좌평들은 아연실색한 표정으로 술렁였다.

개로대왕의 어전.

「뭐라? 한 치의 거짓 없는 사실이렷다.」

해성의 보고를 받은 개로대왕은 풀썩 주저앉았다.

「대왕폐하. 신이 어찌 거짓을 아뢰겠습니까? 도림이 고구려 첩자임이 명백합니다. 당장 잡아들여야 합니다.」

해성은 사직파동을 겪으면서 연건의 정보를 흘려듣지 않았다. 은밀히 숙위군을 붙여 도림을 감찰하였다. 며칠 전 도림이 어둠을 틈타 왕궁 밖으로 출타하자 숙위군이 뒤쫓았다. 도림이 접선하는 민가를 확인하고 다음날 급습하여 젊은 부부를 추포하였다. 젊은 부부는 도림이 가져다준 정보를 고구

려에 넘기는 전달책이었다. 뜻밖의 사실이 확인되었다. 도림은 일반 첩자가
아니라 장수태왕이 직접 파견한 고등첩자였다.

「폐하… 당장 추포할 수 있도록 명을 내려주소서.」

개로대왕의 얼굴이 새하얗게 변했다.

「위사좌평. 이미 한성을 빠져나간 듯싶다. 나인에게 물으니 이틀 전부터
처소로 돌아오지 않고 있다 하더라. 이 자를 당장… 당… 장…」

개로대왕은 채 말을 잇지 못하고 쓰러졌다.

나인이 개로대왕을 급히 침전으로 옮겼다. 의박사가 들어 용태를 살폈다.
의박사는 일시 충격으로 잠시 혼절한 것이라며 곧 깨어날 것이라 하였다.

「당장 추적군을 보내 도림을 생포해 오게.」

문주가 명을 내렸다.

어둠의 이내가 창가를 넘어오자 나인이 침전에 불을 밝혔다. 개로대왕은
몇 시간째 혼절한 상태였다. 문주와 대후 두 사람이 자리를 지켰다.

개로대왕이 눈을 떴다. 대후가 눈물을 흘렸다.

「태제.」

가냘픈 목소리였다.

「짐이 돌이킬 수 없는 대죄를 짓고 말았구나. 죽어서 어찌 아바마마를 뵐
수 있겠느냐?」

개로대왕의 눈가에 눈물이 고였다. 눈자위를 타고 소리 없이 흘러내렸다.

「폐하. 심약한 말씀은 거두어 주시옵소서. 이 정도의 일로 무너지실 폐하
가 아니십니다. 부디 마음을 굳건히 하시옵소서. 위사좌평이 직접 추적군을
이끌고 도림을 쫓고 있으니 반드시 잡아올 것입니다.」

문주는 개로대왕의 손을 꼭 잡았다.

「잡아오면 뭐하겠느냐? 이미 엎질러진 일인 걸.」

개로대왕은 고개를 돌리더니 눈을 감았다. 그리고 다시 잠에 들었다.

개로대왕의 자리보전이 길어졌다. 달포가 지났지만 개로대왕은 침전에서 나오지 않았다. 해성은 도림을 잡지 못하고 돌아왔다.

5월, 모한의 여예 좌현왕이 보낸 1천 병력이 한성에 도착하였다. 인솔자는 조미걸취였다. 적은 수의 병력이었지만 조정은 한 숨을 돌렸다. 문주는 신라에의 청병을 보류하였다. 때마침 달갑지 않은 소문이 들려왔다. 신라 자비마립간이 일모, 사시, 광석, 답달, 구례, 좌라 등 여섯 개 성을 쌓아 백제 유민을 차단한다는 소식이었다. 문주는 입술을 깨물었다.

농사준비로 한창 바빠야 할 들녘은 사람이 드물었다. 한성도 마찬가지였다. 도로는 한적하고 상점은 반수 이상이 문을 닫았다. 병사들만이 도로를 오고갈 뿐 백성들의 모습은 눈에 띄게 줄었다. 아예 집을 버리고 산 속으로 들어가 숨어 지내는 사람도 있고 따로 한성 근처에 토굴을 마련하고 하루에도 서너 번씩 집을 왔다 갔다 하는 사람도 있었다.

한성은 폭풍전야처럼 고요했다.

개로대왕이 자리를 털고 일어났다. 미복차림으로 부여왕가의 묘역에 다녀온 개로대왕은 내신좌평을 불렀다. 문주에게 보위를 양위한다는 조서를 내렸다.

「대왕폐하. 태제에게 보위를 양위하시겠다는 명을 거두어 주시옵소서.」

「대왕폐하. 이는 있을 수 없는 일이옵니다. 명을 거두어 주시옵소서.」

「대왕폐하. 선대로 이런 일은 없었습니다. 명을 거두어 주시옵소서.」

문주와 좌평들, 관부 수장들이 어전 뜰에 모였다. 모두 무릎을 꿇은 채 뙤약볕 아래에서 양위의 부당함을 주청하였다. 때 아닌 함성이 왕궁을 울렸다.

참으로 어처구니없는 일이었다. 고구려가 언제 쳐들어올지 모르는 절체절명의 위기상황에서 개로대왕은 양위의 패를 꺼내들었다. 개로대왕의 양위는 나름 명분이 있었다. 군왕으로써 백성을 제대로 살피지 못하였고 더구나 나라를 누란에 빠트렸으니 군왕의 수명을 다했다는 명분이었다.

　왕이 살아생전에 양위한 전례는 없었다. 그렇게 이틀이 지났다. 개로대왕은 양위조서를 철회하지 않았다. 신료들은 심신이 지쳐갔다. 급기야 원로들이 나섰고 개로대왕을 적극 설득하였다. 마침내 개로대왕은 양위조서를 거두었다.

　「참으로 대왕폐하는 대단한 분이시네. 언제 이런 통치술까지 체득하셨는지 우리 태제전하만 불쌍하게 되었구먼.」

　개로대왕을 설득한 진동이 혀를 차며 문주에게 한마디 건넸다.

　한차례 양위파동을 겪고 나서 개로대왕은 정사에 복귀하였다. 문주는 상좌평직과 병관좌평직을 사임하였다. 양위파동의 결과였다. 개로대왕은 좌평들의 인사이동을 단행하였다. 내신좌평 흥주를 상좌평에 임명하고 내신좌평에는 위사좌평 해성을 임명하였다. 문주가 겸했던 병관좌평에는 내법좌평 진남을 임명하고 한성 호성군 총사령을 맡겼다. 공석이 된 위사좌평과 내법좌평은 해씨가문과 진씨가문의 사람이 승계하였다. 결국 양위파동은 문주의 조정관직을 빼앗는 결과를 낳았다. 문주는 태제자리를 지키는 것으로 만족하였다.

　문주는 자택에 틀어박혀 칩거하였다. 해가 떨어질 무렵이었다.

　「태제전하. 그간 강녕하셨습니까?」

　목협만치가 찾아왔다.

　「이게 얼마만이요? 참으로 반갑소.」

문주는 버선발로 맞이하였다.

「전하와 대왕폐하의 명을 받고 돌아왔습니다.」

전하는 곤지를, 대왕폐하는 야마토 웅략대왕을 가리켰다.

「형님과 대왕폐하께서도 강녕하시지요?」

「두 분 모두 강녕하십니다. 전하와 대왕폐하께서는 백제가 누란에 처했다는 소식을 접하고 깊은 우려를 표명하셨습니다. 특히 전하께서는 며칠 동안 곡기마저 끊으시고 통분하셨습니다.」

「형님은 그러고도 남을 분이시지. 내 형님의 성정은 누구보다 잘 알지. 암 잘 알고말고. 나라가 위기에 빠졌는데 불구경만 하고 있을 분이 절대 아니지.」

문주는 고개를 끄덕였다.

「태제전하. 야마토 대왕폐하께서는 백제를 위협하는 세력은 결코 좌시하지 않겠다고 말씀하시며 백제가 원한다면 항시라도 파병하겠다는 뜻을 밝혔습니다.」

「정말인가?」

문주가 환한 표정으로 되물었다.

「그렇습니다. 야마토 대왕폐하의 의지는 확고하십니다. 양국이 형제의 우호를 다지는 것은 불변의 대업이라 하셨습니다. 백제가 위기에 빠졌는데 이를 보고만 있는 것은 대죄를 짓는 것이라고까지 말씀하시며 신속히 원군을 보내겠다 하셨습니다.」

「그래… 그렇지. 우리 백제와 야마토는 분명 형제국이지. 내가 이를 망각하고 있었네. 야마토의 존재를 까마득히 잊고 있었어. 참으로 어리석었네.」

문주는 머리를 쥐어짰다.

다음날, 목협만치와 문주는 개로대왕을 알현하였다.

목협만치는 곤지와 웅략대왕의 뜻을 개로대왕에게 전달하였다.

「대왕폐하. 전하께서 고구려 침공을 막을 수 있는 방책을 꼭 전달하라 하셨습니다.」

목협만치가 입을 열었다.

「방책?」

「전하께서는 고구려가 한성까지 다다를 수 있는 방법은 두 가지가 있다 하셨습니다. 하나는 서북쪽의 경로로 패浿강(예성강)와 호로瓠瀘강(임진강)을 관통하는 평야지대를 통과하여 곧장 내려오는 경로와 또 하나는 북쪽의 산악지대로 우회하여 내려오는 경로가 있다 하셨습니다. 그렇지만 두 번째 경로는 산의 지세가 험하고 매복의 위험이 있어 고구려 기병이 활동할 수 없으니 필경 첫 번째 평야지대를 관통하는 경로로 침공해 올 것이라 하셨습니다.」

「음…」

개로대왕은 고개를 끄덕였다.

「전하께서는 최전방인 석현石峴성(황해도 개풍지역)과 청목靑木성(황해도 송악산)만 굳건히 지킨다면 적이 패강浿江을 건너더라도 석현성과 청목성 양쪽에서 적을 협공할 수 있으니 함부로 전진하지 못할 것이라 하셨습니다. 설사 두 성이 적에게 떨어지더라도 호로강 하류의 쌍현雙峴성(경기 장단)을 반드시 통과해야 하니 쌍현성에 전력을 집중하면 능히 적을 막아낼 수 있을 것이라 하셨습니다. 특히 호로강 하류는 강폭이 커 도강하기 어려우니 쌍현성과 더불어 주변성에도 전력을 강화한다면 호로강에서 능히 적을 패퇴시킬 수 있다 하셨습니다.」

「참으로 훌륭한 방책이로다.」

개로대왕은 무릎을 딱 쳤다.

「짐이 해부의 반대를 무릅쓰고 청목령에 목책을 설치하고 쌍현성을 수리하여 군사를 추가로 배치하지 않았더냐. 이는 목협 장군도 잘 알 터…」

개로대왕은 기유년(469) 8월 대방공격 실패 이후 북쪽 접경지역을 보강한 일을 상기시켰다.

「폐하의 선견지명이십니다.」

문주가 맞장구를 쳤다.

「대왕폐하. 전하께서는 적이 쌍현성에서 패퇴하더라도 물러나지 않고 도강이 쉬운 호로강 상류지역으로 우회할 수도 있다 하셨습니다. 만약을 대비하여 육계六溪성(경기 파주 적성)과 칠중七重성(경기 파주 적성)의 방비도 철저히 하라 당부하셨습니다. 또한 어떤 일이 있어도 강 건너 아단阿旦성(서울시 광진구) 만큼은 적에게 내주지 말라 하셨습니다.」

「잘 알겠노라. 아우의 방책대로 할 것이다.」

개로대왕은 창문을 열고 멀리 서쪽하늘을 쳐다보았다.

「아우가 짐을 잊지 않고 있었구나. 짐이 힘이 없어 아우의 야마토행을 막을 수 없었는데 아우는 짐을 잊지 않고 있었어. 이처럼 어려운 때 아우가 짐의 곁에 있었다면 그깟 고구려는 손톱만큼도 걱정을 안했을 텐인데 아우가 보고 싶고 너무도 그립구나.」

개로대왕의 혼잣말이었다. 개로대왕의 마음속의 말이었다.

개로대왕은 병관좌평 진남을 불러 목협만치가 전한 곤지의 방책을 적극 반영하여 대비책을 철저히 강구하라 명하였다.

한성의 몰락

을묘년(475) 7월, 고구려가 전격적으로 침공하였다.

고구려 장수태왕은 주유朱留궁으로 갔다가 황산으로 돌아와 광개토태왕 사당에 제를 올리고 검을 빼들었다.

「선제께서는 고국원왕께서 당하신 치욕을 씻고자 하셨으나 하늘이 선제의 수명을 여유있게 주지 않아 그 뜻을 이루지 못하였다. 짐은 선제의 유훈을 받들어 군사를 키우며 복수의 기회를 기다려왔다. 이제 그 때가 되었다. 짐이 들으니 백제 해골들은 물 건너 도망가고 신라왕 자비는 몸을 잔뜩 사리고 국경에서 한발 짝도 나오고 있지 않다 한다. 민심은 암암리에 천심을 살피는 것이니 이제 경사(개로대왕) 놈은 스스로 무덤을 파는 가을을 맞게 될 것이다.」

장수태왕은 백발 수염을 휘날리며 쩌렁쩌렁한 목소리로 일갈하였다.

모두가 장수태왕을 연호하였다.

「짐은 정남대장군 화덕에게 3만의 정예 군사를 맡길 것이니 즉시 출정하라. 백제를 정벌하여 짐과 선제의 숙원을 풀어주길 바란다.」

장수태왕은 친히 화덕에게 어검을 하사하며 출진을 명령하였다. 화덕이 어검을 높이 쳐들자 모두 하늘이 떠나갈 듯 함성을 질렀다. 붉은 깃발이 황산 벌판을 가득 메웠다. 선봉부대는 백제 망명객인 재증걸루와 고이만년 두 사람이 이끌었다. 향도鄕導였다.

병관좌평 진남이 고구려의 침공소식을 알렸다.

「올 것이 왔구나.」

개로대왕은 담담하였다.

10일 전, 7월 침공설이 확산되는 가운데 고구려 병력이 3만의 정예 보기군(보병, 기병)이라는 첩보가 개로대왕과 백제조정에 보고되었다.

「3만이라… 3만이라… 」

개로대왕은 한숨을 푹푹 내쉬었다.

「폐하. 우리 군사로는 계란으로 바위를 치는 격이옵니다. 우리 군사는 모두 합쳐도 채 1만이 되지 않습니다. 한성 호성군은 모한에서 보내온 1천의 병력을 합쳐도 3천이요, 핵심 거점인 쌍현성에 2천, 그나마 나머지 병력은 수백 명 단위로 여러 성에 분산되어 있습니다.」

급히 어전회의가 열렸다.

고구려 병력 3만은 대규모였다. 정면승부를 펼친다 해도 1대3이니 승리는 어려웠다. 더구나 백제 병력은 여러 성에 분산되었다.

「폐하. 당장 신라와 야마토에 청병을 해야 합니다. 모한에도 추가병력을 요청하고요.」

진남이 사태의 심각성을 알렸다.

「목협 장군의 생각은 어떠하오.」

개로대왕이 물었다.

「신의 생각도 병관좌평어른과 같습니다. 당장 숫자도 문제이지만 사기가 떨어져 더 큰 문제입니다. 전방을 둘러보니 성주와 군사들 모두 고구려 보기군을 겁내고 있었습니다. 싸워보지도 않고 벌써 패배의식에 젖어 있었습니다. 다행히 쌍현성만은 성주이하 전 장병이 똘똘 뭉쳐 사기가 충천하였습니다.」

「폐하. 여예 좌현왕께서 군사를 추가 모집하고 있습니다. 3천은 즉시 동원할 수 있습니다.」

조미걸취가 모한의 추가 병력동원을 알렸다.

「태제의 생각은 어떠하오?」

「지금 상황으로서는 신라만이 대규모 병력을 지원해 줄 수 있을 것 같습니다.」

문주는 내심 후회하였다.

상좌평으로 있으면서 신라에 청병을 서두르지 않았던 자신의 결정이 화근이 된 것 같아 내내 무거웠다.

「신라가 1만은 지원해 줄 수 있을까요? 짐이 듣기에 자비마립간은 곳곳에 성을 쌓고 있다 들었소. 분명 백성을 동원하여 공사를 진행했을 텐데…」

개로대왕은 머뭇거렸다.

문득 자신이 벌였던 여러 공사들이 떠올랐다. 결국 공사는 백성에게 부담만 안겨주었다.

「반드시 1만은 지원받을 수 있도록 하겠습니다.」

「목협 장군. 야마토에 요청하면 어느 정도 보내 줄 수 있을 것 같소?」

「1만입니다. 폐하. 1만은 즉시 파병하시겠다 하였습니다.」

어전회의는 자연스레 청병으로 의견이 모아졌다.

「신라로부터 1만, 야마토로부터 1만, 모한의 3천을 합하면 2만 3천이군요. 이 정도면 우리 군사 1만까지 합한다면 고구려가 아무리 강하다 해도 해볼만 하겠군요.」

「폐하. 참으로 용명하십니다.」

진남이 적극 환영하였다.

「아… 아니요. 병관좌평. 짐 또한 이를 생각 안한 것은 아니요. 만약 외부의 지원을 받는다면 야마토와 모한은 차치하더라도 신라에는 모종의 배상을 해야 할 것이오. 짐은 그것이 싫었소. 고구려가 쳐들어온다 해도 1만 정도로 생각하였소. 3만이라 하니 놀라울 뿐이요.」

「폐하?」

「좋소이다. 지원받도록 하십시다.」

전격적으로 청병을 결정하였다. 개로대왕은 신라에는 문주를, 야마토에는 목협만치를, 모한에는 조미걸취의 파견을 명하였다.

회의가 끝나자마자 세 사람은 떠날 채비를 하고 다시 어전을 찾았다.

「짐이 참으로 옹졸하였다. 고구려 침공을 뻔히 알면서도 너무 안일하게 대처했구나. 참으로 후회막급하다. 그대들의 어깨에 제국의 명운이 달려 있다. 하루라도 빨리 짐과 백성들에게 좋은 소식을 전하라.」

개로대왕의 기세와 권위는 꺾일 대로 꺾였다. 한 사람 한 사람씩 손을 꼭 부여잡고 신신당부하였다.

개로대왕은 문주를 따로 불렀다.

「태제. 아니 아우야. 내가 어리석고 현명하지 못하여 간사한 자의 말을 믿었다가 종묘사직마저 위태롭게 만들었구나. 백성은 쇠잔하고 병사는 약하니 오늘처럼 위급한 상황에 어느 누가 나를 위해 힘껏 싸워주겠느냐?」

개로대왕은 눈시울을 붉혔다.

「폐하… 어찌 또 심약한 말씀을 하십니까?」

「아니다. 나는 마땅히 죽어야 하겠지만 너는 꼭 살아야 하느니라. 이는 왕의 명이 아니라 형의 마지막 부탁이다. 부디 내가 잘못되더라도 슬퍼하거나 노여워하지 말고 왕통을 잇도록 하여라.」

「폐…하…」

문주는 풀썩 꿇어앉았다. 그리고 하염없이 눈물을 쏟았다.

개로대왕은 문주를 일으켜 세웠다.

「떠나거라.」

그리고 뒤돌아섰다.

「폐하. 부디 옥체를 보존하소서. 신이 꼭 신라 원군을 데려오겠나이다.」

개로대왕은 문주의 뒷모습을 물끄러미 바라보았다. 문주가 가던 길을 멈추고 뒤돌아섰다. 개로대왕은 어서 가라 연신 손짓하였다.

하늘엔 구름 한 점 없고
용마루 치미에 걸린 해는 갈 곳을 몰라 하네
전돌 위로 파란 하늘을 펼쳐 놓았건만
짹짹대던 참새마저 온데간데 없네.
모두가 떠나고 덩그러니 홀로 남은 왕궁 전각.
바람 한 결 찾아와 속절없이 여울을 만드네.

개로대왕은 시 한 수를 읊어 애달픈 심정을 달랬다.

고구려군은 패강을 건너 청목성과 석현성을 일거에 함락하고 여세를 몰아 쌍현성까지 돌진하여 백제군과 대치하였다. 이 전황은 급히 개로대왕에게 보고되었다. 때마침 모한의 추가병력이 북진하고 있다는 반가운 소식이 전해졌다. 그러나 문주와 목협만치로부터는 아무런 소식이 없었다.

* * *

문주는 뒷짐을 진 채 홀로 마당을 걸었다. 벌써 몇 번을 돌고 돌았던지 마당 가장자리를 따라 길이 났다. 신관잡판神官匝判 보신宝信의 저택이었다. 문주는 걸음을 멈췄다.

「전하. 곧 비가 올 듯합니다. 안으로 드시지요?」

한 여인이 다가왔다.

하늘은 먹구름이 가득 끼어 잔뜩 찌푸렸다. 당장이라도 비가 쏟아질듯 어두웠다.

「잡판어른께서 퇴청한다는 연락은 없었지요?」

문주가 여인에게 물었다. 여인은 고개를 가로저었다. 살짝 감은 눈자위 위로 기다란 검은 속눈썹이 총총히 치켜 올랐고 오뚝 솟은 콧날은 굴곡 없이 아래로 쭉 뻗었다. 자그마한 입술은 빨갛게 물들고 양 볼의 보조개는 수줍음을 탔다. 어여쁘고 아리따운 얼굴이었다. 보신의 딸 보유宝留였다.

문주가 방 안으로 들어가자 보유는 손수 신발에 붙은 흙덩이를 훌훌 털어냈다.

번개가 치더니 천둥소리가 우렁치며 장대비가 쏟아졌다.

1주일 전이었다.

「마립간. 순망치한唇亡齒寒입니다. 입술이 없으면 이가 시린 것은 당연한 이치입니다. 원컨대 마립간께서 누란에 처한 우리 백제를 굽어 살펴주시옵소서.」

문주는 개로대왕의 친서를 신라 자비마립간에게 올렸다.

「알겠소. 태제. 백제의 사정은 익히 알고 있습니다. 순망치한. 귀국과 우리 신라와의 관계에 합당한 표현입니다. 전적으로 동감합니다. 과인이 신료들과 상의해서 결과를 알려주겠습니다.」

자비마립간의 답변이었다.

그리고 문주는 보신의 집에 머물렀다. 객관이 아닌 잡판댁에 문주의 처소를 정한 것은 백제 태제 신분을 고려한 자비마립간의 배려였다.

1주일이 훌쩍 지났다. 그러나 어찌된 영문인지 자비마립간으로부터 아무런 연락이 없었다. 문주는 보신의 집에 틀어박혀 유배 아닌 유배생활을 하였다.

아침 일찍. 보신이 등청하며 오늘은 결판날 것이라 귀띔하였다. 그래서 문주는 반 나절 내내 마당을 서성이며 보신을 기다렸다.

「전하. 고구려가 백제를 침공했다 하옵니다.」

퇴청한 보신의 일성이었다.

「… ?」

문주는 눈앞이 캄캄하였다.

「3만이라 합니다. 정말 대규모 병력입니다. 거련이 단단히 각오하고 이리의 속내를 드러낸 듯합니다. 참으로 걱정입니다.」

「잡판어른. 원군은 결정되었습니까?」

문득 개로대왕의 얼굴이 떠올랐다. 하루라도 빨리 신라 원군을 데리고 돌아가야 했다.

「전하께서 요청하신 대로 대략 1만의 군사를 준비할 생각입니다. 다만 일부 잡판들이 농사철인지라 병력동원이 쉽지 않다 하여 조율이 필요합니다.」

「잡판어른. 고구려가 침공했다면 한시가 급합니다. 혹 반대하시는 잡판들은 제가 직접 만나보겠습니다.」

「아닙니다. 전하. 파병을 반대하는 것이 아니고 규모를 축소해야 한다는 의견입니다. 이는 우리 조정의 문제입니다. 다소 시간이 지연되더라도 제대로 된 지원이 되어야 하지 않겠습니까? 조금만 더 기다려 주십시오. 반드시 좋은 결과를 맺도록 하겠습니다.」

「알겠습니다. 제가 급한 마음에 실수를 했습니다.」

문주는 당황하였다. 파병규모 축소를 파병 반대로 잘못 이해할 정도였다.

「전하의 심정 충분히 이해합니다. 전하께서 마립간께 말씀하신 순망치한이란 말. 우리 신료들도 깊이 동감합니다. 오래 전 거련이 우리 실직성을 공격하였을 때 백제가 도와주지 않았습니까? 비록 성을 고구려에 빼앗기기는 하였으나 마립간께서는 백제의 신속한 원군 파병에 감사하고 있습니다.」

무신년(468) 고구려 장수태왕은 말갈 1만을 동원하여 신라의 실직悉直성(강원도 삼척)을 공격하였다. 고구려의 대병력 앞에 신라는 실직성을 순식간에 내주었다. 당시 백제 원군은 1천이었다. 신라는 최소 3천을 요청하였으나 백제의 사정이 여의치 않았다.

「아닙니다. 저희가 좀 더 많은 병력을 보냈다면 충분히 성을 되찾을 수도 있었을 텐데…」

문주는 말을 하다말고 머뭇거렸다.

당시 백제 원군은 너무 적은 숫자였다. 신라 지휘부는 백제 원군이 도착하였지만 실직성 탈환을 포기하였다. 고구려 말갈 1만을 이길 수 없다고 판단하였다.

「백제가 원군을 보내준 것만으로도 거련은 놀랐을 겁니다. 우리 신라와 백제의 관계가 결코 뗄 수 없는 끈끈한 동맹관계임을 밝힌 것이니까요.」

「고맙습니다. 잡판어른만큼 우리 백제에 대해 깊은 애정을 가져주시는 분이 어디 있겠습니까?」

보신은 친백제파였다.

문주는 친모 주周씨가 신라왕녀인 까닭에 신라와는 태생적으로 연결되었다. 어린 시절 몇 번 신라를 방문하면서 보신을 알게 되었다. 이번에 보신의 집에 머무르게 된 것도 과거의 인연 때문이었다. 문주는 경황이 없는 와중에도 보신에게 줄 선물을 따로 준비하였다.

보유가 저녁밥상을 들고 들어왔다.

「전하께서 불편하지 않도록 적극 보필해라 일렀는데 여식이 결례를 범했다면 용서하소서.」

보신이 넌지시 말을 놓았다.

보유를 쳐다보는 문주의 눈길이 예사롭지 않았다.

「아… 아닙니다. 보유낭자의 세심한 배려에 감사할 뿐입니다.」

식사를 마치자 보유가 찻잔을 들고 다시 들어왔다. 보신 옆에 다소곳이 앉았다.

「시집보낼 나이가 되었는데 마땅한 혼처를 구하지 못하고 있습니다. 아비로서 맘이 무겁습니다.」

문주는 보유를 쳐다보았다. 두 사람의 눈빛이 마주쳤다. 보유는 이내 시선을 내렸다.

「전하. 송구한 말씀이오나 여식을 거둬주신다면 더할 나위없겠습니다만…」

「… ?」

뜻밖의 제안이었다.

문주는 보유를 다시 쳐다보았다. 호롱불빛 먹은 검은 눈동자가 애처롭게 빛났다. 순간 문주는 얼굴이 화끈 달아올랐다.

「제가 괜한 말씀을 드렸나 봅니다. 가뜩이나 전하의 심기가 불편하신데 또 부담을 드렸습니다.」

보신이 겸연쩍은 표정을 지었다.

「아… 아닙니다.」

문주의 답은 긍정도 부정도 아니었다.

문밖에서 빗소리가 요란을 떨었다. 빗소리는 방안의 침묵을 일순 삼켰다.

「비가 그칠 것 같지 않습니다. 물난리가 걱정입니다.」

보신이 자리에서 일어났다.

그날 밤 문주는 도통 잠을 이룰 수 없었다.

* * *

모한의 추가병력이 한성에 도착하였다. 모한 원군은 3천이 아니라 2천이었다. 개로대왕은 즉시 모한 원군을 雙峴城에 투입하였다. 雙峴城의 전체 병력은 4천이 되어 사기는 더욱 충천하였다. 고구려군은 몇 차례 雙峴城을 공격하였으나 번번이 실패하였다. 열흘 가까이 백제군과 고구려군은 공방을 거듭하며 팽팽하게 맞섰다.

개로대왕의 어전.

「폐하. 雙峴城이 선전하고 있습니다. 적군은 雙峴城에 막혀 오도가도 못하고 있습니다.」

개로대왕과 백제조정은 모처럼 활기를 띠었다.

「폐하. 이는 선전이 아니라 명백한 우리의 승리입니다.」

「그렇습니다. 거련은 제 풀에 꺾여 결국 물러날 것이옵니다.」

「이제 승기를 잡았습니다. 성을 지키고만 있을 것이 아니라 성 밖으로 나가 평양까지 밀고 올라가야 합니다.」

좌평들이 신이 났다. 전에 없이 밝은 표정이었다.

「대왕폐하. 한성을 떠났던 백성들도 하나둘 돌아오고 있다 하옵니다.」

흥주가 백성들의 귀환소식을 알렸다.

「정말입니까? 정말 짐의 백성들이 돌아오고 있습니까?」

개로대왕이 벌떡 일어났다.

반가운 소식이었다. 개로대왕은 백성이 없는 군왕이 얼마나 비참한지 뼈저리게 느꼈다. 고구려 침공 소문에 백성들이 썰물처럼 한성을 빠져나갔다. 이 소식을 듣고 개로대왕은 스스로 사망선고를 내렸다. 적어도 군왕이라면 백성을 지켜야 하는 책무가 있었다.

「폐하. 돌아온 백성들 중에 젊은 장정은 호성군에 편입하여 무기를 지급하고 자벌말에서 별도 군사훈련을 시키고 있습니다. 처음은 한 둘이었지만 지금은 적잖이 꼬리를 물고 있습니다.」

진남이 백성의 귀환에 따른 후속 조치를 알렸다.

「잘 하셨소. 병관좌평. 백성들이 돌아오고 있으니 우리는 승리할 것이오. 이는 짐의 승리도 아니요. 조정의 승리도 아니요. 바로 우리 백성들의 승리가 될 것이오.」

「폐… 하…」

모두 개로대왕 앞에 엎드렸다. 자못 숙연하였다.

「경들은 들으시오. 돌아온 백성들에게 먹을 것과 입을 것을 우선적으로 나누어주고 조정 관원 모두 나서서 세심하게 살펴주시오.」

개로대왕의 표정도 한층 밝았다. 승리에 대한 자신감도 높았다. 개로대왕의 자신감은 쌍현성의 선전이 아니라 백성들의 귀환에 있었다.

어전회의를 파한 개로대왕은 상좌평과 병관좌평을 따로 불렀다.

「폐하. 쌍현성의 전투상황으로 보아 이제 수성에서 공성으로 방향을 전환해도 될 듯합니다. 쌍현성주와 조미 장군에게 군령을 하달하겠습니다.」

「병관좌평. 아직은 이릅니다. 신라와 야마토의 원군이 도착해야 합니다. 원군이 도착하면 거련은 스스로 기가 꺾일 것이고 적군의 사기도 떨어질 것입니다. 그때 가서 공세를 취하더라도 늦지 않을 것입니다.」

「폐하의 명 받들겠습니다.」

「지속적으로 군수물자를 지원하세요. 병관좌평께서 직접 쌍현성을 방문해서 군사들을 독려하는 것도 좋은 방법이오.」

「알겠습니다.」

진남은 서둘러 자리를 떴다.

「상좌평. 신라로 간 태제로부터는 아직도 연락이 없소? 지금쯤이면 가타부타 결론이 났을 텐데.」

홍주에게 물었다.

「폐하. 아직 연락이 없습니다. 다만 신라로부터 좋지 않은 소식이 있습니다. 열흘 동안 큰 비가 내려 금성에 물난리가 났다고 합니다.」

「물난리 때문에 늦어지고 있다는 말인가?」

「지금으로서는 물난리 외에는 다른 것은 생각할 수 없습니다.」

「태제도 참으로 답답한 인사요. 벌써 스무날이 지났는데 어찌 연통조차 없단 말인가!」

개로대왕은 큰 한숨을 몰아쉬었다.

「신라의 사정도 살필 겸해서 급히 사람을 보내겠습니다.」

홍주도 자리를 떴다.

개로대왕은 어전을 나와 홀로 뒤뜰 연못으로 향했다. 뙤약볕이 얼굴을 따갑게 쪼였다. 이마에 구슬땀이 송알송알 맺히더니 이내 목덜미를 타고 흘러

내렸다. 연못 위에 물고기 밥을 던졌다. 물결이 거칠게 일며 물고기는 먹이 다툼을 벌렸다. 이를 물끄러미 지켜보다 하늘을 올려다보았다. 하늘가득 하얀 뭉게구름이 쉬지 않고 변화를 일으켰다. 사람얼굴이 보였다. 입가에 미소가 흘렀다.

「나쁜 사람 같으니라고. 내 그리 잘해주었거늘… 」

도림이었다. 얼굴형상은 개로대왕을 내려다보며 웃었다.

멀리 동쪽 하늘에서 함성이 몰려왔다. 쌍현성이었다. 함성은 아우성이고 괴성이었다. 개로대왕은 양손으로 귀를 꽉 틀어막았지만 함성은 그치질 않았다. 눈을 감았다. 수많은 병사들이 고통스런 얼굴로 개로대왕에게 달려들었다. 누군가는 살려 달라 애원을 하며 피눈물을 쏟았다. 개로대왕은 눈을 번쩍 떴다.

또 며칠이 지났다. 개로대왕은 친히 자벌말로 행차하여 백성들의 군사훈련을 지켜본 뒤 한 사람 한 사람 일일이 손을 잡으며 위무하였다. 젊은 장정 뿐 아니라 노인도 있었다. 한 노인이 개로대왕의 손을 꼭 잡더니 〈대왕폐하 천세!〉를 외쳤다. 이 광경을 지켜보던 백성들이 너나할 것 없이 일제히 두 손을 높이 쳐들며 노인을 따라 외쳤다. 일순간 자벌말이 함성으로 가득 찼다. 개로대왕은 노인을 꼭 껴안았다. 모두들 손뼉을 치며 좋아했다.

그때 해성이 급히 개로대왕에게 다가왔다. 귓속말을 건네자 개로대왕이 흠칫 놀랐다. 개로대왕이 손을 흔들며 급히 자리를 떴다. 백성들은 〈대왕폐하 천세!〉를 연거푸 외쳤다.

「매초성이 적의 수중에 넘어가다니… 대관절 무슨 말이냐?」

개로대왕은 어좌에 풀썩 주저 앉았다.

「전장 상황은 알 수 없으나 연락병으로부터 받은 보고이옵니다.」

「병관좌평과 상좌평을 들라하라. 아니… 병관좌평은 쌍현성에 갔다했지. 상좌평… 상좌평을 어서 들라하라.」

해성을 다그쳤다.

「폐하. 상좌평은 강 건너 아단성에 출타 중입니다.」

「그렇다면 전황을 알 만한 사람을 들라하라. 어서 들라하라.」

해성이 나가자 개로대왕은 정신없이 왔다 갔다 하였다.

「매초성이… 적의 수중에 넘어갔다니… 이곳 한성까지… 하루거리인데… 큰일 아닌가?… 그렇다면… 그렇다면… 쌍현성도 함락되었단 말인가?… 아니… 아니지… 그럴 리가 없지… 분명 어제까지도 적과 대치하고 있다 했는데… 대관절 뭣이 어떻게 되었단 말인가… 매초성이 넘어가다니…」

그리고 혼자 묻고 혼자 답하였다.

〈매초성買肖城〉은 현재 경기도 양주시와 백석읍 방산리 일대의 대모大母산 봉우리에 걸쳐있는 테뫼식 석축산성인 〈대모산성〉으로 추정되는 성이다. 임진강 상류 적성면에서 양주로 진입하기 위해서는 반드시 거쳐야하는 성으로 매초성의 함락은 고구려에게 한강이북을 통째로 내주는 꼴이었다.

곧바로 한 젊은 장수가 어전에 들었다.

「매초성이 적의 수중에 넘어갔다니 대관절 이 보고가 맞더냐?」

개로대왕은 다짜고짜 물었다.

「폐하. 고구려의 계략에 속은 듯하옵니다.」

「계략이라니… 쉽게 알아들을 수 있도록 말하여라.」

「적은 쌍현성 공략이 어렵게 되자 일부 병력만 남겨놓고 주력부대를 호로강 상류 쪽으로 우회하여 호로성과 육계성을 무너뜨리고 칠중성마저 함락한 후 곧바로 남하하여 매초성에 다다른 듯합니다.」

「매초성은 평지성이 아닌 산성이니라. 결코 쉽게 함락될 성이 아니다.」

「폐하. 송구한 말씀이오나 성주가 성문을 열고 항복하였습니다.」

「항복을 했다고… 감히 짐과 백성을 배신했단 말이더냐?」

개로대왕은 이를 악물었다.

「폐하. 적의 선봉장은 전 쌍현성주 재증걸루와 고이만년입니다. 이 두 역적이 향도를 자처하고 선봉에 섰다하옵니다. 매초성 성주는 재증걸루의 수하였던 자입니다. 재증걸루의 요설에 넘어가 순순히 성문을 연 듯하옵니다.」

「헉…」

개로대왕은 멈칫하였다. 재증걸루와 고이만년. 전혀 생각지도 않았던 두 사람이 불쑥 나타났다. 두 사람과의 악연은 개로대왕이 두 사람의 첩과 딸을 빼앗으면서 시작되었다. 개로대왕의 처사에 비분강개했던 두 사람은 고구려로 망명하였다.

「대책은 무엇이더냐? 대책이 있느냐?」

「폐하. 이제 한성을 지키는 길은 강 건너 아단성에서 배수의 진을 치고 적과 일전을 치루는 수밖에 없습니다.」

「음… 」

「폐하. 병관좌평께 급히 연통을 띄웠습니다. 당장 신라군과 야마토군이 합류하지 못하더라도 쌍현성 군사만 복귀하면 해볼 만합니다.」

「자신할 수 있느냐?」

개로대왕은 연거푸 물었다.

「쌍현성 병력은 이미 고구려군을 물리친 일당백의 군사들이옵니다. 전쟁은 숫자가 아니라 사기로 승패가 가려진다 하였습니다. 쌍현성의 우리 군사의 사기가 하늘 높이 충천하니 충분히 적을 패퇴시킬 수 있을 겁니다.」

젊은 장수의 눈빛이 예사롭지 않았다. 개로대왕을 압도할 정도로 눈빛이 강렬하였다.

「그대의 이름이 무엇인가?」

「소장은 사군부 덕솔 진로進老라 하옵니다. 병관좌평이 소장의 맏형이옵니다.」

개로대왕은 진로의 뒷모습을 물끄러미 바라보았다.

「진씨가문에 저런 용출한 젊은이가 있었다니…」

뒷모습 또한 믿음직스러웠다.

진남이 돌아왔다. 그러나 쌍현성 병력을 데려오지 않았다.

고구려는 호로강 하류의 쌍현성 공략이 쉽지 않자 군사를 둘로 나눠 전선을 양분하였다. 3만의 군사 중 1만은 쌍현성에 남겨 백제군을 붙들어놓고 2만은 호로강 상류로 우회하여 곧장 남하하는 전략을 썼다. 따라서 백제는 쌍현성을 포기할 수 없었다. 쌍현성마저 고구려에게 내준다면 한성은 풍전등화였다. 진남은 한성 호성군 중 일부를 급히 빼내 아단성에 투입하여 방어병력을 보강하고 배수의 진을 쳤다. 아단성 주변 성과 보루의 군사까지 모두 집결시켰지다. 그러나 2천의 군사로 고구려군 2만을 대적하기는 어려웠다.

아단성 백제군 군영.

「오늘이 마지막일 듯싶네.」

흥주가 무겁게 입을 열었다.

고구려와 전투 3일째, 흥주는 성주이하 장수들을 모두 집합시켰다. 이틀간 전투로 아단성 백제군은 1천의 병력 손실을 입었다. 오늘은 고구려군의 총공세가 예정되어 있었다. 전날 고구려군은 흥주에게 사신을 보내 항복을 권유하였다. 항복하면 죄를 묻지 않고 모두 살려주겠다는 조건이었다. 흥주는 이를 단호히 거부하였고 성주와 장수들도 동의하였다.

그때 한 장수가 급히 군영에 들었다.

「동쪽 보루를 지키고 있던 병사 둘이 탈영했습니다.」

「…」

흥주는 눈을 감았다.

「즉시 추적군을 보내 잡아오겠습니다. 상좌평어른.」

「아니다. 보내지 마라. 지금 이후로도 탈영하는 병사들이 또 있을 것이다. 그들을 잡지마라. 혹이 전투 중에라도 절대 잡지마라.」

「상좌평어른? 탈영병은 지엄한 군율로 다스려야 합니다.」

누군가 이의를 제기하였다.

「우리 모두는 죽기를 각오하고 있소. 우리는 대왕폐하를 위해 목숨을 내놓을 수 있다지만 병사들은 다르오. 나는 우리 병사들의 개죽음을 원치 않소.」

「…」

모두 침묵하였다.

「각자 자리로 돌아가서 싸웁시다. 저승에서 다시 만납시다. 잿밥이라도 얻어먹는다면 그런대로 한 세상 잘 산 것이 아니겠소?」

「상좌평어른.」

모두 눈물을 훔쳤다.

성주와 장수들이 나가자마자 성 아래에서 함성이 밀려왔다. 고구려군의 총공세였다.

흥주는 흐트러진 갑옷을 추스르고 군영을 나왔다. 강 건너 남쪽하늘 아래 한성이 한 눈에 들어왔다. 흥주는 잠시 칼을 내려놓고 남쪽을 향해 엎드려 큰 절을 올렸다.

「대왕폐하. 소제 대왕폐하를 끝까지 지켜드리지 못하고 아바마마 곁으로 먼저 떠나옵니다. 부디 이 국란을 잘 극복하시어 종묘사직을 보존하소서. 먼저 가옵니다.」

그리고 홍주는 함성소리를 향해 급히 발걸음을 옮겼다.

아단성 정상에서 검은 연기가 치솟았다. 연기는 꼬리를 물고 강 위로 기다랗게 퍼졌다. 이 광경을 지켜보던 개로대왕은 아연실색하였다.

「폐하. 아단성이… 아단성이 적에게 함락되었습니다.」

진남이 급히 개로대왕을 찾았다.

「상좌평은… 상좌평은 어찌 되었다 하느냐? 상좌평은 왜 돌아오지 않느냐?」

개로대왕은 홍주의 소식부터 물었다.

「폐하. 상좌평어른으로부터 아무런 연락이 없습니다. 생사를 확인할 수 없습니다.」

「병관좌평은 짐의 명을 전달하지 않았느냐? 생사를 모른다니…」

「한성으로 복귀하라는 폐하의 명을 분명히 전했습니다.」

「…」

개로대왕은 발을 동동 굴렀다.

「폐하. 아단성이 적의 수중에 들어간 이상 이제 대치전선을 한강으로 재조정해야 합니다. 쌍현성의 군사를 즉시 한성으로 철수시키겠습니다.」

「그리하시오. 병관좌평. 그리고 상좌평의 소식을 좀 더 알아보시오.」

「네. 폐하.」

그때 해성이 헐레벌떡 들었다.

「폐하. 기쁜 소식이옵니다.」

해성은 잔뜩 들떴다.

「그래… 상좌평이 돌아왔느냐? 상좌평이 어디 살아있다 하더냐?」

개로대왕은 흥주의 소식부터 물었다. 개로대왕의 머릿속에는 온통 흥주뿐이었다.

개로대왕은 두 명의 형과 네 명의 동생을 두었다. 모두 배다른 형과 동생이었다. 큰형 여은은 개로대왕이 등극하면서 열도로 쫓아냈고, 둘째형 여기와 바로 손아래 동생 곤지는 우현왕과 좌현왕의 관직을 주어 한성에서 내보냈다. 이들 세 사람은 개로대왕의 정치적 경쟁자였지만 나머지 세 명의 동생은 달랐다. 흥주와 문주, 여폐 세 사람은 나이도 어렸고 개로대왕의 경쟁자가 아니었다. 더욱이 곤지를 야마토로 보내고 막내 여폐가 갑자기 병으로 죽으면서 개로대왕의 심경에 변화가 생겼다. 형제애였다. 문주는 태제였지만 흥주는 또 달랐다. 개로대왕이 친정을 하면서 먼저 챙긴 사람이 흥주였다. 그래서 내신좌평을 시켰다. 이후 문주가 상좌평을 내놓자 곧바로 상좌평을 승계시켰다. 도림의 배신으로 깊은 상처를 입었던 개로대왕에게 흥주는 믿고 의지할 수 있는 유일한 존재였다.

「폐하. 태제전하로부터 전갈이옵니다. 신라 원군 1만이 금성을 출발했다 하옵니다.」

「…」

개로대왕은 아무 말도 하지 않았다.

오랜 기다림에 지쳐서일까 아니면 당연한 것인데 새삼스러웠을까. 개로대왕은 해성의 밝은 표정과는 달리 표정변화가 없었다.

「폐하. 비록 아단성이 적의 수중에 넘어갔지만 신라 원군이 파병되었으니 전세를 역전시킬 수 있습니다.」

「결코 하늘은 폐하와 우리 제국을 버리지 않았습니다. 조만간 야마토로부터도 좋은 소식이 도착할 겁니다.」

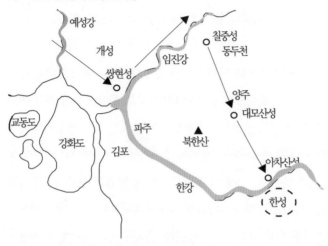

장수왕의 남침 경로(475년)

「…」

개로대왕은 그저 듣기만 하였다.

그때 고구려 사신이 어전에 들었다. 대로對盧 제우齊于였다. 예고 없는 방문이었다.

「우리 대고구려 태왕폐하께서는 백제왕 경사에게 무조건 항복하라 하셨습니다. 더 이상 백제의 병사와 백성이 고통 받는 일이 없길 희망한다 하셨습니다.」

「무례하구나. 백제왕 경사라니… 감히 어느 안전이라고 함부로 주둥아리를 놀리더냐! 목이 몇 개라도 된단 말이냐? 예의를 갖추어라.」

진남이 칼을 빼어들었다. 개로대왕이 손을 들어 제지하였다.

「좋소. 짐을 뭐라 부르든 개의치 않겠소. 조건이 무엇이오.」

「태왕폐하께서는 여섯 가지를 제안하셨습니다. 첫째 백제왕은 우리 태왕폐하께 머리를 조아려 항복할 것. 둘째 백제국은 대고구려국의 속국임을 천명할 것. 셋째 신라와의 동맹관계를 청산할 것. 넷째 매년 공물을 바치고 백제국의 왕자를 인질로 보낼 것. 다섯째. 한강이북의 땅은 대고구려국의 영토로 할 것. 여섯째. 세포 5천 필과 말 5백 마리로 배상할 것 등입니다.」

「지금 그걸 조건이라 말하는 것이오?」

해성이 벌떡 일어나 제우를 꼬나보았다.

「우리 태왕폐하께서는 여섯 가지 조건을 백제가 받아들이면 당장 군사를 물릴 것이라 하셨습니다.」

「지금 신라군이 한성을 향해 북상하고 있다는 사실을 알고 그런 조건을 말하는 것이요.」

「… ?」

진남이 말하자 제우가 흠칫하였다.

「조만간 야마토군도 우리 백제 땅에 도착할 예정인데 사신은 이 또한 알고 있소?」

「… ?」

해성이 묻자 제우의 얼굴이 일순 일그러졌다.

「좋소. 태왕의 뜻 잘 알겠소. 짐이 신료들과 상의해서 답을 줄 터이니 사신은 그만 돌아가시오.」

개로대왕은 제우를 돌려보냈다.

고구려가 내세운 항복조건이 터무니없었다. 어느 것 하나 온전히 받아들일 수 없었다.

「폐하. 거련이 단단히 노망이 들었나봅니다. 어딜 그것을 조건이라 들이댑니까?」

「맞습니다. 폐하. 신은 참으로 어처구니가 없었습니다. 제우라는 놈의 말을 듣자니 울화가 치밀어 내내 참기 힘들었습니다. 폐하께서 말리시지만 않았다면 당장이라도 그 놈의 목을…」

해성과 진남이 격한 감정을 서슴없이 쏟아냈다.

「짐이 판단해도 무리한 조건들이다. 거련은 분명 이 조건을 짐이 받아줄 것이라 믿지 않았을 것이다. 그럼에도 이 조건들을 내세웠다면 그만한 이유가 있을 터…」

「… ?」

「거련은 노련하다. 무리한 조건을 내세운 이유는 분명 두 가지이다. 하나는 짐과 우리 조정을 강하게 압박하고자 함이요. 둘은 우리 백제의 사정을 염탐코자 한 것이다.」

「폐하. 신과 내신좌평이 신라와 야마토군 이야기를 하니 제우의 표정이 굳어졌습니다. 필경 고구려는 이 사실을 모르는 것 같았습니다.」

「잘 보았다. 거련은 신라와 야마토가 파병했다는 사실을 분명 모르고 있다. 이는 우리가 협상을 유리하게 이끌 수 있는 좋은 패가 될 것이다.」

「참으로 영명하십니다. 폐하.」

다음날.

해성이 아단성 고구려 군영을 찾아가 협상을 하고 돌아왔다.

「폐하. 고구려는 협상할 의사가 전혀 없습니다. 어느 조건하나 양보할 수 없다며 무조건 항복을 권유하였습니다. 폐하의 예상이 적중하였습니다.」

해성은 고개를 푹 숙였다.

「고구려왕은 보았소? 거련… 더벅머리 늙은이 말이오?」

개로대왕이 물었다.

「보지 못했습니다. 폐하. 화덕이라는 자가 고구려군을 이끌고 있었습니다. 이 자 역시 늙은이였습니다. 신은 이 자가 거련인 줄 알고 예를 갖췄으나 수하들이 모두 대장군이라 불러 거련이 아니라는 것을 알았습니다. 재증걸루와 고이만년도 있었습니다.」

「음…」

개로대왕은 입술을 실룩거렸다.

재증걸루와 고이만년. 불편하기 짝이 없는 이름들이었다.

「폐하. 한 가지 특이한 것은 군영 여기저기에 통나무들을 가득 쌓아놓고 있었습니다. 병사들은 통나무 구하는 작업을 계속하고 있었습니다.」

「통나무?」

「아단성 주위로 목책을 쌓아 성을 보강하려는 의도가 아니겠습니까? 우리 백제군의 역공에 대비해서 말입니다.」

「…」

개로대왕은 잠시 전후사정을 더듬었다.

장수태왕이 아단성에 도착하지 않았다. 무리한 항복조건을 강요하고 협상조차 거부한 것이 이의 반증이었다. 시간을 벌며 백제의 사정을 염탐하기 위한 술책이었다. 그러나 문제는 통나무의 정확한 용도였다. 해성의 판단대로 목책을 쌓기 위한 것이라면 당장 큰 문제는 아니었다. 문득 스쳐가는 것이 있었다. 나무다리. 통나무를 여러 줄로 묶어 한강에 띄우면 바로 나무다리가 되었다. 통나무는 바로 부교浮橋의 도구였다.

사신 제우가 또 왔다. 항복 조건은 변함이 없었다. 단지 3일내로 항복하지 않으면 한성을 철저히 파괴하겠다고 겁박하였다. 상좌평 흥주의 시신도 넘겨주었다. 3일의 시간. 개로대왕과 백제 조정에게 남아 있는 마지막 여유였다.

상좌평 흥주의 시신이 안치된 왕궁 빈소.

「대왕폐하. 직들이 도강하고 있다 하옵니다.」

어전나인이 사색된 얼굴로 뛰어들었다.

「아뿔싸…!」

일순 개로대왕의 동공이 확 커졌다.

고구려군의 도강은 3일 이후가 아니었다. 사신 제우가 돌아간 다음날 정오 무렵이었다. 홍주의 빈소를 지키며 슬픔을 억누르던 개로대왕은 아연실색하였다. 3일의 시간을 주겠다는 제우의 말은 거짓이었다. 고구려군은 홍주의 시신을 넘겨 개로대왕과 백제조정을 애도의 분위기에 빠뜨리고 곧바로 도강하였다.

왕성 서쪽에서 함성이 밀려왔다. 한강 모래밭에서 고구려군과 일대 격전을 벌였다. 함성은 두어 시각 계속되다가 이내 잠잠하였다. 쥐죽은 듯 고요하였다.

「폐하. 모래밭 일대가 적의 수중에 넘어갔습니다. 곧 북문과 남문에도 적이 밀려들 것이옵니다.」

좌평들이 헐레벌떡 빈소를 찾았다.

「폐하. 아직 동문은 안전합니다. 어가를 동문에 대기시켜 놓았습니다. 급히 대성으로 피신하소서.」

진남이 다급히 주청하였다.

「…」

「폐하. 서두르셔야 합니다. 한시가 급합니다. 동문마저 적에게 봉쇄되면 꼼짝없이 갇히게 됩니다. 부디 병관좌평의 진언을 가납하소서.」

해성은 숨이 넘어갔다.

「짐이 떠나면 성 안의 군사와 백성들이 짐을 어찌 보겠소? 짐 혼자 살자고 도망갈 수는 없다. 짐은 떠나지 않겠다.」

개로대왕은 고개를 흔들었다.

「폐하. 이는 좌평들과 조정이 결정한 사항입니다. 부디 신들의 충심을 헤아려 주시옵소서. 대성으로 피신하여 옥체를 보존하소서. 대성은 왕성보다 안전합니다.」

왕성(풍납토성)은 평지에 쌓은 성이지만 대성(몽촌토성)은 구릉지에 쌓은 성으로 성벽 주위에 해자를 둘렀다.

「왕성을 포기하자는 것인가?」

「아닙니다. 폐하. 왕성은 반드시 지킬 겁니다. 어떤 일이 있어도 신라 원군이 도착할 때까지는 버틸 것이니 일단 대성으로 피신하소서.」

진남이 주먹을 불끈 쥐었다.

개로대왕은 피신을 결정하였다. 빈소 앞에는 대후와 소후들을 비롯한 왕실가족이 기다렸다. 이 중에는 태제 문주의 처 오로吞魯와 곤지의 처 자마紫麻도 있었다. 동문에는 여러 대의 가마가 대기하였다. 개로대왕이 잠시 발걸음을 멈추고 해성을 불렀다.

「대후와 어린 왕자와 공주들은 짐을 따르도록 하고 소후들은 더 멀리 피신시키라.」

해성이 명을 전달하자 네 사람이 급히 달려왔다. 개로대왕의 소후 아오阿吞와 가마加馬 그리고 문주와 곤지의 처 오로와 자마였다.

「대왕폐하. 어찌 소녀들은 버리시옵니까?」

개로대왕의 사랑을 독차지하였던 소후 아오였다.

「아니다. 짐이 너희 두 소후를 버리는 것이 절대 아니다. 지금은 전란 중이다. 왕실가족이 많아 신료들에게 부담을 주는 것이 싫구나. 부디 안전한 곳으로 피신하였다가 상황이 호전되면 그때 다시 만나자꾸나. 제수 오로와 자마 두 분도 마찬가지입니다.」

네 사람이 개로대왕에게 큰 절을 올렸다. 해가 뉘엿뉘엿 서쪽으로 기울며 하늘이 빨갛게 물들었다. 아쉬운 작별이었다.

그러나 이들 네 사람의 운명은 개로대왕의 소망과 어긋났다. 고구려의 한 장수에게 붙잡혔고 모두 장수태왕에게 끌려갔다.*

개로대왕이 대성에 도착하였다. 곧바로 고구려군이 왕성 동문을 봉쇄하였다는 소식이 뒤따랐다.

「신라군이 북상하고 있다 했는데 아직도 연락은 없는가? 벌써 도착하고도 남을 시간인데…」

개로대왕은 좌평들을 모아놓고 한숨을 푹푹 쉬었다.

「폐하. 피치 못할 사정이라도…」

해성이 말꼬리를 흐렸다.

「지금 왕성이 무너지고 있는데 도대체 무슨 사정이란 말인가?」

개로대왕은 덜덜 떨었다. 고구려군이 한강을 건너오기 전까지만 하더라도 신라 원군이 도착하면 전세를 역전시킬 수 있으리라 믿었다. 그러나 신라 원군의 소식은 개로대왕을 외면하였다. 왕성을 떠나 대성으로 피신하면서 개로대왕의 믿음은 공포로 바뀌었다.

---

* 《남당유고/고구려사략》 장수대제기에 흥미로운 기록이 있다. 8월, 화덕華德이 연전연승하여 백제 도성을 포위하였다. 경노慶奴(개로왕)는 더 이상 성을 지킬 수 없다는 것을 알고 먼저 처자들을 남쪽으로 도망치게 하였는데 장군 풍옥風玉이 이들을 잡아서 바쳤다. 경노의 처인 아오지阿吾知와 가마지加馬只, 문주의 처 오로지吾魯知, 곤지의 처 자마紫麻 등은 곱게 단장하고 술을 따르면서 애통해하는 기색이 없었다. 상이 아오지에게 이르길 "초고와 구수가 앞 사람들의 본을 따랐던들 너희들이 이리되었겠느냐?"하니 아오지가 아뢰길 "신첩 등은 오래토록 상국의 기풍을 따르고자 하였고 이제 와서 이를 보게 되었습니다. 알고 보니 동명성조의 높으심으로 하늘의 해가 땅에 내려온 것과 같을 진데 어찌 기쁜 마음으로 모시지 않겠습니까?"라고 하였다. 이에 상이 중외대부에게 명하길 "이들이 무슨 죄가 있겠느냐. 기름진 고기를 내줘라."라 하고는 몸을 깨끗이 하고 성총받기를 기다리라 하니 모두 춤을 추고 노래를 불러 받쳤으며 이윽고 모두 승은을 입었다. 가마지와 자마가 더욱 귀여움을 받았다.

「폐하, 태제전하께 급히 연통이라도 넣을까요?」

「태제는 참으로 고약한 인사로다. 짐과 한성의 사정을 뻔히 알 텐데 어찌 가타부타 소식조차 주질 않는단 말이냐. 참으로 고약하구나.」

개로대왕은 덜컥 화를 냈다. 입술을 부르르 떨었다.

기다림이 조바심으로 다시 배신감과 적개심으로 변하였다.

9월 1일, 피신 3일째.

병관좌평 진남은 고구려군의 파상공격을 힘겹게 막아냈다. 다행히 대성에는 고구려군의 모습이 보이지 않았다. 이를 두고 좌평들 사이에 설왕설래가 오고갔다. 결론은 고구려가 개로대왕의 피신 사실을 아직 모르고 있었다. 장수태왕은 후한 상금을 걸고 왕성에 숨어있는 개로대왕을 사로잡으라 군령을 내렸다. 이는 고구려 군영에 숨어든 백제 숙위군 밀정이 확인하였다. 개로대왕과 왕실가족은 대성으로 피신할 때 어가를 이용하지 않았다. 모두 평복으로 갈아입고 왕성을 탈출하였다. 좌평들도 마찬가지였다.

9월 3일, 피신 5일째.

두 가지 소식이 도착하였다. 하나는 진남의 급보였다. 더 이상 왕성을 지키기 어렵다는 안타까운 소식이었다. 진남 자신은 죽을 각오이지만 현재 남아있는 군사와 백성들만큼은 살리고 싶다는 보고였다. 결국 항복해도 되겠느냐는 의사 타진이었다. 또 하나는 문주로부터 연락이었다. 신라 비태比太가 이끄는 서북로군 1만이 일모성一牟城에 당도했다는 소식이었다. 곧바로 백제 영토에 진입할 예정이라 하였다.

「1만의 군사가 아무리 빨리 북상해도 일모성에서 한성까지는 최소 3일이 걸리는데 병관좌평은 더 이상 왕성을 지킬 수 없다 하니 참으로 진퇴양난이로다.」

개로대왕은 눈을 감았다.

「폐하. 병관좌평께 3일만 버티라 명을 내리소서. 신라군이 3일 내로 한성에 도착한다는 소식이 알려지면 성 안의 우리 군사와 백성들의 사기가 오를 것이옵니다.」

「지금까지 5일을 버렸습니다. 남은 기간 3일입니다. 죽기를 각오한다면 그깟 3일쯤이야 버티지 못하겠습니까?」

「병관좌평이 지금 항복하면 모든 것이 수포로 돌아갑니다. 이제 희망이 보이는데 여기서 포기할 순 없습니다.」

좌평들은 진남의 선전을 거듭 요구하였다. 요구는 절규였다.

「경들의 말대로 병관좌평에게 명을 내리면 자칫 성 안의 군사와 백성들 모두 고사할 지도 모른다. 짐은 더 이상 희생을 원치 않는다. 다른 방도는 없겠는가?」

개로대왕은 다급히 물었다.

「폐하. 지금으로서는 달리 방도가 없습니다. 병관좌평의 충심에 기대를 거는 수밖에 없습니다. 왕성이 항복하거나 적의 수중에 떨어지면 이곳 대성뿐 아니라 한성 전체가 위험합니다.」

「그렇습니다. 다행스럽게도 거련은 폐하께서 대성으로 피신한 사실을 모르고 있습니다. 만에 하나 이 사실마저 알게 된다면 대성의 안전도 보장 못하옵니다.」

「… ?」

문득 설핏한 생각이 스쳤다.

「차라리… 차라리 말이다. 짐이 왕성이 아닌 대성에 있다는 것을 거련에게 알리면 어떻겠는가?」

「폐하? 그렇게 되면 폐하의 안위마저…」

「아… 아니다. 잘 생각해보라. 짐이 대성에 있다는 사실을 거련이 알면 일단 왕성 공격은 멈출 것이고… 아니… 멈추지 않는다 하더라도 적의 병력을 왕성과 대성으로 분산시킬 수 있다. 그렇게 되면 왕성의 군사와 백성들의 희생을 줄일 수 있다.」

개로대왕의 고육책이었다.

「폐하. 어찌 위험을 자초하려 하십니까? 폐하의 안위는 우리 제국의 존망과 직결됩니다. 자칫 자충수가 될 수 있습니다. 부디 판단을 거두어 주시옵소서.」

「이도 저도 안 된다하지 말고 왕성의 군사와 백성들을 살릴 방도를 내놓아라.」

너무도 다급하고 절실하였다. 개로대왕은 자신도 모르게 짜증을 냈다. 짜증의 여파는 개로대왕과 좌평들의 팽팽한 입씨름을 일순 중지시켰다.

「대왕폐하.」

해성이 입을 열었다.

「신을 거련에게 보내주십시오. 신이 어떻게 해서든지 시간을 벌겠습니다.」

「내신좌평. 지금은 사신을 교환하며 협상을 벌일 단계가 지났다. 설사 우리가 아무리 좋은 조건을 제시한다 하더라도 거련은 받아주지 않을 것이다. 이미 칼은 거련의 손에 쥐어져 있다.」

「폐하…」

「거련이 내신좌평에게 위해를 가할 지도 모를 일이다. 너무 위험하다.」

「폐하. 신과 신의 가문은 폐하의 과분한 은혜를 입었나이다. 청컨대 부디 폐하께 보은할 수 있는 기회를 주시옵소서.」

「…」

개로대왕은 마지못해 고개를 끄덕였다. 무언의 허락이었다. 그러나 해성의 눈빛 속에는 간절함보다 두려움이 가득 서렸다.

9월 4일, 피신 6일째.

아침 일찍 해성이 고구려군영으로 떠났다. 개로대왕은 내내 홀로 어전을 지켰다. 찾을 사람도 찾는 사람도 아무도 없었다. 불현듯 사람들의 얼굴이 주마등처럼 스쳐 지나갔다. 비유어라하와 유마태후, 상좌평 해부, 형 여은과 여기 그리고 야마토에 건너간 아우 곤지, 하나같이 그립고 보고 싶은 얼굴이었다.

「야속한 사람… 야마토로 건너가라 했다고… 뒤도 안돌아보고… 그리 가버린단 말인가… 단한번이라도 가지 않겠다고 말했다면… 내가 어떻게든 상좌평을 설득해서… 보내지 않았을 텐데…」

곤지의 얼굴과 마주할 때는 탄식이 절로 쏟아졌다.

주마등의 기억은 계속 이어졌다. 도림, 죽은 아우 흥주, 신라에 가있는 태제 문주, 왕성에서 사투를 벌이고 있는 진남, 그리고 해성까지 모두 개로대왕의 곁을 떠났다.

「나의 과오가… 하늘을 덮고도 남는구나.… 내가 모두 죽이고… 또 사지로 내몰았구나.… 아… 어찌 이 죄를 다 씻어낼 수 있단 말인가…」

개로대왕은 눈시울을 붉히며 울먹였다.

해성이 떠난 지 한나절이 지났다. 정오를 지나 또 반나절이 지났다. 해가 서쪽너머를 기웃거렸다. 그래도 해성은 돌아오지 않았다.

「폐하. 왕성이 불타고 있습니다.」

연건이 헐레벌떡 뛰어들었다.

「뭣이?」

개로대왕은 문을 박차고 나왔다. 멀리 서쪽하늘에 검은 연기가 하늘을 가득 메웠다.

「화공작전을 펼친 듯하옵니다. 왕성이 통째로 불타고 있습니다.」

개로대왕은 풀썩 주저앉았다.

「아… 아… 우리 군사와 백성들…」

개로대왕은 울부짖었다. 모든 시도와 바람이 허사였다.

「폐하. 적들이 이곳 대성으로 몰려오고 있다 하옵니다.」

「…」

개로대왕은 눈을 감았다.

9월 5일. 피신 7일째. 새벽

개로대왕은 뜬 눈으로 밤을 지새웠다.

위사좌평은 전열을 정비하고 고구려군의 공격에 대비하였다. 그러나 고구려군은 성을 에워싼채 움직이지 않았다.

「폐하. 동문 쪽은 봉쇄가 허술합니다.」

동틀 무렵 위사좌평이 성벽을 돌며 고구려군의 배치상황을 점검하였다.

개로대왕은 대성 탈출을 결정하였다. 처음 개로대왕은 대성 사수를 거듭 고집하였으나 좌평들의 생각은 달랐다. 좌평들은 훗날을 기약하기 위해선 반드시 개로대왕의 안위가 보장되어야 한다며 끈질기게 설득하였다. 결국 개로대왕은 좌평들의 뜻을 받아들였다. 마차는 두 대를 준비하였다. 한 대는 개로대왕과 대후, 어린 왕자와 공주들이 탑승하고 또 한 대는 조정좌평 백두 昔豆와 그의 가족이 탑승하였다. 내두좌평 연건은 개로대왕의 마차에 동승하였다. 백두는 개로대왕의 옷으로 갈아입고 어가에 탑승하였다. 개로대왕의 얼굴을 모른다면 누가 봐도 백두가 개로대왕이었다.

잠시 후, 동문이 열리고 마차 두 대가 새벽공기를 가르며 급히 성을 빠져나갔다. 민가 밀집지역을 벗어난 마차는 서로 방향을 달리하며 속도를 높였다. 개로대왕이 탄 마차가 부여왕가의 묘역을 막 벗어날 즈음. 일단의 고구려 기병이 뒤쫓았다. 마부가 연신 채찍을 가했지만 마차와 기병과의 거리는 점점 좁혀졌다. 결국 개로대왕의 마차는 멈췄다.

「밖으로 나오시오.」

낮익은 목소리였다. 재증걸루였다.

「빨리 나오시오. 나오지 않으면 끌어내겠소.」

카랑카랑한 목소리에는 살기가 넘쳤다.

개로대왕이 마차 밖으로 나왔다. 연건도 뒤따랐다.

「오랜만이오. 대왕. 동문을 비워두고 대왕이 나오기만을 노심초사 기다렸는데 용케도 속아주어 고맙소. 원수는 외나무다리에서 만난다 했거늘 내 오늘을 얼마가 기다렸는지 대왕은 모를 것이오.」

재증걸루는 음흉한 미소를 지었다.

「네 이놈. 백제국의 대왕폐하이시니라. 당장 예를 갖추지 못할까?」

연건이 호통을 쳤다.

「암… 예를 갖추어야지. 당연히 갖추어야지. 원수에게 예를 갖추지 않는다면 어찌 장부라 할 수 있겠는가.」

재증걸루가 말에서 내렸다. 그리고 개로대왕 앞에 엎드려 큰 절을 올렸다. 곧바로 개로대왕의 얼굴에 연거푸 침을 세 번 뱉었다.

「네 이놈!」

연건이 목소리를 높였다.

그러자 재증걸루가 칼을 빼어들어 연건의 목에 칼날을 갖다 대었다.

「당장 목이 떨어지고 싶지 않다면 좌평나리는 나서지 마시오.」

연건의 목덜미에 빨간 실줄이 그어졌다.

「대왕. 당신의 죄가 무엇인지 아는가?」

「안다.」

개로대왕은 얼굴에 묻은 침을 손으로 닦아냈다.

「안다고 하니 더욱 가증스럽구나. 내가 대왕의 죄를 상기시켜 주마.」

「…」

「대왕은 간신의 말만 듣고 백성을 구휼하지 않았다. 첫째는 내 처와 딸을 빼앗아 색욕을 채운 것. 둘째는 고이만년의 처를 빼앗은 것. 셋째는 도림을 믿고 혹하여 토목공사를 일으킨 것. 넷째는 고구려를 받들지 않고 위나라와 내통한 것. 다섯째는 신라와 모의하여 변방의 성을 침략한 것이다. 이 다섯 가지가 대왕의 죄니라.」

재증걸루는 손가락 하나하나를 접으며 죄를 열거하였다. 펼쳐있던 손은 어느새 주먹이 되었다. 그 주먹으로 신호를 하자 군사들이 달려들어 모두 포박하였다.

해는 중천에 떠 갈 길을 몰라 하였다. 아단성 정상분지를 맹렬히 내리 쬐었다. 뙤약볕이었다.

고구려군의 총본영.

개로대왕과 왕실 가족, 내두좌평 연건, 조정좌평 백두는 포박되어 무릎을 꿇린 채 마냥 내팽개쳤다. 족히 한 시각은 흘렀다. 강보에 쌓인 어린 왕자는 울다 지쳐 대후 품에 곤히 잠들었다. 개로대왕의 목덜미에맺힌 땀방울이 속절없이 흘러 내렸다.

고구려 장수들이 하나둘 천막 안으로 모였다. 한 장수가 포박한 한 사내를 끌고 나와 개로대왕 뒤쪽에 무릎을 꿇렸다.

「대왕폐하. 신이 부족하여 임무를 완수하지 못했나이다.」

해성이었다.

「미안하구나. 짐이 또 오판을 했구나.」

그때 둥둥둥 북소리가 일었다.

장수태왕이 수뇌부를 대동하고 나타났다. 천막 안으로 들어가 어좌에 앉았다.

「백제왕 경사는 들으라. 너희 백제는 천손국인 우리 대고구려에게 노객의 맹약을 했음에도 조공은 커녕 호시탐탐 우리 영토를 넘본 이유가 무엇이냐?」

심문을 시작하였다.

심문관은 사신으로 왔던 대로 제우였다. 제우는 백제 아신왕이 고구려 광개토태왕에게 했던 노객의 맹약을 어긴 이유부터 따졌다.

「…」

「어찌 대답을 하지 않는가? 대답을 해라.」

개로대왕이 말이 없자 제우는 목소리를 높였다.

「무슨… 할 말이 있겠는가?」

개로대왕은 초연히 되물었다.

「좋다. 너희는 지난 임자년(472)에 위나라에 표문을 올려 너희와 우리 대고구려가 부여에서 갈라져 나온 형제국이라 칭하면서 어찌 우리 대고구려를 〈승냥이〉와 〈이리〉라 하며 우리 태왕폐하를 〈소수〉라 비하하였느냐?」

소수小豎. 작은 더벅머리 아이. 이는 장수태왕의 왜소한 풍모와 더부룩한 머리털을 빗대어 부르는 비칭卑稱이었다.

「어찌 너희와 우리가 형제국이라 말할 수 있겠느냐? 형제국이라면 응당 서로 존중하는 최소한의 예와 도를 지켜야 하거늘… 너희 담덕은 거리낌 없이 우리 강토와 백성을 유린하였느니라.」

개로대왕은 오히려 광개토태왕의 잘못을 지적하였다.

「뭐라? 그것을 말이라고 하느냐? 너희 초고와 구수가 우리 고국원왕을 전사시키지 않았더냐?」

제우는 고구원왕의 전사사건을 꺼내 들었다. 100여 년 전 백제 근초고왕은 태자 근구수와 함께 고구려 평양성을 공격하였는데 고국원왕은 필사적으로 항전하다 화살에 맞아 전사하였다.

「이는 형제국이라 칭하던 너희가 우리 백제를 먼저 침략했기 때문에 일어난 불미스러운 일이었다. 우리 초고대왕은 너희를 북으로 더 밀어낼 수 있음에도 너희 왕이 뜻하지 않게 전사하였기에 군사를 돌린 것이다.」

개로대왕은 한 치도 물러서지 않았다.

「좋다. 연나라의 풍씨 세력이 우리에게로 몰려가 있다고 근거 없는 주장을 하면서 위나라로 하여금 우리 대고구려를 침공하도록 부추긴 이유는 무엇이냐? 어찌하여 위나라와 우리 대고구려를 이간질하였느냐?」

제우는 개로대왕이 북위에 보낸 표문을 문제삼았다.

「나는 사실을 말했을 뿐이다. 결코 너희와 위나라를 이간시킨 적은 없다. 나는 위나라와 군사동맹을 원했다. 그때 군사동맹이 체결되었다면 평양은 우리 제국의 발 아래 무릎을 꿇었을 것이다. 참으로 안타까울 뿐이다.」

「뭐라?」

제우가 자리를 박찼다.

「…」

「적반하장도 유분수라더니….」

제우의 얼굴이 울그락붉그락 하였다.

「신라에 청병한 것이 사실이냐?」

이번에는 화덕이 나섰다. 고구려군의 총사령이었다.

「음…」

「신라가 이번 전쟁에 개입하게 되면 어떻게 된다는 것을 알고 있느냐?」

화덕은 70을 넘긴 고령이었다. 그러나 풍채는 당당하고 자세 또한 흐트러짐이 없었다.

「신라에 청병한 것은 양국의 동맹관계에 따른 것이다. 너희는 삼국 전체로 전쟁이 확산되는 것이 가장 두렵겠지. 신라군이 북상하고 있으니 곧 한성에 당도할 것이다. 또 한 가지 더 알려주마. 야마토군도 곧 도착할 것이다.」

「아직도 꿈을 꾸고 있구나. 자신이 처한 상황을 정녕 모른 단 말이냐?」

화덕이 버럭 화를 냈다.

「…」

「참으로 어리석구나. 지금 신라군이 어디 있는 줄 아느냐? 북상하고 있다고… 어림없는 소리이다. 신라왕 자비는 겁이 많은 자이다. 우리 태왕폐하를 제일 무서워하지. 일모성에 발을 꽁꽁 묶어놓고 한 발짝도 움직이지 않고 있다 하더라. 하하하…」

화덕이 큰 소리로 웃었다. 천막 안에 있는 고구려 장수들이 일제히 따라 웃었다.

개로대왕은 가슴이 철렁 내려앉았다. 화덕의 말이 사실이라면 참으로 기가 막힐 노릇이었다. 개로대왕은 목줄 맨 강아지마냥 신라군의 도착만을 눈 빠지게 기다렸다. 그러나 신라군이 북상하지 않다니 통탄 그 자체였다. 마지막 순간까지 아니 지금 이 순간에도 신라군에 대한 일말의 기대와 희망을 끈을 놓지 않은 개로대왕이었다. 모두 허사였다. 개로대왕은 고개를 떨군 채 눈을 감았다.

「경사야. 짐이 소수냐?」

칼칼한 쉰 목소리였다. 장수태왕이었다.

개로대왕은 눈을 떴다. 장수태왕을 쳐다보았다.

「내 오늘 직접 대면을 하니 태왕은 정말 소수이오.」

「…」

장수태왕은 잔뜩 눈에 힘을 주고 노려보았다. 그리고 입술을 꽉 깨물었다.

개로대왕에 대한 심문은 모두 끝났다. 장수태왕과 고구려 수뇌부는 자리를 떴다. 한참이 지나 제우가 다시 돌아왔다.

「백제왕 경사는 천손국인 우리 대고구려와 짐을 공공연히 음해하고 호시탐탐 우리 강역을 침범하였으며 노객의 맹약을 지키지 않는 등 실로 배신의 대죄가 천지를 가득 채우고도 남는다. 짐은 하늘의 뜻에 따라 분연히 군사를 일으켜 이를 응징하고 경사의 죄를 물었다. 그러나 경사는 반성은커녕 오히려 비굴함과 변명만 늘어놓으니 짐은 심히 개탄하지 않을 수 없다. 이제 천손국의 위대함을 삼한 천지에 다시 한 번 알리며 백제왕 경사를 단죄하니 삼한 백성 모두에게 화평이 있을 것이다.」

제우가 개로대왕의 사형언도 판결문을 낭독하였다.

포박되어 있던 대후와 공주, 좌평들이 일제히 〈대왕폐하!〉를 외치며 울부짖었다.

「마지막으로 할 말이 있느냐?」

개로대왕이 눈을 떴다.

언제 날아들었던지 까마귀 떼가 나뭇가지에 쭉 둘러 앉았다. 까마귀 떼는 개로대왕의 죽음을 재촉하였다.

「나는 패자가 되었으니 마땅히 죽어야 할 것이나 대후와 어린 왕자, 공주들 그리고 부덕하고 우매한 군왕에게 충성을 바친 신하들에게는 태왕의 하해와 같은 성은이 베풀어지길 바란다.」

개로대왕은 짤막한 말로 모든 것을 대신하였다.

제우가 신호하자 한 병사가 개로대왕에게 다가와 포승줄을 풀었다. 개로대왕은 자리에서 일어나 남쪽 한성을 향해 삼배를 올렸다. 그리고 대후, 어린 왕자, 세 명의 공주, 좌평들에게 다가가 일일이 눈빛을 마주하며 작별을 고했다.

다시 처음자리로 돌아와 무릎을 꿇으니 한 장수가 다가와 장도를 빼어들어 개로대왕의 목을 내리쳤다.

개로대왕의 유언은 받아들여지지 않았다. 개로대왕의 시신은 매장되지 않은 채 아단성 돌 더미 위에 던져졌다. 대후, 왕자, 공주와 좌평들 역시 모두 목이 베였다.

서울특별시와 구리시에 연해있는 〈아차산峨嵯山〉, 정상부 동남쪽 우미내 마을 서쪽 너럭바위 위에 조영된 굴식돌방무덤(횡혈식석실분) 하나가 을씨년스럽게 노출된 채 세월의 무게를 견뎌내고 있다. 부여의 매장풍습에 따르면 사자死者의 시신을 흙속에 매장하지 않는 것이 가장 혹독한 처벌이라 한다. 다시 말해 사자의 영혼부활을 박탈하는 일종의 무거운 형벌인 셈이다. 아차산에서 참수되어 명을 달리한 개로왕의 임시 무덤이 아닐까하고 조심스레 추정해본다.

문주와 곤지

8월 말. 문주는 자비마립간으로부터 입궁 통보를 받았다.

「서북로군 1만이 일모성에서 기다리고 있소. 지난해부터 서북방 여러 성을 쌓고 있는데 공사가 마무리된 듯하오. 어서 가시오.」

「마립간의 은혜 결코 잊지 않겠습니다.」

문주는 머리를 숙였다.

「백제와 우리 신라는 선대로부터 동맹을 맺어 왔소. 태제의 말대로 순망치한이 아니요. 아무쪼록 백제가 전란을 극복하는 데 우리 신라군이 도움이 되었으면 하오. 반드시 고구려의 남진을 막아야 합니다.」

자비마립간의 당부였다.

문주가 한성을 출발하였을 때가 6월 말이니 꼬박 두 달 만이었다.

「전하. 이찬어른은 소인과 달리 친고구려 성향이 강한 사람입니다. 꼭 유념하소서.」

보기가 금성 서문 밖에서 문주를 기다렸다.

「장인어른. 고맙습니다.」

문주는 보기의 사위였다. 두 달 동안 보기의 저택에 머무르면서 보기의 딸 보유와 혼인하였다.

「전란 중이오나 소인의 여식과 혼인을 하였으니 데리고 가소서.」

문주는 보기와 아쉬운 작별을 뒤로 하고 서둘러 일모성一牟城(충북 청주)으로 향했다. 개로대왕에게 신라군 1만과 함께 곧바로 북상할 것이라는 연통을 보낸 문주는 발걸음을 서둘렀다. 하루 만에 일모성영에 도착하였다.

충북 청주시 상당구 문의면 해발 292m의 양성산 정상부를 둘러싸고 흙과 돌을 섞어 쌓은 〈양성산성壤城山城〉이 있다. 신라 〈일모성一牟城〉이다. 삼국시대 축조된 산성으로 후삼국시대까지 치열한 격전지로 군사적 · 행정적 중심지 역할을 했던 산성이다. 《삼국사기》에 의하면 474년 신라 자비마립간 때 성을 쌓았다 한다. 고려 태조 때인 925, 932년에 두 차례 후백제와 전투를 벌였다는 기록도 있다. 돌로 쌓아 만든 성벽은 평면형태가 불규칙하여 빗자루 모양 또는 주걱 모양이다. 높은 위치의 부분이 대체로 네모꼴이고 낮은 위치의 능선을 기다랗게 감싸고 있다. 성의 전체 둘레는 약 985m이다. 지금은 흔적만 남아있다.

「마립간의 명을 받았습니다만… 일모성 공사가 아직 마무리 되지 않아 당장 출병은 곤란합니다.」

신관이찬神官伊湌 비태比太가 시큰둥한 반응을 보였다.

「촌각을 다투는 상황입니다. 서둘러야 합니다. 이찬어른.」

문주는 입이 바짝 타들어갔다.

「압니다. 태제전하. 공사 마무리도 문제지만 우리 군의 총사령은 제가 아니라 벌지 좌장군입니다. 좌장군이 도착하는 대로 전열을 정비해서 곧바로 출발하겠습니다.」

「…」

그러나 좌장군左將軍 벌지伐智는 곧바로 오지 않았다. 대신 벌지의 급작스런 모친상 소식이 일모성에 당도하였다.

「이찬어른. 좌장군은 장례를 치른 후에 합류해도 될 듯싶으니 서둘러 출발합시다.」

「그럴 수 없습니다.」

비태는 단호히 거절하였다. 벌지가 오기 전까지는 절대로 병력을 움직일 수 없다는 주장이었다. 이를 두고 문주와 비태 사이에 고성이 오갔고 두 사람 사이가 소원해지기까지 하였다. 문주는 장인 보기가 일러준 비태의 친고 구려 성향을 의심하였으나 도리가 없었다. 신라군의 군권을 쥐고 있는 사람은 비태였다. 그렇게 10여 일이 지났다.

벌지의 도착을 기다리며 마냥 속만 태우던 문주에게 한 사람이 찾아왔다.

「태제전하. 대왕폐하께서 거련의 칼에 변을 당하셨습니다.」

대두성大豆城 성주 해구解仇였다.

「뭐라?」

문주는 가슴이 철렁 내려앉았다.

개로대왕의 죽음은 말 그대로 비보였다.

「한성을 탈출하시다가 그만 역적 재증걸루에게 잡혀 아단성으로 끌려가 참수당하셨답니다.」

「재증걸루?」

문주는 고개를 갸웃하였다.

「재증걸루와 고이만년 이 두 역적이 거련의 향도를 자처하고 적의 선봉에 섰다합니다.」

「…」

「백번 찢어 죽여도 용서할 수 없는 역적들입니다. 전하.」

해구가 이를 부득부득 갈았다.

「폐하께서 언제 변을 당하셨다 하는가?」

「5일전 입니다.」

「정녕 하늘이 대왕폐하와 우리 제국을 버렸단 말인가!」

문주는 탄식하였다.

문주가 비태군영에 도착한 때는 10일 전이었다. 일모성에서 한성까지는 3일 거리였다. 문주가 도착하자마자 곧바로 출발하였다면 시간상으로 개로대왕의 참변은 막을 수 있었다. 그러나 이미 엎질러진 물이었다.

「대후마마를 비롯한 왕실가족은요? 상좌평과 좌평들은요? 신료는 모두 무사하답니까?」

문주는 정신없이 물었다.

「모두 대왕폐하와 함께 변을 당하셨습니다. 홍주 상좌평어른은 아단성 전투에서 사망하였고 소인의 이복형인 해성 내신좌평과, 내두좌평 연건, 조정 좌평 백두 세 분은 대왕폐하와 함께 참수되었습니다. 병관좌평 진남, 위사좌평과 내법좌평은 생사조차 불명입니다. 나머지 신료의 소식은 전혀 알 수가 없습니다.」

「어찌 이런 참담한 일이… ?」

결국 문주는 자리에 풀썩 주저앉았다.

「태제전하. 송구한 말씀이오나 전하께서 지금 일모성에서 마냥 지체하고 계실 상황이 아닙니다. 적들이 이미 남하하여 웅천에 다다랐다는 급보까지 받았습니다.」

웅천熊川은 지금의 안성천安城川이다.

「벌써 웅천까지 밀고 내려왔다고?」

문주는 황급히 되물었다.

「적의 남진이 어디까지 계속될지 모르옵니다. 적의 기세가 워낙 강해 우리 성들이 제대로 저항도 못하고 속절없이 무너지고 있습니다. 지금부터라도 서둘러 막지 않는다면 우리 강토는 적의 말발굽 아래 모두 짓밟히고 말

겁니다.」

「…」

「이제 한성 왕실과 조정이 무너졌으니 전하께서 왕실과 조정을 다시 일으켜 세우고 적의 남진을 막아야 합니다. 부디 통촉하소서. 전하.」

「음…」

문득 개로대왕의 마지막 모습이 떠올랐다.

「나는 마땅히 죽어야 하겠지만 너는 꼭 살아야 한다. 이는 왕의 명령이 아니라 형의 마지막 부탁이다. 내가 잘못되거든 부디 왕통을 잇도록 하라.」

문주를 신라에 청병사로 보내며 당부했던 말이었다.

「태제전하. 신라군이 대왕폐하의 참변을 막지 못했지만 다행이 이곳 일모성에서 진을 치고 있습니다. 하루 빨리 신라군과 협력하여 고구려의 남진을 막아야 합니다.」

해구解仇는 죽은 상좌평 해부가 본처가 아닌 첩을 통해 낳은 아들이었다. 기골이 강대한 해구는 무장의 풍모를 지녔으나 유독 정치적 야심이 강했다. 이를 경계한 유마태후와 해부는 한성의 조정관직을 주지 않고 멀리 남쪽 대두성 성주로 보임시켜 한성을 떠나게 했다. 해구는 문주와 처남매부지간이었다.

문주와 해구는 급히 비태군영을 찾았다.

「참으로 송구하고 미안합니다. 사태가 이토록 악화될지 전혀 예상 못했습니다.」

비태가 머리 숙여 사과하였다.

「이미 엎질러진 물입니다. 고구려가 웅천까지 남하하였다 합니다. 지금이라도 신라가 적극 나서줘야 하겠습니다.」

「방금 전 척후병으로부터 고구려의 남하소식을 보고 받았습니다. 그렇지 않아도 이 문제로 태제전하와 상의하려던 참이었습니다.」

때마침 좌장군 벌지가 모친의 장례를 마치고 일모성에 당도하였다.

비태는 전후사정을 벌지에게 상세히 설명하였다. 벌지는 묵묵히 듣기만
하였다.

「좌장군. 상황이 매우 위중합니다. 늦은 감이 있지만 지금이라도 당장 북
진을 하면 어떻겠소?」

「…」

벌지는 즉답을 피했다. 잠시 비태와 상의할 것이 있다며 문주와 해구를 물
렸다.

「이찬어른. 마립간께서는 북진은 득보다 실이 많다 하셨습니다.」

「… ?」

「마립간과 조정은 백제와 고구려의 전쟁이 우리 신라로까지 확전되는 것
을 우려하고 있습니다.」

「알겠소. 마립간과 조정의 뜻이 그렇다면…」

또 다시 문주와 해구가 자리를 함께 하였다.

「태제전하. 우리 신라가 어떻게 도와드리면 되겠습니까?」

비태가 문주에게 물었다.

「제가 동원령을 내려 우리의 군사를 최대한 모집하겠습니다. 신라군과 합
세하여 적들을 우리 강토에서 몰아내고자 합니다.」

「…」

「…」

비태와 벌지는 약속이나 한 듯이 입을 다물었다.

「태제전하. 지금 고구려군의 기세는 거센 물살처럼 힘차고 강합니다. 거
센 물살을 다스리는 방법은 벽을 만들어 힘을 약화시키는 것입니다. 그래야

만 약해진 물살을 거슬러 올라갈 수 있습니다.」

벌지의 답변이었다.

「좌장군의 말씀은 북진을 하지 말고 방어만 하자는 얘기가 아닙니까?」

해구가 못마땅한 표정으로 목청을 높였다.

「북진을 하지 않겠다는 것이 아닙니다. 물살의 힘이 약화될 때까지 기다
리자는 겁니다. 대신 군사 1천을 내어드리겠습니다. 저희 군사와 함께 백제
군은 서쪽에서 방어벽을 만들어 주십시오. 저희 일모성의 9천은 동쪽에서
방어벽을 만들겠습니다. 당장은 방어에 주력하면서 고구려군의 기세가 약화
될 때까지 기다렸다가 때가 되면 일시에 역공하여 북진합시다.」

「…」

문주는 할 말을 잃었다.

문주는 신라군 1천을 데리고 일모성을 출발하였다. 신라 장수는 앳된 청
년 이종伊宗이었다. 이종이 자청하였는데 해구가 너무 어리다하여 반대하였
지만 문주가 허락하였다.*

대두성에 도착한 문주는 전군동원령을 내렸다. 해구를 행行병관좌평으로
삼아 백제군 전체를 통솔하게 하였다. 行은 임시였다. 문주가 대두성에
왔다는 소문이 급속도로 퍼졌다. 피난민이 대두성으로 몰려들었다. 성 안은
발 디딜 틈도 없이 북적였다. 급기야 문주는 성 밖 뿐 아니라 인접성에까지

---

* 이종伊宗은 태종苔宗이라고도 하며 우산국을 정벌한 〈이사부異
  斯夫〉이다. 이사부는 진골로 454년 신라 내물왕의 왕자 방석의
  아들로 태어났는데 이때 문주왕을 따라 종군하여 백제로 간 뒤
  기록이 없다가 497년 관산성管山城(충북 옥천) 성주가 되면서
  다시 기록에 등장한다. 505년 실직悉直(강원도 삼척)주의 군주
  가 되며 514년에는 하슬라阿瑟羅(강원도 강릉)주의 군주로 우
  산국于山國(울릉도)을 정벌하기도 한다. 541년 진흥왕 때 상대
  등과 시중을 겸하는 최고관직인 병부령에 오른다.

피난민을 분산 수용하였다. 대두성이 백제의 임시 왕도였다.*

　늦은 밤.

　남루한 차림의 한 여인이 어린 소년을 데리고 해구의 저택 대문을 두드렸다. 집사가 나와 여인의 초라한 행색을 보고 뒤돌아서자 여인이 집사를 붙들고 무언가를 건넸다. 잠시 후 집사가 헐레벌떡 다시 돌아와 여인과 어린 소년을 급히 사랑채로 안내하였다.

　「대부인. 연통도 없이 어인 발걸음입니까? 이 행색은 또 무엇입니까?」

　해구가 여인과 소년을 반가이 맞이하였다.

　여인은 문주의 처 내마奈麻였고 소년은 아들 임걸壬乞이었다.

　「오라버니. 급히 피난길에 오르다보니… 」

　해구와 내마는 이복오누이 사이였다. 내마 역시 죽은 해부의 딸이었다.

　내마는 저간의 피난 사정을 해구에게 알렸다.

　고구려 공격이 시작되고 사람들이 하나둘 피난길을 떠났다. 내마는 마지막 순간까지 집을 지켰다. 문주가 따로 연락을 줄 것이라는 믿음 때문이었다. 그러나 문주로부터의 일절 연락이 없었다. 고구려군이 한성으로 몰려들자 하는 수 없이 피난길에 올랐다. 갖은 고초를 겪으며 남하하던 중 문주가 대두성에 있다는 소문을 듣고 서둘러 대두성을 찾아왔다.

　「전하를 찾지 아니하고 어찌 저를 찾았습니까?」

─────────

*　대두성大豆城의 위치는《삼국사기》찬술자인 김부식도 모른다하였다. 다만 김부식은 〈산성〉이라 기록하기도 하고 〈성〉이라고도 기록하였다. 학자마다 의견을 달리하는데 대략 6군데로 비정하고 있다. ① 충남 아산시 영인면 영인산성, ② 충남 아산시 음봉면 수한산성, ③ 충남 연기군 ④ 충남 예산군 신양면 ⑤ 충남 공주시 ⑥ 대전광역시 등이다. 당시 고구려와 신라가 백제 감매현 즉 지금의 천안 풍세면에서 전투를 벌였다는《남당유고/신라사초》자비성왕기의 기록을 보아 곡교천 이남과 공주시 이북 사이의 어느 산성 또는 성으로 추정된다.

「소문에 듣자하니 전하께서는 전란의 와중에도 새로 부인을 얻었더군요. 신라 진골귀족의 여식이라고요.」

내마가 입술을 지그시 깨물었다.

「…」

해구가 문주의 새 부인 보유의 존재를 안 것은 일모성에서였다. 문주가 딱히 설명은 안했지만 해구는 직감으로 이를 알았다.

「당분간 우리 모자 오라버니께 몸을 의탁고자 합니다. 전하께는 비밀로 해주십시오.」

내마 모자가 해구를 찾아온 이유였다.

「대부인. 전하의 소부인 오로는 어찌 되셨습니까?」

「오로는 왕궁이 안전하다고 판단하여 대후마마에게로 피신하였는데 이후 생사는 모르겠습니다. 소문에 듣자니 대왕폐하의 소후들과 함께 왕궁을 탈출하다 고구려 장수한테 붙잡혔다 합니다. 그 중에는 야마토로 건너간 좌현왕의 처 자마부인도 있고요.」

「좌현왕이라 하심은 곤지왕자 말입니까?」

「그리 들었습니다. 소녀도 처지가 곤궁하고 옹색하지만 자마부인은 참으로 안됐습니다. 좌현왕께서 야마토로 건너갈 때 무조건 따라가야 했습니다. 남편과 떨어져 홀로 지낸다는 것도 결코 쉬운 일이 아닌데 거기다가 불행한 일까지 겪게 되었으니 참으로 기구하고 박복한 운명입니다.」

내마는 자신의 처지를 빗대었다.

내마 모자를 별채에서 기거하도록 한 해구는 홀로 처소에 호롱불과 마주하였다.

해구는 두 조각 난 청동거울의 짝을 맞추었다. 하나는 자신의 것이고 또 하나는 내마의 것이었다.

불현 듯 해구의 기억은 과거로 내달렸다.

「오라버니. 소녀 문주왕자와 혼인하기로 하였습니다.」

내마가 청동거울을 두 동강내 반쪽을 해구에게 건넸다.

두 사람은 이복오누이 사이였다. 그러나 넘지 말아야할 선을 넘었다. 젊은 남녀 의 혈기가 두 사람을 통하게 만들었다. 은밀한 상통은 내마가 문주와 혼인하면서 끝났다.

해구는 밤새 잠을 이루지 못하고 뒤척였다. 내마에 대한 야릇한 기억들이 해구를 괴롭혔다.

대두성 백제군영.

고구려군이 웅천을 돌파하였다. 이 소식을 접한 문주와 백제군 수뇌부는 아연 긴장하였다.

「큰일입니다. 웅천이 무너졌으니 이제 한천이 지척입니다.」

〈한천漢川〉은 지금의 〈곡교천曲橋川〉이다. 곡교천은 천안 풍세지역에서는 〈한천〉, 〈한내〉라 부르고 아산 배방지역에서는 〈봉강蓬江〉 또는 〈봉강천〉이라 불렀다.

「한천마저 무너지면 이 곳 대두성도 위험합니다.」

「더 이상 물러설 곳이 없습니다. 이제 배수진을 치고 총력으로 적을 막아내야 합니다.」

모두 고구려군의 파죽지세를 걱정하였다.

「태제전하. 일모성의 신라군영에 급히 연통을 넣어 신라군을 즉시 출진토록 해야 합니다.」

「신라군 1천을 보내주었는데 추가로 군사를 내주겠소?」

문주가 되물었다.

「전하. 한천이 무너지면 이곳 대두성도 적에게 내주어야 합니다. 대두성을 버리고 또 어디로 피난을 간단 말입니까? 옥쇄를 각오하고 무조건 막아야 합니다.」

「음…」

문주는 머뭇거렸다.

「태제전하. 좌장군 벌지가 직접 신라군을 이끌고 동쪽 감매에서 적을 막도록 해야 합니다. 소장은 백제군을 이끌고 서쪽 굴직에서 적을 막겠습니다.」

〈감매甘買〉는 지금의 충남 천안 풍세면 일대이고 〈굴직屈直〉은 충남 아산시와 신창면 일대이다.

「알겠소. 병관좌평의 뜻에 따르겠소.」

문주는 신라장수 이종을 불러 백제군영의 뜻을 일모성의 신라군영에 즉시 전달하도록 하였다.

「병관좌평어른. 벌지가 직접 신라군을 이끌고 감매로 오겠습니까?」

한 장수가 군영을 나온 해구에게 물었다.

연신이었다. 곤지의 삼한여행을 동행한 연길의 아들이었다. 연신은 가업을 물려받아 고마성에서 상단을 운영하다가 형 연건이 대두좌평으로 발탁되면서 탕정성의 성주로 보임하였다. 전군동원령이 떨어지자 군사를 이끌고 대두성에 합류하였다.

「모르긴 몰라도 감매로 오지 않을 수 없을 겁니다. 분명히 올 겁니다.」

해구는 입가에 미소를 흘렸다.

한편, 일모성 신라군영.

「뭐라? 백제가 좌장군더러 직접 감매에서 고구려군을 막아 달라 했다고?」

이종이 백제의 요청을 급히 신라에 알렸다.

「백제의 상황이 매우 위중합니다. 한천마저 뚫리면 백제의 앞날은 없다 하였습니다.」

「음… 참으로 난감하구나. 마립간께서는 고구려와 교전만큼은 피하라 명을 내렸는데…」

비태가 절레절레 고개를 흔들었다.

「이찬어른. 한천이 뚫린다면 고구려군이 우리 접경에 들어오는 것은 시간 문제입니다.」

벌지가 입을 열었다.

「좌장군은 정말 백제의 협조를 받아들이자는 거요?」

「고구려가 우리 접경에 들어서는 순간 고구려와 전면전은 피할 수 없게 됩니다. 다행히 감매에서 고구려군을 막아낸다면 확전은 막을 수 있습니다.」

「그렇다고 마립간의 명을 어길 수는 없잖소?」

비태가 되물었다.

「어차피 한 번은 겪어야할 문제입니다. 소장에게 생각이 있습니다. 5천의 병력을 이끌고 소장이 직접 감매로 가겠습니다. 이찬어른께서는 일모성에서 만반의 대비를 하여주십시오.」

벌지의 눈빛이 빛났다.

10월 말, 벌지가 이끄는 신라군이 감매의 벌판에서 고구려군을 무찔렀다. 해구와 연신이 이끄는 백제군도 굴직의 벌판에서 승리하였다. 고구려군은 한천 이북으로 물러났다. 한천을 사이에 두고 백제군과 고구려군의 전선이 형성되었다. 감매와 굴직 전투의 승리는 문주와 백제군영은 한껏 고무시켰다. 고구려 침공 이후 연전연패하던 백제로서는 처음 맛보는 값진 승리였다. 다만, 백제군영은 벌지의 신라군을 백제군으로 위장시켜야 하는 애로가 있었다. 표면적으로 감매전투의 승리도 백제군이었다.*

때마침 쌍현성의 조미걸취와 모한 원군 2천이 대두성 백제군영에 합류하였다.

처음 모한 원군은 3천이었는데 쌍현성 전투과정에서 1천의 인명손실을 입었다. 조미걸취의 모한 원군은 신라군을 대치하여 감매에 포진하였다.

「전하. 비로소 우리 백제가 승기를 잡았습니다. 이제 북진을 해야 합니다.」

「그렇습니다. 한천을 넘고 웅천을 넘어 한성을 되찾고 한강과 호로강, 패강을 건너 대방 땅 아니 적들의 소굴인 평양성까지 진격해야 합니다.」

「거련의 가슴에 비수를 꽂아 승하하신 대왕폐하의 원한을 반드시 열배 백배로 갚아야 합니다.」

백제군영에 슬슬 북진론이 터져 나왔다. 북진론은 연신이 주도하였다.

「아닙니다. 우리 힘으로만 적들을 물릴 칠 수는 없습니다. 조미 장군이 이끄는 모한 원군 2천이 합류하여 이제 우리 군사는 5천입니다. 5천으로 3만을 상대할 수는 없습니다.」

해구가 북진의 애로를 표명하였다.

「병관좌평어른. 신라군 1만이 있지 않습니까? 신라군만 우리와 뜻을 같이 한다면 해볼 만하지 않겠습니까? 이미 적은 기세가 꺾였습니다.」

연신이 거듭 북진을 주장하였다.

---

* 《삼국사기》 기록은 없지만 당시 상황을 전하는 《남당유고/신라사초》 자비성왕기에 기록이 있다. 10월, 비태와 벌지가 고구려군을 감매甘買의 벌판에서 크게 무찔렀고 해구와 연신 또한 강의 남쪽에서 고구려군을 무찔렀다. 이에 종신과 종녀 모두가 기뻐하였고 남쪽으로 내려가 웅진에 도읍을 정하니 거련이 더 이상 취할 수 없음을 알고 남녀 8천 명을 붙잡고 도성의 재물과 보물을 가지고 갔다.

「신라군이 감매전투에 동원되었지만 이는 임시방편일 뿐입니다. 신라는 결코 고구려와 전면전을 원치 않습니다. 이번 감매 전투도 신라로서는 어쩔 수 없는 선택입니다. 만약 한천이 적에게 뚫렸다면 신라는 고구려와 맞닥뜨리게 되니 이를 피하고 싶었을 겁니다. 설사 우리가 북진을 결정하더라도 신라군은 결코 우리와 함께하지 않을 겁니다.」

백제-고구려 접경 지역(475~477년)

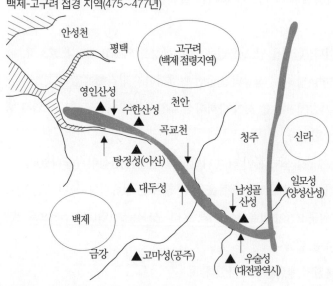

해구가 자신의 주장을 되풀이하였다.

「과인도 병관좌평과 생각이 같소이다. 지금 당장 북진은 어려운 문제입니다. 현실적으로 무리가 많습니다.」

문주가 해구를 거들었다.

굴직과 감매 전투의 승리 이후 백제군영에 미묘한 변화가 생겼다. 해구의 존재가 갑자기 커졌다. 군사권력에서 시작한 해구의 힘이 정치권력으로 확대되었다. 문주 역시 어느 순간부터 해구의 눈치를 살폈다.

「외람된 말씀이오나, 지금 우리에게 필요한 것은 무너진 왕실과 조정을 다시 일으켜 세우는 것입니다.」

「…」

모두 해구의 입을 주시하였다.

「백성들이 다시 모이고 있습니다. 하루빨리 태제전하께서 보위에 오르셔야 합니다. 서둘러 조정을 복구하여 백성들을 보살펴야 합니다.」

「좌평어른의 말씀 지당하십니다.」

한 장수가 동의하자 모두 고개를 끄덕이며 수긍하였다.

「아직은 무리 아니겠소. 전란이 끝나지 않았는데…」

문주가 해구의 눈치를 살폈다.

「아닙니다. 전하. 비록 전란 중이오나 왕실과 조정을 다시 세우는 것은 백성들에게 새로운 희망을 주는 것입니다. 왕실과 조정이 바로 서야 백성들을 하나로 묶어 전란을 슬기롭게 극복할 수 있습니다.」

「그렇습니다. 전하. 좌평어른의 말씀이 백번 옳습니다. 하루라도 보위를 비워둘 수는 없습니다.」

북진론이 수그러들고 문주의 등극론이 고개를 들었다.

「좌평어른. 한성이 적의 수중에 있는데 왕도는 어디로 정해야 합니까?」

한 장수가 문주가 아닌 해구에게 물었다.

「왕도는…」

해구가 막 입을 열려는 찰나였다.

신라 연락장수 이종이 급히 들었다.

「태제전하. 급보이옵니다.」

「…?」

모두 해구가 아닌 이종을 쳐다보았다.

「고구려군이 일모산까지 침범하였습니다.」

「뭣이?」

문주와 해구가 벌떡 일어났다.

일모산—牟山은 지금의 충북 청원이다.

고구려군은 한천 즉 곡교천 돌파가 어렵게 되자 동남쪽으로 우회하여 대목악大木岳(충남 천안시 목천), 구지仇知(충남 연기군 전의), 두잉지豆仍只(충남 조치원)를 거쳐 일모산에 이르렀다. 지금의 조천천을 따라 남하하다가 미호천과 금강이 만나는 옛 충북 청원군 부용면 일대까지 내려왔다.

「신라군영이 있는 일모성과는 지척의 거리입니다. 첩보에 의하면 산성 위에 목책을 쌓고 장기전에 대비하고 있다 합니다.」

세종특별자치시 부강면(옛 충북 청원군 부용면)에 〈청원 남성골南城谷 산성〉이 있다. 2001에서 2002년에 걸친 시굴 및 발굴 조사를 통해 내·외곽을 갖춘 목책성으로 확인되었으며 출토된 유물은 주로 5세기 고구려 토기 등이 많아 학계의 비상한 관심을 끌었다. 내곽의 성터에는 성책, 집자리 구덩이, 토기가마터 등이 발견되어 일정기간 생활시설과 생산시설 등이 갖추어져 있었음을 알 수 있다. 고구려 장수왕의 군대가 이곳 남성골 산성까지 내려왔다는 증거로 학계는 보고 있다.

대두성 백제군영은 다시 위기감에 휩싸였다. 잠시나마 굴직과 감매 전투의 승리감에 도취되어 북진론을 펼쳤던 연신과 장수들은 일제히 약속이나 한 듯 입을 다물었다. 해구 역시 마찬가지였다. 문주의 등극과 조정의 복구를 통해 반전의 계기를 마련하고자 하였지만 일모산의 손실은 분명 또 다른 위기였다. 고구려가 맘만 먹으면 대두성의 뒤통수를 칠 수 있었다.

* * *

10월 초순경.

곤지는 야마토군 1만을 이끌고 월나에 도착하였다. 동원된 배만 족히 300여 척. 포구를 포함하여 월나강 일대는 야마토 배들로 넘쳐났다.

월나 좌현왕 치소.

「대왕폐하께서 거련의 칼에 무참히 살해되셨습니다.」

좌현왕 여예가 개로대왕의 죽음을 알렸다.

「…」

곤지는 입술을 꽉 깨문 채 고개를 떨구웠다.

처음 백제의 사정이 심상치 않아 목협만치를 백제에 보냈다. 돌아온 목협만치가 야마토군 파병을 요청하였을 때 곤지는 직감하였다. 이번 전쟁이 국지전이 아닌 전면전으로 확대될 것이라 예상하였다. 설사 한성을 잃는다 해도 개로대왕의 안위만큼은 내심 무사하길 바랐다.

「지금 적은 한천까지 남하하였습니다. 굴직과 감매에서 우리 백제군의 승리로 적은 더 이상 남진을 못하고 있습니다. 아마도 한천을 사이에 두고 적과 대치하고 있는 듯합니다.」

진남이었다. 병관좌평이자 한성 호성군 총사령이었던 진남은 왕성이 고구려군의 화공작전으로 완전히 전소되자 마지막까지 왕성을 지키다 가까스로 탈출하였다. 패장의 굴레를 떨치지 못하고 한때 자살을 시도하였으나 목숨은 질겼다. 문주가 대두성에 있다는 소문을 들었음에도 진남은 남쪽으로 발길을 돌렸다.

「신라군은 출동하지 않았습니까?」

「지금 일모성에 주둔하고 있습니다. 1만입니다. 외람된 말씀이오나 신라군은 대왕폐하와 한성이 최악의 상황으로 내몰릴 때도 출정하지 않았습니다.」

「… ?」

「참으로 안타까울 뿐입니다. 신라군이 제때에 북상하여 한성에 도착했다면 사태가 이리 악화되진 않았을 겁니다.」

진남은 전란상황을 곤지에게 상세히 설명하였다. 그 와중에도 신라에 대해선 극도의 아쉬움을 표하였다.

「지금 우리 군의 상황은 어떻습니까?」

곤지가 물었다.

「태제전하께서는 대두성에 상주하고 있습니다. 대두성 성주 해구가 태제전하를 보좌하여 백제군을 이끌고 있습니다.」

「해구라면… 」

「죽은 상좌평 해부의 서자 말입니다.」

곤지의 기억 속에도 해구는 있었다. 기골이 강대하고 무예 또한 출중하여 한때 무절도의 낭도로써 촉망받던 청년이었다. 서자라는 태생적 굴레에 얽매여 반항아 기질을 보이더니 결국 유마태후와 아비 해부로부터 버림을 받아 대두성으로 쫓겨났다. 한성을 떠나던 날 곤지를 찾아와 울분을 토해냈던 해구였다.

「지금 해구는 병관좌평으로 보임되어 우리 군을 지휘하고 있습니다.」

「병관좌평이요?」

「태제전하께서 급한 나머지 해구를 정식 병관좌평이 아닌 임시 병관좌평으로 삼은 듯합니다.」

「…」

「이제 전하께서 오셨으니 왕실과 조정을 다시 일으켜 세우고 본격적으로 북진을 단행하여 적들을 몰아내야 하지 않겠습니까?」

진남이 힐끗 곤지의 눈치를 살폈다.

「당연히 그래야지요. 전시 중이라 하나 보위를 비워놓을 수는 없습니다. 태제로 하여금 보위를 잇게 하고 하루 빨리 조정도 복구해야 합니다.」

「보위는 태제가 아니라 전하의 것이옵니다.」

진남이 돌연 정색하였다.

「… ?」

순간 곤지는 주춤하였다.

「진 좌평의 말씀은 과하십니다.」

「사실 태제전하의 우유부단한 성품이 오늘의 사태를 어렵게 만든 면도 없지 않습니다. 신라군 청병만 하더라도 태제전하의 잘못이 큽니다. 신라가 지척인데도 장장 3개월을 끌었습니다.」

「진 좌평?」

「승하하신 대왕폐하와 태제전하는 해씨가문이 세운 분들입니다. 따지고 보면 지금의 보위는 원래 전하의 것이옵니다. 전하께 보위를 물려주시겠다는 선대 어라하의 뜻… 알만 한 사람은 다 아는 사실입니다.」

진남이 목청을 돋우었다.

「허허…」

곤지가 못마땅해하며 혀를 찼다.

「나도 진 좌평과 생각이 같소. 지금의 태제전하는 전란을 수습하고 백제를 다시 일으켜 세울 재목이 못되오. 나 또한 왕족의 일원으로 선대 비유어라하의 어지를 모르는 것도 아니고 지금이라도 전하께서 보위를 잇는 것이 순리라 생각하오.」

여예가 동조하였다.

「왜들 이러십니까? 지금은 전란을 극복하고 하루빨리 왕실과 조정을 다시 반석 위에 세우는 것이 중요합니다. 태제는 대왕폐하께서 지목하신 후계자입니다. 태제가 보위를 잇는 것이 순리입니다. 이것 말고 다른 순리가 있을 수 없습니다.」

곤지는 단호하였다.

문득 웅략대왕의 얼굴이 떠올랐다.

「군군아우. 짐이 노파심에서 하는 말인데… 혹이… 혹이 말이야. 개로대왕이 유고하면 아우 자네가 보위를 잇도록 하게. 이번엔 절대 양보해서는 안 되네. 절대로 말이네. 그리고 혹 한성을 버리게 되면 고마성을 왕도로 했으면 하네.* 고마성은 우리 부여왕가의 본향이 아니겠나.」

곤지를 환송하며 건넨 말이었다. 곤지는 그냥 웃어넘겼지만 막상 월나에 도착하니 현실로 다가왔다.

목협만치가 야마토군을 인솔하고 대두성으로 떠났다.

---

* 《일본서기》 웅략천황 조에 '21년(477) 봄 3월 천황이 백제가 고구려에게 패배하였음을 듣고 구마나리久麻那利를 문주왕에게 주어 그 나라를 구원하여 일으키게 하였다. 당시 사람들은 모두 '백제국은 비록 거의 망해 창하倉下에 모여 근심하고 있으나, 실로 천황에게 의지하여 다시 그 나라를 만들게 되었다'고 하였다'는 기록이 있다. 〈구마나리久麻那利〉는 고마성으로 지금의 충남 공주이다. 당시 야마토가 백제에 구원군을 파견했다는 사실을 간접 시사하고 있다.
특히 전라남도에서 발견되는 전방후원분(장고형고분)은 모두 5세기 후반에서 6세기 초까지 대략 50년에 걸쳐 조성된 것으로 알려져 있다. 당시 야마토의 구원군 일부가 귀국하지 않고 잔류한 것으로 추정한다.

곤지는 아들 모대와 함께 고마성을 찾았다.

구태사당에 제를 올린 곤지는 고마성 성주인 여훈과 마주하였다.

「전란이 하루아침에 끝날 것 같지 않습니다. 한때 피난을 떠나는 백성들로 성 안이 텅 비기까지 하였지만 한천에서 우리 군이 승리하였다는 소식이 전해지자 일부 백성은 다시 돌아오고 있습니다.」

여훈의 얼굴에 수심이 가득하였다.

월나와 달리 고마성은 혼란스러웠다. 전방의 작은 전투상황에도 백성들은 민감하게 반응하였다. 하루에도 여러 번 희희비비가 교차하며 들썩였다.

「근자에는 대두성에 피난 온 백성들이 하나 둘 우리 고마성으로 몰려오고 있습니다.」

「...?」

「적들이 한천을 제쳐두고 우회하여 일모산까지 내려왔답니다. 우리 고마성도 위험하기는 매 한가지이지만 대두성은 더욱 위험하게 되었습니다.」

고구려군의 남진이 일모산에 이르렀다. 이는 월나에서 듣지 못한 소식이었다. 전장상황이 급변하였다.

「전하께서 야마토군을 이끌고 귀국하셨다 들었습니다. 천만다행입니다.」

「급히 서둘렀는데도 너무 늦었습니다. 지금처럼 상황이 악화될지 몰랐습니다. 저의 잘못이 큽니다.」

「아닙니다. 결코 왕전하의 잘못이 아닙니다. 모두 대왕폐하의 잘못입니다. 고구려가 침공할 것이라는 사실은 삼한백성 누구나 다 알고 있었는데 우리 폐하께서만 모르셨나 봅니다.」

「...」

「야마토군이 도착하였으니 이제 본격적으로 거련에게 빼앗긴 강토를 되찾아야 하지 않겠습니까?」

「그럴 생각입니다. 좀 더 상황을 살핀 후 태제전하와 상의해서 북진을 감행할 생각입니다.」

「강토를 되찾는 것도 중요하지만 백성들의 고통이 너무 큽니다. 하루빨리 왕실과 조정이 새로 들어서 전란으로 찢기고 할퀸 백성들의 마음을 보듬어야 합니다.」

「한성이 적의 화공으로 모두 불탔다고 들었습니다만⋯」

곤지가 말을 삼켰다.

「저도 들었습니다. 아무리 앙숙관계라 하지만 거련의 행위는 결코 용서할 수 없습니다. 모름지기 군왕은 백성과 역사를 두려워해야 하는데 거련은 무슨 생각으로 그처럼 흉악한 짓을 저질렀는지 모르겠습니다. 역사가 두렵지도 않은 모양입니다.」

평소 후덕한 성품의 여훈이었다. 그러나 이 대목에서는 얼굴 가득 분개를 드러냈다.

「그래서 드리는 말씀입니다. 제가 직접 한성의 상황을 살펴보겠지만 소문대로 한성이 잿더미가 되었다면 새 왕도를 찾아야 할 것 같습니다. 제 생각은 고마성이 좋을 듯싶습니다.」

곤지의 방문 목적이었다.

「이곳 고마성은 부여왕가의 본향이니 새 왕도로 적격이지요. 전하께서 고마성을 선택하시면 저는 무조건 찬성입니다. 다만⋯ 소문에 대두성을 새 왕도로 한다는 말을 들었습니다.」

「대두성을요?」

「해구가 강력히 주장하고 있다 들었습니다. 적잖은 사람들이 해구의 주장에 동조하는 것으로 알고 있습니다.」

곤지는 선뜻 이해할 수 없었다. 그럼에도 해구의 이름은 꼬리표처럼 따라 붙었다.

「해구는 이번 전란의 영웅입니다. 적의 남진을 막아낸 일등공신입니다. 백성들도 해구를 좋아합니다. 앞으로 무엇을 하든 해구를 무시할 수 없을 겁니다.」

여훈은 해구의 존재를 재삼 확인시켰다.

한성에 바람이 불었다.

검은 가루가 한올져 치솟더니 정처 없이 흩날렸다. 하늘이 검게 물들었다.

부여왕가의 묘역을 찾은 곤지는 아연실색하였다. 능묘가 모두 파헤쳐졌다. 비유어라하의 능묘는 봉분마저 잘려나갔다. 석실이 드러난 채 부장품은 모두 도굴되었다. 곤지는 은밀히 따르던 숙위병들과 함께 파헤쳐진 능묘를 임시로 봉합하였다. 호로병에 담아온 술을 묘소에 뿌리며 울분과 분노를 토했다.

한성은 처참하였다. 왕궁과 관가의 건물은 모두 불타 어디가 어딘지 분간할 수 없었다. 왕의 어전도 곤지가 태어난 모후의 옛 처소도 어림으로 짐작할 뿐 정확한 위치조차 가늠할 수 없었다. 남쪽 대성도 북쪽 왕성과 마찬가지였다. 성 안의 모든 건물은 전소되었고 성을 둘러싼 해자에는 타다 남은 나뭇가지와 붉은 피로 가득하였다. 병사들의 시신이 해자를 가득 메웠다. 민가도 왕성과 다를 바 없었다. 다행히 불타지 않은 몇몇 집들이 듬성듬성 있었지만 오히려 을씨년스러웠다. 인적은 없었다. 살아있는 생물조차 없었다.

한성은 죽음의 땅이었다.

「아… 어찌… 거련은 천인공노할 짓을 했단 말인가?」

곤지는 울었다. 고목나무 쓰러지는 격한 울음이 목구멍에서 쉬지 않고 솟구쳤다. 눈가에는 피가 섞인 붉은 액체가 흘러내렸다. 곤지는 분노를 삭이지 못해 거세게 울부짖었다.

한강 남쪽 모래밭.

곤지의 시선은 강 너머 북쪽의 한 산봉우리에 멈췄다. 아단성이었다.

「아버님. 사람들이 몰려옵니다.」

아들 모대가 옷소매를 잡았다.

승복을 걸친 몇 사람이 다가왔다. 곤지가 일행을 확인하고 두 손을 합장하며 인사를 건넸다.

「오랜만에 뵙습니다. 법사님.」

만수사 주지 만우법사와 승려들이었다.

「야마토로 건너가셨다는 말을 들었는데 언제 돌아오셨습니까?」

「며칠 전에 귀국하였습니다.」

만우법사는 곧바로 아단성을 향해 몸을 돌렸다. 승려들도 만우법사를 따라 일렬로 섰다. 만우법사가 목탁을 두드리며 염불을 외자 승려들도 일제히 목탁을 두드렸다. 그렇게 한참동안 목탁소리와 염불소리가 물결소리에 섞여 허공으로 퍼져나갔다. 죽은 자의 영혼을 위로하고 그 영혼이 정토나 천계天界에서 다시 태어나도록 기원하는 천도薦度의식이었다.

「전하. 이제 한성을 떠날까 합니다.」

「떠나다니요?」

「중생이 없는 땅에 불사가 있을 수 있겠습니까? 나무아미타불.」

만우법사가 염주를 굴렸다.

「소승이 백성들의 시신은 거둘 수 있는 데까지 거두어 자벌말에 묻었습니다만… 대성 해자의 병사들 시신은 미처 거두지 못했습니다. 전하께서 수고를 하셔야겠습니다.」

「알겠습니다. 법사. 꼭 그리하겠습니다.」

「대왕폐하의 자업자득이 이토록 가혹한 결과를 가져올지 정말 몰랐습니다. 죽어서 땅에 묻히지도 못했으니 말입니다.」

「정말입니까?」

곤지가 소스라치게 놀랐다.

「소승이 고구려군영을 찾아가 대왕폐하의 시신을 인도해달라 요구했으나 거절당했습니다. 폐하의 시신을 땅에 묻지 않고 바위 위에 버려 까마귀밥이 되게 하였다하니 슬픈 일입니다.」

「흠… 흠…」

곤지는 울컥하였다. 목울대가 울렁이며 신음소리가 절로 쏟아졌다.

「소승은 그만 떠나겠습니다.」

「어디로 가신단 말이신지요?」

「스승이신 마라난타 존자께서 이 땅에 오셔서 처음 세우신 불사가 멀리 남쪽에 있습니다.」

「불갑사 말입니까?」

「전하께서도 알고 계셨군요. 당분간 불갑사에 머무르며 전란으로 상처받은 백성들의 마음을 위로할까 합니다.」

만우법사는 작별을 고했다.

「참으로 안타깝습니다. 어찌 대왕폐하께서는 전하를 야마토로 보내선 안 된다는 소승의 말을 묵살하셨는지 모르겠습니다. 또 인연이 있으면 뵙겠습니다.」

만우법사가 자리를 뜨며 한마디 건넸다.

곤지는 물끄러미 뒷모습을 바라보았다. 만우법사의 말이 귓가를 맴돌았다.

「무슨 이유로 법사께서는 나의 야마토행을 반대하셨을까?」

곤지는 뒤따라가 이유를 묻고 싶었으나 쉬이 발걸음이 떨어지지 않았다. 다시금 아단성을 쳐다보았다. 한무리 구름이 옅게 깔리며 하늘을 덮었다.

「형님폐하. 폐하를 지켜드리지 못한 소제의 잘못이 너무 크옵니다. 부디 소제를 용서하소서. 반드시 거련에게 빼앗긴 강토는 되찾을 것이며 열배 백배로 복수를 하겠나이다. 꼭 다시 찾아뵙겠습니다.」

곤지는 입술을 깨물고 또 깨물었다.

대성 주위의 해자에서 병사들의 시신을 수습하여 자벌말에 묻은 곤지는 곧바로 남쪽 대두성으로 향했다.

「형님. 제가 우유부단하여 대왕폐하를 죽음으로 내몰았습니다.」

문주가 버선발로 뛰쳐나와 곤지를 맞이하였다.

「아니네. 아우의 잘못이 아니라 불가항력이었네. 오히려 나의 잘못이 크네. 내가 좀 더 서둘러야 했는데… 」

「야마토는 너무 먼 거리입니다. 제가 불미하여 지척에 있는 신라군을 동원하는데 너무 많은 시간을 허비하였습니다. 자비마립간께서 곧 파병할 것이니 기다려달라고 해서 대책 없이 기다리다 그만 시기를 놓쳤습니다.」

문주는 고개를 떨구었다. 솔직한 고백이었다.

「다 지난 일이네. 앞으로가 중요하지 않겠나?」

곤지는 에둘렀다.

「그나저나 야마토군만 보내시고 어디 다녀오셨습니까? 백방으로 행방을 수소문해도 아는 사람이 없어 내내 애간장만 태웠습니다.」

「한성에 다녀왔네. 참으로 참담했네.」

곤지는 한성에서 직접 목격한 것을 하나하나 알려주었다.

「정말입니까? 정말로 사람이 살 수 없는 땅이 되었습니까?」

문주는 휘둥그레 눈을 떴다. 유달리 큰 눈망울이 튀쳐나올 듯하였다.

「설사 한성을 되찾는다 해도 한성은 왕도로써 모든 기능을 잃었네. 다른 대안을 찾아야 할 것 같네.」

「…?」

「내 생각은 고마성이 좋을 듯 싶네. 시조사당도 있고 고마성은 우리 부여 왕가의 본향이 아니겠나. 여훈 성주께는 양해를 구해놨네.」

「…」

「왜 맘에 들지 않나?」

곤지가 되물었다.

「아닙니다. 저 역시 형님과 생각이 같습니다만… 워낙 해구가 대두성을 고집하는 지라…」

문주는 말꼬리를 흐렸다.

「그 문제는 나에게 맡겨두게. 내가 해구를 설득하든지 아니면 담판을 짓든지 하겠네.」

「형님께서 돌아오니 제가 천군만마를 얻은 기분입니다. 해구의 등살에…」

그때 해구와 수하 장수들이 들어왔다. 곤지가 왔다는 소식을 듣고 모두 모였다. 문주의 처소는 어전이었다.

「대장군을 중심으로 여기 모이신 장수들이 일심 단결하여 거련의 공격을 효과적으로 막아내고 있다 들었습니다.」

곤지는 치하의 말로 인사를 대신하였다. 해구를 대장군이라 호칭하였다.

「전하. 야마토군이 도착하여 우리 백제군의 사기는 하늘을 찌를 듯 치솟고 있습니다.」

해구가 예를 갖췄다.

「전황은 어떠합니까?」

곤지가 물었다.

「서쪽으로부터 굴직은 자체 동원된 저희 백제군 2천이 맡고 감매는 조미걸취 장군이 이끄는 모한 원군 2천이 그리고 구지와 두잉지는 야마토군 2천과 3천이 각각 맡고 있습니다. 나머지 야마토군 5천은 목협만치 장군이 직접 인솔하여 우술에 주둔하고 있습니다. 적의 주력이 일모산에 집중하고 있는 터라 우술 쪽에 집중 배치하였습니다.」

해구는 병력배치 현황을 설명하였다.

우술雨述은 지금의 대전광역시이다.

「참으로 합당한 배치입니다. 대장군의 지략이 돋보입니다.」

곤지는 은연중 해구를 치켜세웠다.

「지금 당면한 과제는 두 가지입니다.」

모두 곤지의 눈과 입을 주시하였다.

「첫째는 지금 당장 북진을 결행할 것이냐는 문제입니다. 이제 겨울이 다가오고 있습니다. 겨울은 적도 마찬가지이지만 우리 군에게도 불리합니다. 특히 추위 때문에 전투외적인 인명손실을 감수해야하는 어려움이 있습니다. 제가 한성에 잠시 다녀왔는데 내려오는 길에 적정을 살피니 적들은 목책을 쌓고 성을 보수하는 등 장기전에 대비하고 있었습니다. 이 문제는 대장군 이하 여러 장수들의 결정에 따르겠습니다.」

모두가 서로의 얼굴을 쳐다보며 고개를 끄덕였다.

「전하. 송구한 말씀이오나 당장 북진을 해야 합니다.」

한 젊은 장수가 나섰다. 연신이었다.

「연신 장군의 말 백번 공감합니다. 병법에 비추어 봐도 지금이 적기임에는 틀림없습니다. 나는 당장이라도 북진을 결행하고 싶습니다. 그러나 나 혼자 독단으로 결정하지 않겠습니다. 대장군과 장수들의 의견을 존중하겠습니다. 북진을 당장하든 잠시 미뤄하든 우리 군은 반드시 승리할 것입니다. 내가 믿는 것은 우리 군이 반드시 승리한다는 것뿐입니다.」

곤지는 주먹을 불끈 쥐었다.

「알겠습니다. 전하. 소장이 장수들과 좀 더 상의해 보겠습니다.」

해구가 수긍하였다.

「둘째는 왕실과 조정을 다시 일으켜 세우는 문제입니다. 태제전하를 하루 빨리 보위에 오르시도록 하고 조정도 예전만큼은 못하겠지만 돌아온 신료와 호족을 중심으로 다시 꾸려야 합니다. 왕실과 조정이 바로서야 전란으로 고통 받은 우리 백성들에게 희망이 생깁니다.」

모두 말없이 고개를 끄덕였다.

「또 한 가지… 내가 한성을 직접 보니 한성은 왕도로써의 모든 기능을 상실하였습니다. 이미 사람이 살 수 없는 땅이 되었습니다. 설사 한성을 다시 되찾는다 해도 한성을 왕도로 삼을 수 없게 되었습니다. 이제 새 왕도를 찾아야 합니다. 나는 고마성을 새 왕도로 삼고 싶습니다. 여러분도 아시다시피 고마성은 부여왕가의 본향이며 옛 어라하들께서 거주하였던 왕궁도 그대로 있습니다. 지금으로서는 고마성이 유일한 대안입니다.」

「전하. 왕도는… 」

해구가 입을 열려다 멈췄다. 곤지와 해구의 눈빛이 허공에서 마주쳤다. 모두 두 사람의 얼굴을 번갈아 쳐다보며 다음 말이 떨어지길 기다렸다.

「아…아닙니다. 새 왕도 문제는 따로 말씀드리겠습니다.」

해구가 먼저 일어섰다. 장수들도 하나둘 해구의 눈치를 살피며 자리에서 일어났다. 모두 해구의 뒤를 따랐다. 처소가 일순 썰물이 빠져나가듯 휑하였다. 곤지는 쓸쓸하였다.

「형님. 어찌하여 해구와 척을 지시려 합니까?」

곤지와 문주 둘만 남았다.

「아우. 나는 해구와 척을 지려는 것이 아니네. 왕도만큼은 반드시 고마성으로 해야 하네. 이는 나의 뜻이기도 하지만 웅략대왕의 뜻이기도 하네.」

「웅략대왕께서 ?」

곤지는 웅략대왕이 건넨 말을 문주에게 전했다. 그러나 보위에 대한 언급은 말하지 않았다.

「형님.」

문주가 말을 하려다 머뭇거렸다.

「…」

「보위는 형님께서 맡아주십시오.」

「…」

곤지는 멈칫하였다.

「저는 보위를 이을 자격이 없습니다.」

「어찌 유약한 말씀을 하시는가. 아우는 누가 뭐라 해도 태제일세. 대왕폐하가 지목한 후계자란 말일세. 절대로 다른 사람들 앞에서 그런 말을 입 밖에 꺼내선 안되네.」

곤지는 문주를 나무랐다.

백제 제국의 대왕. 돌이켜보면 곤지 역시 보위에 대한 미련이 아주 없었던 것은 아니었다. 솔직히 보위가 탐난 적도 있었다. 젊은 시절이었다. 아비 비유어라하가 자신을 후계자로 지목하였다는 사실을 알았을 때는 가슴이 설레 밤잠을 설치기도 하였다. 정말 성군이 될 자신도 있었다. 그러나 곤지의 보위는 죽은 개로대왕에게 돌아갔다. 곤지는 미련을 접었다. 오로지 나라와 백성을 위한 길에 일생을 바치기로 결정하였다. 지금도 마찬가지였다. 하루라도 빨리 전란을 수습하고 백제를 다시금 반석 위에 올려놓는 것이 급선무였다.

「형님. 왕도를 꼭 고마성으로 하셔야 하겠습니까? 우선 대두성으로 하고 훗날 여건을 보아 고마성으로 옮겨도 되지 않겠습니까?」

문주는 여전히 새 왕도 문제에 골똘하였다.

「아우. 노파심에서 묻는 말인데 혹 해구와 밀약이라도 하였는가?」

곤지는 문주의 표정을 놓치지 않았다.

「아… 아닙니다.」

문주는 애써 부인하였지만 짐짓 놀라는 눈치였다.

그날 밤. 곤지는 해구를 찾아갔다. 해구와 새 왕도 선정 문제를 두고 담판을 지었다.

「전하. 소장이 태후폐하와 죽은 아비로부터 버림을 받았을 때 전하를 찾아뵈었던 일 생각나십니까?」

곤지와 해구 두 사람은 잠시 과거로 돌아갔다.

「어찌 그날을 잊을 수 있겠는가. 대장군의 울분은 땅이 꺼질 정도로 격했네.」

곤지는 기억을 더듬었다.

만취한 해구가 고래고래 소리를 질러 사람들이 사달이라도 난 줄 알고 곤지의 집으로 몰려들었다. 집사가 사람들을 돌려보내느라 진땀을 뺐다.

「돌이켜보니 소장이 참으로 철이 없었습니다.」

「허허… 그걸 어찌 철이 없다 표현하는가? 장부라면 그만한 객기는 있어야 하지 않겠나!」

「그때 전하께서 소장을 달래며 때를 기다리라 말씀하셨습니다.」

「음…」

「소장은 전하의 가르침 평생 잊지 않고 살아왔습니다.」

해구가 술잔에 술을 가득 채우더니 단숨에 들이켰다.

「외람된 말씀이오나 전하께서 귀국하기 전에 소장은 태제전하와 약조하였습니다. 태제전하의 보위와 새 왕도 문제를 맞교환하였습니다.」

「…」

곤지의 아미가 흔들렸다.

곤지는 문주의 태도가 불분명하여 해구와 어떤 거래를 했을 것이라 추측하였다. 사실이었다.

「외람된 말씀이오나 이곳 대두성은 소장보다 소장을 따르는 자들이 더 원하고 있습니다. 그들은 대두성을 포함하여 인접지역에서 오랫동안 터를 닦아온 호족들이옵니다.」

「흠…」

곤지는 가벼이 신음하였다.

뜻밖의 이면이었다. 새 왕도의 문제는 해구보다 해구를 따르는 자들의 기득권 문제였다.

「솔직히 호족들은 전하와 야마토군을 두려워하고 있습니다. 전하께서 고마성을 새 왕도로 정하고 자신들을 팽시킬 것이라 믿고 있습니다.」

「음…」

「전하. 소장이 대두성을 포기하면 전하께서는 소장과 호족들에게 무얼 주시겠습니까?」

해구는 거래를 제안하였다.

「내가 무얼 줄까요. 내가 무엇을 주면 대장군과 호족들이 만족하겠습니까?」

곤지가 되물었다.

「…」

해구는 곤지를 빤히 쳐다보았다. 곤지 스스로 답을 달라는 의사였다.

「좋습니다. 대장군과 호족들이 고마성을 받아준다면… 나는 일절 새 조정의 관직을 맡지 않겠습니다.」

「음…」

「나는 우리 강토를 되찾는 일에만 전념하겠습니다.」

곤지는 술잔을 들이켰다.

「그리고… 전란이 수습되고 왕실과 조정이 안정되면 그때 야마토로 돌아가겠습니다.」

폭탄 발언이었다.

「정말입니까?」

해구가 눈을 크게 뜨고 되물었다.

「…」

곤지는 대답 대신 고개를 끄덕였다.

「알겠습니다. 제가 호족들을 설득하겠습니다. 그렇지만 전하께서 야마토로 돌아가겠다고 하신 말씀은 저만 알고 있겠습니다.」

곤지는 새 왕도 선정문제를 매듭지었다. 향후 자신의 거취를 명확히 밝혀 해구와 호족들을 안심시키고 고마성을 새 왕도로 확정하였다. 그러나 야마토로 돌아가겠다고 한 약속은 훗날 두고두고 곤지의 발목을 잡았다.

며칠 후 해구가 북진 시기에 대한 입장을 밝혔다. 겨울 동안 군비를 확충하고 보다 철저히 계획을 세워 실행하자는 의견이었다. 곤지는 해구와 장수들의 의견을 조건 없이 받아들었다.

10월말. 문주가 새 왕도 고마성에서 백제 제22대 대왕에 등극하였다. 전란 중에 치러진 즉위식은 외부 축하사절단 하나 없이 조촐하였다. 그렇지

적석유구

송산리 고분군 전경

백제 웅진시대 왕가묘역인 〈공주 송산리고분군〉 중 산정상부에 조성된 〈방단계단형 적석유구〉가 하나 있다. 고구려 대표 묘제인 적석총처럼 정사각형인데 1단은 폭이 15m, 2단은 11.4m, 3단은 6.9m이다. 위로 올라갈수록 폭이 줄어들어 계단모양을 하고 있는 3단의 적석유구이다. 형태는 적석총과 비슷하지만 내부는 흙으로 쌓아올려 차이가 있다. 목관을 놓은 흔적은 없으며 대신 그 자리에 10cm 두께의 붉은 점토를 깔았다. 석실 내부에서 삼족토기를 비롯한 백제토기와 옹관편이 수습되었다. 이 유구는 서울 석촌동고분군과 비슷한 구조이지만 목관과 같은 매장시설이 없는 점에서 백제한성시대 마지막 왕인 〈개로왕의 가묘〉로 보는 견해가 있다. 제사시설로 보기도 한다.

만 백성 모두가 환호하며 문주의 등극을 축하하였다.*

　문주대왕은 서둘러 새 조정을 꾸렸다. 상좌평을 폐지하고 기존 6좌평을 임명하였다. 고마성 성주 여훈이 내신좌평을 맡았다. 그날 해구는 행병관좌평과 대장군직을 전격사임하고 백의종군을 선언하였다. 문주대왕은 병관좌평을 공석으로 두었다.

　11월초.

　곤지의 제안으로 늦게나마 죽은 개로대왕의 장례식을 엄수하였다. 개로대왕의 능묘는 왕궁 동쪽 송산末山 정상에 마련하였다. 석실에 개로대왕의 시

---

* 《삼국사기/백제본기》 문주왕조는 다음과 같이 기록하였다. 문주왕은 개로왕의 아들이다. 처음에 비유왕이 죽고 개로가 왕위를 이었을 때, 문주가 왕을 보좌하여 직위가 상좌평에 이르렀다. 개로왕 재위 21년(475)에 고구려가 침입하여 한성을 포위하였다. 개로왕이 성을 굳게 지키면서 문주를 신라에 보내 구원을 요청하도록 하여 병사 1만을 얻었다. 고구려 병사는 비록 물러갔으나 성이 파괴되고 개로왕이 죽어서 문주가 왕위에 올랐다. 왕의 성품은 우유부단하였으나 백성을 사랑하였으므로 백성도 왕을 사랑하였다.

신은 없었다. 신라를 비롯하여 임나 등 주변 나라에서 조문단을 보내 개로대
왕의 죽음을 애도하였다.

* * *

병진년(476) 2월.

한천이북 고구려군 진영에 잠입한 척후병으로부터 솔깃한 첩보 하나가 해
구병영에 당도하였다.

「놀라지 마십시오. 거련의 향도를 자처한 역적 재증걸루가 지금 한산 고
구려군진에 와있다 합니다.」

「재증걸루… ?」

해구는 눈을 번쩍 떴다.

급히 연신을 찾았다.

「연 장군. 나와 이리사냥이나 합시다.」

해구는 선뜻 사냥을 제안하였다.

「장군. 지금 전란 중입니다. 사냥이라니요?」

연신이 의아한 표정을 지었다.

「척후병의 보고에 의하면 지금 역적 재증걸루가 한산漢山*에 와 있다합
니다. 내 오늘 저녁 야음을 틈타 별동대 2백 명을 데리고 강을 건널 것이
요. 날이 밝는 대로 연 장군이 군사를 이끌고 강을 건너 한산을 공격하시

---

* 〈한산漢山〉은 지금의 충남 아산시 〈물한산〉으로 추정되는 곳
  이다. 〈수한산水漢山〉이라고 한다. 곡교천 북쪽 이순신 장군의
  현충사가 있는 망화산 북쪽에 연하는 해발 284m의 산이다. 산
  정상에. 백제시대에 쌓은 산성이 있는데 산 이름을 따 〈물한산
  성〉이라 부른다. 물앙성, 물왕성, 물안성 등 다양하게 부르는데
  한자로는 〈수한산성〉이라 한다.

오. 나는 한산 주위에 매복하고 있다가 역적 재증걸루가 성을 나오면 그때 내손으로 잡겠소.」

「장군. 군사를 움직이는 것은 정북대장군의 허락을 받아야 합니다.」

정북대장군은 곤지였다. 정초에 문주대왕은 정식으로 곤지를 〈정북征北 대장군〉으로 임명하고 북진과 관련한 일체의 군권을 곤지에게 일임하였 었다.

「알고 있소. 하지만 지금이 재증걸루를 잡을 기회요. 재증걸루가 언제 한 산을 떠날지 모르오. 재증걸루를 사냥한 다음 내가 대장군전하께는 따로 보 고하겠소.」

「알겠습니다. 장군의 뜻 따르겠습니다.」

해구는 어둠이 깔리길 기다렸다가 은밀히 별동대와 함께 강을 건넜다.

다음날 연신의 백제군은 한천을 건너 한산에 접근하였다. 이를 본 재증걸 루가 고구려군사를 이끌고 성문을 나왔다. 매복하고 있던 해구의 별동대가 고구려군을 기습하자 재증걸루와 고구려군은 허둥댔고 전투 중에 해구는 재 증걸루를 사로잡았다. 재증걸루가 생포되자 고구려군은 발길을 돌려 허겁지 겁 다시 성으로 되돌아갔다.

「그만 돌아갑시다.」

「장군. 적은 오합지졸입니다. 지금 당장 성을 공격하면 빼앗을 수 있습 니다.」

연신이 성을 공격하자 제안하였다.

「아니오. 이번 사냥은 재증걸루를 잡는 게 목적이오. 연 장군의 말대로 지 금 성을 빼앗는 것은 어려운 일은 아니나 성이 적의 진중에 있으니 설사 빼 앗더라도 고립될 수밖에 없소. 오히려 득보다 실이 많을 것이오.」

해구는 군사를 되돌렸다. 때마침 이 광경을 지켜본 고구려 점령지에 있던 많은 백성들이 해구를 따랐다.

탕정성 옥사.

곤지는 재증걸루를 생포하였다는 보고를 받고 즉시 탕정성으로 달려왔다.

「어찌 대왕폐하와 백제를 배신하고 거련의 향도가 되어 돌아왔느냐?」

재증걸루에게 물었다.

「대장군전하. 소인은 백제를 배신한 적이 없습니다. 개로대왕이 소인의 처와 딸을 빼앗아 간음하였습니다. 지아비로써 아버지로써 복수를 하고자 했을 뿐입니다.」

「…」

재증걸루는 무절도의 수사 출신이었다. 무절도가 해체되면서 곤지의 추천으로 조정에 출사하였다. 유마태후의 섭정에 대한 불만과 곤지를 보위에 오르게 해야 한다는 여작의 취중발언에 동조하여 역모방조죄로 몰렸고 쌍현성으로 쫓겨났다.

「이제 복수를 하였으니 소인은 죽어도 여한이 없습니다. 저승에 가더라도 처와 딸을 떳떳이 만날 수 있게 되었습니다. 그만 죽여주십시오.」

「음…」

곤지는 마음 한구석이 아려왔다. 돌이켜보면 재증걸루의 배신의 운명은 조정 출사의 길을 열어준 곤지 자신으로부터 시작하였다. 그렇다고 개로대왕을 죽음으로 내몬 배신행위를 용서할 수는 없었다. 이는 복수를 넘어섰다. 곤지는 씁쓸하였다.

「부디… 저 세상에서는 이승에서의 일들은 모두 잊고 가족과 함께 행복하게 살게나.」

곤지는 재증걸루의 청을 받아들였다.

「자마부인께서는 거련의 침비가 되었습니다.」

「침비…」

곤지가 발걸음을 멈추고 뒤돌아섰다.

「거련을 탓해서 무엇 하겠습니까? 자마부인의 일은 참으로 안됐습니다.」

재중걸루는 고개를 돌렸다.

옥사를 나온 곤지는 눈앞이 캄캄하였다. 순간 속이 뒤틀리고 역겨웠다.

「부인… 내가 부덕하여 부인을 박복하게 만들었구려. 미안하오.」

눈가에 눈물이 맺혔다.

다음날 정오 무렵.

재중걸루는 백성들이 지켜보는 가운데 참수되었다. 그의 목은 대꼬챙이에 끼어 성루에 매달렸다.

이를 두고 백성들은 해구가 개로대왕의 복수를 하였다며 해구를 찬송하였다.

정초에 문주대왕은 곤지에게 본격적인 북진 준비를 명하였다. 백제-야마토-신라 3국의 연합군 총사령이 된 〈정북대장군〉 곤지는 백제군의 해구와 조미걸취를 〈좌군장군〉에 야마토군의 목협만치를 〈중군장군〉에 신라군의 벌지를 〈우군장군〉에 임명하고 북진계획을 마무리하였다. 문주대왕의 출정 명령만 남았다. 3월 대공세가 예정되었다.

그 와중에 해구의 돌출행동이 있었다. 역적 재중걸루를 생포하여 백성들이 보는 앞에서 참수하였다. 북진을 앞둔 연합군과 백성들의 사기는 충천되었다. 이제 북진은 시간문제였다.

「대장군전하. 아무래도 신라의 태도가 이상합니다. 한번 일모성에 다녀와야 할 것 같습니다.」

진남이 급히 연합군 총본영이 있는 대두성을 찾았다.

모한에 피신해 있던 진남은 문주대왕이 등극하면서 조정에 합류하였다. 병관좌평이 아닌 내법좌평이었다.

「신라의 태도가 이상하다니요?」

곤지가 짐짓 놀라 물었다.

「잘은 모르오나 갑자기 신라가 고구려와 협상할 것을 제의해 왔습니다.」

「협상?」

「그렇습니다.」

「이종장군은 아무 말 안하던데…」

이종은 신라군 1천을 인솔하고 문주대왕을 따라 종군했던 신라장수였다. 백제군과 신라군의 연락책임을 맡았다.

「대장군 전하께 말씀드리기가 껄끄러워 대왕폐하께 직접 제안을 한 듯싶습니다. 이찬 비태가 찾아와 대왕폐하를 알현하였습니다.」

「음…」

「대왕폐하께서 소신더러 대장군전하를 모시고 직접 일모성에 가서 전후 사정을 알아보라 하셨습니다.」

그렇게 해서 곤지와 진남은 일모성 신라군영을 찾았다.

「고구려와 협상하십시오.」

비태의 일성이었다.

비태는 올 초 신관이찬에서 병관이찬으로 자리를 옮겨 신라의 군권을 통할하였다. 지금의 국방부장관인 셈이다. 때마침 비태는 일모성에 머무르고 있었다.

「아닌 밤중에 홍두깨도 유분수입니다. 뜬금없이 협상하라니요?」

곤지가 되물었다.

「대장군전하. 고구려와 협상하지 않으면 우리 신라군은 철수하겠습니다.」

「뭣이⋯?」

진남이 자리를 박차고 일어났다. 곤지가 옷소매를 잡았다.

「좋습니다. 협상을 하라 함은 그만한 이유가 있을 터⋯ 연유나 들어봅시다.」

「이는 마립간과 우리 조정의 뜻입니다. 거듭 말씀드리지만 백제가 고구려와 협상하지 않으면 우리 신라는 군대를 철수시킬 수밖에 없습니다.」

「음⋯」

곤지는 입술을 깨물었다.

「더는 드릴 말씀이 없습니다. 조만간 고구려 협상단이 일모성에 당도할 예정입니다. 그때 다시 연통을 넣겠습니다.」

비태가 먼저 군영을 나갔다.

일방의 통보였다. 다소 황당하였다. 곤지는 도저히 납득할 수 없었다. 연합군의 대공세를 목전에 둔 상황에서 신라가 갑자기 태도를 바꿨다.

곤지와 진남은 차마 발길을 돌리지 못하고 머뭇거렸다. 그때 이종이 급히 군영에 들었다.

「대장군전하. 저희 마립간께서 고구려왕 거련으로부터 심한 겁박을 받았습니다. 더 이상 신라가 개입하면 고구려군을 신라쪽으로 돌리겠다 하였습니다.」

이종이 전후사정을 귀띔하였다.

「고구려가 신라를 공격하면 우리 백제와 야마토군이 신라를 도우면 될 일이 아니오?」

진남이 물었다.

「좌평어른. 송구한 말씀이오나 결코 상황이 녹록치 않습니다. 저희 조정은 친고구려파가 장악하고 있습니다. 이찬어른은 열렬한 친고구려파입니다.」

곤지는 군영을 나왔다. 비태는 벌지와 이야기를 나누었다. 곤지가 인사를 건네자 비태는 흘깃 보더니 손을 내저었다.

「대장군전하. 참으로 옹졸하고 무례한 자입니다. 어찌 저런 자가 신라의 병관이찬이 되었는지…」

진남이 치를 떨었다.

곤지는 말에 올랐다. 그리고 뒤돌아 보았다. 비태는 등을 돌린 채였다. 곤지는 입술을 꽉 깨물었다.

대두성 연합군 총본영.

일모성에서 돌아온 곤지는 긴급히 지휘관회의를 소집하였다. 백제군과 야마토군의 장수들만 참석하였다.

「신라가 고구려와 협상할 것을 제의해왔습니다.」

진남이 먼저 입을 열었다.

「협상이라니요? 북진의 대공세를 눈앞에 두고 무슨 협상입니까? 얼토당토않은 말씀입니다.」

「그렇습니다. 적은 이제 불리한 상황에 처해 협상을 제안한 것입니다. 절대 협상은 잊을 수 없습니다. 당장 북진을 결행해야 합니다.」

「협상의 내용이 무엇입니까? 무얼 협상하자는 겁니까?」

「전투 중에도 협상을 하는데 지금은 대치 중이니 협상을 못할 이유가 없습니다. 저들의 주장을 들어봅시다.」

회의장이 소란스러웠다. 진남의 말 한마디로 시작한 회의가 난상토론으로 열이 붙었다. 그런데 의견은 둘로 갈라졌다. 모한 원군의 장수들은 협상불가를 백제군 장수들은 협상여지를 주장하였다.

「중군장군의 생각은 어떠하오?」

곤지가 목협만치에게 물었다.

「소장과 야마토 장수들은 대장군전하의 뜻과 결정에 따르겠습니다.」

목협만치는 고개를 숙였다.

「좌군장군은 어떠시오?」

이번에는 조미걸취에게 물었다.

「대장군 전하. 협상은 꼼수일 뿐입니다. 이를 받아들여선 안 됩니다.」

조미걸취의 눈빛이 빛났다.

「해 좌군장군은 또 어떠하오?」

마지막으로 해구에게 물었다.

「적들이 협상을 제안한 만큼 일단 내용을 들어보고 대공세를 취하여도 늦지 않다고 봅니다.」

해구는 입술을 오므렸다.

「나도 해 좌군장군과 생각이 같소이다. 모두 알다시피 승세는 우리에게 있습니다. 협상내용을 들어보고 북진을 감행해도 늦지 않다고 판단합니다.」

모두 곤지를 쳐다보며 고개를 끄덕였다.

곤지의 셈법은 다소 복잡해졌다. 3월 대공세를 앞두고 고구려가 갑자기 협상을 제안하였다. 문제는 고구려의 제안이 직접 협상이 아닌 신라를 통한 간접 협상이었다. 당장 신라의 태도가 마음에 걸렸다. 신라조정은 친고구려파가 장악하였다. 또한 자비마립간은 장수태왕을 극도로 두려워하는 것으로 알려졌다. 신라가 너무 유동적이었다.

「대장군전하. 수심이 가득하옵니다.」

목협만치가 곤지의 눈치를 살폈다.

조미걸취와 목협만치는 군영으로 돌아가기 앞서 곤지를 찾았다. 두 사람은 곤지와의 인연을 계기로 의형제를 맺은 사이였다.

「신라의 태도가 너무 유동적이네. 최악의 경우 신라가 우리를 배신할 수도 있는데 과연 신라군을 배제하고 우리 병력만으로 고구려군을 물리 칠 수 있을지 고민이네.」

곤지는 눈을 감았다.

「대장군전하라면 고구려군 뿐 아니라 어떠한 적도 능히 제압할 수 있습니다. 대장군전하가 누구십니까? 삼한의 최고 병법가가 아니십니까?」

조미걸취가 곤지의 마음을 헤아렸다.

「허허…」

곤지는 입꼬리를 올리며 미소지었다.

「대장군전하. 일단 협상을 하기로 하였으니 고구려의 저의를 살핀 연후에 공격을 해도 늦지 않을 겁니다. 저와 야마토의 장수들은 전하께서 섶을 지고 불 속에 뛰어든다 하더라도 따를 것이옵니다.」

목협만치가 강한 의지를 내보였다.

「고맙네.」

모처럼 세 사람만의 시간이었다.

모한 원군을 이끌고 있는 조미걸취, 야마토군을 이끌고 있는 목협만치 두 사람은 곤지의 든든한 버팀목이었다.

며칠 후 신라장수 이종이 총본영을 찾아왔다. 고구려 협상단이 신라 일모성에 도착하였다. 곤지는 해구를 백제 협상단의 대표로 삼아 일모성에 파견하였다.

고마성 왕궁 어전.

문주대왕이 왕실 가족연회를 열었다. 곤지와 아들 모대를 초대하였다.

「자마부인께서 계셨으면 좋았을 텐데….」

문주대왕이 넌지시 운을 뗐다.

「제가 부덕하여 생긴 일입니다. 야마토로 건너갈 때 무조건 데리고 가야 했었습니다.」

안타까움이었다. 곤지의 마음 한구석을 짓누르는 아쉬움이었다.

문주대왕도 사정은 마찬가지였다. 문주대왕은 태제시절 두 명의 부인이 있었다. 해씨가문의 내마와 또 다른 가문의 오로였다. 오로는 곤지의 처 자마와 함께 한성이 함락될 때 고구려로 끌려갔다. 둘 다 생사는 불명하였다.

「모대 조카님은 이제 어엿한 청년이 되었습니다. 형님전하의 젊은 시절 용모를 빼닮았습니다.」

문주대왕이 모대의 얼굴을 찬찬히 살폈다.

「황공하옵니다. 대왕폐하.」

모대는 약관 20살을 갓 넘긴 혈기왕성한 청년이었다.

「활솜씨가 뛰어나다고요. 모두 백발백중이라 들었습니다.」

모대는 훗날 〈동성東城〉의 시호를 받은 백제 제24대 왕이다. 《삼국사기》는 〈담력이 뛰어나고 활을 잘 쏘아 백발백중이었다.〉라고 동성왕을 평하였다.

「우리 왕자님 존함은…?」

곤지의 시선은 어린 소년에게 멈췄다.

「임걸입니다.」

유독 눈빛이 초롱초롱 빛났다. 곤지가 손을 내밀자 임걸이 다가와 넙죽 절하고 다시 돌아갔다.

임걸은 문주대왕의 아들이었다. 〈문근文斤〉 또는 〈삼근三斤〉이라 불렸는데 당시 11살의 유소년이었다. 2년 후 문주대왕이 죽어 13살 나이로 보위에 오르는데 이가 곧 백제 23대 삼근왕이다.

이어 문주대왕은 해씨가문의 내마와 신라 잡판 보기의 딸 보유를 정식으로 소개하였다. 문주대왕은 보위에 오르면서 두 사람에게 대후와 소후의 첩지를 내렸다.

내마대후는 알고 있었으나 보유소후는 첫 대면이었다. 한 눈에 봐도 미인이었다.

분위기가 자못 화기애애하였다. 그러나 내마대후의 표정은 밝지 않았다. 내마대후는 보유소후를 곁눈질하였다. 못마땅한 눈치였다. 모대도 보유소후를 힐끗힐끗 쳐다보았다. 그때마다 곤지가 눈치를 줘도 모대의 행동은 멈추지 않았다.

연회가 무르익었다.

「형님전하께 따로 소개할 분이 있습니다.」

어전나인이 남자 한 사람과 여자 두 사람을 데리고 들어왔다. 남자는 내법좌평 진남이었다. 여자 한 사람은 중년이었고 또 한 사람은 젊었다.

곤지가 자리에서 일어나 중년 여인에게 예를 갖췄다. 죽은 개로대왕의 후궁 소후 진眞씨였다.

「제가 진 소후를 태후로 봉할까 합니다.」

「참으로 영명하신 결정이옵니다. 폐하.」

죽은 개로대왕은 정실인 해씨가문의 대후와 여러 명의 소후를 두었다. 그러나 모두 전란 중에 죽거나 고구려에 끌려가 생사가 불명하였는데 다행히 진 소후는 살았다. 진 소후는 병 치료차 친정에 머물러 화를 면하였다. 진남의 여동생이었다.

문주대왕이 진남에게 눈치하였다.

「대장군전하. 신의 여식이옵니다.」

진남은 자신의 딸 〈진선眞鮮〉을 소개하였다. 진선이 곤지에게 큰 절을 올렸다.

「형님. 진 좌평께 과년한 여식이 있다하여 제가 부탁을 드렸습니다.」

「… ?」

「형님께서 귀국하신지 6개월이 지났습니다. 자마형수는 생사조차 확인되지 않고 형님 곁에 여인이 없으니 제가 마음이 불편합니다.」

「… !」

「부디 좌평의 여식을 거두어 주십시오.」

「폐하. 신의 처가 야마토에 있습니다.」

연화부인은 야마토에 잔류하였다. 곤지는 야마토군을 이끌고 귀국하면서 둘째아들 모대 외에는 일절 가족을 데려 오지 않았다.

「압니다. 여인을 가까이 하지 않는 형님의 성품을 잘 압니다. 그러나 큰 일하시는 형님 곁에 당장 여인이 없다는 것이 마음에 걸립니다. 이는 대왕으로써 내리는 명입니다. 부디 저의 뜻을 받아주십시오.」

「…」

곤지는 졸지에 새 부인을 얻었다. 진선, 〈鮮 고을 선〉 이름처럼 그녀는 곱고 아름다웠다. 그날 밤 곤지는 진선을 품에 안았다.

그러나 훗날 진선은 박복한 삶을 살다가 젊은 나이에 생을 마감한다. 곤지가 죽고 그녀는 유복녀 〈진화眞花〉라는 딸을 하나 낳는데 진화는 이복 오빠 동성왕에 의해 고구려 장수태왕의 말년 침비로 보내진다. 진선 또한 삼근왕에게 온갖 치욕을 당하다가 결국 자살한다.

해구와 백제 협상단이 돌아왔다.

「지금 뭐라 했습니까? 야마토군을 철수시키라고요?」

곤지는 자리를 박차고 일어났다.

「그뿐 아니라 지금의 전선을 우리 백제와 고구려의 차후 국경선으로 정하자 하였습니다.」

「음…」

곤지의 아미가 심하게 떨렸다.

「주는 것이 있으면 받는 것이 있는 법. 저들은 우리에게 무얼 주겠답니까?」

다시 자리에 앉았다.

「없습니다. 다만 자신들의 조건을 받아주면 더 이상 우리 백제를 공격하지 않겠다 하였습니다.」

곤지는 또 다시 자리를 박찼다. 얼굴 가득 노기가 서렸다.

「좌군장군은 그걸 협상이라고…」

곤지는 미간을 찌푸렸다.

「대장군전하. 송구한 말씀이오나… 아무래도 신라가 우릴 배신한 듯합니다.」

해구가 움찔하며 곤지의 눈치를 살폈다.

「배신…?」

「신라가 고구려 제안을 무조건 수용하라 오히려 압력을 가해왔습니다.」

「누구입니까? 신라 측 대표는?」

「비태라는 늙은이입니다. 고구려를 두둔하는 것이 예사롭지 않았습니다.」

「음…」

곤지는 입술을 깨물었다.

해구가 물러가고 곤지는 총본영 막사에 홀로 남았다.

막사벽면에 걸려있는 소가죽 지도가 곤지의 시선을 잡았다.

「우리 강토를 집어먹겠다고… 어림없는 소리.」

곤지는 어금니를 뿌드득 갈았다. 더벅머리 거련의 주름진 얼굴이 지도 위에 비쳤다. 거련은 웃고 있었다. 곤지는 거련의 얼굴에 주먹을 날렸다. 소가죽 지도가 땅바닥에 나뒹굴었다.

다시금 소가죽 지도를 벽면에 건 곤지는 지도에서 눈을 떼지 않았다. 이번에는 얼굴가득 검버섯을 치장한 비태의 얼굴이 비쳤다. 비태 역시 웃고 있었다.

「몹쓸 늙은이 같으니라고.… 감히 배신을 하다니」

곤지는 입술을 꽉 깨물었다. 그리고 비태를 향해 또 주먹을 날렸다.

소가죽 지도가 또 떨어졌다.

신라의 중재로 시작한 고구려와의 휴전협상은 일절 소득이 없었다. 성과라면 고구려의 저의를 파악한 것이 전부였다.

곤지는 급히 지휘관회의를 소집하였다. 회의분위기가 자못 달랐다. 주전主戰과 주화主和로 극명하게 의견이 갈렸다. 주전파는 조미걸취와 모한 원군 장수들로 여전히 북진을 주장한 반면 해구와 백제군 장수들은 협상의 여지를 두자는 쪽에서 아예 협상하자는 쪽으로 급선회하였다. 주화파였다.

곤지는 결단을 내려야했다. 예정대로 북진의 공세를 가할 것인지 아니면 협상을 계속할 것인지 양자택일이었다.

그렇게 4월을 맞고 있었다.

「대장군전하. 송나라에 파견된 사신일행이 고구려군에게 붙잡혔답니다.」

고마성의 급보였다.

「어디에서 붙잡혔다 하더냐?」

「벌수지伐首只(충남 당진시) 앞바다라 하옵니다.」

「음…」

머릿속이 복잡하였다. 곤지에게 새로운 변수가 생겼다. 고구려에 붙잡힌 사신단은 결국 인질이었다.

또 비슷한 시기에 백제조정은 고구려로 향하는 탐라耽羅국(제주도) 조공단을 억류하였다. 문주대왕은 사신에게는 은솔 관등을 탐라왕에게는 좌평 관등을 하사하여 탐라와 고구려와의 관계를 절연시켰다.

두 사건은 휴전상태에 있는 연합군과 고구려군 사이에 한층 긴장감을 불어넣었다. 아주 사소한 충돌만 일어나도 당장 전면전으로 확대될 태세였다.

대두성 연합군 총본영.

신라 잡판 보기가 곤지를 찾아왔다.

「대장군전하. 꼭 싸움만이 전쟁을 승리로 이끄는 것은 아닙니다. 싸우지 않고 이기는 것이 상책이 아니겠습니까?」

보기는 고마성에 들러 문주대왕을 알현하고 대두성을 찾았다. 신라의 비공식 사신이었다.

「달리 방도가 없습니다. 이제 힘으로라도 고구려군을 내 강토에서 몰아내야겠습니다.」

곤지는 이미 결심을 굳혔다. 남은 것은 문주대왕의 재가였다.

「제가 어떻게 해서든지 고구려를 설득하여 고구려가 웅천이북으로 물러나도록 해보겠습니다.」

보기가 넌지시 말했다.

웅천은 한천의 북쪽에 위치하였다. 지금의 안성천이다.

「웅천이라니요? 잡판어른. 어림없는 말씀입니다. 저들은 수많은 우리 백성을 유린하고 살육했습니다. 또 8천명을 노예로 끌고 갔습니다. 저들은 우리 왕도 한성을 사람이 살 수 없는 지옥으로 만들었습니다.」

「…」

「결코 거련의 행위는 용서할 수 없습니다. 저는 반드시 저들에게 빼앗긴 우리 백성과 강토를 되찾고 말 것입니다.」

곤지는 주먹을 불끈 쥐었다. 우두둑 소리가 났다.

「대장군전하. 사정이야 어찌되었든 우리 신라가 양국의 전쟁에 개입하고 있습니다. 저희 마립간과 신라조정은 이쯤해서 전쟁이 끝나길 바라고 있습니다.」

「노파심에서 여쭙는 말씀이지만 마립간과 조정의 뜻이 이찬 비태의 뜻이 아닙니까?」

곤지가 눈에 잔뜩 힘을 주었다. 의심의 눈초리였다.

「오해이십니다. 대장군전하. 이찬어른이 조정여론을 주도하고 있는 것은 사실이지만 딱히 이찬어른의 뜻이라 단언할 수는 없습니다.」

「…」

「저희 신라도 이번 전쟁에 개입하면서 알게 모르게 적잖은 피해를 입고 있습니다. 다시 한 번 간곡히 청하옵니다. 고구려에게 빼앗긴 강토는 백제가 다시 일어서면 얼마든지 되찾을 수 있습니다. 백제가 하루 빨리 전란을 수습하고 다시 강국으로 거듭나길 바랄 뿐입니다.」

「…」

「솔직히 한 말씀 더 드리면… 지금 고구려 왕자 봉옥鳳玉이 협상단을 이끌고 금성에 와있습니다. 태왕이 조서를 보내와 빼앗은 백제 땅을 신라와 나눠 갖자며 마립간을 회유하고 있습니다. 어찌 백제가 어렵다하여 우리 신라가 백제 땅을 가로챌 수 있겠습니까?」

「뭐라고요?」

곤지는 자리를 박찼다.

「마립간께서는 진퇴양난에 빠졌습니다. 두 분 공주로 하여금 봉옥왕자의 잠자리를 지키게 하며 백제가 하루라도 빨리 결정하기를 기다리고 있습니다.」*

「정말입니까? 방금하신 말씀…」

「대장군전하. 제가 무엇이 아쉬워 전하께 거짓을 아뢰겠습니까?」

보기는 길게 한숨을 내쉬었다.

「…」

곤지는 말 없이 눈을 감았다. 순간 가슴이 먹먹하였다.

「대왕폐하께는 충분히 설명을 드렸습니다. 폐하께서도 신라의 입장을 이해하신다고 말씀하셨습니다.」

곤지는 성 밖까지 나와 보기를 배웅하였다.

며칠 후 문주대왕의 조서가 도착하였다. 조서의 내용은 신라로 건너가 고구려와 직접 협상하라는 명이었다. 협상의 전권은 곤지에게 위임하였다.

---

* 《남당유고/고구려사략》 장수대제기에 관련 기사가 있다. 6월, 봉옥태자를 자비에게 보내 백제 땅을 나누는 문제를 의논케 하였더니 자비가 자신의 두 딸을 태자에게 바쳐 시침侍寢하게 하였다. 태자는 자비가 조서를 봉행하지 않기에 이를 책망하였는데 자비는 의심하면서 단안을 내리지 못하였다.

곤지의 나라

협상은 지루하였다. 빼앗은 자는 내놓지 않으려고 발버둥 쳤고 빼앗긴 자
는 다시 되찾으려고 억척으로 매달렸다. 백제와 고구려는 협상이라는 또 다
른 전쟁을 치렀다.

7월초 곤지는 협상단을 이끌고 신라의 수도 금성에 도착하였다. 도착 첫
날 비가 억수로 쏟아졌다. 곤지는 비에 젖은 채로 명활궁을 찾아가 신라 자
비마립간을 알현하고 곧바로 고구려 협상단과 마주하였다. 백제 협상단은
곤지와 좌평 진남이었고 고구려는 봉옥왕자와 대로 제우齊于였다. 중재자인
신라는 이찬 비태였다. 진남이 비태의 친고구려적 성향을 문제 삼으면서 삼
국은 첫 대면부터 신경전을 벌였다.

다음 날 본격적인 협상을 시작하였다. 그리고 열흘이 지났다. 매일 협상
을 벌였으니 열 번을 대면하였다. 협상은 순조롭지 않았다. 다음 세 가지 문
제에서 첨예하게 대립하였다. 첫째는 백제의 고구려 속국 유지 문제였다. 고
구려는 백제 아신왕이 고구려 광개토태왕에게 했던 속국의 맹약을 계속 지
키라고 주장하였다. 백제는 해왕가에서 부여왕가로 왕조가 교체된 이상 고
구려의 속국이 될 수 없다는 논리로 맞섰다. 결국 백제는 속국의 굴레를 벗
는 대신 매년 일정량의 곡물을 고구려에 보내는 선에서 타협이 이루어졌다.
백제는 명분을, 고구려는 실리를 챙긴 결과였다. 둘째는 포로가 된 백제 백

성의 송환 문제였다. 백제는 무조건 전원 송환을 요구하였고 고구려는 이미 귀족과 호족에게 분산시켜 송환할 수 없다며 난색을 표명하였다. 이 문제는 팽팽한 대립으로 해결의 실마리조차 찾지 못하였다. 셋째는 고구려의 백제 점령지 반환 문제였다. 백제는 이전 고구려와 백제의 국경선인 패강(예성강) 으로 하자는 주장이었고, 고구려는 결코 되돌려 줄 수 없다며 웅천(안성천)을 새로운 국경선으로 제시하였다. 이 문제도 서로 타협의 여지는 없었다. 결국 포로 송환과 영토 반환이라는 사람과 땅의 문제만 남았다.

늦은 밤.

보기의 저택에 신라왕실 가마가 도착하였다.

「대장군. 내일 고구려와 마지막 협상을 벌인다 하여 찾아왔습니다.」

자비마립간이 불쑥 곤지를 찾아왔다.

곤지와 백제 협상단은 객관이 아닌 보기의 저택에 머물렀다.

「대왕께서 태제시절 과인에게 원군을 요청하며 했던 말을 기억합니다.」

「…」

「순망치한 !」

「입술이 없으면 이가 시리다는 말이 아닙니까?」

「우리 신라와 백제의 관계를 단적으로 표현한 합당한 말이었습니다. 과인 은 그 한마디에 큰 감명을 받았습니다.」

「…」

「제딴엔 서둘렀으나 내부사정으로 파병이 늦어져 고구려의 남진을 막지 못했습니다. 이 자리를 빌어서 늦게나마 사과의 말씀을 전합니다.」

「마립간…」

자비마립간은 신라군 파병 지연에 대해 유감을 표하였다.

「백성들은 과인이 겁이 많고 또 고구려 늙은이를 두려워한다고들 말합니다.」

「… ?」

「과인이 아직 젊은 데 그깟 늙은이가 두렵겠습니까? 과인은 내 백성들과 강토를 지켜낼 수 있다면 그 어떤 조롱도 기꺼이 받겠습니다.」

자비마립간은 솔직한 심중을 토로하였다.

「대장군. 예고 없이 찾아온 것은… 대장군께 꼭 전할 말이 있습니다.」

「…」

「과인은 어떠한 일이 있더라도 순망치한만큼은 꼭 지킬 겁니다. 백제가 어려움에 처했다하여 외면하거나 배신하는 일은 절대 없을 것입니다.」

자비마립간의 눈빛이 곤지와 마주쳤다. 눈빛은 약속이었다.

「…」

「협상이 성공하든 결렬되든… 과인은 백제와의 동맹관계를 지속적으로 지켜나갈 겁니다.」

그리고 일어섰다. 배웅하는 곤지의 손을 꼭 부여잡았다. 무언의 신뢰며 무언의 응원이었다.

「야마토군이 백제에 버티고 있는 한 고구려는 더 이상 남진하지 못할 겁니다.」

마지막 말이었다.

야마토군의 존재를 일깨워준 정보였다.

자비마립간의 가마가 어둠 속으로 미끄러져갔다.

「백성과 강토를 지켜낼 수 있다면 어떤 조롱도 달게 받겠다. 백제가 어려움에 처했다하여 외면하거나 배신하지 않겠다.」

자비마립간의 말이 어둠 속에서 달려왔다. 곤지의 귓전에서 맴돌더니 또 사라졌다.

다음 날, 곤지는 고구려 봉옥왕자와 마주하였다. 이미 협상시한을 오늘로 못 박아 놓은 상태였다. 중재자인 신라도 배제하고 오로지 곤지와 봉옥왕자의 일대일 담판이었다.

남은 것은 두 가지. 포로 송환과 영토 반환 문제였다.

「왕자님. 우리 백성과 강토를 되돌려 주십시오.」

「안됩니다. 결코 돌려줄 수 없습니다.」

팽팽한 줄다리기였다. 곤지와 봉옥왕자는 각기 잡고 있는 협상의 끈을 한껏 붙들었다. 곤지가 힘을 주면 봉옥왕자도 힘을 주었고 곤지가 힘을 빼면 봉옥왕자도 힘을 뺐다. 두 사람은 족히 한 시간 가량을 같은 주장을 반복하며 물러서지 않았다.

「좋습니다. 제가 반반씩 양보하겠습니다. 우리 백성 4천은 송환해주시고 국경선은 한강으로 합시다.」

곤지가 양보의 뜻을 밝히며 힘을 뺐다.

「안됩니다. 포로는 한 명도 돌려줄 수 없고 국경선은 웅천에서 더 이상 양보할 수 없습니다.」

봉옥왕자는 여전히 힘을 꽉 쥐었다.

「제가 한 발짝 양보 의사를 밝혔습니다. 왕자께서도 이에 맞는 양보가 있어야 하지 않겠습니까?」

「…」

그러나 봉옥왕자는 묵묵부답이었다.

「좋습니다. 그러면 전쟁을 다시 시작하겠습니다. 야마토군 1만과 함께 평양성을 불태워 잿더미로 만들고 태왕의 목을 베겠습니다.」

봉옥왕자의 아미가 흔들렸다.

곤지는 마지막 패를 꺼냈다. 야마토군을 동원한 전쟁 재개의 강공이었다. 전날 자비마립간이 곤지에게 귀뜀해준 고구려가 야마토군의 존재를 두려워한다는 정보가 단서였다.

사실 곤지는 전쟁 승리를 나름 자신하였다. 신라의 협상중재만 아니었다면 지금쯤 백제-야마토군은 북진을 감행하여 상당한 전과를 올리고 있을 때였다.

「…」

봉옥왕자의 입술이 파르르 떨렸다.

곤지의 강공 패는 봉옥왕자를 압박하였다. 봉옥왕자는 흔들렸다.

「말씀을 안 하시니 협상을 깨자는 의사로 받아들이겠습니다. 지금까지 타결된 내용도 없던 것으로 하겠습니다.」

곤지가 자리를 박차고 일어섰다. 그리고 뒤돌아섰다.

「대장군님 ?」

봉옥왕자가 곤지를 불렀다.

「좋습니다. 대장군님의 제안을 받아들겠습니다. 대신… 」

곤지가 뒤돌아섰다.

「야마토군을 당장 철수 시켜주십시오.」

「안됩니다.」

곤지는 한마디로 거절하였다. 그리고 다시 되돌아섰다. 그러자 봉옥왕자가 곤지의 옷소매를 잡았다.

「대장군님. 야마토군만 백제에서 철수시켜준다면 제가 더 양보하겠습니다.」

「…」

상황이 뒤바뀌었다. 줄곧 〈상위〉의 입장이던 봉옥왕자는 어느새 〈하위〉

로 변하였다.

「백제 포로는 힘닿는데 까지 최대한 돌려보내겠습니다. 그리고 대장군의 제안대로 차후 고구려와 백제의 국경선은 한강으로 하겠습니다.」

「좋습니다. 왕자님이 더 양보하셨으니 야마토군을 철수시키겠습니다. 대신 합의한 내용이 모두 지켜지면 그때 철수시키겠습니다.」

「알겠습니다.」

「한 가지 더… 앞으로 고구려는 절대로 백제의 강토를 넘봐선 안 됩니다. 이 또한 합의서에 반영해야 합니다.」

「그렇게 하겠습니다.」

봉옥왕자는 백기를 들었다.

극적인 타결이었다. 열흘 넘게 진행된 지루한 협상은 곤지와 봉옥왕자의 담판으로 끝났다. 두 사람은 합의서에 서명하였다.

훗날 밝혀진 사실이지만 장수태왕이 신라를 압박해 백제가 협상장에 나올 수 있도록 한 것도 봉옥왕자에게 내린 협상의 기밀내용도 모두 야마토군을 백제에서 철수시키는 데 있었다. 장수태왕은 백제로부터 얻을 수 있는 것은 모두 얻었다고 판단하고 전쟁을 조기에 마무리 짓길 원했다. 그런데 야마토군이 갑자기 출현하였다. 장수태왕은 역공을 두려워하였다.*

7월말, 고구려군이 한강이북으로 물러났다. 백제 포로들도 하나둘 돌아왔

---

* 《일본서기》 웅략천황조에 당시의 상황을 유추해볼 수 있는 기록이 있다.

　 20년 겨울, 고구려 왕이 군사를 크게 일으켜 백제를 멸망시켰다. 이때 조금 남은 무리들이 창하倉下에 모여 있었는데 군량이 다하자 매우 근심하여 울었다. 이에 고구려 장수들이 왕에게 아뢰길 '백제는 마음이 일정하지 않습니다. 신들은 그들을 볼 때마다 모르는 사이에 착각하게 됩니다. 다시 덩굴처럼 살아날까 두려우니 쫓아가 없애기를 청합니다.'라고 하였다. 왕은 '안 된다. 짐이 듣기에 백제국은 일본국(야마토국)의 관가官家가 되었는데 그 유래가 오래되었다고 한다. 또 그 왕이 들어가 천황을 섬긴 것은 사방의 이웃들이 다 아는 바이다.'라고 말하였으므로 드디어 그만 두었다.

다. 고구려의 남침으로 시작한 백제-고구려 전쟁은 1년이 지나서야 종지부를 찍었다. 백제의 손실은 엄청났다. 인명손실과 기반시설의 파괴. 무엇하나 온전한 것이 없었다. 그러나 무엇보다도 개로대왕과 왕실가족이 처참히 살해되고 백제의 왕도 한성이 완전히 불타 증발한 것은 실로 안타까운 일이었다. 5백여 년을 면면히 이어온 백제의 터전이 하루아침에 역사 속으로 자취를 감췄다. 한성시대의 종말이었다.

「폐하. 저는 이제 야마토로 되돌아갈까 합니다.」

곤지는 문주대왕을 알현하였다. 야마토군을 철수시키기 위해서였다. 목협만치가 배석하였다.

「안됩니다. 짐은 윤허할 수 없습니다.」

문주대왕은 고개를 돌렸다.

「폐하. 전란이 수습되면 야마토로 돌아가겠다고 병관좌평과 약속했습니다.」

「해구요?」

해구가 병관좌평에 제수되었다. 백의종군을 선언하고 물러났던 해구가 조정에 다시 복귀하였다. 곤지가 고구려와 협상을 마무리 지은 직후였다.

「그렇습니다.」

「그것은 전란 중에 한 약속이 아닙니까? 저는 형님의 야마토행을 절대 윤허할 수 없습니다.」

문주대왕은 고개를 가로흔들었다.

「폐하 ?」

「형님께서 야마토로 건너가야 할 하등의 이유가 없습니다. 선대왕께서 승하하시고 안 계시는데 무슨 효력이 있겠습니까? 절대로 안됩니다.」

결사반대였다.

「형님. 제가 전란 중 엉겁결에 보위를 이어받았지만 저는 외톨이입니다. 형님마저 안계시면 제가 누굴 믿고 보위를 지킬 수 있겠습니까? 제발 야마토로 돌아간다는 말은 거두어 주십시오. 병관좌평은 제가 잘 타일러보겠습니다.」

「…」

곤지는 고개를 떨구었다.

「목협 장군. 짐이 대왕으로써 명을 내립니다. 야마토군은 장군이 직접 인솔하세요.」

「폐하의 명 받들겠습니다.」

문주대왕은 일말의 틈도 주지 않았다.

이렇게 해서 곤지의 야마토 체류 족쇄는 풀렸다. 장장 15년의 세월이었다. 만약 전란이 일어나지 않고 형 개로대왕이 죽지 않았다면 곤지는 영영 돌아오지 못할 수도 있었다.

문득 서수가룡의 말이 생각났다.

「전하께서는 야마토에 뼈를 묻을 운명은 아닙니다.」

곤지는 씁쓸하였다.

야마토군이 돌아가자 문주대왕은 상좌평제를 부활하고 곤지를 상좌평에 제수할 뜻을 밝혔다. 그러자 해구와 신료들이 거세게 반발하였다. 주로 해구를 따르는 무리가 앞장서서 반대하였다. 전란 중 곤지가 했던 약속을 지키라는 것이었다. 문주대왕은 더 이상 명분을 찾지 못하였다. 곤지의 상좌평 제수를 거두었다. 결국 곤지의 거취를 두고 벌어진 힘겨루기는 곤지가 야마토로 가지 않는 대신 조정의 관직도 맡지 않는 선에서 타협이 이루어졌다.

이 일로 문주대왕과 해구 두 사람 사이에 금이 가지 시작하였다. 해구의 조정 권력이 점점 강해지더니 급기야 문주대왕의 왕권을 능가하였다. 왕도 안팎으로 이상한 소문이 떠돌았다. 해구가 내마대후와 몰래 만나 상통한다는 소문이었다. 소문의 진위여부를 떠나 문주대왕과 해구는 돌이킬 수 없는 강을 건넜다.

바람이 매섭게 아우성을 쳤다. 과거 저편에 묻힌 수많은 기억들을 일일이 들춰냈다. 과거만이 떠안아야 할 절절한 고통을 바람은 이야기 하였다. 한성은 누군가에 의해 불태워졌다고 또 누군가는 잔혹한 음란과 살육을 거침없이 자행했다고 전하였다.

설핏한 잿빛이 하늘에 깔렸다. 먹구름이 몰려왔다. 한성은 적막하였다. 함박눈이 어둠 속에서 피어나 땅으로 이끌렸다. 그리고 차곡차곡 쌓였다.

아침 세상은 하얀 눈밭이었다. 과거의 흔적과 기억은 눈밭 아래 모두 묻혔다. 인적은 없었다. 쓸쓸한 설경이었다.

월나에서 목협만치와 야마토군을 배웅한 곤지는 곧장 한성으로 올라왔다. 왕요가 동행하였고 불갑사에 머무르던 만우법사도 한성길을 같이하였다.

만수사에 여장을 푼 곤지와 왕요는 한강 남쪽 모래밭을 서성였다. 잠시 후 계두가 뗏목을 구해왔고 두 사람은 한강을 건넜다. 이제 한강 북쪽은 백제 땅이 아닌 고구려 땅이었다. 아단성 성문에 도착한 곤지는 보초병에게 자신의 신분을 밝혔다. 성주가 급히 나와 너럭바위로 안내하였다. 너럭바위 위에는 입구가 뻥 뚫린 석실이 하나 을씨년스럽게 자리를 지켰다.

「백제왕의 시신을 이곳 석실에 놓아두었는데 유골조차 찾을 수 없었습니다.」

성주가 한마디 툭 던지고 자리를 비켜주었다.

석실 안에는 아무것도 없었다.

곤지가 아단성을 찾은 것은 개로대왕의 유골을 수습하기 위해서였다. 고구려와 협상에서 개로대왕의 시신 인도는 합의되었으나 고구려는 시신을 찾지 못했다고 백제에 알려왔다.

그래도 혹시나 하여 직접 찾아왔지만 유골은 고사하고 유품조차 찾을 수 없었다. 석실 바닥에 혈흔이 듬성듬성 묻어있었다. 개로대왕의 시신을 안치한 곳이 맞다면 필경 개로대왕의 혈흔이었다. 곤지는 착색된 혈흔을 손끝으로 긁어내며 눈물을 쏟았다.

「형님폐하. 이 아우를 용서하지 마옵소서. 형님폐하의 유골마저 찾지 못했나이다.」

곤지는 석실 앞에 엎드렸다. 순간 목울대가 뜨거워지며 격한 신음이 솟구쳤다. 곤지는 대성통곡하였다.

세찬 바람이 몰아쳤다. 몸은 꽁꽁 얼어붙었다. 그러나 가슴속 울분은 더 뜨겁게 달아올랐다.

결국 발길을 돌렸다. 뗏목을 타고 다시 한강 이남으로 향하였다. 곤지는 북쪽 아단성에 시선을 고정하였다.

「왕 공. 언제나 저 빼앗긴 우리 백제 땅을 되찾을 수 있겠소?」

넌지시 왕요에게 물었다.

「글쎄요. 소인이 어찌 앞 일을 감히 예단할 수 있겠습니까? 전하나 저나 살아생전에 되찾진 못할 것입니다.」

「음…」

「왕실과 조정 그리고 백성들이 한마음으로 똘똘 뭉쳐 힘을 키워야 가능하지 않겠습니까? 그 힘이 한두 해 지난다고 하늘에서 뚝 떨어지는 것이 아니니 적잖은 세월이 또 흘러야 할 겁니다.」

「그렇지요. 많은 세월이 흘러야 하겠지요.」

씁쓸한 넋두리였다.

잠시 후 뗏목은 남쪽 강가에 다다랐다.

「전하. 또 다시 보위에 오를 기회가 온다면… 그땐 절대 양보하지 마십시오.」

왕요가 말했다.

「…」

곤지는 고개를 돌렸다. 왕요와 눈빛이 마주쳤다.

「또 양보하시면 그땐 전하께서 죽습니다.」

「살고 죽는 것이 내 의지대로 되겠습니까? 하늘의 뜻에 맡겨놓으렵니다.」

곤지는 피식 웃더니 뗏목에서 내렸다. 그리고 한참 동안 북쪽 하늘을 쳐다보았다.

겨우내 곤지는 새 부인 진선과 함께 대두성에 머물렀다. 고마성이 아닌 대두성을 택한 것은 조정을 의식해서였다. 처음에는 월나에 머무를 계획이었으나 문주대왕이 한사코 반대하였다. 월나가 너무 멀다며 가까운 대두성에 머물도록 양해하였다.

대두성 성주는 연신이었다. 해구가 병관좌평에 제수되어 고마성으로 터를 옮기자 문주대왕은 탕정성 성주 연신을 대두성 성주에 보임하였다.

「병관좌평이 절 속였습니다. 자신을 따르던 호족들은 모두 조정의 높은 관직과 관등을 주고 저만 쏙 빼놓았습니다.」

연신이 허구한 날 술과 여자로 소일하며 울분을 토로한다는 소문이 돌았다.

곤지는 연신을 불렀다.

「은솔이 뭡니까? 누구는 숟가락만 걸치고 달솔관등에 장사가 되었는데 저는 조정의 관직도 아닌 일개 성주라니요?」

눈꼬리를 치켜세웠다.

「허허… 처남의 표현이 참으로 과하네.」

연신은 곤지의 처남이었다.

「병관좌평이 저를 팽시킨 겁니다. 전하. 아쉬울 땐 이용만하더니 이제 자신의 세상이 되니 저를 버렸습니다.」

연신은 대낮부터 거나하게 취해 얼굴이 붉었다.

「돌아가신 장인어른 생각해서 삐뚤어진 마음을 먹으면 안되네. 부디 자중자애自重自愛하시게. 가문을 생각하게. 처남 말고 누가 가문을 지킬 수 있겠네.」

곤지는 손을 부여잡고 신신당부하였다.

「전…하…!」

연신은 코가 바닥에 닿을 정도로 엎드렸다. 이내 펑펑 울었다.

그 날 이유로 연신은 마음을 다잡고 성주의 임무에 충실하였다.

사실 곤지는 연신에 대한 서운한 마음이 있었다. 연신의 태도가 퉁명스러웠다. 연신은 해구의 꽁무니를 따라다니며 곤지의 의견에 사사건건 제동을 걸었다. 그러나 곤지는 단 한 번도 처남매형사이를 내세우거나 눈치를 주지 않았다. 그저 묵묵히 지켜보았다.

문득 야마토에 있는 연화부인이 생각났다. 보고 싶었다.

* * *

정사년(477) 정월 초하루, 문주대왕은 구태사당에 대제를 올렸다. 왕실가족과 왕족 그리고 조정신료 모두가 참석하였다. 문주대왕은 고마성 새 시대를 천명하였다.

「형님. 왕궁을 고치고 또 새로 지어야겠습니다.」

곤지는 문주대왕의 연통을 받았다. 대제를 마친 며칠 후였다.

「…?」

「대제를 올리면서 결심하였습니다. 왕궁부터 손을 봐야겠습니다.」

문주대왕의 얼굴이 한껏 밝았다.

「폐하. 아직은 시기상조가 아니겠습니까? 전란이 끝났다고는 하나 백성들의 삶은 고달프기 그지없습니다. 더구나 국고는 텅 비어 있습니다.」

「알고 있습니다. 그렇지만 새 시대 새 백제의 군왕으로써 말만 번지레할 수는 없습니다.」

「폐하…?」

곤지는 당황하였다.

「형님께서 제 뜻을 이해해주시고 절 좀 도와주셔야겠습니다.」

「…?」

「분명 해구와 신료들이 반대할 것입니다. 형님만 절 도와주시면…」

문주대왕은 고개를 한껏 쳐들었다.

「폐하. 병관좌평과 척을 지시면 안 됩니다. 해구의 권력이 크다하나 어디까지나 폐하의 신하일 뿐입니다. 폐하께서 잘 타일러 품 안에 두고 다스리시면 해구는 폐하의 둘도 없는 충신이 될 수 있습니다.」

「아닙니다. 해구와 대후가 서로 상통하고 있습니다. 제가 귀가 없어 모른 척하는 것이 아닙니다. 이번 기회에 해구를 제거해야겠습니다.」

문주대왕은 입술을 꽉 깨물었다.

해구가 내마대후와 상통한다는 소문은 한 해 전 일이었다. 원래 소문이란 꽃과 같았다. 반짝하다 지면 그만이었다. 그러나 문주대왕의 말은 두 사람이 여전히 상통하였다.

「폐하…!」

당혹스러웠다. 왕궁 신개축공사는 해구를 겨냥하였다.

「조만간 어전 회의를 소집할 것입니다. 그때 참석하시어 지지하는 말씀만 해주십시오. 나머지는 제가 다 알아서 하겠습니다.」

「…」

곤지는 말문을 닫았다. 문주대왕은 너무도 완강하였다. 왕궁 신개축공사를 강행할지는 좀 더 지켜볼 일이나 해구를 제거하겠다는 의욕만큼은 너무 커 보였다.

곤지는 눈앞이 캄캄하였다.

「아… 너무… 서두르는 구나.」

목구멍에서 한숨이 절로 나왔다.

고마성 어전.

좌평들과 관부 수장이 참석한 어전회의가 열렸다. 어전은 비좁았다. 발 딛을 틈도 없었다. 한성 어전과는 비교가 안 될 정도로 협소하였다.

문주대왕이 왕궁 신개축의 뜻을 밝혔다. 신료들이 일제히 술렁였다.

「대왕폐하. 시기상조입니다. 명을 거두어 주시옵소서.」

한 신료가 나섰다.

「…」

문주대왕은 기다렸다는 듯이 곤지에게 눈빛을 보냈다. 곤지가 머뭇거리자 거듭 눈치를 하였다.

「신료 여러분…!」

곤지가 입을 열었다.

「대전란으로 백성들의 삶도 나라 사정도 모두 피폐해졌습니다. 수백 년 면면히 이어온 한성은 불타 지옥으로 변하여 부득이 이 곳 고마성에 새 왕도를 정했습니다. 그리고 우리 모두는 새 출발을 다짐하였습니다.」

모두 곤지를 쳐다보았다.

「지금 왕궁은 비좁고 보잘 것이 없습니다. 당장 이곳 어전만 하더라도 회의조차 열 수 없을 정도입니다. 바라건대 신료들 또한 어려운 상황이지만 십시일반으로 협력한다면 급한 대로 대왕폐하의 어지를 받들 수 있을 것입니다.」

쥐죽은 듯 고요하였다.

누군가 헛기침을 하였다. 해구였다. 해구는 입술을 꽉 물고 곤지를 쏘아보았다.

「병관좌평.」

문주대왕이 해구를 불렀다.

「좌평의 생각은 어떠하오?」

해구가 비좁은 자리를 헤짚고 앞으로 나섰다.

「대왕폐하. 신 또한 전하의 말씀에 백번 공감합니다. 폐하의 어지를 받들겠나이다.」

해구가 머리를 숙였다. 모두 술렁였다.

「좌평어른. 방금 하신 말씀 제가 잘못들은 것 아닙니까?」

한 신료가 해구에게 물었다. 얼굴 표정은 당황 자체였다.

「나는 분명히 대왕폐하의 어지를 받들겠다 하였습니다.」

해구가 단호히 말했다. 그 와중에도 해구는 곤지에게서 눈을 떼지 않았다.

어전회의가 파하고 신료들이 모두 나갔다.

문주대왕과 곤지 두 사람만 남았다.

「뜻밖입니다. 해구가 짐의 뜻을 받아 주리라고는 전혀 예상 못했습니다.」

문주대왕이 설레설레 고개를 흔들었다.

「폐하. 병관좌평과 신료들이 동의하였으니 폐하의 뜻대로 하시옵소서. 다만 너무 무리하지는 마시옵소서.」

「알겠습니다. 형님.」

곤지는 어전을 나왔다. 해구가 기다렸다.

「정녕… 이것이 전하의 뜻이옵니까?」

해구는 다짜고짜 물었다.

「내 뜻이 아니네. 이는 폐하의 뜻이네. 나는 조정 신료가 아닌 왕족의 한 사람으로써 내 의견을 말한 것이네.」

「음…」

해구는 더 묻지 않았다. 그리고 횡하니 되돌아섰다.

반격이 시작되었다. 해구는 문주대왕의 어지를 받든다는 명분 아래 스스로 공사책임자가 되어 공사 일체를 좌지우지하였다. 모든 것을 문주대왕에게 알리지 않고 독단으로 처리하였다. 내신좌평 여훈마저 왕족이라는 이유로 배제하였다. 해구의 반격은 문주대왕의 고립이었다. 문주대왕이 어전회의를 소집해도 신료들이 참석하지 않았다. 모두 공사에 동원되어 바쁘다는 핑계였다. 해구를 따로 불러도 나타나지 않았다. 역시 바쁘다는 핑계였다. 문주대왕이 직접 공사장에 나가 해구와 신료들을 찾아도 일체 나타나지 않았다. 참으로 어처구니없는 일이었다. 시간이 지날수록 문주대왕은 고립되었다. 간간히 여훈이 귀동냥을 하고 와서 문주대왕에게 보고할 뿐이었다.

「폐하. 해구가 지나친 월권을 하고 있습니다. 당장 관등과 관직을 회수해야 합니다.」

문주대왕의 침전. 여훈이 해구의 해임을 주청하였다.

「…」

문주대왕은 꿀먹은 벙어리였다.

「위사좌평은 왜 아직 오지 않느냐?」

나인을 향해 소리쳤다.

「대왕폐하. 위사좌평께서 공사일로 바쁘다 하십니다.」

나인의 답은 똑같았다. 위사좌평은 해구의 사람이었다.

「음…」

「폐하. 위사좌평부터 해임시켜야 합니다. 명색이 폐하의 숙위를 책임진 자가 폐하 곁에 있지 않고 공사를 핑계로 밖으로만 쏘다니고 있습니다.」

「음…」

문주대왕의 얼굴은 일그러졌다.

신료들과 대면한 지 열흘이 지났다. 처음 하루 이틀은 넘겼지만 시간은 문주대왕을 초조하게 만들었다. 마음이 불편하였다. 며칠째 식사를 걸러 몸이 바짝 야위었다.

「저들을 해임한다고 해결될 문제가 아니지 않습니까? 모두 해임하면 조정일은 누가 보고 공사는 또 어떻게 합니까?」

「폐…하…」

여훈이 고개를 숙였다.

「이러다간 짐이 말라죽겠습니다. 곤지형님을 불러주세요.」

여훈이 나갔다.

문주대왕은 곰곰이 지난 일을 뒤돌아보았다. 해구의 얼굴이 보였다.

「내가… 해구를 너무 얕잡아 봤어…」

선뜻 자신의 뜻을 받아준 해구였다.

그러나 이미 엎질러진 물이었다.

도저히 해구와 그 무리의 집단반발을 막을 수 없었다.

같은 시각.

해구와 그 무리는 병관좌평 집무실에 따로 모였다.

「좌평어른. 이제 폐하께서 백기를 들 때가 된 듯합니다. 벌써 며칠 째 식사조차 들지 못한답니다.」

「이쯤해서 폐하께서 투항하면 못이긴 체하고 받아주십시오. 좌평어른.」

무리들은 신이 났다.

「아니오. 이번 싸움은 대왕폐하가 아니라 곤지전하와의 싸움이오.」

「곤지전하라니요 ?」

「두고 보시오. 대왕폐하께서 분명히 곤지전께 도움을 청할 것이오. 그리고 곤지전하는 이 해구를 반드시 찾아올 것이오. 나는 그 순간을 기다리고 있소이다.」

「좌평어른 ?」

「곤지전하가 백제 땅에 있는 한 … 우리들의 안위와 장래는 결코 보장할 수 없소이다. 반드시 곤지전하를 야마토로 보내야 할 것이오.」

모두 해구를 쳐다보았다. 해구의 눈빛이 빛났다. 먹잇감을 앞에 둔 늑대의 눈빛이었다.

목협만치가 귀국하였다. 백제에 파병된 야마토군을 복귀시키고 돌아왔다. 그러나 곤지의 가족은 데려오지 않았다. 대반실옥이 야마토 사절단을 이끌고 목협만치와 동행하였다. 개로대왕의 조문과 문주대왕의 등극을 축하하는 방문사절이었다.

「대왕폐하께서는 황망한 일을 당하신 백제왕실에 깊은 애도를 표하셨습니다.」

대반실옥이 웅략대왕의 서찰을 곤지에게 건넸다.

　　대왕께서 유명을 달리하셨다는 소식을 듣고 짐은 곡기를 넘길 수도

　　제대로 잠을 잘 수도 없었네. 짐이 이토록 참담하고 슬프거늘 아우

　　의 고통은 오죽하겠는가.

　　당장 군사를 일으켜 거련에게 백배 천배의 응징을 가해야 한다는

　　생각에 하루에도 수십 번 북쪽하늘을 쳐다보며 칼을 뽑곤 하네.

　　아우만 원한다면 얼마든지 짐의 군사를 보내겠네.

　　문주가 보위에 올랐다는 소식을 들었네. 짐은 아우가 다음 보위를

　　이어야 한다는 뜻을 분명히 밝혔었네. 보위를 양보한 것은 실로 유

　　감이네. 정말 안타깝네.

　　목협만치가 아우의 가족을 데려 가겠다 청하였으나 짐이 윤허하지 않

　　았네. 가족마저 보내면 영영 아우를 다시 볼 수 없을 것 같아 보내지

　　않았네. 왕실과 조정이 안정되면 아우가 직접 야마토로 와서 가족을

　　데려가게.

　　보고 싶네.

곤지는 눈시울을 붉혔다. 눈가에 눈물이 아른거렸다.

「대왕폐하께선 군군전하께서 원하시면 언제든지 파병하겠다 하셨습니다.」

「…?」

곤지가 다소 격해진 감정을 억눌렀다.

「군군전하의 답을 받아오라 하셨습니다. 고구려에 대해 복수를 할 것인지

말 것인지 말입니다.」

「아… 아닙니다. 대반 대연. 고구려와 상호 침범하지 않기로 협정을 맺었습니다. 저와 우리 백제를 생각해주시는 폐하와 야마토 조정에 깊은 감사를 드립니다.」

지난 일이지만 전쟁이 협상으로 종결된 것은 아쉬움이었다. 고구려가 신라에 압력을 가하여 협상을 제안했을 당시 승세는 분명 백제 쪽에 있었다. 만약 신라를 배제한 백제-야마토 연합군으로 북진을 감행했더라면 결과는 지금보다 나을 수도 있었다. 웅략대왕의 파병의사는 곤지의 아쉬워하는 마음을 꿰뚫었다.

때마침 전령이 문주대왕의 명을 전달하였다. 곤지는 대반실옥과 야마토사절단, 목협만치와 함께 고마성으로 향하였다.

어전에 들려하니 여훈이 곤지의 옷소매를 잡았다. 야마토 사절단과 목협만치를 먼저 들게 한 곤지는 내신좌평 집무실로 자리를 옮겼다.

「해구가 왕궁 공사를 빌미로 장난을 치고 있습니다. 폐하를 침전에 감금시키다시피 하고 국정을 농단하고 있습니다.」

「정말입니까?」

곤지는 휘둥그레 눈을 떴다.

「벌써 열흘 넘게 폐하께서는 신료들을 만나지 못하고 있습니다. 회의를 소집해도 신료들은 바쁘다는 핑계로 일절 응하지 않고 있습니다.」

여훈이 혀를 찼다.

「옥체 상하신 폐하를 지켜보노라면 가슴이 미어집니다.」

그리고 가슴을 쳤다.

곤지는 어전에 들었다.

대반실옥이 문주대왕을 알현하고 나오면서 문주대왕의 용안이 무척 야위었다고 귀띔하였다.

「형님. 해구가 정말 이럴 줄 몰랐습니다. 짐을 우롱하는 것도 모자라 이제 숫제 왕이 되려합니다.」

문주대왕은 옥좌에서 벌떡 일어났다. 대뜸 곤지의 손을 잡고 하소연하였다.

「폐하. 어찌 이리 옥체를 상하셨습니까?」

정말 문주대왕은 무척 야위었다. 눈자위는 푹 꺼지고 양볼 살도 쭉 빠져 광대뼈가 튀어나왔다. 문주대왕의 용안은 급격히 변하였다.

「형님. 해구가 왕이 되려한다니까요?」

잔뜩 겁먹은 표정이었다.

「설마하니 해구가 왕이 되려하겠습니까? 병관좌평은 폐하의 신하일 뿐입니다.」

「그렇지가 않습니다. 해구는 겉과 속이 다른 사람입니다. 다른 사람 앞에서는 온화한 체 하지만 내 앞에서는 눈을 부릅뜨고 대들 듯이 합니다. 어젯밤에는 저기 옥좌에 앉아 나에게 화를 내며 막무가내로 큰소리쳤습니다.」

문주대왕은 옥좌를 가리켰다. 헛것이었다.

불과 두 달 만의 일이었다. 왕궁 신개축 공사를 시작하며 자신감에 한껏 들떠 있던 문주대왕이 아니었다.

「형님. 해구가 무섭습니다. 정말 무섭습니다. 해구를 좀 어떻게 해주십시오.」

해구에 대한 극도의 경계심이었다.

「폐하. 제가 해구를 만나 보겠습니다. 병관좌평의 일은 저에게 맡기시고 부디 심기를 굳건히 하시옵소서. 하루빨리 건강을 되찾으시옵소서.」

「형님. 저는 정말 형님만 믿습니다.」

비로소 곤지의 양손을 놓았다.

늦은 밤.

곤지는 해구를 찾아갔다. 해구의 저택은 왕궁 서쪽 산모퉁이에 있었다. 대문을 들어서자 해구의 처가 맞이하였다.

「주인께서 곧 드실 겁니다.」

안채로 안내하였다. 해구의 처는 진남의 여동생이었다. 진씨 가문이었다.

「왕실에서 누가 나왔습니까?」

마당 한켠 왕실 가마 하나가 눈에 띄었다.

「대후마마께서 별채에 와 계십니다. 나리와 말씀 중이어서 제가 전하를 모셨습니다.」

「… ?」

「요사이 대후마마께서 자주 오십니다.」

뽀로통한 얼굴이었다.

곤지는 내마대후와 해구가 상통한다는 소문을 직접 확인한 셈이었다.

잠시 후 해구가 들어왔다.

「대후마마께서 오셨다고요?」

의심의 눈초리였다.

「방금 전 환궁하셨습니다. 왕궁이 답답하시면 자주 찾아주십니다.」

해구는 태연하였다.

「음…」

「세간의 입방아 찧는 소리입니다. 소신과 대후마마는 오누이 사이일 뿐입니다.」

해구는 고개를 돌렸다.

「내 오늘 좌평을 찾은 이유는…」

곤지가 입을 열었다.

「알고 있습니다. 대왕폐하께서 전하를 보내셨지요.」

해구가 말을 가로챘다.

「…」

두 사람의 눈빛이 마주쳤다.

「거두절미하겠습니다. 폐하께서 좌평에 대한 오해가 큽니다. 오해를 거두실 수 있도록 노력해 줘야겠습니다.」

곤지가 단도직입적으로 말하였다.

「폐하의 오해라…」

해구가 가벼이 미소를 흘렸다.

「왕궁공사를 시작한 이후 좌평과 신료들이 폐하의 부름에 일절 응대하지 않고 있다고요. 이는 폐하께서 오해하실 수 있는 일입니다.」

곤지가 똑바로 해구를 쳐다보았다.

「전하. 신 또한 거두절미하고 말씀드리겠습니다.」

해구가 정색하였다.

「… ?」

「오늘의 이 사태를 만드신 분은 전하이십니다.」

「… !」

순간 곤지는 움찔하였다.

「전하께서는 전란이 수습되고 나면 조정의 관직을 맡지도 않을 것이며 또한 야마토로 다시 되돌아가겠다고 분명히 약조하셨습니다. 그러나 전하께서는 두 가지 약속을 지키지 않았습니다. 야마토로 돌아가는 문제는 폐하께서 강짜를 부려 어쩔 수 없다지만 조정의 관직을 맡지 않는 것은 일절 정사에 개입하지 않는 겁니다.」

「음…」

「하오나 전하께서는 이번 왕궁공사와 관련해서 공공연히 폐하를 지지하시며 정사에 개입하였습니다.」

해구는 강하게 따졌다.

「하여 신은 이제라도 전하께서 야마토로 돌아가겠다는 약속을 지키시면 폐하를 성심성의껏 받들어 모실 것이옵니다.」

「음…」

곤지는 아랫입술을 깨물었다.

결국 이번 사태의 원인과 결과는 곤지의 거취문제였다.

「이것이 신의 대답입니다.」

해구는 곤지의 눈을 빤히 쳐다보았다. 당장 합당한 답을 달라는 눈빛이었다.

곤지도 해구의 눈을 쳐다보았다. 두 사람의 눈빛이 강하게 충돌하였다. 기세 싸움이었다.

「좋습니다. 내가 야마토로 떠나겠습니다.」

곤지는 눈빛을 거두었다.

「한 가지 더 말씀드리겠습니다. 전하께서 야마토로 떠나시면 곧바로 어린 임걸왕자를 태자로 삼을 것입니다. 이는 대후마마의 뜻이기도 합니다.」

「…」

「이는 평소 왕실과 왕권의 안정을 무엇보다 중히 여기시는 전하의 뜻에도 합당한 처사일 것입니다.」

해구도 눈빛을 거두었다.

선택의 여지가 없었다. 너무나도 잘 짜여진 각본이었다. 해구의 연출에 곤지는 그저 무대에서 춤을 춘 배우였다.

발걸음이 무거웠다.

곤지는 어둠 속에 홀로 내밀렸다. 개짖는 소리만이 곤지의 존재를 알렸다. 뿌옇게 선 달무리에 갇힌 달이 애처로웠다.

「이하레 하늘에도 달은 떠 있겠구나.」

곤지는 어느새 야마토에 가 있었다. 어둠 속 이하레의 좁은 길을 걷고 있었다.

곤지가 야마토로 떠난다는 소문은 금새 퍼졌다. 조미걸취와 목협만치는 급히 곤지를 찾았다.

「나는 야마토로 돌아갈 것이네.」

「전하. 제발 뜻을 거두어주소서.」

조미걸취가 애원하듯 매달렸다.

「전하. 천부당만부당한 말씀이십니다. 뜻을 거두어주소서.」

목협만치가 거들었다.

「전란 중에 해구와 한 약속이었는데… 내 대왕폐하의 어지를 꺽지 못해 이를 미뤄왔지만 이제 때가 된 듯하네. 약속은 지키라고 있는 것이 아니겠나. 해구와의 약속을 지킬 것이네.」

곤지는 단호하게 잘라 말했다.

두 사람은 곤지의 집을 나섰다. 둘 다 어깨가 축 쳐졌다.

「이게 다 해구 때문이 아닌가?」

조미걸취가 이를 부드득 갈았다.

「전하께서 완강하시니 큰 일입니다. 다시 야마토로 가시면 영영 돌아오실 수 없습니다.」

목협만치는 한숨을 내쉬었다.

「해구를 제거해야겠어. 해구만 없으면 전하께서 야마토로 건너가실 명분도 이유도 없네.」

조미걸취가 잔뜩 눈에 힘을 주었다.

「형님…!」

「왜 놀라시는가? 아우.」

「설사 그렇다 해도 해구의 목숨을 빼앗는 것은 안됩니다. 이는 전하께 누가 될 뿐입니다. 형님.」

「생각해보게 아우. 꼭 전하의 일이 아니더라도 해구의 오만방자함을 더이상 방치할 순 없지 않은가 말일세. 한성은 해씨들 세상이었다지만 고마성은 아니지 않은가? 저들의 권력이 어찌 고마성에도 살아있냐는 말일세.」

「…」

목협만치가 고개를 끄덕였다.

「쓸 만한 자를 알아봐야겠어. 단칼에 목을…」

조미걸취는 손을 휘저으며 칼 휘두르는 흉내를 냈다.

「형님. 아무래도 제가 직접 대왕폐하를 알현해야겠습니다.」

「대왕폐하?」

「어떡하든 폐하를 움직여 전하의 야마토행을 막아야겠습니다.」

「가능하겠나. 지금 폐하께서는 침전에 칩거하며 일절 신료들의 알현을 받지 않고 있다들었네.」

「전하의 일입니다. 대왕폐하께서 설마하니 전하의 일을 외면하시겠습니까?」

「알겠네. 허나… 만에 하나 이도 저도 안된다면 내 반드시 해구를 제거하겠네.」

「알겠습니다.」

「전하께서 야마토로 건너가시는 것은 어떡하든 막아야 하네. 생각해 보게. 아우나 나나 오로지 전하 한 분을 위해 살아왔는데 또 다시 야마토라니… 결코 있을 수 없는 일이네.」

「저에게 맡겨주십시오.」

「음…」

조미걸취는 손가락을 움켰다. 뿌드득하고 소리가 났다.

문주대왕이 칩거에 들어갔다. 곤지가 야마토로 돌아갈 것이라는 해구의 보고를 받은 직후부터였다. 그런데 상황이 묘하게 돌아갔다. 문주대왕은 해구와 신료들의 알현을 일절 거부하였다. 상황이 뒤바뀌었다. 신료들은 문주대왕을 만나지 못해 조바심을 내었다. 그렇게 며칠이 지났다. 어제는 목협만치가 은밀히 문주대왕을 알현하였다.

「중대발표를 할까합니다.」

문주대왕은 긴급히 어전회의를 소집하였다.

때마침 이 날은 곤지가 야마토로 떠나기 앞서 문주대왕을 알현할 예정이었다.

「짐은…」

문주대왕은 주위를 훑었다.

「곤지형님께 보위를 양위합니다.」

일순간 쥐 죽은 듯이 고요하였다. 모두 놀란 눈으로 문주대왕을 쳐다보았다.

「폐하. 어인 하명이시옵니까? 양위라니요? 신이 폐하의 하명을 제대로 들은 것이옵니까?」

해구가 급히 앞으로 나섰다.

「내법좌평 ?」

문주대왕은 곧바로 진남을 불렀다.

「내법좌평은 내신좌평께서 부재하니 짐의 명을 조정에 알리고 서둘러 형님의 즉위식을 준비해 주세요. 오늘 중으로 마쳐야 합니다.」

내신좌평 여훈이 중병을 얻어 사직을 청한 상태였다.

「… ?」

진남이 머뭇거렸다.

문주대왕은 양위조서를 진남에게 건네고 곧장 침전으로 들어갔다.

신료들이 일제히 웅성대며 술렁거렸다.

「병관좌평어른. 양위라니요? 폐하께서 건재하신데 갑자기 양위라니요?」

「아닌 밤중에 홍두깨라더니 이를 두고 한 말이 아닙니까? 참으로 얼토당토않은 명이시옵니다.」

모두 해구를 쳐다보며 한마디씩 내뱉었다.

해구는 물끄러미 서있었다. 아미가 심하게 흔들렸다.

「내법좌평어른. 폐하의 명을 받들 겁니까?」

그리고 진남에게 물었다.

「글쎄요. 받들어야 할지… 말아야 할지… 쉬이 판단이 서지 않습니다.」

「폐하의 명을 절대 받들어선 안됩니다. 내법좌평어른.」

해구가 급히 자리를 떴다. 신료들도 하나둘 따라나섰다.

어전에는 진남만이 홀로 남았다. 양위조서를 펼쳐보았다.

「갑자기 양위라니… 그것도 곤지전하께. 대관절 무슨 뜻일까?」

혼잣말이 허공을 맴돌았다.

그때 곤지가 들어왔다. 문주대왕에게 작별인사를 하기 위해서였다.

「전하. 폐하께서 전하께 보위를 양위하신다는 명을 내렸습니다.」

「…?」

양위조서를 곤지에게 건냈다.

곤지는 휘둥그레 눈을 떴다. 곧장 침전으로 향했다.

같은 시각.

해구는 내마대후의 처소를 찾았다.

「정말입니까?」

내마대후가 화들짝 놀라며 되물었다.

「너무나 급작스럽고 황당한 명이라 어찌해야 할지 판단이 서지 않습니다.」

내마대후가 눈을 감았다. 골똘히 생각에 잠기더니 다시 눈을 떴다. 그리고 입가가 살포시 미소를 지었다.

「대후마마. 어찌 웃으십니까? 사태가 심각합니다. 우선 급한 대로 내법좌평께는 폐하의 명을 받들지 말라 일렀지만 폐하께서 이를 강행하시면 참으로 낭패입니다.」

내마대후는 여전히 미소를 머금었다.

「지렁이도 밟으면 꿈틀거린다는 말이 있습니다. 폐하를 너무 몰아붙인 것이 화근입니다.」

「대후마마?」

해구가 영문을 몰라 하였다.

「며칠 동안 칩거하신다기에 이상하다 싶었습니다. 이제 폐하의 반격이 시작된 겁니다.」

내마대후는 선대 개로대왕이 행했던 양위파동을 해구에게 알려주었다. 당시 양위파동의 불똥은 뜻밖에도 태제였던 문주대왕에게 튀었다. 결국 문주대왕은 태제 자리만 유지하고 조정 관직에서 물러났다. 이 모습을 지켜보며 속앓이 했던 내마대후였다. 고마성 조정에는 개로대왕의 양위파동을 알고 있는 사람이 거의 없었다.

「어떻게 대처해야 합니까? 제가 병관좌평을 사직하고 물러나야 합니까?」

해구는 고개를 푹 숙였다.

「성급한 속단은 금물입니다. 우선 신료들을 동원하여 석고대죄부터 시작하세요. 폐하가 원하는 것이 분명 있을 겁니다. 그것을 파악하여 폐하와 협상을 해봐야지요.」

「폐하께서는 분명 신의 사직을 원할 것입니다. 대후마마.」

「경거망동하지 마십시오. 폐하의 의중이 확인될 때까지는 절대 사직해선 안됩니다. 한 번 사직서를 내면 모든 것을 잃을 수 있습니다.」

해구가 내마대후의 지시를 받고 급히 나갔다.

「유약하신 줄만 알았더니 선왕의 일을 답습하다니…」

내마대후는 한껏 큰 소리로 웃었다.

어전 마당.

곱게 잘 다듬어진 판석이 정렬지어 깔렸다. 왕궁 신개축 공사를 하며 정돈된 마당이었다. 신료들은 판석 위에 모두 엎드렸다.

「대왕폐하. 양위조서를 거두어 주시옵소서.」

「양위하신다는 명은 천부당만부당하신 분부이시옵니다. 양위조서를 거두어 주시옵소서.」

모두 침전을 향해 목청을 높였다. 신료들 속에는 곤지와 조미걸취, 목협만치도 있었다.

뙤약볕 아래 석고대죄가 시작되었다. 석고대죄는 밤낮을 가리지 않고 계속되었다. 하루 이틀은 버텼지만 3일째부터는 실신하는 사람도 생겼다. 모두 목소리는 쉬어 갈라졌다. 신료들은 지쳐갔지만 문주대왕은 꿈쩍하지 않았다.

「병관좌평어른. 이러다가 모두 비명횡사하겠습니다.」

「차라리 우리 모두 사직을 청합시다. 폐하께서 양위조서를 철회하지 않으시니 우리가 사직해야 되는 것 아닙니까?」

모두 앞다퉈 해구에게 매달렸다.

「조금만 더 기다려봅시다. 태후께서 나오시면 가타부타 말씀이 있을 겁니다.」

해구도 지쳐있었다. 차라리 사직서를 내고 포기하고 싶은 마음이 굴뚝 같았다. 그래도 해구는 이를 악물고 참았다. 경거망동하지 말라는 내마대후의 말 한마디로 버텼다.

조금 전 진 태후가 침전에 들었다. 진 태후는 왕실의 최고 어른이었다.

***

문주대왕의 침전.

양위파동을 두고 마지막 협상을 벌였다. 참석자는 문주대왕과 곤지, 해구와 내마대후 그리고 협상을 주선한 진 태후였다.

협상이 이루어지기까지는 다소 진통이 있었다. 먼저 진 태후가 문주대왕을 독대하여 의중을 확인하였다. 문주대왕은 곤지를 상좌평에 보임하고 후계자에 봉하는 두 가지 조건을 내세웠다. 해구와 조정이 이를 받아들이면 양위를 철회하겠다는 뜻도 밝혔다. 결국 문주대왕의 양위파동은 곤지의 거취문제였다. 진 태후는 문주대왕의 요구를 가지고 곤지, 해구와 함께 내마대후 처소에서 따로 협상을 벌였다.

「폐하. 곤지전하를 적윤嫡胤에 봉하심은 차후 보위를 전하께 물려주는 겁니다. 전하의 춘추는 폐하보다 연장이시옵니다. 이는 자연의 이치에도 맞지 않습니다.」

〈적윤嫡胤〉은 왕의 후계자를 칭하였다.

해구가 부당함을 고하였다.

「제 생각도 병관좌평과 같습니다. 폐하의 적통인 임걸왕자를 적윤으로 삼는 것이 순리입니다.」

곤지가 말하였다.

「임걸은 아직 어리고… 」

문주대왕이 머뭇거렸다.

「폐하. 임걸왕자가 춘추 미령하나 폐하의 뒤를 이을 왕재로 손색이 없습니다. 장성하면 임걸왕자의 무한한 가능성을 보게 될 겁니다.」

곤지는 임걸왕자를 적윤으로 추천하였다. 이는 첫 협상에서 곤지가 강하게 제의하여 정리된 문제였다.

곤지는 왕실이 자신의 존재로 인해 분란에 휩싸이는 것을 원치 않았다. 무조건 왕권이 안정되길 바랐다. 그것은 한성을 버리고 고마성에서 새 출발하는 백제의 앞날을 위해서였다. 왕권의 안정은 강대한 백제 건설의 초석이었다.

「형님께서 그리 말씀하시니… 임걸을 믿어보겠습니다. 그러나 상좌평만큼은 꼭 형님께서 맡아 주셔야합니다.」

「폐하. 저는 조정의 관직을 맡지 않겠다는 의사를 누차 밝혔습니다. 그저 가까이에서 폐하를 지켜보는 것으로 만족하옵니다.」

곤지는 조정관직에 대한 거부의사도 명확히 했다. 이 역시 첫 협상에서 합의한 사항이었다.

「대후. 대후의 생각도 형님과 같으시오. 아니 짐이 틀렸다 생각하시오?」

문주대왕은 곤지의 답이 신통치 않자 내마대후에게 물었다.

내마대후가 낳은 임걸을 적윤으로 봉할 테니 곤지의 상좌평 보임을 받아달라는 제안이었다.

「폐하의 뜻에 따르겠습니다.」

내마대후는 합의사항을 뒤집었다.

「대후마마?」

해구가 놀란 눈으로 내마대후를 쳐다보았다.

「그렇게 하는 것이 좋겠습니다. 폐하께서 임걸왕자를 적윤으로 봉하신다 하셨습니다. 전하는 지덕체를 겸비한 훌륭한 분이십니다. 폐하의 치세를 안정적으로 이끌 적임자라 믿어 의심치 않습니다.」

내마대후는 노련하였다. 하나를 얻었으니 하나를 양보하겠다는 의사였다. 그러나 곤지를 문주대왕의 치세를 밝혀줄 적임자로 지목하며 은연 중 문주대왕과 곤지의 관계를 군신관계로 규정하였다.

「폐하. 상좌평의 직책은 옥상옥屋上屋 같은 존재이옵니다. 이전 선대왕의 치세 때에도 적잖은 폐단이 있었던 것으로 알고 있습니다. 청컨대 내신좌평께서 병환으로 사직을 청한 상태이니 전하께서 내신좌평을 맡더라도 무리는 없을 겁니다. 여훈 공이나 전하는 모두 왕족이십니다.」

해구가 다급히 아뢰었다.

「형님…?」

문주대왕이 곤지를 쳐다보았다.

「알겠습니다. 폐하의 뜻을 받아들이겠습니다. 조정의 어떤 직책을 맡기시더라도 개의치 않겠습니다.」

비로소 곤지는 조정관직의 수용의사를 밝혔다.

문주대왕은 환한 미소를 지었다.

「태후폐하. 짐이 형님을 내신좌평에 봉하고 어린 왕자 임걸을 적윤으로 삼을까 합니다. 태후폐하의 의견을 말씀해 주십시오.」

문주대왕은 마지막으로 진 태후의 의견을 물었다. 진 태후는 말없이 고개를 끄덕였다.

이렇게 해서 문주대왕의 양위파동은 종결되었다.

문주대왕이 곤지의 야마토행을 결사반대한 것은 나름 이유가 있었다. 문주대왕은 개로대왕의 실책 중 하나가 곤지를 야마토로 보낸 것이라 믿었다. 정작 개로대왕 자신이 가장 어려울 때 곤지의 도움을 전혀 받지 못했다. 만일 곤지가 한성에 있었다면 고구려가 제아무리 강한 군대라도 능히 막아낼 수 있었을 것이라 생각했다.

지금 문주대왕은 곤지의 힘이 절대적으로 필요하였다. 전란이 수습되는 과정이지만 고마성 천도 이후 해구를 비롯한 신흥 호족이 발호하였다. 안정적인 왕권을 만들고 지탱해줄 사람은 곤지밖에 없었다.

이것이 역사 이면에 숨겨져 있는 곤지의 존재이며 곤지의 힘이었다.*

내신좌평 곤지. 곤지가 백제조정의 관직을 맡은 것은 처음이었다. 평생 외

---

* 당시 상황을 《삼국사기/백제본기》 문주왕조에는 '3년 봄 2월, 궁궐을 수리하였다. 여름 4월, 왕이 동생 곤지를 내신좌평으로 삼았고 맏아들 삼근을 태자로 삼았다.'라고 하였으며, 《남당유고/고구려사초》 장수대제기에는 '문주가 궁실을 중수하였다. 문주의 처 해씨가 병관좌평 해구와 상통하고 정사를 함부로 주물렀다. 문주는 자신의 세력이 없음을 알고 곤지를 내신좌평으로 삼았다. 삼근을 적윤으로 삼아 처 해씨를 달랬다. 문주의 처 해씨가 해구와 상통한 것은 혼인 전부터였던지라 문주는 해구를 대적할 수 없었다. 해구가 처형이었다. 혹은 이복처형이라고도 한다.'라고 기록하고 있다. 《삼국사기》는 단순 기사인 반면 《남당유고》 사료는 그 배경이 상세하다.

지와 야마토로 겉돌며 유랑자 생활을 해온 곤지였다. 내신좌평 곤지가 조정의 영수로써 시행한 첫 작업은 좌평서열의 재조정이었다. 기존 내신, 내두, 내법, 위사, 조정, 병관좌평의 서열을 내신, 병관, 내두, 내법, 조정, 위사 순으로 재조정하였다. 병관좌평 해구에 대한 배려였다. 아울러 문주대왕과 협의하여 조정좌평에는 조미걸취, 위사좌평에는 목협만치를 기용하였다. 두 사람은 곤지의 사람으로써가 아니라 전란에서 세운 공을 늦게나마 인정하였다.

5월초, 내신좌평 곤지는 조정회의를 소집하였다. 내외 관부의 수장 모두가 참석하였다.

「오늘부터 저의 호칭은 〈전하〉가 아닌 〈좌평〉으로 불러 주시기 바랍니다. 저는 왕족이 아닌 내신좌평이니 이에 걸맞게 호칭해 주길 부탁합니다.」

곤지는 자신의 호칭문제부터 정리하였다. 왕족의 예우 및 대우를 일체 받지 않고 조정신료로써 충실하겠다는 의지였다.

「전란 이후 나라 안팎으로 시급히 정리해야 할 것들이 많습니다. 우선 내적으로는 어수선한 강토와 백성들이 하루 빨리 안정을 되찾을 수 있도록 모든 조치를 강구해야 합니다. 주지하다시피 한천 북쪽은 고구려의 침탈로 강토가 황폐되고 백성들이 떠나 행정력이 와해된 상태입니다. 조속히 호구실태와 피해상황을 파악하여 조정이 적극 나서서 지원해야 합니다. 왕도를 포함하여 남쪽지역도 마찬가지입니다. 적잖은 인명손실이 있었습니다. 우선 실태부터 파악한 연후에 조정이 적절한 지원책을 마련해주길 바랍니다. 이 모든 것을 조정의 힘으로만 처리하기에는 역부족일 겁니다. 지방호족들과 협조하여 하나하나 정리해 주길 바랍니다.」

모두 고개를 끄덕였다.

「또한 외적으로는 신라와 야마토, 임나 등 전통 동맹국들과 관계를 조속히 회복하고 바다 건너 송나라와의 교류도 재개해주길 바랍니다. 이번 전란을 겪으면서 우리 모두는 외교의 중요성을 뼈저리게 느꼈습니다. 신라와 야마토의 도움이 없었다면 생각만 해도 끔찍합니다. 앞으로도 전통 맹방들과의 동맹관계를 더욱 발전시킬 수 있도록 힘써 주시길 바랍니다.」

곤지는 내외의 당면 현안을 일목요연하게 정리하였다.

「앞으로 조정의 업무를 처리함에 있어 다음 두 가지 원칙은 꼭 지켜주시기 바랍니다. 첫째는 공명정대한 업무처리요 둘째는 원활한 의사소통입니다. 저를 포함하여 여기 계신 좌평들부터 이 원칙을 철저히 지킬 것이니 관부 수장들도 꼭 지켜주길 당부합니다.」

좌평들과 관부 수장들은 현안에 대해 구체적인 실행계획을 밝히며 모두 적극 공유하였다. 이 시간이 꼬박 한나절이었다. 발표와 질의응답, 때론 난상토론으로 이어진 기나긴 시간이었지만 어느 누구나 지루한 기색을 보이지 않았다. 모두 진지하였다.

「여러분의 적극적인 자세를 보니 참으로 기쁩니다. 이제 우리 제국은 전란의 아픔을 걷어내고 새롭게 태어나야 합니다. 위기가 기회라는 말이 있습니다. 부연하면 기회는 반드시 위기를 겪어봐야 얻게 되는 소중한 자산입니다. 우리는 위기를 겪어 보았기에 지금 기회를 맞고 있는 것입니다. 여러분의 건투에 우리 제국의 미래가 달려 있습니다. 나는 반드시 우리 제국이 삼한의 대강국으로 다시 태어날 것을 믿습니다.」

조정회의가 끝났다. 회의장을 빠져나가는 관부 수장들은 한껏 가슴이 벅차올랐다. 모두 의욕이 넘쳤다. 그리고 이구동성으로 명재상을 만나 이제 제대로 된 일을 하게 되었다며 모두 좋아라하였다.

그날 이후로 조정 분위기가 확 바뀌었다. 그동안 만연되어 있던 관부의 이기주의와 보신주의, 책임 떠넘기기, 자기사람 챙기기 등 고질적인 병폐가 점진적으로 자취를 감추었다. 대신 신료들의 적극적인 소통과 열정이 그 자리를 채워나갔다. 누가 시킨 것도 아닌데 밤늦게까지 호롱불을 밝히고 업무에 열중하는 신료들이 하나둘 늘어났다.

어둠이 내릴 무렵.

왕실 가마 한 대가 소리 없이 미끄러지더니 해구의 저택에 당도하였다. 내마대후였다.

「오라버니. 폐하께서 소녀를 내쫓으려 합니다.」

내마대후의 얼굴은 창백하였다.

「내쫓다니… 대관절 무슨 말입니까?」

해구가 둥그렇게 눈을 떴다.

「대후 첩지를 회수하고 소녀를 왕궁에서 쫓아내려 하고 있단 말입니다.」

내마대후는 벌벌 떨었다.

오늘 낮의 상황이었다. 곤지가 어전에 들었는데 문주대왕이 내마대후가 해구와 상통하고 있는 일을 거론하며 내마대후를 쫓아내겠다는 뜻을 곤지에게 밝혔다. 이 사실은 내마대후가 어전에 심어놓은 나인이 알려주었다.

「이대로 앉아있다간 꼼짝없이 쫓겨나게 생겼습니다. 오라버니께서 나서서 어떻게 하든 폐하의 의지를 꺾어야 합니다.」

「제가요…?」

「그럼 누가 소녀를 도와주겠습니까? 오라버니께서 직접 나서야지요.」

「…」

해구는 입을 다문 채 눈만 껌벅였다. 본능적으로 몸을 움츠렸다. 이는 해구 자신의 문제일 수도 있었다. 자칫 대후와 놀아난 자신의 목이 떨어질 수도 있었다.

「어찌 대답을 안 하시는 겁니까? 대관절 무얼 망설이는 겁니까?」

내마대후가 다그쳤다.

「대후마마. 곤지전하 아니 내신좌평께서 폐하의 물음에 뭐라 답을 하셨습니까?」

「그것까지는 모릅니다.」

「음…」

「당장 곤지전하께 도움을 청해보세요. 지금 이것저것 앞뒤를 재어 볼 때가 아닙니다. 지푸라기라도 잡는 심정으로 곤지전하께 매달려 보세요. 곤지전하라면 모른 체하지는 않을 겁니다.」

「알겠습니다.」

내마대후가 바로 돌아갔다. 다른 때 같으면 별채에서 해구와 단둘이 오붓한 시간을 보낼 내마대후였지만 오늘은 달랐다. 내마대후는 뒤도 돌아보지 않았다.

해구는 자신도 모르게 목덜미에 손이 갔다. 흐물흐물한 액체가 손끝에 묻었다. 순간 화들짝 놀라 손끝을 바라보았다. 다행이 피는 아니었다. 목덜미에 땀이 흥건히 배어 있었다.

해구는 곧장 말고삐를 잡아 당겼다. 그리고 채찍을 가하였다.

늦은 밤.

곤지는 뒤뜰에서 진선과 함께 밤하늘 정취에 흠뻑 빠졌다. 달은 한없이 맑았고 별은 총총하게 빛났다. 세상은 고요하였다. 모처럼 휴식이었다.

해질 무렵 목협만치가 찾아왔다. 야마토에 사람을 보내 곤지가족을 귀국시키겠다 청하였다. 곤지는 자신이 직접 야마토로 건너갈 것이라 알렸다.

야마토에 있는 가족이 하나둘 떠올랐다. 죽은 첫째 아들 고와 며느리, 두 사람은 야마토 땅에 묻었다. 목협만치의 처가 된 첫째 딸 순, 셋째 아들 모지와 둘째 딸 모혜, 넷째 아들 호, 그리고 연화부인과 막둥이 융이었다. 모두 보고 싶고 그리운 얼굴들이었다.

문득 둘째 아들 모대의 소식이 궁금하였다.

「무심한 놈 같으니라고… 」

곤지의 입가에 푸념이 맴돌았다.

정초에 모대를 신라에 보냈다. 원군 파병에 대한 감사를 전하는 공식 사신이었다. 5월이니 벌써 5개월째였다. 돌아와도 벌써 돌아왔어야 할 시기였다. 그러나 모대는 돌아오지 않았다. 따로 신라에 사람을 보내 사정이라도 알아보고 싶었다. 곤지는 아들 문제로 신료들에게 부담을 주고 싶지 않았다. 무소식이 희소식이려니 생각하면서도 노심초사하였다. 모대는 곤지가 새 부인 진선을 맞이한 것에 대해 불만이 많았다. 아비의 여자문제도 이해해 주지 않아 괘씸하였지만 둘도 없는 귀한 자식이었다.

문득 문주대왕의 얼굴이 눈앞을 가로막았다. 문주대왕은 내마대후가 해구와 놀아나는 것을 더 이상 묵과할 수 없다며 내마대후를 폐하겠다는 뜻을 밝혔다. 명분은 충분하지만 곤지는 쉬이 동의할 수 없었다. 모처럼 조정이 안정을 되찾고 있는데 왕실이 분란을 일으켜 찬물을 끼얹는 꼴이었다. 곤지의 마음은 한없이 무거웠다.

진선이 잠자리를 준비하겠다며 안채로 먼저 들어갔다. 곤지도 막 뒤따를 참나였다. 누군가 대문을 격하게 두드렸다.

해구가 헐레벌떡 다가와 무릎을 꿇었다.

「전하. 신을 좀 살려주시옵소서.」

다짜고짜 애원하였다.

「늦은 밤중에 어인 일이시오. 누가 감히 우리 병관좌평을 해하기라도 한단 말입니까?」

곤지는 해구를 일으켜 세웠다.

「폐하께서 오늘 낮에 전하를 부르시어 대후마마를 폐하겠다는 의사를 밝히신 걸로 알고 있습니다. 청컨대 대후마마도 살려주시고 신도 살려주시옵소서.」

해구는 곤지를 〈전하〉라 불렀고 자신을 〈신〉이라 칭하였다.

「…」

「전하. 이번에 대후마마와 신을 살려주신다면 전하가 원하시는 무엇이든 다하겠습니다.」

「허허…」

곤지는 혀를 찼다.

「전하. 제발 대후마마와 신을 살려주시옵소서.」

해구는 바짝 머리를 조아렸다.

「병관좌평. 폐하께서 대후마마를 폐하시겠다는 말씀을 하셔서 제가 지금은 때가 아니라고 말씀드렸습니다. 조정이 안정되고 전란의 수습되는 국면인데 왕실이 분란을 자초해선 안 된다고 말입니다.」

「전하. 그것만으로는 부족합니다. 전하께서 대후마마와 신의 방패막이 되어주셔야 합니다. 대후마마와 신의 목숨만 지켜주신다면 정말 모든 것을 다 내어드리겠습니다.」

해구는 거래를 제안하였다.

「음…」

「전하. 제발… 」

고개를 푹 숙였다.

「병관좌평. 이는 나와 거래할 사항이 못됩니다. 차후라도 대후마마와 병관좌평이 사적으로 만나지 않는다면 폐하께서는 두 분을 용서하실 겁니다.」

「전하…?」

아예 무릎을 꿇었다.

「좋습니다. 나와 거래를 합시다. 내 조건은 오늘 이후로 병관좌평이 대후마마와 절대 사적으로 만나지 않는 겁니다. 이것만 지켜주면 어떻게 해서든지 폐하를 설득하겠습니다. 내 조건을 따라주시겠습니까?」

「감사합니다. 전하. 신은 전하께 충성을 다 바치겠습니다.」

해구는 코가 바닥에 닿을 정도로 바짝 엎드렸다.

「병관좌평. 좌평이 충성을 해야 할 대상은 내가 아닙니다. 대왕폐하와 태자전하이며 그리고 전란의 후유증으로 고통 받고 있는 우리 소중한 백성입니다. 꼭 나와 약조를 지켜주시오.」

곤지는 해구를 일으켜 세웠다. 그리고 손을 꼭 잡았다. 차갑게 식은 해구의 손이 파르르 떨었다.

해구가 돌아가고 잠자리에 든 곤지는 진선을 꼭 껴안았다. 그렇지만 몸이 격하게 반응하지 않았다. 진선의 육체에서 떨어져 나온 곤지는 엎치락뒤치락 몸을 뒤척였다. 어둠은 내내 곤지의 수면을 허락하지 않았다.

다음날 아침 일찍 곤지는 아침식사를 하는 둥 마는 둥 서둘러 등청하였다. 문주대왕을 알현하기 위해 어전을 찾았다. 그런데 대뜸 문주대왕은 조서를 건넸다. 내마대후를 폐하여 왕궁에서 내쫓는다는 조서였다.

「폐하. 대후마마를 폐하신다는 조서를 거두어 주시옵소서.」

「형님. 짐은 이미 결심을 굳혔습니다. 지금 대후를 내치지 않으면 차후에는 기회가 없을 겁니다.」

문주대왕은 고개를 돌렸다.

「폐하…?」

「오늘은 대후를 내치겠지만 다음은 해구입니다. 해구의 죄도 결코 용서할 수 없습니다. 어찌 한낱 신하가 짐의 여자와 놀아날 수 있습니까? 이는 왕실을 능멸한 대역죄입니다.」

문주대왕은 주먹을 불끈 쥐었다.

곤지는 당혹스러웠다.

「폐하. 청컨대 다른 것은 생각치 마시고 저의 말만 들어주시옵소서. 대후마마는 태자전하의 모후입니다. 훗날이라도 모후의 일로 태자전하가 낙담하면 왕권이 불안해질 수 있습니다. 이는 폐하나 저나 결코 원치 않는 일입니다. 또한 병관좌평에게까지 죄를 묻는다 하심은 아직은 시기상조입니다. 해구를 따르는 자들이 조정의 중책을 독차지하고 조정을 좌지우지하고 있습니다.」

「음…」

「폐하의 분노를 제가 모르는 것이 절대 아닙니다. 그러나 이는 득보다 실이 너무 많습니다. 또한 시기적으로도 적절치 않습니다. 지금은 폐하의 치세가 만개할 수 있도록 내실을 다지는 시기이옵니다. 이 시기를 놓치면 폐하께서는 두고두고 후회할지도 모릅니다.」

「…」

문주대왕은 눈을 감았다.

「해구가 약조를 했습니다. 차후로 대후마마와 공적이 아닌 사적으로 따로 만나는 일을 절대 하지 않겠다고 말입니다. 부디 왕실의 안녕과 폐하의 백성을 먼저 생각하소서.」

「형님…」

그리고 눈을 떴다.

「대후나 해구 둘 다 해씨가문입니다. 한성의 기반을 잃은 저들이 다시 왕실과 조정을 장악하고 있습니다. 저는 결코 저들 가문이 다시 일어서는 것을 용납할 수 없습니다.」

「폐하. 저들 해씨가문이 두려우신 겁니까? 제가 살아 있는 한 저들 가문이 결코 왕권을 넘보는 일은 없을 겁니다. 저를 믿으시고 정히 대후마마와 해구를 내치시려면 좀 더 시간을 두십시오. 나라가 안팎으로 안정되면 그때 하십시오.」

문주대왕은 옥좌에서 일어났다. 그리고 창가로 다가가 창밖을 내다보았다.

「알겠습니다. 형님의 말씀 따르겠습니다. 그러나 차후라도 대후와 해구가 사적으로 만났다면 그땐 형님께서도 다른 말씀 마십시오. 대후를 폐하는 정도로 끝내지 않겠습니다. 대후와 해구 둘 다 왕실을 농락한 대역죄를 물어 저잣거리에서 백성들이 지켜보는 앞에서 참수할 것입니다.」

이날 아침은 곤지에게도 문주대왕에게도 참으로 힘들었다. 해는 어김없이 동쪽 하늘에서 떠올랐다. 한 걸음 한 걸음 중천을 향하여 솟아올랐다.

6월. 모대가 돌아왔다. 6개월만의 귀환이었다. 모대가 신라에서 신라왕녀와 혼인했다는 소문이 들렸다.* 신라왕녀는 이미 혼인한 몸이었는데 모대와 눈이 맞아 서로 정을 통하였다는 말도 들렸다. 곤지는 소문의 사실여부를

---

* 곤지의 둘째아들 모대의 당시 행적을 추정할 수 있는 흥미로운 기록이 《남당유고/신라사초》 자비성왕기에 있다. '정월, 문주가 모대를 파견하여 입조시켰는데 곤지의 아들이다. 왕이 그 젊음을 좋아하여 왕녀를 모대의 처로 삼고자 하였다. 준삭俊朔은 남편이 늙어 만족하지 못했는데 모대에게 시집가기를 원했다. 그녀는 모대와 마음이 맞아 정을 통하였다. 이 사실을 알게 된 준삭의 남편 습당習棠이 모대를 죽이려 하였다. 모대가 왕에게 보호를 청하니 왕이 습당을 내기椋己로 보냈다. 모대가 준삭의 집에 머무르니 준삭이 크게 기뻐하며 모대를 남편으로 섬겼다. 낮에는 수레에서 정을 통하고 밤에는 같은 방에서 잠을 잤다. 왕이 기뻐하며 모대에게 말하길 "그대가 나의 딸을 사랑하니 가히 그대에게 줄 것이다. 딸에게는 이미 아들이 있는데도 받아들일 수 있겠느냐?" 하고 묻자 모대가 답하길 "신에게도 아비가 있사오니 돌아가 논의한 후 맞이하겠나이다." 하니 왕이 허락하였다. 6월 모대가 백제로 돌아갔다.'

모대에게 묻지 않았다. 때마침 진선부인이 임신하였다. 모대의 이전 행동으로 보아 진선부인의 임신 사실은 모대를 자극했을 뻔도 한데 모대는 오히려 진선부인을 깍듯이 대했다.

7월초 백제왕실에 경사가 났다. 소후 보유가 문주대왕의 아들 〈수須〉를 출산하였다. 문주대왕으로써는 임걸이 태어난 이후 12년 만에 얻는 아들이었다. 문주대왕은 정사 일체를 곤지에게 맡기고 보유의 처소에서 나오질 않았다. 문주대왕의 행동은 내마대후를 극도로 자극하였다.

「오라버니. 폐하께서 소녀의 처소에 발길을 끊은 지가 벌써 두 달이 넘었습니다.」

내마대후는 해구를 처소로 불렀다.

「소녀가 아무리 원죄가 있다하나 폐하께서 소녀를 이토록 박대할 수 있습니까? 보위에 오르신 이후 뜸하신 발길이 아예 멈췄습니다. 이 모두 소후 때문입니다.」

내마대후도 대후이기 전에 영락없는 일개 아낙이었다. 남편 문주대왕의 사랑을 받고 싶어 하는 소박한 여인이었다.

「대후마마. 이는 왕실의 경사이옵니다. 폐하께서 12년 만에 얻은 왕자이옵니다. 조정신료들은 모두 기뻐하고 있습니다.」

「…」

내마대후는 입술을 뽀로통 내밀었다.

「조정에서는 여러 후궁들을 왕실에 들여야 한다는 공론이 일고 있습니다. 왕실이 번창해야 한다는 것은 소신도 깊이 공감하고 있습니다.」

「오라버니…?」

내마대후가 미간을 찌뿌렸다. 언짢은 표정이었다.

「돌이켜보면 대후마마의 눈치를 보느라 그 동안 조정이 적극 나서지 못했습니다. 대후마마께서 오히려 적극 나서 후궁을 맞이하겠다고 청하시면 폐하께서 마마를 다시 보게 될 것입니다. 폐하의 식었던 애정이 살아날지도 모르는 일이옵니다.」

해구는 아랑곳하지 않았다. 시종 싱글벙글하였다.

「왕실가족이 늘어나는 것만이 능사가 아니지 않습니까? 어찌 오라버니는 소녀의 가슴에 대못을 박는 말씀만 하십니까?」

「대못이요…?」

해구가 멈칫하며 웃음을 지웠다.

「오라버니는 하나는 알고 둘은 모르십니까? 생각해 보십시오. 왕자들이 많이 태어나면 태자의 앞날에 결코 바람직한 일은 아닙니다. 혹이 훗날이라도 폐하가 변심하여 태자의 적윤 자리를 거두어 다른 후궁의 소생 왕자에게 넘기는 날이면 우리 가문은 끝장입니다.」

「음…」

해구의 얼굴이 시무룩해졌다.

「후궁을 더 들이든 들이지 않든 소녀는 태자를 지키는 일이라면 개의치 않겠습니다. 모두가 곤지전하가 폐하 곁에 있기 때문에 폐하가 기고만장한 것입니다.」

「…?」

「곤지전하만 없다면 폐하는 오라버니와 제가 얼마든지 통제할 수 있습니다. 당연히 우리 태자도 지킬 수 있고 다른 호족들의 발호도 얼마든지 막아낼 수 있습니다.」

「곤지전하를 다시 야마토로 보내자는 말씀입니까?」

해구가 되물었다.

「벌써 두 번이나 실패하지 않았습니까? 야마토군이 철수할 때도 또 폐하께서 양위파동을 일으켰을 때도 모두 실패하였습니다.」

「음…」

「저녁 때 고마나루 여각으로 가겠습니다.」

내마대후는 목소리를 낮췄다.

처소를 나온 해구는 주변부터 살폈다. 다행히 인기척은 없었다. 일순간 몸 안에 한기가 꽉 차올랐다.

「곤지전하를 야마토로 보내지 않겠다 하심은…」

스스로 묻고 또 물었지만 답은 같았다. 해구는 몸을 부르르 떨었다.

고마나루 여각.

연씨가문에서 운영하는 상단여각이었다. 해구는 전란이 일어나기 전 여각의 밀실 하나를 연신으로부터 할양받았다. 밀실은 말 그대로 비밀장소였다. 해구와 내마대후의 은밀한 만남의 장소였다.

「대후마마. 곤지전하를 죽이자는 말씀입니까?」

자문자답의 결론이었다. 그럼에도 해구는 혹시나 해서 물었다.

「그렇습니다. 오라버니. 곤지전하를 제거하지 않고서는 태자도 우리 가문의 장래도 결코 보장할 수 없습니다. 곤지전하가 살아있는 한 폐하의 기세는 날로 커질 것입니다. 반드시 폐하의 기를 꺾어야 합니다.」

「하오나 대후마마. 곤지전하의 구명이 아니었다면 마마나 저는 죽은 목숨입니다. 어쩌면 우리 해씨가문이 멸문지화를 당했을 수도 있습니다.」

그래도 해구는 사내였다. 지난 달 곤지 앞에 무릎 꿇고 목숨을 구걸했던 해구였다. 곤지의 은혜를 저버리고 싶지 않았다.

「어찌 나약하신 말씀을 하십니까? 지금이 바로 기회입니다. 지금 곤지전하께서는 오라버니와 제가 무슨 일을 꾸미고 있는지 전혀 모를 것입니다. 방심하고 있기 때문에 기회라는 것입니다.」

「하오나…?」

해구는 망설였다.

「오라버니더러 직접 곤지전하를 죽이라 하지 않겠습니다. 소녀가 따로 준비해놓은 것이 있습니다.」

「… ?」

「오라버니는 그저 소녀의 뜻에 따라주십시오. 곤지전하가 죽으면 폐하와 조정신료들의 동요가 클 겁니다. 다른 불상사가 발생하지 않도록 오라버니가 후속조치만 하시면 됩니다.」

내마대후는 품 안에서 조그만 비단 주머니를 꺼냈다. 그리고 해구 앞에 내려놓았다.

「무엇이옵니까?」

「짐독입니다.」

「짐독?」

해구는 눈을 휘둥그레 떴다.

「놀라실 것 없습니다. 오라버니. 승하하신 유마태후께서 생전에 저에게 주신 것입니다. 훗날이라도 가문이 위기에 처하게 되면 요긴하게 사용하라 하였습니다.」

「음…」

「모르시겠지만… 선대 비유어라하께서 곤지전하를 후계자로 낙점하고 보위를 물려줄 계획을 은밀히 세웠지요. 이를 사전에 알아채신 유마태후께서 바로 이 짐독으로 어라하를 암살하고 우리 가문이 밀고 있는 개로대왕을 옹립하셨습니다. 우리 해씨가문을 지키기 위해 어쩔 수 없는 선택이지요.」

해구는 처음 듣는 이야기였지만 놀라지 않았다. 이미 내마대후의 뜻에 따르기로 결심을 굳혔다.

「두고 보십시오. 생각해 둔 것이 있습니다.」

그리고 두 사람은 서로의 몸을 탐하였다. 앞으로 다가올 두 사람만의 세상을 꿈꾸며 정신없이 종착으로 내달렸다.

곤지는 며칠 째 이상한 꿈에 시달렸다. 월나에 있는 왕요가 매일 꿈 속에 나타나 곤지를 보며 하염없이 눈물만 흘렸다. 꿈자리가 사나웠다. 왕요의 신변에 변고가 생긴 것은 아닌지 의구심을 떨쳐낼 수가 없었다. 아침 일찍 모대를 불러 왕요에게 급히 보내고 곤지는 등청하였다. 좌평회의를 소집하였는데 해구가 보이지 않았다. 연유를 확인하니 해구는 등청하지 않았다. 대신 몸이 불편하여 오늘 하루 쉬겠다는 연통을 보내왔다. 곤지는 좌평회의를 취소하고 내내 관부를 돌며 신료들을 독려하였다. 한 낮에 우연히 진선부인을 만났다. 내마대후의 부름을 받고 처소에 들렀다가 돌아가는 길이었다. 곤지는 퇴청 길에 해구의 집을 향하다 그냥 되돌아섰다. 내일 등청한다 했으니 큰 병은 아닐 것이라 생각했다.

늦은 밤, 잠자리에 들려하니 진선부인이 약사발을 내밀었다. 내마대후가 특별히 하사한 보약이었다. 곤지는 약사발을 깨끗이 비우고 곧 잠에 들었다.

얼마를 잤을까. 곤지는 눈을 떴다. 주위를 돌아보니 아직 어두웠다. 그런데 그 어둠 속에서 곤히 자고 있는 자신의 모습이 선명하게 보였다. 곤지는 몸을 뒤척이려 애를 썼으나 몸이 움직이질 않았다. 순간 자신이 몸과 떨어져 있다는 것을 알았다. 곤지는 서둘러 자신의 몸 속을 파고들었다. 그러나 몸 속으로 들어가지질 않았다. 어스름한 이내가 방 안에 깃들었다. 진선부인이 잠자리에서 일어나 밖으로 나갔다. 따스한 햇살이 문풍지 사이로 스며들었다. 밖에서 진선부인이 곤지를 불렀다. 기척이 없자 진선부인이 방 안으로 들어왔다. 그리고 곤지의 몸을 살폈다. 얼굴도 만져보고 손목도 만져보고 가슴에 귀를 대보기도 하였다. 순간 소스라치게 놀라며 울부짖었다.

송산리 5호분 입구

〈곤지〉의 무덤은 어디일까? 현재까지 연구된 바에 의하면 한국학자는 〈공주 송산리 고분군의 4호분 또는 5호분〉을, 일본학자는 〈다카이다야마高井田山고분〉(179쪽 참조)을 유력한 후보무덤으로 보고 있다. 두 고분의 공통점은 백제 대표무덤 양식인 굴식돌방무덤(횡혈식석실분)과 부부합장 무덤이다. 필자는 송산리 〈5호분〉을 유력한 곤지의 무덤으로 본다. 근거로 ①《삼국사기》기록에 곤지가 공주에서 죽었다 하였고, ② 공주 송산리 고분군 중 5호분, 6호분(동성왕릉 추정), 7호분(무령왕릉) 등 3기의

무덤이 나란히 위치한다는 것. ③ 부부합장이다. 곤지사망 2년 후인 479년 과부가 된 곤지의 젊은 부인 진선이 자결했다는《남당유고》의 기록을 유추해 볼 때 부부합장은 충분히 가능성이 있다. 특히 ②의 근거는 부자父子가 같은 지역에 묻히는 것은 당연한 귀결이 아닐까? 〈5호분〉은 석실내부가 〈궁형식(dome roof)〉이다. 웅진 초창기인 당시에 상당히 정성 들여 만든 석실이다. 불행하게도 1~4호분과 더불어 〈5호분〉은 일제시대 가루베

석실내부

지온(1987~1970)에 의해 발굴되었으나 부장품은 이미 도굴을 당해 거의 없었다 한다.

나는…

내가 왜 갑자기 죽어야 하는지 알지 못합니다.

내가 아는 것은…

내 아들 모대와 사마가 내 나라의 왕이 되었다는 것을 압니다.

그리고 그 후손이 내 나라를 영영 망쳤다는 것도 압니다.

나는…

내 육체가 어디에 묻혔는지 알지 못합니다.

내가 아는 것은…

내 후손이 머나먼 야마토 땅에 나의 사당을 짓고

나를 〈비조대신飛鳥大神〉이라 부르며 나를 기억하고 있다는 것을 압니다.

나는…

1500년 이상을 현해탄 바다에 머물며

내 나라 후손이 때론 서로에게 기쁨을 주고 때론 서로에게 아픔을 주는

모습들을 지켜보았습니다.

나는 같이 즐거워하고 아파하면서 그 긴 세월을 버텨왔습니다.

누군가 나를 부릅니다.

이제 그만 굴곡진 옷을 내려놓고 당당히 앞으로 나서라 합니다.

그러나…

나는 부름에는 응하겠지만 결코 앞으로 나서지 않겠습니다.

왜냐고 물으신다면…

나의 미완의 삶을 여러분 〈한국인〉과 〈일본인〉에게 강요하고 싶지

않습니다.

나는…

모든 욕심을 버렸지만 꿈은 버리지 않았습니다.

내가 만들고자 했던 나라는

서로 아끼고 도와주며 혹이 잘못하면 용서하고 화해하는 평화의

나라입니다.

그것이 〈곤지의 나라〉입니다.

나는…

또 다시 가슴 벅찬 꿈을 꿉니다.

그러나 〈곤지의 나라〉는 나의 몫이 아닌

여러분 〈한국인〉과 〈일본인〉 모두의 몫으로 남겨놓고 싶습니다.

나는…

이제 고향 한성으로 돌아가고자 합니다.

끝.

곤지왕에게 길을 묻다

곤지의 삶을 복원하는 작업은 긴 여정이었다. 나는 마지막 장을 끝내고 며칠 동안 깊은 시름에 잠겼다. 과연 곤지는 누구였을까. 누구일까. 누구여야 하나. 과거 현재 미래가 온통 의문투성이였다.

그의 과거 삶에는 몇 가지 단서가 있었다. 첫째는 곤지의 출생이다. 비유왕은 등극 이듬해인 428년 정월에 전국을 순행하였는데 월나月那(전남 영암)에 이르러 야왕의 딸 위이랑을 맞이하였다는 기록이 있다. 위이랑은 곤지의 모친으로 추정되는 인물이다. 당시 야왕은 임나의 대호족이었다. 또한 그의 이름 〈곤昆〉은 '맏이', '형', '크다'라는 뜻이 있다. 두 가지를 종합할 때 곤지는 비유왕의 적통이었다. 다시 말해 비유왕이 등극 후 얻은 공식 후계자였다. 455년 비유왕이 흑룡출현사건으로 암살되면서 곤지의 후계자 자리는 개로왕에게 넘어간다. 곤지가 역사이면으로 사라지는 전환점이 된다. 둘째는 461년 곤지의 야마토 파견이다. 학자들의 연구에 따르면 고구려 장수왕의 남진정책을 억제하기 위한 일종의 청병請兵을 위한 사전조치로 이해하고 있다. 그러나 고구려 장수왕이 한성을 공격하였을 때는 475년이다. 14년후에 발생할 일을 미리 예측하여 곤지를 파견하였다는 것은 다소 무리가 있다. 《일본서기》는 곤지의 야마토 파견에 많은 지면을 할애하여 설명하고 있다. 분명 다른 의미가 있다고 보았다. 결론은 정치적 패배였다. 개로왕의 입장에서 보면 곤지는 정적이었다. 셋째는 곤지의 귀국시점이다. 《삼국사기》는 477년 4월 곤지를 내신좌평으로 삼았고, 7월 곤지가 죽었다 하였다. 이는 《삼국사기》가 남긴 곤지에 대한 유일한 기록이다. 이 기록을 근거로 곤지는 477년 초에 귀국한 것으로 이해하고 있다. 그러나 《남당유고》는 476년 6월 고구려 봉옥왕자가 신라에 파견되었는데 당시 신라 자비왕이 두 공주를 봉옥왕자에게 바쳐 잠자리를 들게 했다는 기록과 7월 곤지가 신라에 파견되었다는 기록이 겹쳐있다. 따라서 곤지는 476년 7월 이전 야마토로부터 귀국하였으며 신라로 건너가 고구려와 전후협상을 벌인 것으로 추정된다. 당시 고구려군은 충청남도 북부지방까지 내려와 있었다. 마지막으로 곤지의 사망이다. 《남당유고》는 곤지가 〈짐독〉에 의해 암살되었다고 하였다. 왜 암살되었을까? 왜 암살되어야만 했을까? 당시 곤지의 정치적 무게를 고려하지 않고는 설명이 되지 않는다.

다음은 현존하는 일본 오사카부 하비키노시에 있는 〈아스카베신사〉에 대한 문제이다. 아스카베飛鳥戸신사는 〈식내대사式內大社〉이다. 고대 일본 황실에서 직접 제사를 지내는 천황가의 신사이다. 《삼대실록三代實錄》에 의하면 신사는 859년 8월에 일본조정으로부터 정사위하正四位下라는 관위를 받았으며 그 해 10월에 관사官社로서 인정을 받았다 한다. 따라서 신사는 적어도 859년 이전에 설립되었다. 1908년 메이지정부의 신사 통폐합정책에 의해 잠시 츠보이하치만壺井八幡궁에 합사되었다가 1952년 마을주민들의 노력에 의해 분사되어 오늘에 이르고 있다. 신사 안내판에는 아스카베신사는 비조호조飛鳥戸造(아스카베노 미야쓰코)의 조상인 곤지를 모신 신사라고 설명하고 있다. 일본에는 옛 한국인을 제신으로 하는 신사가 적잖이 있는 것으로 알려져 있다. 그러나 아스카베신사처럼 명확히 제신을 밝힌 신사는 드물다. 적어도 1500년 가까이 신사의 명맥을 유지하며 제신에 대한 애틋함을 기리는 후손들의 노고를 흘려보내기에는 아쉬움이 남는다.

마지막으로 곤지를 어떻게 볼 것인가 하는 문제이다. 곤지에 대한 역사적 평가이다. 한일고대사를 통틀어 곤지만큼 한국과 일본을 오가며 무게감 있게 활동한 사람은 없다. 당시 백제와 야마토는 각기 다른 역사적 상황에 놓여 있었다. 백제는 장수왕의 남진정책으로 야기된 쇠락의 길을 멈추고 다시금 재건의 발판을 마련해야하는 필요가 있었고 야마토는 왕정국가의 기틀 속에서 성장이라는 새로운 도전에 직면하고 있었다. 곤지가 한일 양국을 오가며 나름 깊이 있는 역할을 했다는 것은 충분히 추정할 수 있다. 그러나 역사는 곤지의 존재를 숨겼다. 곤지를 아예 묻어버렸다. 왜 그랬을까. 정치적 패배자라는 굴레하나만으로 모든 것을 설명할 수 있을까. 정말 곤지는 패배자였을까. 혹 곤지 스스로 선택한 것은 아닐까. 만약 곤지 스스로 선택한 길이라면 곤지는 또 무엇을 꿈꾸었을까. 자신의 존재를 죽여 가며 도대체 무얼 얻고자 하였을까. 결론적으로 곤지는 백제도 버리지 않았고 야마토도 버리지 않았다. 양국의 당면한 문제들을 해결하는 데 충실하였다. 백제도 잘되고 야마토도 잘되는 공생공존의 길이었다.

이제 독자 여러분과 함께 곤지왕에게 삶의 길을 묻고 싶다. 역사의 길을 묻고 싶다. 미래 선택의 길을 묻고 싶다.

백제와 곤지왕 下

초판 1쇄 인쇄 2016년 1월 30일
초판 1쇄 발행 2016년 2월 5일

지은이 정재수
펴낸곳 논형
펴낸이 소재두
등록번호 제2003-000019호
등록일자 2003년 3월 5일
주소 서울시 관악구 성현동 7-77 한림토이프라자 6층
전화 02-887-3561
팩스 02-887-6690
ISBN 978-89-6357-168-3 04810
값 16,500원

이 도서의 국립중앙도서관 출판예정도서목록(CIP)은 서지정보유통지원시스템 홈페이지
(http://seoji.nl.go.kr)와 국가자료공동목록시스템(http://www.nl.go.kr/kolisnet)에서 이용
하실 수 있습니다.(CIP제어번호: CIP2016002251)